로쿠스 솔루스

인문 서가에 꽂힌 작가들

레몽 루셀
로쿠스 솔루스

Raymond Roussel · Locus Solus

송진석 옮김

문학동네

일러두기

1. 이 책의 번역 대본은 다음과 같다.

Raymond Roussel, *Locus Solus*, Paris: Flammarion, 2005.

2. 원서에서 이탤릭체나 대문자로 강조된 곳은 작은따옴표로 묶거나 밑줄을 그어 표시했다.

3. 주 말미에 '원주'라고 표시된 것 말고는, 모두 옮긴이 주다.

4. 그림과 공연, 음악은 〈 〉, 책과 신문은 『 』, 글은 「 」로 표시했다.

내 누이 엘힝엔 공작부인에게,
우애를 다하여.
R. R.

차례

제1장

4월이 시작되던 목요일, 나의 박식한 벗 마르시알 캉트렐 선생이 가까운 친구 몇 명과 함께 나를 초대했다. 몽모랑시+에 있는 그의 아름다운 빌라를 둘러싼 거대한 정원을 구경시켜주기 위해서였다.

로쿠스 솔루스++(이것이 소유지의 이름이다)는 조용한 은거지다. 거기서 캉트렐은 아주 평온한 마음으로 다양하고 풍요로운 작업에 전념한다. 그 외딴곳은 파리의 번잡함으로부터 충분히 떨어져 있다. 하지만 연구 때문에 어떤 특별한 도서관을 찾는다거나 대단히 유명한 학술발표회에서 과학계에 커다란 파문을 일으키는 강연이라도 해야 할 때는 십오 분 만에 수도에 도착할 수 있다.

로쿠스 솔루스에서 캉트렐은 거의 일 년 내내 제자들에게 둘러싸여 지낸다. 이들은 그의 쉼없는 탐구에 대해 열정적인 찬미의 감정을 품고 있는지라 그야말로 광신에 가까운 태도로 그의 연구수행을 돕는다. 빌라의 방 가운데 몇몇은 본보기가 될 만한 실험실로 호사스럽게 꾸며졌고, 많은 조수가 그곳을 관리한다. 선생은 과학에 인생의 전부를 바친 사람이다. 독신자로서 아무런 부양의 책임이 없는 그는 집요한 작업과정에서 스스로 설정한 다양한 목표로 생겨나는 온갖 물질적 어려움을 막대한 재산을 쏟아 단숨에 해결한다.

+ 파리 북쪽 교외에 위치한 소도시.

++ Locus Solus. '외딴곳' '혼자만의 자리'를 뜻하는 라틴어.

막 세시를 알리는 소리가 울렸다. 날씨는 좋았다. 구름이라고는 거의 없는 맑은 하늘에서 태양이 빛나고 있었다. 캉트렐은 빌라에서 멀지 않은 야외에서 우리를 맞았다. 오래된 나무들이 고리버들 의자들이 놓인 자리에 그늘을 드리우고 있었다.

마지막 손님이 도착하자 선생은 우리를 안내하며 걷기 시작했고, 우리는 순순히 그를 따라갔다. 갈색 머리에 키가 크고 솔직한 표정에 이목구비가 반듯한 캉트렐은 섬세한 콧수염과 경이로운 지성이 빛나는 강렬한 눈 때문에 결코 마흔네 살로는 보이지 않았다. 따뜻하면서도 설득력 있는 목소리는 사람을 사로잡는 말솜씨에 커다란 매력을 부여했으니, 그 명료함과 흡인력이 그를 달변가로 만들어주고 있었다.

우리는 조금 전부터 매우 가파른 비탈길을 올라가고 있었다.

중간쯤에 이르렀을 때 우리는 길 가장자리의 제법 깊은 벽감 안에 이상하게 오래된 조상彫像이 서 있는 것을 보았다. 바싹 말라 단단해진 거무스름한 흙으로 된 듯 보이는 그것은 벌거벗은 채 미소 짓고 있는 아이의 형상으로, 매력이 없지 않았다. 두 팔은 봉헌이라도 하듯 앞으로 뻗었고, 양손은 벽감의 천장을 향해 펼쳐져 있었다. 오른손 한가운데에는 아주 옛날 그 자리에 뿌리내렸을 지독히도 오래된 식물이 죽은 채로 솟아 있었다.

무심하게 길을 가던 캉트렐은 우리가 이구동성으로 던지는 질문에 입을 열었다.

"이븐바투타가 통북투에서 보았던 세멘시나의 페데랄입니다." 그가 조상을 가리키며 말하고는 잠시 후 우리에게 그 기원에 대해 말해주었다.

선생은 유명한 여행가인 에슈노즈와 친한 사이였는데, 에슈노즈는 아주 젊어서 떠난 아프리카 탐험 당시 통북투까지 간 적이 있었다.

에슈노즈는 출발에 앞서 매료된 지역들과 관련한 모든 문헌을 섭렵해나가다 마르코 폴로 이후 14세기의 가장 위대한 탐험가로 여겨지는 아랍 신학자 이븐바투타가 쓴 글 하나를 몇 번이나 되풀이해서 읽었다.

기념비적인 지리적 발견들로 풍성한 삶의 막바지 휴식 가운데 영광의 충만함을 오붓하게 음미할 수 있음에도 불구하고, 이븐바투타는 다시 한번 머나먼 원정을 감행하여 수수께끼와도 같은 통북투를 보았다.

책을 읽으며 에슈노즈는 특히 다음의 에피소드에 커다란 흥미를 느꼈다.

이븐바투타가 홀로 통북투에 들어갔을 때 비탄의 침묵이 도시를 무겁게 짓누르고 있었다.

당시 왕좌의 주인은 둘세룰이라는 여왕으로, 이제 갓 스무살이 된 그녀는 아직 남편을 고르지 못한 상태였다.

둘세룰은 이따금 끔찍한 무월경 발작으로 고생하고 있었다. 그런데 진짜 문제는 그로 인해 생긴 울혈이 뇌에 가닿으면서 맹렬한 광기를 일으킨다는 사실이었다.

이는 백성들에게 위중한 해악을 끼쳤다. 절대권력을 가진 여왕이 사리에 맞지 않는 명령을 거침없이 내리면서 아무런 이유도 없이 사형선고를 남발했던 것이다.

당장 혁명이라도 일어날 판이었다. 하지만 정신이 이상할 때를 제외하면 둘세룰은 가장 사려 깊은 선의로 백성을 다스렸고, 그토록 행복한 통치는 드문 일이었다. 그리하여 그들은 여왕을 축출하여 미지의 상황 속으로 뛰어드느니, 긴 융성기로 보답받을 일시적인 어려움을 인내로 견뎌내는 편을 택했다.

여왕의 의사들 가운데 병을 고칠 수 있는 사람은 그때까지 아무도 없었다.

이븐바투타가 도착했을 당시에는 전에 없이 심한 발작이 둘세룰을 괴롭히고 있었다. 그녀의 말 한마디에 수많은 무고한 사람을 끊임없이 처형하거나 수확물 전체를 불살라야만 했다.

공포와 기아의 충격 속에서 주민들은 하루하루 발작이 끝나기만을 기다렸다. 하지만 그 발작이 예상외로 길어지면서 이제 도저히 견딜 수 없는 지경에 이르고 있었다.

통북투의 광장에는 일종의 물신物神이 서 있었는데, 사람들은 그것이 커다란 능력을 갖고 있다고 믿었다.

그것은 전체가 어두운 빛깔의 흙으로 빚어진 어린아이의 조상으로, 둘세룰의 선조인 포루코왕 시절 다소 의아한 상황에서 세운 것이었다.

현재의 여왕이 정상일 때 보여주는 것 같은 양식 있고 부드러운 자질을 지녔던 포루코는 법령을 공포하고 또 몸소 실천하며 나라를 번영시켰다. 식견을 갖춘 농학자이기도 했던 그는 직접 경작을 감독하면서 파종과 수확에 관련된 케케묵은 방법들을 무수히 개선했다.

접경지역의 부족들은 이러한 모습에 경탄을 금치 못했다. 그들은 포루코와 연맹을 맺음으로써 법령을 배우고 조언을 얻고자 했다. 물론 각자 자치권을 갖고 원하면 언제든지 완전한 독립을 회복할 권리를 유지하면서 말이다. 그것은 복종이 아닌 우애의 협약으로서 필요할 경우 공동의 적에 맞서 함께 싸울 수도 있었다.

거대한 연맹의 성대한 선포는 엄청난 열광을 불러일으켰고, 사람들은 그 빛나는 사건을 불멸의 것으로 만들기를 원했다. 그들은 기념 문장紋章 대신에 연맹을 이룬 여러 부족의 땅에서 취한 흙을 모아 조상을 만들기로 했다.

각 부족은 자기 몫을 보내되 포루코의 후견이 약속하는 행복한 풍요를 상징하도록 부식토를 선택했다.

주제의 선택에 뛰어난 재능을 지닌 유명한 예술가가 여러 곳에서 온 부식토를 한데 섞어 반죽하여 미소 짓는 우아한 어린아이의 조상을 세웠다. 하나의 가족으로 결합된 여러 부족의 진정한 공통 후예라고 할 그 조상은 확립된 유대를 더욱 공고히 하는 듯 보였다.

통북투의 광장에 설치된 이 조상은 그 연원을 나타내는 이름을 부여받았으니, 요즘 말로 옮기면 페데랄✦이다. 매력적인 솜씨로 빚어진 벌거벗은 아이는 마치 보이지 않는 무언가를 봉헌이라도 하듯 손등을 지면으로 향한 채 팔을 앞으로 내뻗고 있었고 그 상징적인 몸짓은 그가 표상하는 이념의 약속, 즉 풍요와 지복의 선물을 상기시켰다. 조상은 금세 말라 단단해졌으며 불변의 견고함을 얻게 되었다.

모두의 바람대로 통합된 부족들의 황금시대가 시작되었다. 그들은 행운을 페데랄의 덕으로 돌리면서 수많은 기도를 신속하게 들어주는 그 전능한 물신에게 열광적인 숭배를 바쳤다.

둘세룰 치하에서도 부족들의 연맹은 지속되었고 페데랄은 전과 같은 광신의 대상으로 남아 있었다.

여왕의 광기가 악화일로를 걷자 사람들은 여럿이서 흙으로 만든 조상을 찾아가 재앙을 즉각 쫓아줄 것을 호소하기로 했다.

이븐바투타가 보고 묘사한바, 커다란 행렬은 사제와 고관들을 앞세우고 페데랄에게 나아가 정해진 의식에 따라 오랫동안 열렬한 기도를 드렸다.

그리고 바로 그날 저녁 맹렬한 폭풍이 일대를 휩쓸었다. 파괴적인 돌풍이 빠르게 통북투를 지나갔지만 에워싼 구조물에 가려진 페데랄은 아무런 해도 입지 않았다. 이어지는 며칠은 대기가 요동치면서 자주 소나기가 내렸다.

✦ Fédéral. '연맹'을 뜻하는 프랑스어.

그동안 여왕의 극심한 광기는 더욱 위중해졌고 매시간 새로운 재난이 야기되었다.

이제 사람들은 페데랄을 향한 기대를 접으려 하고 있었다. 그러던 어느 날 아침, 물신이 그 오른손에 뿌리를 내리고 막 개화를 앞둔 작은 식물을 내보였다.

조금의 망설임도 없이 사람들은 이 경배받는 아이가 둘세룰의 병을 고치기 위해 기적의 약을 제공하는 것이라고 믿었다.

비와 뜨거운 태양이 교차하는 사이, 빠르게 자란 식물은 창백한 노란색을 띤 작은 꽃을 피웠다. 사람들은 그것을 정성스레 따서 말린 뒤 광기의 절정에 있던 여왕에게 처방했다.

즉시 완화작용이 일어났고, 마침내 고통에서 벗어난 둘세룰은 이성과 공평한 선의를 되찾았다.

기쁨에 도취된 백성들은 성대한 행사를 열어 페데랄을 축복했다. 그러고는 앞으로 올 발작을 예방하기 위해 규칙적으로 물을 대 그 신비로운 식물을 키우기로 했다. 다만 미신적인 생각에 따라 식물을 조상의 손에 그대로 두고 감히 다른 곳에 씨뿌리길 삼갔다. 이때껏 일대에 알려진 바 없는 그 식물에 대해서는 오로지 한 가지 추측만이 가능했다. 먼 지역의 씨앗이 폭풍에 실려 허공을 떠다니다 아래로 떨어지면서 우상의 오른손에 안착했고, 때마침 비를 맞고 다시 활성화된 부식토 속에서 싹을 틔웠다는 가정이었다.

모든 사람의 일치된 믿음에 따르면, 폭풍을 일으키고 손바닥까지 씨앗을 인도한 뒤 발아를 돕는 소나기를 내린 것은 페데랄 자신이었다.

이것이 이븐바투타의 글에서 탐험가 에슈노즈가 특히 좋아하는 대목이었다. 그는 통북투에 도착하자마자 페데랄에 대해 물었다.

그러나 연맹을 맺은 부족들 사이에 분열이 일어났고, 의미를 잃어버린 물신은 광장에서 쫓겨나 사원의 유물 사이로 자리를 옮긴 뒤 단순한 흥밋거리로 전락하여 사람들의 뇌리에서 잊힌 지 이미 오래였다.

에슈노즈는 그것을 보고자 했다. 온전한 상태로 미소 짓는 아이의 손에는 여전히 그 유명한 식물이 돋아 있었다. 오래전 수년 동안 둘세룰의 새로운 발작을 달래고 마침내는 완전히 치유하기까지 했던(탐험가는 그 사실을 알아낸 터였다) 그것은 이제 바싹 말라 오그라든 모습이었다. 직업이 요구하는 바에 따라 어느 정도 식물학적 지식을 갖추고 있던 에슈노즈는 이 오래된 식물의 잔해에서 산토닌쑥의 밑동을 알아보았고, 이 설상화舌狀花의 꽃을 말려 세멘시나라는 이름으로 불리는 누르스름한 약의 형태로 소량 복용할 경우 사실상 강력한 월경촉진제로 작용한다는 사실을 떠올렸다.* 과연 넉넉지 못한 단 하나의 원천에서 채취한 까닭에 그것은 언제나 아주 적은 양만 둘세룰에게 투여되었으리라.

방치된 현재의 상태로 볼 때 페데랄을 구입할 수도 있겠다고 생각한 에슈노즈는 큰 금액을 제시했고 제안은 받아들여졌다. 그는 그 기이한 조상을 유럽으로 가져왔으며, 그것에 얽힌 내력은 캉트렐의 관심을 끌기에 충분했다.

그러다 얼마 전 에슈노즈가 죽었는데, 아프리카의 옛 물신에 친구가 표했던 관심을 기억하여 그것을 물려주었다는 것이다.

오래된 식물과 마찬가지로 이제 가장 매력적인 영광으로 빛나는 상징적인 어린아이의 조상을 응시하던 우리의 시선은 곧 세 개의 장방형 양각에 가서 멈추었다. 이 양각들은 벽감을 파낸 돌의 아랫부분에 직접 새긴 것이었다.

* 프랑스어로 세멘콘트라semen-contra라고 하는 세멘시나는 원래 구충제로 쓰이는 쑥의 한 종류다.

섬세하게 채색된 그 작품들은 페데랄이 발을 딛고 선 층위와 지면 사이에서 나란히 층을 이루고 있었다. 부분부분 이미 심하게 마모된 그것들은 돌덩이 자체가 그러듯 엄청난 세월을 실감하게 했다.

첫번째 양각은 초원에 서서 황홀경에 빠진 젊은 여인의 모습이었다. 그녀는 꺾은 꽃을 품에 안은 채 지평선을 향해 고개를 쳐들고는 바람에 구부러지는 새털구름이 하늘에 그려놓은 'D'ORES'[+]라는 낱말을 바라보고 있었다. 양각의 채색은 이제 빛이 바랜 상태였지만 그 섬세함과 다채로움은 아직도 도처에서 확인할 수 있었다. 특히 석양의 붉은빛을 충만하게 받은 구름 부분은 여전히 선명했다.

바로 아래 두번째 양각 역시 동일한 여인의 모습이었다. 그녀는 이제 으리으리한 실내에 앉아서 화려한 수가 놓인 푸른색 방석의 벌어진 틈에서 인형을 꺼내고 있었다. 분홍색 옷을 입은 그 인형은 한쪽 눈이 없었다.

지면 가까운 쪽의 세번째 양각은 분홍색 옷을 입은 애꾸의 모습이었다. 인형의 살아 있는 대응물이라 할 그는 몇몇 구경꾼에게 줄무늬가 들어간 중간 크기의 초록색 대리석덩어리를 가리켜 보이는데, 금괴가 절반쯤 박혀 있는 그 윗면에는 날짜와 수결과 함께 'Ego'라는 낱말이 매우 얕게 새겨져 있었다. 뒤쪽으로는 짧은 터널이 보였다. 안쪽에 닫힌 철문이 있는 그 터널은 초록색 대리석산의 거대한 동굴로 이어지는 것 같았다.

뒤의 두 양각에서 파란색, 분홍색, 초록색, 그리고 황금색 같은 몇몇 색깔은 여전히 얼마간의 생기를 간직하고 있었다.

질문을 받은 캉트렐이 이 조형 삼부작에 대해 이야기해주었다.

지금으로부터 약 칠 년 전, 선생은 한 회사가 설립되어 15세

+ '지금'을 뜻하는 프랑스어.

기에 무시무시한 폭풍으로 파괴되고 사장된 브르타뉴의 도시 글로아니크를 발굴하기로 했다는 소식을 듣고 그 회사의 주식을 대거 매입했다. 그에 따르면 돈을 벌겠다는 생각은 추호도 없었고, 오로지 매우 흥미로운 결과를 낳을 수 있는 그 멋진 시도를 격려하고 싶은 마음뿐이었다.

전 세계의 내로라하는 박물관들은 각각 대리인을 보내어 수많은 귀중한 유물을 확보하기 위해 다투었다. 적재적소에서 이루어진 능숙한 발굴 덕분에 빛을 보게 된 후 파리의 경매시장에 나온 유물들이었다.

유물이 새로이 도착할 때마다 파리를 찾았던 캉트렐은 어느 날 저녁 이제 막 출토된 커다란 벽감 받침대 전면을 장식한 세 점의 채색된 양각을 보고는 아서왕 이야기 속 아르모리크[✦] 전설을 떠올렸다.

옛날에 수도 글로아니크에 살던 케를라구에조(프랑스 서쪽 끝에 위치한 원시적인 고장)의 왕 쿠르플렌은 아직 젊은데도 오래전부터 불안정하던 건강이 빠르게 쇠하는 것을 느꼈다.

오 년 전 쿠르플렌은 왕비인 플레브뇌크를 잃고 홀아비로 살고 있었다. 왕비는 첫아이를 낳다가 죽었는데, 어린 공주의 이름은 엘로였다.

쿠르플렌에게는 왕위를 노리는 질투심 많은 형제들이 있었다. 그는 머잖아 자기가 죽고 나라의 법에 따라 엘로가 왕이 되면 어린 나이로 인해 수많은 음모에 시달릴지도 모른다는 생각을 했다. 다감한 아버지인 그는 커다란 두려움을 느끼지 않을 수 없었다.

보석이라곤 박히지 않은, 그러나 오랜 세월이 사치의 결여를 상쇄하는 쿠르플렌의 무거운 황금왕관은 마시브[✦✦]라는 이

✦ 브르타뉴의 켈트식 옛 이름.

✦✦ la Massive. '육중한 것'을 뜻하는 프랑스어.

름을 갖고 있었다. 태곳적부터 케를라구에조 군주들의 이마를 감싸온 그것은 마침내 절대왕권의 정수 자체가 되었고, 그것 없이는 그 어떤 왕도 통치가 불가능했다. 그러하니 모든 정통성을 능가하는 열광적인 물신숭배의 자연스러운 결과로서, 어떤 교활한 인물이 그것을 손아귀에 넣는다면 백성들은 그를 주인으로 인정할지도 몰랐다. 이런 연유로 왕관은 보초들이 지키는 안전한 장소에 신중하게 보관되어 있었다.

처음으로 마시브를 쓴 이는 쿠르믈렌의 선조이자 그 옛날 케를라구에조와 수도 글로아니크를 세운 주엘대왕이었다. 왕관은 그의 명에 따라 제작된 것이었다.

영광스러운 치세 이후 거의 백 살이 다 되어 죽은 뒤에도 전설에 의해 신격화된 주엘은 하늘의 별로 모습을 바꾸어 계속해서 백성을 돌보았다. 그 나라 사람이면 누구나 별자리 가운데 그의 별을 알아보고 서원과 기도를 올릴 줄 알았다.

고명한 선조의 초자연적인 힘을 믿는 쿠르믈렌은 고뇌 끝에 어떤 구원의 영감을 꿈을 통해 일러달라고 주엘에게 간구했다. 형제들이 실낱같은 성공의 희망이라도 품지 못하도록 그는 왕위에 오르려면 반드시 필요한 경배의 왕관을 그들의 손이 닿지 않는 비밀의 장소에 감추어둘 생각이었다. 그러나 일단 엘로가 자신의 적들과 맞설 나이가 되어 스스로 여왕임을 선포하려면 옛 황금관을 찾아낼 수 있어야 하지만, 어린아이의 비밀이야 힘이나 계략으로 쉽게 캐낼 수 있는 만큼 은신처로 택한 곳을 엘로에게 알려주자니 신중함이 그를 가로막았다. 누군가에게는 비밀을 이야기해야 했지만 왕은 주저했다. 사안의 위중함에 마음이 흔들렸던 것이다.

후손의 기도를 들은 주엘이 꿈에 그를 방문하여 현명한 처신을 일러주었다.

이후로 쿠르믈렌은 그 지침에 따라서만 움직였다.

왕관을 녹여 평범한 타원형의 금괴를 얻은 그는 마법의 산 모른베르로 갔다. 과거 주엘의 학구적인 여행으로 유명해진 산이었다.

인생이 끝나갈 무렵 백성의 안위와 관리들의 청렴을 살피기 위해 온 마음을 다해 왕국을 시찰하던 주엘은 어느 날 저녁 외딴곳에서 아영을 하게 되었다. 그에게는 전혀 낯선 장소였다.

신하들은 혼돈의 산인 모른베르 기슭에 왕의 천막을 세웠다. 산은 가느다란 줄무늬가 들어간 대리석의 반영과 그 청록의 색조로 놀라운 분위기를 자아냈다. 호기심을 느낀 주엘은 수행원들이 휴식을 준비하는 동안 산에 올라가보았다. 그는 쇠가 달린 막대기로 부단히 지면을 두드리며 그 성질을 살폈다. 도처가 딱딱했다. 그러다가 문득 땅속에서 희미한 울림이 느껴져 놀랐다. 그는 걸음을 멈추고는 의심스러운 몇몇 지점을 강하게 두드렸다. 둔중한 메아리가 감지되었다. 산허리로 퍼져나가는 그것은 거대한 동굴의 존재를 말해주고 있었다.

추위가 예상되는 그날 밤을 보내기에 피난처로 안성맞춤이리라 생각한 주엘은 더 오르기를 멈추고 사람들을 시켜 동굴로 들어가는 생각지 못한 틈이 있을지 찾게 했다.

모든 탐색이 실패로 끝나자 마음이 언짢아진 왕은 입구가 매몰되었을 수도 있다는 생각에 울림이 전해진 지점 아래쪽을 치워보게 했다. 자잘한 돌무더기가 산 아래쪽을 뒤덮고 있던 터였다.

그 자리에서 팔을 걷어붙인 몇 사람이 임시변통의 도구를 들고 나서서는 거의 단숨에 아치 윗부분을 드러내었다. 사람 하나가 겨우 빠져나갈 만한 통로가 거기 있었다.

손에 횃불을 들고 좁은 통로로 들어간 주엘은 곧 휘황찬란한 동굴에 이르렀다. 전체가 초록색 대리석으로 이루어진 그 동굴에는 지질학적 기현상에 의해 거대한 금괴들이 박혀 있었다. 이것만으로도 이미 엄청난 보화였다. 하물며 깊은 산은 분명 수십 배에 달하는 보화를 감추고 있을 터였다.

경탄한 주엘은 막대한 돈이 필요해질 수도 있는 불행한 사태에 대비하여 그것을 아껴두고자 했다. 그러기 위해서는, 건국자의 천재 덕분에 평온한 번영을 누리고 있는 행복한 왕국에는 아직 필요치 않은 그 어마어마한 보화를 온갖 탐욕으로부터 지켜내야만 했다.

이런 자신의 생각을 깊이 감춘 채 왕은 수행원들을 불렀고, 밤은 따뜻한 동굴 안에서 평화롭게 지나갔다.

다음날 제일 가까운 마을과의 왕래가 시작되었고, 주엘의 지휘 아래 일꾼들이 움직였다. 그들의 수고로 뒤덮여 있던 흙을 다 걷어내자 처음의 좁은 통로는 넓은 터널이 되었다. 왕은 사람들을 모두 내보낸 뒤 터널 중간에 문짝이 둘 달린 육중한 철문을 세우게 했다. 그의 엄명에 따라 자물쇠는 달지 않았다.

주엘은 마법을 행하여 모든 사람 앞에서 엄숙한 두 가지 주문을 외웠다. 첫번째 주문으로 그는 아무리 단단한 연장도 산의 표면을 절대로 손상시키지 못하도록 했다. 두번째 주문으로는 두껍고 드높은 철문이 파손되거나 떼내지지 않도록 했다.

그러고 나서 왕은 사람들에게 다음과 같은 중요한 사실을 말했다. 어떤 마법의 문구가 있는데 현재로서는 왕 자신도 알지 못한다. 따라서 설사 그가 원한다 해도 금단의 보화를 다시 손에 넣을 방법이 없다. 문구는 그의 죽음을 표현한 초인적인 사건을 이야기하는 것으로, 완벽하게 읊을 경우 일시적으로 철문이 열릴 것이다. 다가올 여러 세기 동안 단 한 번, 즉 대재난이 일어나거나 그것이 우려되어 보화의 도움이 필요할 경우,

주엘은 후계자 가운데 한 사람의 꿈에 나타나 신비의 문구를 일러줄 것이다. 그가 이 열려라 참깨 뒤에 있는 것을 미리 알려준 까닭은 수많은 무모한 인간이 주기적으로 시도하게 함으로써 막대한 광맥이 절대적으로 유폐된 채 망각에 빠지지 않도록 하기 위해서였다.

한 달 뒤 시찰을 마치고 글로아니크로 돌아온 주엘은 어느 투명한 밤 연륜과 영광의 충만 가운데 숨을 거두었고, 창공에서는 문득 새로운 별이 빛났다.

백성들은 거기서 주엘이 최근 자신의 죽음과 관련하여 예언한 초자연적인 사건을 보았으니, 못 보던 별 앞에서 왕국의 운명을 영원히 지켜줄 죽은 왕의 영혼을 생각했다.

모른베르산의 거대한 보화를 얻게 해줄 마법의 문구가 어떤 사실을 드러내야 하는지 익히 아는 주엘의 야심만만한 아들이자 새로운 왕은 철문 앞에서 수많은 짧은 문구를 읊었다. 모두 죽은 왕이 하늘의 별이 된 일을 다양한 방식으로 이야기하는 것들이었다. 하지만 정확한 문구에 이를 수는 없었다. 철문은 굳게 닫힌 채 요지부동이었다. 이후에도 비슷한 시도들이 있었지만 부질없기는 언제나 마찬가지였다.

그런데 그 어려운 문구를 쿠르믈렌은 꿈을 꾸는 동안 주엘의 입으로 직접 들었다. 왕국 위에 드리운 정치적 폭풍의 위협이 그것을 발화하도록 했던 것이다.

모른베르산 동굴 문턱에 선 그는 많은 탐색자가 수 세기 동안 그 언저리만을 배회해온 다음의 문구를 읊었다.

"주엘이 하늘의 별로 타오른다."

철문이 크게 열렸다가 방문객이 지나가자 닫혔다. 그는 초록색 동굴 안으로 들어갔다.

주엘의 명령에 따라 쿠르플렌은 그곳에 왕관의 금을 숨기러 온 것이었다. 그는 그 같은 명령의 동기를 이해할 수 있었다. 사실 수많은 노력에도 불구하고 그토록 오랫동안 난공불락으로 남아 있는 그 동굴보다 안전한 장소를 어디 가서 찾는단 말인가? 게다가 수많은 시도 끝에 어떤 음모가가 정확한 문구를 얻게 된다 해도 동굴 안에 있는 셀 수 없이 많은 금괴가 왕위의 찬탈을 막아줄 것이었다. 녹여서 금괴가 된 마시브는 그것들과 전혀 구별되지 않았기 때문이다. 과연 백성의 물신숭배를 감안할 때 원래의 금으로 다시 제작된 조상 대대로의 왕관을 쓴 사람만이 아무런 이의 없이 왕위에 오를 수 있었다. 그렇다면, 그토록 비슷한 금괴들 가운데 존엄한 금괴를 어떤 방법으로 알아본단 말인가?

외따로 떨어진 초록색 대리석덩어리 표면에 반쯤 박혀 있던 긴 돌을 쿠르플렌이 별다른 어려움 없이 뽑아내자 완벽한 공동이 생겨났다. 묵직한 보물은 거기에 꼭 맞았고, 휘록암輝綠巖 동굴 여기저기에 박혀 있는 수많은 금괴와 똑같은 모양을 띠었다.

하지만 지나치게 철저한 금괴의 익명성은 엘로의 통치 가능성을 박탈할 수도 있었다. 언젠가 그 이마에 두를 왕관을 제작하려면 금괴가 신성한 곳에서 왔다는 사실을 백성들에게 반박할 수 없는 표지로 입증해야 할 터였다.

이번에도 역시 주엘의 권유에 따라 쿠르플렌은 금괴 밑 초록색 대리석 표면에 가느다란 칼끝으로 선을 내어 서명을 했다.

태곳적부터 케를라구에조의 왕들은 중요한 행위를 할 때면 이름 대신에 'Ego'라는 낱말로 서명을 했다. 이는 각각의 왕으로 하여금 통치기간 동안 지고의 나가 되게끔, 다시 말해 모든 것의 시작이자 끝이 되게끔 함으로써 그의 위신을 드높여주었다. 철자는 항상 똑같았지만 필체와 날짜가 해당되는 왕을 지칭하여 혼동을 막아주었다.

상황에 어울리는 최고의 서명을 주저 없이 선택한 쿠르믈렌은 그 'Ego'를 새겨넣은 뒤 날짜를 적었다. 그는 또한 글씨 전체를 가느다란 모래로 뒤덮는 것을 잊지 않았다. 동굴에 들어오면서 왕은 일부러 가장 어두운 곳을 찾았는데, 여기에 더하여 취한 마지막 조처는 전대미문의 행운으로 진짜 문구를 읊는 데 성공한 자라도 정확한 사정을 알지 못할 경우에는 돌에 새긴 글씨를 발견할 수 없도록 하기 위한 것이었다.

쿠르믈렌이 강력한 네 어절로 철문을 열었고, 그가 밖으로 나오자 문은 즉시 닫혔다.

원정에서 돌아온 그는 현재 용해된 상태의 마시브가 자신에 의해 모른베르산에 보관되었음을, 모든 세부사항에 대해서는 함구한 채 공식적으로 천명했다. 그는 주엘이 꿈에 나타나 마법의 문구를 일러주었다는 사실 또한 밝혔다. 중요한 것은, 혹시 사라졌다고 여겨질 경우 백성들을 위험한 절망에 빠뜨릴 수 있는 신성한 황금이 안전한 곳에 묻힌 채 다시 한번 미래의 왕들을 승인할 준비가 되어 있다는 사실을 그들이 알아야 한다는 점이었으니, 그로써 백성들은 미래에 믿음을 품을 수 있을 것이었다.

벌써부터 죽음의 손아귀를 느끼고 있던 쿠르믈렌은 주엘의 명을 서둘러 수행했다. 수많은 부수적인 조언에 더하여 주엘은 쿠르믈렌의 온갖 이야기를 들어주는 필수적인 역할을 수행할 인물로 궁정의 광대인 르킬렉을 걱정 말고 택하라고 명했다.

추남에 애꾸인 르킬렉은 모든 사람의 웃음거리인 자신의 모습을 과장하기 위하여 최고로 멋진 젊은 귀족처럼 언제나 분홍색 옷을 입었다. 하지만 이러한 희극적인 외양 아래 왕에게 진지하게 헌신하는 곧고 선한 영혼을 감추고 있었다.

처음에 그 같은 선택에 심히 놀랐던 쿠르믈렌은 곰곰이 생각하고 난 뒤 주엘의 지혜에 감탄했다. 르킬렉이야말로 그 누구보다도 더 확실하게 일을 해낼 수 있는 사람인바, 그는 천하고 조롱받는 존재인지라 어떤 이의 눈에도 거대한 비밀의 위탁자로 보일 리 만무했고 그런 만큼 토설하라는 회유와 협박으로부터 안전할 터였다.

왕은 광대에게 동굴의 문을 여는 주문과 유명한 금괴의 위치, 그리고 그것이 진품임을 입증해줄 서명의 존재 등 모든 것을 남김없이 알렸다. 행동에 나설 적합한 순간이 오면 신성한 왕의 혈족인 엘로는 르킬렉 같은 평범한 인간들에게는 절대 나타나지 않을 하늘의 신호로 통지를 받을 것이고, 그녀 스스로 애꾸를 찾아와 비밀을 말해달라고 요구할 것이었다. 본의 아닌 관심이나 호의의 표현이 일찌감치 주위의 의심을 불러일으키지 않도록 고아 소녀는 그날이 되어서야 비밀의 위탁자가 누구인지 알게 될 텐데, 그 수단을 모르는 르킬렉으로서는 그저 오랜 시간 동안 가만히 기다리는 것밖에 다른 선택이 없었다. 광대에게 작별을 고한 쿠르믈렌은 딸에게 주려고 마련해놓은 장난감들 가운데 분홍색 옷을 입은 인형을 집어들어서는 한쪽 눈을 없앴다.

플레브뇌크 왕비는 임신기간 동안 호화로운 푸른색 방석에 손수 수를 놓았었다. 출산 후 자리에서 일어날 때까지 갓난 아기를 자기 옆에 눕혀놓기 위한 것이었다. 쿠르믈렌은 불쌍한 아내가 죽음 때문에 미처 사용해보지도 못한 그 유품을 엘로가 귀히 여기게 하려고 늘 애썼다. 그는 방석의 감친 부분을 열어 인형을 깃털 속 가장 깊은 곳에 밀어넣은 뒤 시녀를 불러서는 어쩌다 터졌다며 다시 꿰매라고 시켰다.

왕은 엘로에게 주고받은 내용을 혼자만 간직하라고 당부

하면서 비밀리에 이르기를, 푸른색 방석 속에 선물이 있는데 하늘의 명을 받았을 때만 그 속을 뒤져보라고 했다.

처음부터 끝까지 모든 면에서 쿠르믈렌은 오로지 주엘의 지시만을 따랐는데, 그 선견지명 가득한 통찰에 찬탄을 금할 수가 없었다. 아닌 게 아니라, 적들과 맞설 수 있는 나이가 되어서야 비로소 하늘의 신호를 받게 될 엘로는 존엄한 출처를 감안하건대 결코 분실될 리 없는 방석을 뒤지다가 성인에게 천진난만한 장난감이 주어지는 엉뚱한 상황에 맞닥뜨릴 것이고, 그 안에서 필시 어떤 상징을 읽게 될 것이다. 결국 인형의 분홍색 옷과 애꾸눈이 머릿속에 광대 르킬렉을 떠올리게 할 것이고, 그녀는 그에게로 가서 질문할 것이다. 게다가 방계 왕자들이 추악한 방법을 동원하여 어리고 약한 엘로로부터 푸른색 방석의 비밀을 알아낸다 해도(이 경우 표면적으로는 그게 전부인 이 횡재 덕에 하늘의 신호를 기다려야 한다는 핵심적인 사항까지는 생각하지 못할 테지만) 두툼한 깃털 속에서 원하는 귀중한 문서는커녕 엉뚱하고 우스꽝스러운 인형이 나오는 것을 보면, 그것이 공주의 나이에 더없이 어울린다고 판단하고는 선물의 매력에 교묘한 은닉의 재미를 보태려는 아버지의 애틋한 장난으로만 치부할 것이다. 그리하여 눈에 띄는 중요한 점이라곤 전혀 없는 이 인형은 분명 엘로의 차지가 될 것이고, 아이는 그것을 놀이에만 사용할 것이다. 그러다가 어느 날엔가 하늘의 신호가 나타나면 방석 안을 들여다보아야 할 때가 되었다는 사실을 문득 떠올릴 것이다. 그녀는 곧 유치한 선물과 자신의 피어나는 젊음이 어울리지 않는다는 사실을 깨닫고 깊은 생각에 잠겼다가 인형의 두 가지 두드러진 특징을 떠올리고는 의도된 연결에 마침내 생각이 미칠 것이며, 그 즉시 르킬렉을 찾아갈 것이다.

얼마 지나지 않아서 쿠르믈렌은 죽었다. 그의 형제들은 엘로의 어린 나이를 이용하여 당파를 만들었고, 각자 권력을 쟁취하려고 발호하면서 내전이 일어났다. 하지만 마시브를 만들 신성한 황금이 없다보니 아무도 왕이 될 수 없었다.

수많은 문구가 부질없이 시도되었지만 모른베르의 철문은 열리지 않았다. 그곳은 이제 왕의 금괴가 보관된 장소인 만큼 더욱 매혹적이었다. 목표에 이르게 해줄 비밀의 위탁자로 여겨진 엘로는 삼촌들의 끝없는 질문공세에도 불구하고 비밀을 온전히 지킬 줄 알았다.

이후로 무정부상태가 왕국을 도탄에 빠뜨렸다. 왜냐하면 엘로조차도 마시브 없이는 여왕이 될 수 없었기 때문이다.

언제나처럼 분홍색 옷을 입은 르킬렉은 쿠르믈렌이 하사한 종신연금을 누리며 살았다. 그는 산책이라도 할 때면 한때 궁정에 드나들던 사람들의 조롱에 능란하게 대꾸하면서 그들을 웃기곤 했다.

세월이 흘렀다. 열여덟 살이 된 엘로는 아버지가 예언한 하늘의 신호에 대해 생각하기 시작했다. 그러면서 끝없는 내전과 무질서로 완전히 피폐해진 나라를 구할 방법이 주어질지도 모른다는 희망을 품었다.

7월의 어느 저녁, 꽃을 한아름 안은 젊은 공주가 조상 대대로 여름을 보내는 성으로 홀로 돌아오던 때였다. 막 모습을 감춘 태양에서 뻗어나온 수많은 화려한 빛줄기가 지평선에 누운 긴 구름들을 붉게 타오르게 했다.

석양의 장관을 감상하기 위해 잠시 멈추어선 엘로는 좁다란 새털구름들이 미풍을 받아 이상하게 구부러지다가 희미한 글자들의 형상을 이루는 것을 보았다. 하늘에는 이렇게 씌어 있었다.

D'ORES.

글자들은 곧 공중에서 풀어졌다. 하지만 엘로는 가슴이 뛰는 것을 느끼며 경이로운 그 광경이 알리는 신호를 읽었다. 지금 행동을 개시해야만 했다.

성으로 돌아온 엘로는 푸른색 방석을 열었다. 그녀는 그것을 지금껏 가히 헌신적으로 애지중지해왔는데, 어머니의 고귀한 손길이 닿은 것을 생각하면 너무나도 당연한 태도라 아무도 의혹을 품을 수가 없었다. 처음에 그녀는 인형만 있는 것을 보고는 실망했다. 하지만 자기 나이에 장난감이 어울리지 않는다는 사실에 의아함을 느끼고는 오랫동안 곰곰이 고민했다.

문득 옷의 색깔과 한쪽 눈의 부재에 생각이 미친 그녀는 그 수수께끼 같은 인형이 르킬렉을 떠올리게 한다는 사실을 깨달았다.

그녀는 광대를 성으로 불러 모든 사실을 알려주었다.

르킬렉 또한 자기에게 맡겨진 비밀 전부를 알려주었다. 그러고는 구름이 명령하는 바에 따라 지금 당장 모른베르산으로 갈 것을 공주에게 요청했다. 그것은 절대적인 명령, 가장 좋은 때 지극히 분별 있게 내려진 명령이었다. 왕위 찬탈을 꿈꾸는 자들은 서로 과도한 싸움을 벌인 끝에 죄다 힘이 약화되어 있었고, 그런 까닭에 정통성을 지닌 여왕이 물신숭배의 대상인 금괴를 들고 많은 사람의 열광을 불러일으킬 경우 아무도 그 걸음을 막을 수 없을 터였다.

엘로는 커다란 가마에 올라 즉시 출발했다. 그녀를 수행한 광대는 도처에서 의도적으로 여행의 목적을 드러냄으로써 수많은 열성적인 지지자가 행렬에 가담하게 만들었다. 모두 무질서와 폐허의 시대를 마감할 기념비적인 사건을 어서 빨리 보고 싶어했다.

그리하여 젊은 공주가 모른베르산에 도착했을 때는 거대한 군중이 그녀를 에워싸고 있었다. 이러한 사실은 보다 많은 증인이 이 확인의 장면에 동참하길 바라는 르킬렉의 마음을 기쁘게 했다.

정확한 문구를 낮은 목소리로 은밀하게 읊어 철문을 연 광대는 동굴 안의 지정된 장소로 향했다. 그의 요청에 따라 군중의 일부가 동행했다. 자신의 가장 사소한 몸짓에도 공모의 의혹이라고는 없음을 그는 확인시키고 싶었던 것이다.

르킬렉이 가리켜 보이고 이어 수많은 팔이 들어올린 쿠르플렌의 대리석덩어리가 바깥으로 운반되었다. 그 방문이 굉장히 짧았던 만큼 마지막 사람이 나오자 크게 입을 벌리고 있던 철문이 닫혔다.

광대는 글씨를 가린 모래를 치우고는 대리석 윗면에 있는 죽은 왕의 서명을 모두가 보도록 했다. 왕조의 금괴 가까이에서 그 금괴가 진짜임을 입증해주는 서명이었다.

엘로는 글로아니크로 향했다. 가마 한쪽 그녀 곁에 온전한 모습으로 놓인 초록색 대리석과 함께였다. 원정의 성공이 부른 열띤 환호 속에서 민중의 행렬은 가는 곳마다 더 크게 불어났다. 왕위를 노리는 자들은 그들을 막아보려고 자기 병사들에게 갖가지 장광설을 늘어놓았지만, 모든 것이 제자리를 찾는다는 소식에 귀가 솔깃해진 병사들은 금괴의 마법적 영광에 매료되어 제 발로 행복한 공주의 깃발 아래 모여들었다.

승리의 분위기 속에서 궁전에 도달한 엘로는 되찾은 황금으로 다시 한번 마시브를 만들게 했고, "여왕 폐하 만세!"라는 열광적인 외침 가운데 만인이 보는 앞에서 그것을 머리에 얹었다. 저녁이 오자 주엘의 별은 평소보다 더욱 밝게 빛났다.

이후 여왕은 동굴의 황금으로 나라를 재건하기로 했다. 즉시 채굴이 시작되었다. 문구가 공개되어 곡괭이로 무장한 일꾼들이 쉽게 드나들었고, 초록색 대리석 깊은 곳에서 무더기로 끄집어낸 황금 덕분에 왕국은 금세 번영했다.

마침내 미소를 되찾고 백성들에게 사랑받게 된 엘로는 르킬렉에게 온갖 호의를 베풀었다.

고양된 환희의 분위기 가운데, 이마에 왕관을 쓴 젊은 여왕의 모습이 조상으로 제작되었다. 사람들은 마치 성인의 조상처럼 그것을 널찍한 벽감 안에 세웠고, 조상 아래에서는 세 점의 채색 양각이 그녀의 숭고한 모험을 기리고 있었다.

그런데 살펴본즉 그 벽감은 바로 캉트렐이 주주로 있는 회사가 가장 늦게 착수했던 발굴작업에서 출토된 것이었다.

어렵지 않은 조사가 입증해준 바에 따르면, 조상은 발견 당시 산산조각이 난 채 벽감 아래 흩어져 있었다. 언젠가 먼 곳에서 발생한 지진 탓에 밖으로 튀어나갔던 것이다.

선생은 그 존재만으로도 전설에 사실성 가득한 신비감을 부여하는 그 거룩한 벽감이 탐났다. 경매에서 매우 높은 값을 부른 끝에 그는 행복한 낙찰자가 되었다. 하지만 정원으로 옮겨온 벽감은 육 년 동안 빈 채로 남아 있었다. 연륜이나 가치 면에서 그토록 귀한 벽감에 어울리는 조상을 찾을 수가 없었기 때문이다. 결국 최근에 그 옛날의 영광스러운 페데랄이 자격을 얻었고, 어린아이의 조상은 거기서 바람과 비를 막아줄 안식처를 찾았다.

갑절로 호기심을 자아내는 벽감을 마지막으로 한번 보고 우리는 한발 앞서 비탈길을 올라가고 있는 캉트렐을 뒤쫓았다.

제2장

위로 올라가면서 초목이 점점 드물어졌다. 지면은 곧 온통 헐벗은 상태가 되었다. 걸음을 멈춘 우리는 매우 평평하고 완전히 트인 커다란 평지와 마주했다.

우리는 포석 박는 공구처럼 보이는 것이 드리운 지점을 향해 몇 발짝 나아갔다. 그 구조는 도로를 다지는 달구를 연상시켰다.

온통 금속으로 되어 있음에도 가벼워 보이는 달구는 밝은 노란색의 작은 비행선에 매달려 있는데, 아랫부분이 둥글게 벌어진 그 비행선은 기구氣球의 실루엣이 생각나게 했다.

그 아래 지면은 더할 나위 없이 이상한 방식으로 조성되어 있었다.

꽤 넓은 면적에 사람의 치아가 온통 줄지어 박힌 채 대단히 다채로운 형태와 색깔을 드러내고 있었다. 그 가운데 눈부시게 새하얀 몇몇은 갈색과 밤색 계통의 모든 색상을 보여주는 흡연자의 앞니와 극명하게 대비되었다. 밀짚 빛깔의 희미한 색조부터 극도로 진한 다갈색에 이르기까지, 온갖 종류의 누런빛이 그 기이한 치아들 속에 있었다. 연하거나 짙은 푸른색 이들 또한 자기 몫을 보태는 가운데 일군의 검은색 이, 또 희미한 붉은빛이나 요란한 핏빛의 치근들이 색채의 풍부함을 더해주고 있었다.

모양과 비율의 다양함은 끝이 없었다. 커다란 어금니와 흉측한 송곳니가 거의 눈에 띄지도 않는 젖니와 이웃하는가 하면 금속이나 금을 씌운 치아들에 비친 수많은 빛이 여기저기서 반짝였다.

현재 달구가 있는 지점에서는 긴밀하게 모인 치아들이 빛깔의 교차만으로 하나의 그림을 만들어내고 있었다. 그것은 아직 채 완성되지 않은 진짜 그림으로, 어두운 지하동굴에서 선잠에 든 한 기병의 모습을 떠올리게 했다. 인물은 지하연못 가장자리에서 게으르게 뒹굴고, 잠자는 그의 뇌에서 피어오른 가느다란 연기는 반쯤 허리를 굽힌 열한 명의 젊은이를 마치 꿈속인 듯 보여주고 있었다. 그들은 거의 투명한 하나의 공기덩어리가 불어넣는 공포에 압도당한 모습이었다. 덩어리는 날아오르는 한 마리 흰 비둘기의 목표점인 듯 보였으며, 그것이 지면 위로 던지는 옅은 그림자가 죽은 새를 뒤덮고 있었다. 기병 옆에는 오래된 책 한 권이 덮인 채 놓여, 지하동굴 바닥에 수직으로 꽂힌 횃불의 빛을 받고 있었다.

그 기이한 치아 모자이크에서 주조색은 노란색과 갈색이었다. 그보다 드문 다른 색조들은 보다 강렬한 느낌으로 시선을 잡아끌었다. 멋진 하얀색 치아들로 이루어진 비둘기는 빠르고 우아한 자세로 도약하는 모습이었다. 기병의 장비를 형상화하는 치근들은 매우 솜씨 좋게 배치되어 한편으로는 책 옆에 떨어진 어두운 투구의 붉은색 깃털 장식을, 다른 한편으로는 커다란 보라색 망토를 구성했다. 망토를 채운 구리버클은 교묘하게 모아놓은 금니들로 이루어져 있었다. 푸른색 치아는 복잡하게 뒤섞여 하늘색 바지를 만들어냈고, 바지는 검은색 치아로 된 커다란 장화 속으로 들어가 있었다. 눈에 두드러지는 구두 밑창은 담갈색 치아로 이루어졌는데, 그 가운데 금속을 씌운 치아가 규칙적인 간격으로 배치되어 징이 박힌 것을 형상화하고 있었다.

현재 달구가 위치한 곳은 왼쪽 장화 위쪽이었다.

그림 주변의 치아들은 사방으로 매우 지리멸렬하게 흩어져 있었다. 그것들은 아무런 모양도 만들지 않고 드문드문 박혀 있었다. 중심부에서 가장 멀리 떨어진 치아들이 그리는 가공의 둥근 경계선 너머로는 빈 공간이 펼쳐졌고, 이 공간은 또다시 여기저기 박아놓은 수 센티미터 높이의 가느다란 말뚝과 그에 매인 가냘픈 줄로 경계가 지어져 있었다. 우리는 이 다각형 방책 앞에 모두 다 줄지어 섰다.

문득 달구가 저절로 공중으로 올라가더니 약한 바람을 타고 5, 6미터 정도 천천히 곧장 움직여 우리에게서 멀지 않은 곳에 위치한, 담배로 갈색이 된 흡연가의 치아 위에 내려앉았다.

캉트렐은 손짓으로 우리를 인도하면서 줄을 넘어 빈 공간을 지나 기구를 향해 다가갔다. 모두 그를 따라갔다. 가면서 여기저기 흩어진 치아를 건드리지 않으려고 조심했는데, 외관상의 그 무질서는 아마도 심오한 연구에서 나온 지난한 결과일 터였다.

가까운 곳에서 햇빛에 반짝이는 달구로부터 똑딱 소리가 들려왔다.

캉트렐은 솔깃한 설명을 아낌없이 들려주며 우리로 하여금 기계의 다양한 부분을 주목하게 했다.

기구를 감싼 그물이 일종의 라운드 네크라인을 이루면서 노출된 정수리 부분에는 알루미늄자동밸브가 있었고, 마개가 달린 주둥이 바로 옆에는 문자반이 보이는 작은 크로노미터가 부착되어 있었다.

풍선 아래로는 전체가 섬세하고 가벼운 붉은색 비단으로 만들어진 그물의 아랫부분을 이루는 가느다란 수직로프들이 곤돌라 대신 둥근 알루미늄쟁반을 매달고 있었다. 똑바로 선 아주 낮은 가두리에 뚫린 구멍으로 연결된 뒤집힌 뚜껑 모양의 이 널찍한 쟁반에는 노란 오커색 물질이 얇게 깔려 있었다.

그 쟁반은 가느다란 알루미늄기둥 꼭대기에 고정되어 있었다. 원통 형태의 이 수직기둥은 곧 기계의 몸통이기도 했다.

기둥의 위쪽에 비스듬히 꽂힌, 마찬가지로 알루미늄으로 된 긴 막대가 하늘을 향해 비스듬히 솟아오르며 둥근 쟁반 높이를 지나 세 갈래로 갈라져 있었다. 이 가지들 각각은 끝에 제법 큰 크로노미터를 달고 있는데, 그 뒷면에는 크로노미터와 동일한 크기의 둥근 거울이 부착되어 있었다. 세 개의 문자반은 서로를 외면한 채 세 방향의 바깥쪽을 향하고 있었다. 반면에 주석도금을 한 세 개의 유리판은 하나의 중심을 마주하며 대략 서쪽, 남쪽, 동쪽을 각각 바라보고 있었다. 현재 첫번째 거울은 직사광선을 받아 두번째 거울로 온통 쏘아댔고, 이 두번째 거울은 받은 빛을 둥근 쟁반을 향해 반사하고 있었다. 세번째 거울은 지금으로서는 아무런 역할도 하지 않는 것처럼 보였다. 각각의 거울은 섬세한 톱니가 달린 네 개의 수평막대로 크로노미터에 연결되었고, 막대는 크로노미터 측면을 돌아가면서 위, 아래, 오른쪽, 왼쪽에 부착되어 있었다. 이 막대들 가운데 셋은 크로노미터를 관통하여 측정기계 전체보다 직경이 약간 짧은 문자반 주변에 튀어나와 있었다.

크로노미터의 장치에 연결된 보이지 않는 톱니바퀴들로 작동되는 막대들은 앞뒤로 매우 다양하게 움직이면서 거울에 온갖 기울기를 부여했다. 막대의 앞쪽에는 작은 금속구가 달려 있고, 움직이는 거울 뒷면의 움푹 팬 구멍에 그 3분의 2 정도가 끼워져 있었다. 이러한 부착방식은 반사판이 다양한 방향으로 자유롭게 움직일 수 있게 해주었다.

매일 삼중의 시스템이 아침부터 저녁까지 태양의 운행을 좇았다. 오전에는 먼저 동쪽을 바라보는 거울이 반짝이는 햇살을 받았다. 해가 자오선을 지나면 그 거울은 동작을 멈추고, 그 맞은편에 있는 거울이 역할을 이어받았다. 남쪽을 바라보는 거울은 새벽부터 저녁까지 움직이면서 내내 재반사를 했으니, 옆에 있는 빛나는 유리판들이 번갈아가며 끊임없이 쏘아대는 햇빛을 받아 줄곧 한 방향으로만 비추어 보내는 식이었다.

끝이 세 갈래로 갈라진 기우뚱한 막대 중간에는 짧고 곧은 버팀대 하나가 솟아올라 있었다. 그것은 곧 두 개의 굽은 가지로 갈라져 반원을 형성했는데, 이 반원의 양끝은 천정점을 향하고 있었다. 기우뚱한 막대가 위치한 완벽한 수직면과 직각으로 교차하는 그 반원은 강력한 둥근 렌즈의 틀로 사용될 수 있어, 그 지름에 수평지름을 맞춘 렌즈가 둥근 가지 끝 두 축에 고정되어 있었다.

가장 멀리 떨어진 거울이 재반사한 빛다발의 궤도에 정확히 자리잡은 렌즈는 흘러넘치는 광선과 평행을 이루며 누워 있었다.

굽은 가지 중 하나의 윗부분 바깥쪽에 문자반이 달린 작은 크로노미터는 엄격하게 정해진 순간마다 인접한 축과 제 움직임의 미묘한 협응에 따라 렌즈를 회전시키게끔 되어 있었다.

전체적인 균형을 위하여 마치 아령처럼 둥근 평형추가 달린 수평의 금속막대가 렌즈와 거울들 반대쪽으로 알루미늄기둥에 고정되어 있었다.

거대한 나침반에서 떼온 것 같은 커다란 자침이 기둥 중간을 수직으로 가로지르고 있는데, 양쪽의 길이가 동일한 그것은 자력에 의해 기구의 비행방향을 일정하게 유지하는 역할을 했다. 북쪽을 가리키는 침은 남쪽을 바라보는 거울 바로 아래 위치해 있었고, 남쪽을 가리키는 침은 유사한 방식으로, 그러나 더 가까운 거리에서 둥근 평형추 곁에 자리잡고 있었다.

받침대 자리에는 가구의 발을 축소된 형태로 연상시키는, 매끈하게 구부러진 세 개의 작은 알루미늄발톱이 기둥의 아래쪽 끝을 지탱해주고 있었다. 그것들 각각은 지면을 디딘 채 달구에 충분한 안정성을 주었으며, 단정한 곡선을 그리며 뻗어내린 발톱 아랫부분 바깥쪽으로 그보다 약간 클까 말까 한 좁은 크로노미터의 문자반이 달려 있었다.

세 개의 발톱 중간 높이에는 각각 한 개씩 가느다란 못이 수평으로 안쪽을 향해 모여들었고, 그 끝은 기둥축 바로 아래 빈 공간에 납작하게 매달린 작고 푸른 금속원판 측면에 가볍게 박혀들었다. 그리고 모양은 같으나 밝은 회색을 띤 두번째 금속원판이 1밀리미터 간격을 두고 첫번째 원판 바로 위에 위치해 있었다. 두번째 원판을 매단 채 그것의 윗면 중앙에 연결된 가느다란 수직막대의 다른 쪽 끝은 기둥으로 이어지면서 사라졌다.

발톱이 부착된 지점보다 약간 높은 곳, 기둥의 가장 낮은 부분에는 마지막 크로노미터의 문자반이 붙어 있었다.

카트렐은 우리에게 달구를 들여다볼 만큼 시간을 준 뒤 왔던 길을 되짚어 돌아가기 시작했고 우리는 뒤를 따랐다. 잠시 후 우리는 두번째로 넘은 줄 앞에 아까처럼 서 있었다.

작은 충격음이 곧 우리의 시선을 기구 아래쪽으로 향하게 했다. 세 발톱 사이의 회색 원판이 막대에 밀려내려가면서 다른 원판에 빠르게 가 붙었던 것이다. 둘은 이제 바짝 붙어 있었다. 그들이 맞닿는 바로 그 순간 아래쪽에 있던 갈색 치아가 지면을 떠나 신비로운 자력에 의해 푸른색 원판 뒷면에 딱 붙었다. 거의 동시에 울린 두 충격음은 우리 귀에 하나의 음처럼 들렸다.

조금 뒤 수평지름을 축으로 갑자기 반의반 바퀴 돈 렌즈에서 섬광이 솟구쳤고, 남쪽으로 고정된 거울이 비스듬히 하강하는 방향으로 쏜 빛의 다발과 이제 수직으로 교차했다. 이 동작에 이어 특수한 유리를 통과하는 광선이 기구 아래 둥근 쟁반에 깔린 노란색 물질 표면에 강력하게 집중되었다. 그물 아래쪽의 가느다란 로프 몇 개가 그 갑작스러운 반짝임 위로 미묘한 그림자를 던졌다. 그렇게 산출된 강한 열기에 휩싸인 오커색 물질이 가벼운 가스를 분출했고, 이 가스가 벌어진 입구를 통해 풍선 안으로 들어간 게 분명했다. 기낭氣囊이 점차 부풀어올랐기 때문이다. 양력揚力은 금세 기구 전체를 들어올리기에 충분해졌고, 기구는 공중으로 부드럽게 솟아올랐다. 그동안 렌즈는 같은 방향으로 반의반 바퀴 더 돌아 햇빛 집중하기를 그쳤고, 노란색 혼합물은 환한 빛을 잃었다.

우리가 줄 너머에 있는 동안 바람의 방향이 바뀌었고, 달구는 이제 치아로 만든 그림 쪽에 가 있었다. 이 두번째 이동은 먼젓번 이동과 제법 큰 각을 이루어, 그 결과 기구는 기병이 졸고 있는 가장 어두운 지하동굴 구석으로 향했다.

기구가 나는 동안 아래쪽에서는 발톱 가운데 하나가 길어졌다. 발톱 안쪽에 있는 바늘이 반 센티미터 내려간 것이다.

풍선이 곧 눈에 띄게 수축되었고, 기구는 하강하면서 지하연못의 둑을 나타내는 짙은 색깔 치아들 위에 늘어나지 않은 발톱 두 개를 얹었다. 그러는 동안 조금 전에 모습을 드러낸 바늘은 빈 지면에 직접 가닿았다. 착륙하는 순간 우리는 아직 열려 있는 풍선 정수리의 밸브가 예정된 양의 가스를 배출한 뒤 마개에 의해 소리 없이 닫히는 것을 보았다. 그것은 단순한 알루미늄판으로 그 가장자리의 한 지점에 연결된 축 위에서 높이의 변화 없이 회전하며 사라졌다가 나타나기를 반복할 수 있게 되어 있었다. 우리는 이제 달구의 첫번째 여정이 렌즈와 밸브의 어떤 작동을 통해 이루어졌는지 유추할 수 있었다. 처음에는 그 각각이 움직이는 방식을 무지한 우리 눈으로는 포착할 수 없던 터였다.

세 발톱 사이의 회색 원판이 막대에 이끌려 올라갔고, 그것과 푸른색 원판 사이의 간격은 다시 1밀리미터가 되었다. 이와 함께, 그로써 자력이 사라졌음을 입증하기라도 하듯, 기구를 따라 공중으로 올라갔던 니코틴 묻은 치아가 푸른색 원판 뒷면에서 분리되어 지면으로 떨어지면서 모자이크의 미완성 지점을 부분적으로 메웠다. 새로 박힌 치아의 색깔은 인접한 치아들의 색깔과 잘 어울렸고, 알맞은 자리에 이루어진 그 작은 보충 덕분에 그림은 조금 더 진척되어 보였다.

렌즈가 아까와 같은 방향으로 반의반 바퀴 돌자 빛에 덥혀진 오커색 발산물이 풍선을 부풀렸다. 기구가 다시 떠오르는 동안 렌즈는 또 한번 회전했고, 튀어나왔던 바늘은 덮개 역할을 해주는 발톱 속으로 되돌아갔다. 미풍의 방향은 바뀌지 않아, 달구는 멀리 떨어진 곳에 외로이 놓인 가늘고 뾰족한 분홍색 치근까지 직선으로 날아간 뒤 밸브의 작동과 함께 그 위로 내려앉았다.

그때 캉트렐이 입을 열어 그 이상한 비행기구의 존재이유에 대해 우리에게 설명했다.

선생은 날씨를 예보하는 기술을 가능성의 극한까지 끌어올렸다. 놀랍도록 예민하고 정확한 일군의 기계를 검토한 끝에 일정한 곳에서 일어나는 모든 공기 이동의 방향과 강도, 그리고 구름의 발생, 규모, 농도, 잠재력을 열흘 앞서 알 수 있게 된 것이다.

예보의 완벽함을 보다 분명하게 보여주고 싶었던 캉트렐은 태양과 바람의 협응만으로도 미학적인 작품을 만들어낼 수 있는 기계를 상상하기에 이르렀다.

그는 우리가 눈앞에 보고 있는 달구를 만든 뒤 그것의 모든 작동을 조절해줄 다섯 개의 고성능 크로노미터를 장착했다. 제일 위에 있는 것은 밸브의 개폐를 조정했고, 나머지는 거울과 렌즈를 작동시키면서 햇빛으로 기구의 풍선을 부풀리는 역할을 했다. 이는 물론 열의 자극이 있을 경우 일정량의 수소를 분출하게 되어 있는 특별한 배합의 노란색 물질 덕분에 가능한 일이었다. 이 오커색 배합물을 만든 것은 선생 자신으로, 기구를 띄우는 기체가 발생하는 것은 오로지 렌즈가 그 위로 태양 광선을 집중할 때뿐이었다.

이런 식으로 캉트렐은 어느 정도의 햇빛만 있으면 오래전에 미리 예측한 대기의 흐름을 이용하여 정확한 비행을 할 수 있는 기구를 갖게 되었다.

이후 선생은 예술작품을 산출하기 위해 무슨 질료를 사용할지 고민했다. 섬세한 모자이크만이 기구의 까다롭고도 잦은 왕복에 안성맞춤인 도전 과제일 듯싶었다. 그런데 여러 가지 색깔의 조각이 어떤 단속적인 자력에 의해 달구의 아랫면에 붙었다 떨어질 수 있어야 했다. 결국 캉트렐은 몇 년 전 자신이 한 발견을 활용하기로 결심했으니, 실행에 옮길 때마다 그것은 매번 훌륭한 결과를 낳은 터였다.

그 발견이란 위험하고 해로운 마취제의 사용을 피하면서 아무런 고통 없이 이를 뽑는 희한한 방법을 가리켰다.

캉트렐은 오랜 연구 끝에 매우 복합적인 금속 두 개를 얻어냈다. 이 두 금속을 서로 접합시키면 즉각 불가항력적인 특별한 자력이 생겨났다. 그런데 그 힘은 오로지 인간의 치아를 형성하는 석회질 성분에만 작용했다.

두 금속 가운데 하나는 회색이었고, 다른 하나는 강철빛이 감도는 푸른색이었다. 각각의 금속으로 반경 1밀리미터 크기의 원판을 만들어 잘라낸 캉트렐은 회색 원판에 가늘고 단단한 손잡이를 약간 비스듬하게 부착했다. 그러고는 푸른색 원판의 측면에 동일한 간격을 두고 세 개의 짧은 수평막대를 연결한 뒤 바깥쪽으로 길어지는 막대의 다른 쪽 끝을 가느다란 손잡이가 달린 작은 실린더의 위쪽 원주로 이어지게 했다. 필요한 순간이 되면 그는 먼저 한 손을 사용하여 환자의 입에 실린더를 집어넣고 두꺼워서 벨 염려가 없는 실린더 아래쪽 가장자리로 뽑아야 할 이 양쪽의 다른 두 치아를 눌렀다. 그런 다음 다른 손으로 회색 원판을 가져다가 푸른색 원판에 정확하게 포갰다. 그러면 즉시 자력이 발생했다. 그런데 그것이 어찌나 갑작스럽고 또 어찌나 강력한지 아픈 치아는 부름에 복종하며 환자에게 조금의 통증도 느낄 틈을 주지 않고 그때까지 있던 자리에서 빠져 세 개의 막대와 마찬가지로 전체가 백금으로 되어 그 어떤 충격에도 끄떡 않는 실린더를 관통하여 푸른색 원판으로 돌진했다. 아랫니를 뽑을 때는 실린더가 정상적인 위치에 놓이며 푸른색 원판이 위로 갔다. 반면에 윗니를 뽑아야 할 때는 작동방식은 동일하지만 실린더와 푸른색 원판의 위치를 완전히 뒤집어야만 했다. 이미 빠진 치아가 있어서 한쪽을 지탱할 수 없을 경우 선생은 아주 간단한 수를 써서 상아로 된 다양한 크기의 평행육면체 가운데 없는 치아를 대신해줄 것을 골랐고, 그리하여 한쪽은 치아 위에, 다른 쪽은 상아조각 위에 놓인 실린더는 필요한 균형을 얻을 수 있었다. 병든 치아 주위가 완전히 비어 있으면 두 개의 평행육면체가 필요했다. 뽑아야 할 대상 양쪽의 치아 크기가 같지 않을 경우에는 상아처럼 흰 다양한 두께의 사각형 조각을 사용했는데, 낮은 치아 위에 알맞은 두께의 조각 하나를 얹어주면 결정적인 순간에 필요한 완벽한 높이의 균형이 확보되었다.

그것을 낳는 특수한 원자적 결합의 마땅한 결과로서 자력은 오로지 실린더 안쪽 어두운 부분, 곧 그 축이 두 원판의 중심을 관통하고 지름 또한 원판들과 일치하는, 제한 없는 길이의 완벽한 원통 안에서만 작용했다. 회색 원판은 따라서 뽑아야 할 치아 반대쪽의 치아를 끌어당길 염려가 없었고, 푸른색 원판 또한 겨냥된 치아에만 작용할 뿐 인접한 다른 치아는 절대 상관하지 않았다. 그 놀라운 강도를 감안할 때 엄격하게 제한된 작용은 바라는 결과, 곧 갑작스러운 작용으로 인한 무통無痛을 얻기에 충분했다. 일단 치아가 떨어져나와서 푸른색 원판에 가 붙으면 캉트렐은 즉시 회색 원판을 분리했다. 실험을 통해 안전성을 확인했지만, 혹시라도 미처 사라지지 않은 자력이 환자나 그가 잘못 움직이는 바람에 건강한 치아를 상하게 하지나 않을까 우려했던 것이다.

이 방식이 알려지자마자 로쿠스 솔루스에는 수많은 방문객이 몰려들었고, 그들 모두는 조금의 고통도 없이 아픔의 원인을 제거해주는 빠르고도 편안한 방법에 한껏 매료되어 돌아갔다.

선생은 자신의 기술을 사용하여 뺀 치아를 뒤죽박죽 쌓아놓았다. 그 거추장스러운 것들을 돌볼 시간은 도무지 나지 않았고, 폐기는 계속 미뤄지기만 했다.

그러다가 그의 새로운 계획이 완성되자 그는 그 계속된 지연을 축복했다. 편리하게 사용할 수 있는 한 가지 요소를 제공해주었기 때문이다.

그는 자신이 가진 치아를 모자이크 작품에 활용하기로 했다. 그것들의 색조와 윤곽은 충분히 다양해서 그런 별난 발상을 감당하기에 부족함이 없었다. 특히 치근의 핏빛은 금이나 금속을 씌운 치아의 빛나는 광채와 함께 복합적인 풍부함을 제공해주었다.

선생은 달구 아랫부분의 받침대 역할을 하는 세 발톱 사이에 발치용과 유사한 두 개의 새로운 원판을 고정시켰다. 하지만 이번에는 훨씬 약한 자력을 생성하도록 두 금속을 조합했다. 단단히 고정된 치아를 뽑는 게 아니라 단지 바닥에 떨어져 있는 것을 끌어올리기만 하면 되었기 때문이다. 가벼운 포획물을 한 지점에서 다른 지점으로 옮기기만 하면 되는데, 앞선 것처럼 강한 원판이라면 기구가 날아가는 동안 자력이 작용하는 범위 내의 모든 치아를 끌어당길 것이고, 그러면 이미 끌어올린 치아에 다른 치아가 와서 붙는 일이 연속적으로 발생할 것이었다. 이 중대한 난관은 걱정하지 않아도 되었다. 새로운 원판은 크기와 각각의 색깔에서 먼젓번 것과 같았지만 아주 가까운 거리에서 저항력이 없는 치아를 끌어올릴 힘만 있었기 때문이다. 알루미늄기둥 아래쪽에 위치한 크로노미터는 수직막대를 움직여서 정확한 순간에 두 금속을 붙이거나 떨어뜨렸고, 이를 통해 자력을 단속적인 것으로 만들었다.

캉트렐은 다양하게 채색된 순철조각으로 모자이크를 제작했어도 비슷한 결과를 얻을 수 있었을 것이다. 전기자석이 단속적인 전류의 효과로 그것들을 끌어올리고 떨어뜨리는 게 가능했을 테니 말이다.

하지만 그 방식을 위해서는 심각한 불편이 따르는 무거운 전지 시스템을 비행 달구에 힘겹게 장착해야만 했다.

선생은 따라서 첫번째 생각을 선호했다. 그가 정당한 자부심을 느끼고 있는 애초의 발견을 전대미문의 방식으로 활용할 수 있을뿐더러 특별히 그를 매료하는 점이 있었기 때문인데, 그것은 숙고를 거친 예술적 의지가 일체 배제된 채 오로지 우연에 의해 재단되고 채색된 조각들의 사용이 그가 계획한 희한한 그림에 예측 불가능성을 부여해준다는 사실이었다.

달구에 거대한 나침반 바늘을 부착하고 난 뒤에도 캉트렐은 여전히 충족시켜야 할 조건이 남아 있음을 알았다. 그것은 유랑하는 기구가 미래의 작품 어디에 머물든지 완벽한 수직을 유지해야 한다는 점이었다. 그런데 모자이크가 진척되면 진척될수록, 세 개의 발톱 받침대가 전체의 균형을 무너뜨릴 가능성이 더욱더 커져갔다. 지탱점에 치아가 맞붙기 때문이었다. 달구가 기울면 규칙적으로 작동하는 거울들의 정밀한 방향설정에 혼란이 생겨나고 새로운 상승은 불가능해질 것이었다.

사활이 걸린 이 중대한 문제를 해결하기 위해 캉트렐은 세 발톱 아랫부분을 비우고 그 자리에 작은 크기의 크로노미터를 부착했다. 때가 되면 그 톱니바퀴가 안에 있는 끝이 둥근 바늘을 움직여 잠시 아래로 내릴 수 있을 것이었다.

발톱 하나가 이미 모자이크를 구성하고 있는 치아를 디디면 나머지 두 발톱에서 각각 바늘이 길어져 그 끝이 지면에 가닿을 것이었다. 이따금 두 발톱이 치아 위에 놓일 수도 있었다. 그 경우에는 나머지 한 발톱만이 바늘을 사용할 터였다.

추가한 가느다란 막대는 치아의 매우 다양한 높이에 맞추어 길어지게 되어 있었다. 실제로 어금니와 앞니, 영구치와 젖니는 높이가 엄청나게 다양했고 이 다양성은 개개인의 다양함에 따라 배가되었다. 이러한 사실이 최종결과에 나쁜 영향을 끼치지는 않을 것이었다. 단지 표면이 고르지 않다고 해서 모자이크의 회화적 힘이 줄어들지는 않을 것이었기 때문이다. 하지만 캉트렐은 바늘 셋이 달린 크로노미터 조정에 신경을 써야만 했다. 극단적인 예를 들자면, 어른의 어금니와 아이의 앞니 높이는 상대적으로 차이가 크고, 발톱 하나가 이걸 선택하느냐 다른 걸 선택하느냐에 따라 나머지 둘은 안쪽의 바늘을 길게 혹은 짧게 늘여 지면에 닿아야 했기 때문이다. 그뿐만 아니라 두 발톱이 서로 다른 크기의 치아를 동시에 겨냥할 경우, 둘 중 하나는 바늘의 도움을 받아야 할 터였다. 게다가 모자이크가 완성되어갈 무렵에는 덩그러니 비어 있는 곳을 채우기 위해 세 발톱 모두 치아 위에 내려앉는 일이 생겨날 수 있는데, 그땐 종종 지면과의 접촉이 전혀 없음에도 불구하고 한두 개의 바늘이 움직이게 될 것이었다.

이러한 다양한 특수성 때문에 가장 낮은 곳에 위치한 세 크로노미터는 유별나게 어려운 조정작업을 요할 수밖에 없었다. 다행히도 연장되는 바늘과 관련하여 선생은 미래의 모자이크를 이루는 부분에만 신경쓰면 될 뿐 주변에 대해서는 아무것도 걱정할 게 없었다. 비어 있는 공간인 까닭에, 달구가 세 발톱 모두 자연스럽게 지면을 디딘 채 들어올리게끔 치아를 흩뿌려놓을 수 있었기 때문이다. 대기의 흐름은 활용이 가능하되 그 방향이 캉트렐을 구속하기도 했다. 하지만 그는 치아 그림 바깥으로 나가려는 경향이 있는 기구의 도착점을 원칙적으로는 무한한 직선 위에서 마음대로 고를 수 있었다. 이를 위해서는 밸브의 크로노미터를 제때 작동시키기만 하면 되었다. 이러한 사실은 실험 초기에조차도 치아를 쌓아놓지 않아도 되도록 해주었고(공간은 넓었고 차차 비게 되어 있었다), 치아를 들어올릴 때도 발톱에 장착된 바늘을 굳이 사용할 필요가 없었다.

제작할 예술작품으로 캉트렐은 약간 어두운 느낌의 주제

를 고르고자 했다. 누런색과 갈색이 모자이크 재료의 주된 색조였기 때문이다. 그는 희미하게 밝혀진 깊은 지하동굴의 한 장면이 가장 적합하리라 생각했고, 에사이아스 텡네르가 자신의 『프리티오프 사가』에 수록한 「기병」이라는 스칸디나비아 설화를 떠올렸다. 중심 에피소드가 그의 의도에 완벽하게 부합하는 이 교훈적인 민중설화는 프랑스 출신 민속학자 파요로캉시에 의해 다음과 같이 번역된 바 있다.*

1650년경 노르웨이의 부유한 영주 예르츠 공작은 아름다운 크리스텔에게 미친듯이 반했다. 문제는 그녀가 그의 봉신 가운데 하나인 셀데루프 남작의 아내라는 사실이었다.

예르츠는 오그라는 기병을 불렀다. 이 인물은 파렴치한 악당으로서 계산만 두둑하게 해준다면 무슨 일이라도 할 위인이었다.

주군은 가슴을 쥐어짜는 불가항력적인 사랑을 열렬한 말로 이야기한 뒤, 꿈속에까지 나타나는 여인을 조용히 유괴하여 아무도 모르게 무방비상태로 데려다주기만 한다면 한밑천 단단히 안겨주겠다고 약속했다.

위험을 피하기 위해 예르츠는 자신의 욕망을 채울 때는 가장무도회 가면을 쓰기로 했다. 왕에게 탄원이라도 들어가면 가장 끔찍한 보복을 당할 수 있고, 그런 만큼 크리스텔이 아무런 증거나 의심도 갖지 못하길 바랐던 것이다.

오그는 행동을 개시하여 남작의 저택 가까운 곳에 자리를 잡고는 기회가 오길 기다렸다.

어느 날 저녁 정원에 숨어 쉼없이 성을 감시하던 기병은 크리스텔을 보았다. 마침 우연은 홀로 산책 나온 그녀를 그가 있는 쪽으로 이끌었다. 기회를 노리던 그는 운나쁜 젊은 여인

* 『프리티오프 사가』는 아이슬란드의 영웅담으로, 19세기 스웨덴 시인 에사이아스 텡네르가 스웨덴어로 정리했다. 다만 「기병Den Rytter」은 수록되어 있지 않으나 루셀의 창작으로 추정된다. 파요로캉시 역시 가공의 인물이다.

을 향해 단숨에 돌진했다. 하지만 그의 손은 첫 외침을 막을 수가 없었다. 셸데루프가 비명소리를 들었고, 하인 몇 명과 함께 제때 달려와 아내를 구하고 강도를 붙잡았다.

격분한 영주의 명령에 따라 오그는 지체 없이 커다란 지하동굴로 끌려갔다. 정원 밑에 자리잡은 그 지하동굴의 비밀입구가 마침 유괴장소에서 멀지 않은 덤불숲 한가운데에 있었던 것이다.

오랫동안 사용하지 않은 그 장소는 예전에는 성의 지하와 통했고, 따라서 성이 함락될 경우 많은 인원을 수용하는 비밀은신처 역할을 했다. 그뿐만 아니라 밤에는 어둠을 틈타 덤불숲 한가운데 난 비밀입구로 도망칠 수도 있었다.

하인들과 함께 포로를 끌고 지하동굴에 도착한 셸데루프는 발이 쑥쑥 빠지는 진흙바닥에 송진이 흐르는 불붙은 나뭇가지를 꽂았다. 내려올 때 꺾어 마련한 것이었다.

동굴 안에서는 해로운 가스와 습기로 가득찬 연못 하나가 썩어가고 있었다.

무덤이 되어줄 침묵의 소굴에 기병을 버려둔 채 남작은 왔던 길로 되돌아나왔다. 그를 따라 밖으로 나온 하인들은 그가 보는 앞에서 혼자의 힘으로는 도저히 움직일 수 없는 여러 개의 커다란 붉은색 돌로 지하동굴의 입구를 틀어막았다. 그 돌들은 멀지 않은 정원길의 가두리를 이루고 있던, 거의 폐허나 다름없는 인조석이었다. 반세기 전 연결통로가 붕괴된 이후로 지하동굴에서 성으로 이어지는 길은 완전히 막힌 상태였다. 따라서 사람의 손길이 닿지 않는 곳에서 느리고 잔인한 죽음으로부터 기병을 구해줄 것은 아무것도 없었다.

입구에 쌓여 있는 붉은색 돌들을 움직여보려고 헛되이 애쓰던 기병은 드넓은 감옥을 둘러보았고, 그 세심한 검토는 모든 탈출의 희망을 앗아갔다.

동굴 안을 둘러보는 동안 그는 어두운 구석에서 여러 군데 부패한 오래된 책 한 권을 주웠다. 그곳에 버려진 채 곰팡이와 쥐에 의해 거의 사그라지다시피 한 책들 가운데 남아 있는 유일한 잔해였다.

횃불 곁으로 돌아온 그는 책을 훑어보다가 『영웅담 모음집: 소피아 여왕을 위해 쇠렌센 베델이 1591년에 간행』이라는 표제를 읽었다.

자신을 괴롭히는 불길한 생각을 독서를 통해 잠시나마 쫓아버리고픈 마음에 오그는 바닥에 누우면서 되는대로 책을 펼쳤고, 그의 눈은 「물덩어리 설화」라는 제목이 붙은 전설에 가서 멈추었다.

옛날 에이드스볼 근처에 고결한 영혼과 충직함으로 널리 알려진 롤프센 공작이 살고 있었다.

막대한 재산을 소유한 롤프센은 외동딸 울프라를 귀여워했다. 울프라는 순수한 소녀로서 본보기가 될 만한 미덕을 갖추고 있었다. 반면에 음흉한 젊은이들인 열한 명의 아들은 천박하고 잔인한 본능으로 가득차 있었으니, 롤프센은 그들을 집에서 쫓아내야만 했다.

롤프센이 죽자 현명한 울프라는 가장 어림에도 불구하고 그녀를 유일한 상속자로 지명한 아버지의 뜻에 따라 전 재산을 물려받았다.

격분한 열한 명의 형제는 악의 요정 군베르를 찾아가 울프라가 죽도록 마법을 걸어달라고 간청했다.

간절히 부탁하는 자들의 나쁜 의도에 즉각 넘어간 요정은 자신의 힘으로는 그 젊은 여자를 직접 죽이는 데 한계가 있다며 아쉬움을 표했다. 하지만 일 년 동안 비둘기로 변모시키는 일은 가능하다고 했다. 그동안 열한 명의 형제는 동생을 쉽게 죽일 수 있을 것이었다. 다만 울프라가 유형의 시간 전부를 보낼 장소인 퀴글콩주리주, 곧 새들의 왕국을 발견하는 데 성공해야만 했다.

젊은이들은 제안을 받아들였다. 군베르는 콧소리를 내며 마법의 주문을 외더니 울프라가 비둘기로 변하여 날기 시작했다고 말했다. 이제 그들은 마음껏 재산을 차지할 수 있게 된 것이었다.

요정은 여러 가지를 조언하면서 홍방울새가 들어 있는 새장 하나를 그들에게 건넸다. 그 새는 새장에서 풀어주기만 하면 그들을 새들의 왕국까지 인도할 것이었다. 요정은 또한 수수께끼 같은 단어 하나를 가르쳐주었다. 그것은 목적지에 도달하는 순간 치명적인 위험으로부터 그들을 지켜줄 터였다.

과연 무서운 정령이 퀴글콩주리주를 지키고 있었으니, 중간 크기의 물덩어리 형태로 공중에 떠서 무모한 사냥꾼들의 접근을 막고 있었다.

모든 살아 있는 존재는 그 이상한 덩어리의 그림자가 스치는 즉시 죽었다. 위험은 밤에도 지속되었다. 특별한 날씨 덕분에 하늘은 언제나 맑고, 달과 별은 그림자가 생겨나기에 충분한 빛을 발하기 때문이었다.

군베르가 알려준 마법의 주문을 큰 소리로 외치면 물덩어리는 멀리 도망가게 되어 있었다.

열한 명의 형제는 요정과 작별했다. 요정은 그들에게 서두를 것을 조언했다. 만약에 울프라를 죽이지 못하면, 그녀는 일

년 후 날갯짓을 하며 퓌글콩주리주를 떠나 원래의 모습을 되찾을 것이고, 자기 지위를 회복한 뒤 약탈자들의 재산을 가져다가 누릴 것이기 때문이었다.

젊은이들은 무엇보다도 먼저 누이동생의 실종으로 임자가 사라진 아버지의 재산을 취하러 갔다.

군베르가 서두르라고 재촉한 것을 까맣게 잊어버린 그들은 근 일 년이 다 지나도록 금화를 뿌려대며 앞날의 근심 없이 즐거운 현재를 누리는 광적인 향연의 삶을 살았다.

마지막날을 며칠 앞두고서야 비로소 자신들을 기다리는 위험을 기억해낸 젊은이들은 홍방울새를 풀어주면서 길을 나섰다. 새장에는 첫날부터 영양가 많은 다양한 알곡이 한 번도 끊긴 적이 없었다.

길을 확실히 알고 오로지 한 방향으로만 날아가는 새의 뒤를 따라 며칠 동안 오래 걸어간 끝에 그들은 마침내 깃털과 지저귐으로 가득찬 커다란 숲을 만났다. 홍방울새가 날갯짓을 멈추면서 퓌글콩주리주에 도착했음을 알렸다.

환한 대낮이었고 찬란한 하늘에서는 태양이 빛나고 있었다.

갑자기 열한 명의 형제는 공포 속에서 요정이 예고한 물덩어리가 나타나는 것을 보았다. 자신들의 목숨을 구해줄 단어를 떠올리려고 했지만 소용없는 일이었다. 숱한 통음난무 가운데 이미 오래전에 잊어버렸던 것이다.

물덩어리가 다가오며 지면 위로 창백한 그림자를 던졌다. 그것은 우선 피로 때문에 날갯짓도 하지 못한 채 힘겹게 깡충거리기만 하는 홍방울새를 뒤덮었다. 새는 벼락이라도 맞은 듯 비명 한 번 내지르지 못하고 쓰러져 죽었다.

이제 무시무시한 사냥이 시작되었다. 공포에 짓눌린 젊은이들은 악착같이 쫓아오는 하늘의 재앙을 피하기 위해 안간힘을 썼다. 그 몸부림이 언제까지나 계속될 수는 없었다. 물덩어리가 어찌나 민첩한지 죽음의 그림자에서 벗어나기 위해 그들이 시도하는 속임수 동작도 더이상 통하지 않았기 때문이다.

그러나 조금 전 퀴글콩주리주 밖으로 솟아오른 비둘기 한 마리가 위태로운 장면이 벌어지는 이곳을 향해 전속력으로 날아오고 있었다.

죽음의 그림자를 피해 물덩어리 위를 날던 비둘기는 부리를 낮추더니 이리저리 돌아다니는 그 무서운 물을 마지막 한 방울까지 다 마셔버렸다.

그것이 울프라임을 깨달은 열한 명의 형제는 감동한 나머지 뉘우치는 마음으로 땅에 무릎을 꿇었다.

비둘기는 홍방울새 대신 돌아오는 길을 안내했고, 그들은 순순히 뒤따랐다.

가문의 영지가 눈에 들어왔을 때 마침내 마법의 시간이 끝났다. 착한 울프라는 여인의 모습을 되찾았다. 그녀는 형제들의 음모를 꿰뚫어보았음에도 그들에게 손을 내밀며 감동적인 화해의 말을 건넸다.

뉘우친 젊은이들은 이제 누이 곁에서 함께 살았다. 막대한 재산을 소유하게 된 그녀는 오빠들에게 우애와 선물을 넘치도록 베풀었다.

셀데루프 남작에 의해 산 채로 매장된 동굴 속에서 오그는 책을 읽으며 잠시나마 불안을 잊을 수 있었다.

졸음이 밀려오는 것을 느낀 그는 책을 내려놓고는 되는대로 몸을 눕혀 금방 잠이 들었다.

그는 꿈을 꾸었다. 방금 읽은 이야기의 영향인지 물덩어리 앞에서 겁에 질린 전설 속의 형제들이 나타났고 죽음의 그림자에 뒤덮인 길잡이 홍방울새가 보였다. 멀리에는 눈처럼 하얀 비둘기가 자신을 핍박하는 자들을 구하기 위해 빠르게 날아오고 있었다.

조금씩조금씩 비둘기의 모습이 또렷해졌고, 기병은 이내 그 날개가 자신을 스치는 것을 느꼈다. 눈을 떠보니 바로 옆에 크리스텔이 서 있는 것이 보였다. 그녀는 그를 깨우기 위해 그의 손을 잡고 있었다.

젊은 여인은 지하동굴 입구가 붉은색 돌로 틀어막힌 뒤 무슨 일이 있었는지 몇 마디 말로 간단히 이야기해주었다.

자신을 공격한 사람이 끔찍한 죽음을 맞게 된 사실을 생각하며 괴로워하던 크리스텔은 서재에서 낡은 필사본 묶음을 찾아 자기 방으로 가져갔다. 거기에는 매우 오래전에 건축된 셀데루프 영지의 도면과 관련 지시사항이 여기저기 끼워져 있었다.

그 자료에서 그녀는 다른 사람들의 도움을 유발할지도 모를 요란함은 피하면서 기병이 있는 곳까지 그녀 혼자 가게 해줄 비밀통로의 표시를 발견하길 바랐다.

세심한 검토가 그녀의 바람을 현실로 만들어주었다.

복잡하고도 정교한 긴 구절의 용어를 하나하나 기억에 새긴 뒤 그녀는 한밤중에 성의 지하실로 내려갔다. 거기서 그녀는 높이 손을 들어 어둡고 거친 벽의 요철에 가려 보이지 않는 어느 장치를 눌렀다.

곧 바닥의 판석 하나가 조금의 기울어짐도 없이 저절로 꽤 높이 올라가 멈추었다. 굵은 수직막대 네 개가 움푹 팬 구멍 위로 판석을 지탱해주고 있었다. 완전히 드러난 입구에는 물이 가득했다.

크리스텔은 같은 벽 오른쪽에 있는 다른 장치를 눌렀다. 그러자 수면이 낮아지면서 지하통로와 연결된 계단 몇 개가 드러났다. 젊은 여인은 계단을 내려가 어두운 터널로 들어갔다. 거기에는 방금 전까지 한쪽 끝에서 다른 쪽 끝까지 가득차 있던 차가운 물의 기운이 배어나오고 있었다.

그녀는 연못의 평소 수면보다 낮은 곳을 통해 기병이 있는 지하동굴로 들어갔다. 그녀가 두번째 장치를 누르자 연못의 수면이 낮아지고 이와 더불어 터널의 물도 빠져나간 덕분이었다. 그녀는 벽에서 튀어나온, 완만하게 경사진 통로를 조심스럽게 걸어서 마침내 동굴 흙바닥에 이르렀고, 포로에게 다가가 무거운 잠을 깨웠다.

젊은 여인의 이야기에 충격을 받은 오그는 특히 해방의 촉감을 느끼며 잠을 깬 바로 그 순간 자기를 스쳤다고 생각한 하얀 비둘기와 크리스텔의 분명한 유사성에 놀랐다. 두 경우 모두 비열한 방식으로 핍박받은 순수함이 고통과 위험의 수단이었던 존재들을 구원하며 승리하고 있었다.

기병이 이런 생각을 하는 동안 크리스텔은 그에게 따라오라는 신호를 하고는 동굴 벽에서 튀어나온 경사진 길을 거쳐 연못의 습기 찬 벽 안쪽에 뚫린 지하통로로 향했다.

침묵 속에서 통로를 지나온 두 사람은 숨겨진 문을 통해 성 밑 지하실로 나왔다.

벽 아래쪽, 들어갈 때 눌렀던 두 장치와 수직으로 나란히 자리한 아직 사용하지 않은 두 장치를 크리스텔이 번갈아 작동시키자 우선 물이 제자리로 돌아갔다. 물은 원래의 높이로 올라가면서 동굴의 연못이 다시 가장자리까지 가득찼음을 알려주었다. 이어서 판석이 하강하면서 은폐된 좁은 입구를 물샐틈없이 막았다. 젊은 여인은 그 옛날 이 비밀통로를 만든 건축가의 선견지명에 감탄했다. 그것은 지하동굴과 성 사이에 문이 (돌무더기로 막히지는 않았지만 혜안이 있는 침입자가 쉽게 막아버릴 만한) 하나밖에 없는 상황에서 어떤 절망적인 도피에 유용할 터였다. 머릿속으로 그녀는 눈에 보이지 않는 장치를 상상할 수 있었다. 몇 시간 전에 들춰본 서재의 자료들 가운데 특히 정확한 설명이 붙은 여러 종류의 단면도를 통해 그것이 어떻게 작동하는지 확인한 덕분이었다. 지하를 관통하는 하나의 관이 동굴의 연못을 동쪽으로 3킬로미터 떨어진 곳에 위치한 동일한 고도의 미에사호수와 연결해주고 있었다. 두번째 장치는, 그것을 누르고 있는 동안 수압 노즐이 열림으로써 물통 안으로 물이 들어가고, 무거워진 물통은 일종의 평형추가 되어 아래쪽으로 내려가게 되어 있었다. 이는 베어링과 레버로 이루어진 섬세한 시스템을 가동시켰다. 호수와 연결된 관이 닫히고, 그와 동시에 연못 한쪽 벽 2미터 아래에 뚫린 수문이 열렸다. 그러면 곧 연못에 고여 있던 물의 일부가 자연 우물로 흘러내렸다. 연못의 수면이 이렇게 낮아지면 성과 지하동굴 사이를 오가는 것이 가능해졌다. 매우 힘있게 눌러야 하는 세번째 장치는 물통 아래쪽에 있는 구멍의 자동폐색 밸브가 잠시 동안 강제로 열려 있게 했다. 그러면 즉각 물이 빠지고 가벼워진 물통은 다시 원래의 위치로 되돌아갔다. 그동안 베어링과 레버는 먼젓번 작업을 되돌려놓으면서 자연 우물로 통하는 수문을 닫고 관을 열었다. 이와 함께 연못은 다시 미에사호수의 물로 가득찼다. 첫번째 장치와 네번째 장치가 판석을 움직이는 것 또한 물을 채웠다 비웠다 하는 평형추의 원리를 이용한 것이었다.

어두운 계단으로 기병을 이끌면서 크리스텔은 미리 확보한 열쇠 두 개로 층계문과 정원문을 열었고, 자기를 공격한 사람에게 완전한 자유와 용서를 주었다.

오그는 이 절호의 기회를 이용하여 한밑천 안겨줄 납치를 시도하는 대신 영웅담에 그려진 열한 명의 형제의 뉘우침에 영향을 받아 크리스텔의 무릎에 몸을 던지고는 후회와 감사를 표했다.

그러고 나서 그는 어둠 속으로 도망쳤고, 젊은 여인은 조용히 자기 방으로 돌아갔다.

캉트렐은 자신이 원하는 어두운 지하동굴을 제공해주는 이 주제를 채택하면서 정원에서 훤히 트인 장소를 골랐다. 그곳은 특히 바람의 방향이 변화무쌍하다는 점이 좋았다. 모자이크 제작을 위해 달구가 수행해야 하는 수많은 왕복운동을 용이하게 해주었기 때문이다. 캉트렐은 이용할 자리를 평평하게 다지는데 완벽을 기했다. 그러고는 기상관측에 따라 석양에서 시작하여 이백사십 시간 동안 비도 폭풍도 없을 미래의 시기를 참을성 있게 기다렸다. 사실 바람이 너무 강하면 실험은 불가능할 것이었다. 그리고 세찬 비는 기구의 풍선을 무겁게 하고 거울과 렌즈를 흐리게 해 수많은 조합을 교란할 터였다.

때가 되자 그는 기구에 연결된 달구와, 두 금속의 발견 이후 뽑은 치아가 담긴 커다란 상자를 실험장소로 가져왔다.

거기서 그는 자신의 기상관측을 검토하면서 꼬박 하룻밤 동안 지독하게 일했다. 특별한 등불의 이상하고도 놀라운 빛 덕분에 그는 수많은 치아의 미묘한 색깔을 구분할 수 있었다. 그가 얼마 전 발명한 그 등불은 화가들이 해가 진 뒤에도 낮과 조금도 다름없이 일할 수 있게 해줌으로써 아틀리에와 미술학교의 세계에 혁명을 일으켰다. 그는 자신이 예측한 시계 스무 바퀴의 출발점을 일부러 저녁으로 잡았다. 달구에는 쓸모없는 시간일 수밖에 없는 긴 밤을 복잡한 준비작업에 할애하기 위해서였다. 그렇게 하면 달구는 이튿날 새벽부터 시작하여 열흘째

되는 날 저녁 이슬이 내릴 때까지 일할 수 있고, 이 경우 예측한 기간의 활용 가능한 낮시간을 조금도 잃지 않을 것이기 때문이었다.

잠깐의 시간도 허비하지 않기 위하여 그는 이따금 빈틈없는 초상화가가 그의 주문에 따라 유화로 그린 동일한 내용의 그림을 쳐다보면서 예술작품의 제작을 준비했다. 그 그림을 보면 화가가 그림을 이룰 치아 또는 치근의 수에 따라 색채의 양을 분배했음을 알 수 있었다. 장차 모자이크가 들어설 자리는 빈 공간으로 남겨둔 채 그는 온갖 뉘앙스의 치아를 주변에 뿌렸다. 이동하는 달구가 쉽게 포획할 수 있도록 하기 위해서였다.

그는 우선 치아를, 다양한 모양에 따라 그림에서 취하게 될 정확한 방향을 감안하여 뿌렸다. 치근의 경우 특별히 제작한 작은 톱으로 그 자리에서 치관齒冠을 잘라낸 뒤 마찬가지로 준비했다.

집중을 요하는 이 파종작업과 연계하여 캉트렐은 아홉 개의 크로노미터 각각에서 동력에 관계되는 장치와 보조적인 장치의 섬세한 작동을 천분의 일 초의 오차를 두고 설정했다. 이것들은 한번 태엽을 감아주면 이백삼십삼 시간 동안 멈추지 않고 돌아가게 되어 있었는데, 그것은 태양의 위치를 고려할 때 첫새벽부터 마지막 석양까지의 시간보다 좀더 넉넉한 시간으로, 신중을 기하기 위해 결정한 것이었다.

미풍이 몇 초 차이로 발생하여 어느 한 방향으로 불면 특별한 크로노미터에 의해 움직이는 렌즈는 노란색 물질 위로 햇빛을 집중했는데, 하늘에서의 위치로 결정되는 태양의 열과 대기의 청명함에 따라, 그리고 특히 태양 앞을 지나가는 구름이 얼마나 짙으며 얼마 동안 빛을 차단하는가에 따라 그 지속을 연장하기도 하고 단축하기도 했다. 렌즈와 관련해 선생은 비단 그물 몇 가닥이 오커색 물질 위로 던질 가느다란 그림자의 문제를 단번에 처리해버렸다.

밸브의 크로노미터를 조정하는 일은 커다란 집중을 요했다. 격렬한 바람이 휴식상태에 있는 달구를 움직일 수 있는 만큼, 공중 이동과는 별도로 바람에 저항할 안정성 확보의 차원에서 이따금 얼마간 공기를 빼내 기구를 무겁게 만드는 작업이 필요했다. 이러한 상황은 렌즈의 작동에 직접적인 영향을 미쳤다. 잃어버린 수소를 보충하기 위하여 노란색 혼합물을 좀더 오래 비추어야 했기 때문이다.

아래쪽에서 치아를 끌어올리고 떨어지게 하는 두 원판의 조정은 훨씬 수월했다. 반면에 발톱 안쪽의 바늘을 작동시키는 세 개의 크로노미터를 미리 맞춰놓는 일은 끔찍한 계산을 요했다. 거울의 경우, 전적으로 규칙적인 그 움직임은 해의 움직임을 따르기만 하면 되었다. 하지만 지구의 자전축이 기울어져 있는 까닭에 눈에 보이는 태양의 일주에 매일 약간의 변화가 발생하는 만큼 거울의 방향은 하루하루 조금씩 수정되어야만 했다.

기구는 저녁부터 해가 뜰 때까지 꼼짝 않고 정지해 있어야 하며 절대 건드려서는 안 되었다. 크로노미터들이 마지막날까지 포함하여 모두 미리 조정되어 있기 때문이었다. 문자반은 일부러 잘 보이게 부착했다. 모든 바늘이 조금도 교란되지 않은 채 정확하고 동일한 시간을 가리키고 있다는 사실을 지속적으로 알 수 있어야 하기 때문이었다.

캉트렐이 준비를 끝낼 때쯤 닭이 울었다. 그는 적정량의 수소로 기구의 풍선을 채웠다. 그것은 오커색 물질과 상관없이 매일 주입하는 수소였다. 달구는 바람의 모든 가능한 변덕을 이용하여, 유화로 그려진 모델을 확대해 재현하면서 열흘째

되는 날 저녁 모자이크를 완성할 예정이었다. 다만 네 개의 가느다란 테두리는 그리지 않기로 했다. 주제에 아무런 해도 끼치지 않는 사소한 누락으로, 합당한 선택이었다. 모자이크 테두리에 사용하기로 했다가 소용이 없어진 치아들은 폐기처리되었다. 자기 계획을 공개적으로 알렸던 선생은 사람들이 아무 때고 와서 기구의 가뿐한 산보를 구경하며 속임수라곤 아무것도 없음을 확인할 수 있도록 영지의 문을 열어두었다. 낮은 말뚝들에 팽팽하게 연결한 줄은 이 매혹적인 장소를 보호하는 다각형의 장애물이었다. 방문객들과 달구 사이에 충분한 거리를 유지함으로써 바람에 조금의 영향도 미치지 않기 위한 조처였다. 마침내 달구가 희미한 노란색의 위턱 송곳니 위에 착륙했고, 유리한 첫 바람을 이용할 순간을 기다렸다.

실험은 벌써 이레째 계속되며 이제 거의 막바지에 이르고 있었다. 지금까지 기구는 크로노미터의 경이로운 조절 덕분에 치아와 치근을 언제나 원하는 자리에 옮겨놓을 수 있었다. 이따금 바람의 끝없는 변덕 때문에 연속적으로 빠르게 움직이는가 하면, 어떤 때는 미풍이 한 방향으로만 이는 까닭에 기구가 다시 날아오를 기회를 몇 시간이나 기다려야만 하기도 했다. 때때로 낯선 사람들이 소규모로 도착했고, 캉트렐이 이야기를 하는 동안 몇 사람은 조용히 다가가 기구가 떠오르는 모습을 관찰하곤 했다.

선생이 즉흥 강연을 마치려는 참에 이제 우리에게도 익숙한 짤막한 소리가 달구를 지탱해주는 세 발톱 쪽으로 주의를 끌었다. 기둥 아래쪽에 삽입된 크로노미터의 보조장치로 작동되는 막대에 떠밀린 회색 원판이 또다시 내려와 푸른색 원판에 가 붙었고, 방금 전까지 기계의 목표물이던 치근이 순간적인 자력에 의해 들어올려져 푸른색 원판 아래쪽에 달라붙은 것이다.

렌즈는 언제나처럼 회전하며 추가분의 수소를 만들어내고는 치근을 매단 달구가 날아오르는 동안 다시 한번 회전했다.

느린 바람이 기병의 모자 위에 펼쳐진 깃털 쪽으로 달구를 밀었다. 밸브가 제때 작동하자 기계는 지면에 내려앉으며 두 원판 사이를 벌려 가늘고 가벼운 포획물을 떨어뜨렸다. 그리고 그럼으로써 깃털 가두리의 섬세하게 옅어지는 창백한 장밋빛 바탕이 완성되었다. 깃털 가운데의 줄기는 진홍색 치근으로 되어 있었다. 발톱들이 동일한 높이의 산홋빛 붉은 지탱점을 찾았던 까닭에 내부의 가느다란 바늘은 하나도 나오지 않았다.

거의 즉각적으로 렌즈가 새로이 작동하여 기구를 떠오르게 했고, 반의반 바퀴 회전이 이어졌다. 그 부분적인 회전은 어김없이 시계방향이었다.

달구는 마지막 횡단축을 따라 일직선으로 움직이면서 밸브의 도움으로 진주보다 더 하얀 멋진 송곳니 위에 가 앉았다. 캉트렐 말이 그것은 매력적인 미국 여인의 눈부신 치아였다.

원판의 접합으로 자력이 발생하는 순간 빠른 구름이 태양을 완전히 가리면서 기층을 교란시켰고, 공기의 새로운 흐름들이 생겨났다.

렌즈는 재빨리 작동 위치로 되돌아갔다.

캉트렐은 처음부터 안개를 예견하고 그에 맞추어 해당 크로노미터를 조정해둔 터였다. 따라서 햇빛은 있되 습기는 없어서 불과 몇 초면 풍부한 양의 수소를 만들어낼 수 있었던 지난 두 차례에 비해 렌즈의 작동시간은 훨씬 길어졌다.

무게경감 작업이 끝나자 달구는 묵묵히 솟아올라 갑자기 불어온 바람을 타고 꿈속의 비둘기 위에 가 내려앉았다. 마침 맞게 놓인 하얀 송곳니로 날개 끝이 완성되었다. 그런데 이번에는 기구의 이동이 끝나는 순간 크로노미터의 신호에 따라 한 발톱의 바늘이 길게 내려가 살며시 지면에 닿았다. 다른 두 발톱이 똑같은 높이의 치아를 디딘 가운데 바로 그 바늘 덕분에 기구의 균형이 유지될 수 있었다.

밸브가 열리면서 바람이 빠졌던 기구는 렌즈의 지속적인 작동에 의해 또다시 팽창하며 떠올랐다. 바늘이 기계적으로 발톱 속으로 들어가는 동안 기계는 일정한 방향을 유지하며 매우 단정하게 생긴 먼 곳의 푸른색 치아를 포획하러 갔다. 그것은 제2제정 연대기에 의하면 카스틸리오네 백작부인의 찬란한 치아 중에서도 유독 눈에 띄던, 그리하여 그 비할 데 없는 아름다움의 독특하고 놀라운 불완전함을 구성하던 푸른색 이와 흡사했다.*

이때 구름이 빠르게 미끄러지면서 태양 앞에서 사라졌다. 태양은 온전한 힘을 되찾았다.

하늘이 밝아지는 것과 함께 태양이 가려진 동안 일시적으로 나타났던 역풍도 자취를 감추었고, 미풍이 다시 아까의 방향으로 불기 시작했다.

덕분에 렌즈는 큰 노력을 기울이지 않고도 유랑기구를 날아오르게 할 수 있었다. 이제 기구는 기병의 바지까지 우아하게 도약했다가 밸브의 급격한 작동으로 사뿐히 내려앉았다.

거기서 발톱들은 굵기가 다른 두 개의 군청색 치아와 지면이 이루는 세 군데 도착점에 맞닥뜨렸는데, 치아들은 높이의 편차가 매우 컸다. 하지만 크로노미터로 움직이는 두 바늘이 이미 각각 다른 길이로 늘어나 긴 바늘은 지면을, 다른 바늘은 작은 크기의 치아를 디뎠다.

군청색의 새로운 몫은 제자리에 정확히 놓였고, 즉시 힘을 보충한 기구는 거대하고 추한 검은 어금니까지 직선으로 날아가서는 그 둘레에 세 개의 발톱을 꽂았다. 바늘들은 방금 전에 모두 자취를 감춘 참이었다.

* 카스틸리오네 백작부인은 루셀이 친구 로베르 드 몽테스키우의 전기 『숭고한 백작부인*La Divine Comtesse*』을 보고 알게 된 나폴레옹3세 시대의 실존인물이지만, 치아와 관련된 언급은 허구다.

예측한 대로라면 기구의 다음 이동까지는 한참을 기다려야 한다는 사실을 알리면서 캉트렐은 느린 걸음으로 드넓은 정원의 다른 지점을 향해 우리를 이끌었다.

제3장

선생이 목표점으로 선택한 것은 일종의 거대한 다이아몬드였다. 평지 끝에 서 있는 그것은 놀라운 광채로 벌써 멀리부터 여러 차례 우리 시선을 끌었었다.

높이 2미터에 너비 3미터 크기의 그 괴상한 보석은 둥근 타원의 형태였다. 그것은 작열하는 태양 아래 견디기 힘들 정도의 불볕을 쏟아냈고, 불볕은 사방팔방 뻗어가는 섬광으로 그 물체를 치장했다. 상대적으로 크지 않은 기저 부분을 매우 낮은 인공바위에 박아 고정시키고 진짜 보석처럼 결정면이 드러나게 깎은 그것은 움직이는 다양한 대상을 가두고 있는 듯 보였다. 어느덧 가까이 다가갔을 때 희미한 음악 같은 게 들려왔다. 이 음악은 경이로운 효과가 있었으니, 급속하고 화려한 악구와 아르페지오, 그리고 올라가고 내려가는 음계들이 어우러진 이상한 음악이었다.

사실 가까이 갔을 때 알아차릴 수 있었던 것처럼, 다이아몬드 모양의 그것은 물이 채워진 커다란 용기에 불과했다. 그러나 거기 담긴 액체는 성분 가운데 어떤 예외적인 요소를 포함하고 있는 게 분명했다. 유리벽이 아닌 액체 자체에서 빛이 나오고 있었기 때문이다. 그 빛은 액체 곳곳에서 감지되었다.

결정면 중 하나에 시선을 고정시키면 용기 내부를 한눈에 둘러볼 수 있었다.

중앙에 피붓빛 수영복을 입은 날씬하고 우아한 젊은 여인이 바닥을 딛고 서 있었다. 그녀는 온몸이 물에 잠긴 채 머리를 부드럽게 일렁이면서 미적 매력으로 충만한 이런저런 포즈를 취했다.

입술에 즐거운 미소를 머금은 그녀는 액체가 사방에서 감싸고 있음에도 자유롭게 숨을 쉬는 것 같았다.

넓게 펼쳐진 그녀의 멋진 금발이 어깨 위로 솟구쳤다. 하지만 수면에까지 이르지는 않았다. 얇고 끈적끈적한 일종의 막에 둘러싸인 각각의 머리칼은 조금만 움직여도 액체와 마찰하면서 떨렸고, 이렇게 만들어진 현絃은 그 길이에 따라 높고 낮은 소리를 냈다. 이 현상은 다이아몬드에 다가갈 때 들은 유혹적인 음악을 설명해주었다. 기민한 젊은 여인이 그것을 의도적으로 만들어내고 있었던 것이다. 그녀는 목을 일렁이는 강도와 빠르기에 변화를 줌으로써 크레셴도와 디미누엔도를 능숙하게 조절했다. 음계, 악구, 아르페지오는 상승하거나 하강하는 멜로디 속에서 적어도 세 옥타브의 음역을 오르내렸다. 여인은 종종 머리를 좌우로 부드럽게 흔들면서 매우 제한된 음역 안에 머물기도 했다. 그러다가는 또 가슴에 크고 지속적인 움직임을 주기 위해 허리를 좌우로 흔들어서 그 희한한 악기가 온갖 가능성을 발휘하게 했고, 그러면 이내 최대한의 음역과 음향이 생성되었다.

그 신비로운 음악은 매혹적인 물의 요정과도 흡사한 젊은 여인의 조형적인 포즈와 이상적으로 어울렸다. 음색은 기이한 풍미를 띠고 있었는데, 소리가 액체 속에서 퍼져나간다는 사실에 기인한 것이었다.

한 놀라운 동물이 이따금 여인의 앞을 지나가 커다란 용기 안을 경쾌하게 헤엄치고 있었다. 발톱 달린 네발을 갖춘 신체

구조로 보아 지상의 동물이 확실했다. 분홍빛에 털이라고는 전혀 없는 인상적인 피부가 관찰자들을 놀라게 했다. 하지만 그게 무슨 동물인지를 확실히 알려주는 것은 눈이었다. 반박의 여지가 없는 고양이의 눈이었다.

오른쪽에는 형태가 분명치 않은 무언가가 50센티미터 깊이의 물속에 잠긴 채 실 끝에 매달려 있었다. 그것은 인간 머리 내부의 잔재일 수밖에 없었는데, 뼈와 살, 피부를 상기시키는 것이라고는 아무것도 남아 있지 않았다. 뇌는 온전한 모습이었고, 그 아래로는 근육과 신경이 복잡한 망을 사방으로 펼쳐놓고 있었다. 너무 얇아 거의 보이지 않는 골격이 그 미세한 구석구석을 섬세하게 지탱하는 덕분에 전체는 원래의 형태를 유지하고 있었으니, 오로지 신경얼기의 윤곽만으로도 그게 뺨인지 입인지 아니면 눈인지 명확하게 알아볼 수 있었다. 각각의 신경을 두른 끈끈한 막은 물의 요정의 머리칼을 감싼 얇은 막을 상기시켰다. 실이 뇌 바로 아래 위치한 골격의 세 군데 말초 지점을 거쳐 아랫부분에서 세 갈래로 갈라지면서 전부를 지탱하고 있었다.

오른쪽을 훑어보자 작은 원기둥 하나가 눈에 들어왔다. 완벽하게 수직인 그것은 물 한가운데 꼼짝 않고 떠 있었다.

넓은 수조 바닥에는 여러 개의 구멍이 뚫린 매우 뾰족하고 긴 금속원뿔이 놓여 있었다.

캉트렐의 안내에 따라 왼쪽에 있는 다른 결정면들 앞에 선 우리는 일련의 작은 개체들을 가까운 거리에서 바라볼 수 있었다. 어떤 것은 혼자고 어떤 것은 쌍을 이루거나 무리지어 있는

데, 마치 잠수인형처럼 물속을 수직으로 상승했다가 수면에 채 도달하기도 전에 다시 바닥까지 떨어졌고 잠깐 휴식을 취한 뒤 또다시 떠오르기를 반복했다.

선생은 먼저, 함께 있는 두 개체를 가리키며 다음과 같이 설명했다.

"역사力士 뷔를라스가 강력한 맹금의 도약을 제지하고 있습니다. 범죄를 위해 조련된 저 새는 알렉산더대왕을 교살하려 하고 있지요."

눈앞에 보이는 장면이 사건의 전말을 연상시켰다. 비극적 상황을 인식하지 못한 영웅은 동양의 화려한 침상 위에 나른하게 잠들어 있었다. 침상 머리맡 가까운 벽에는 금실이 고정되어 있었다. 이 실은 당기면 죄어드는 방식으로 영웅의 목을 휘감았고, 다른 쪽 끝은 거대한 초록빛 새의 발에 연결되어 있었다. 날개를 펼친 새는 의도한 방향으로 힘차게 날아 막 죽음의 매듭을 죄려는 참이었다. 단단히 버티고 선 건장한 근육질의 구원자는 이 날개 달린 암살자를 잡기 위해 두 손을 뻗고 있었다. 한데 명백히 전도가 되어 오히려 실이 새를 공중에 떠받치고 있었다. 실의 은밀한 빳빳함 덕분이었다.

잠수인형들이 빠르게 상승했다. 수면에서 얼마 떨어지지 않은 지점에 이르렀을 때 문득 커다란 공기방울 하나가 금실이 고정된 벽 꼭대기에 난 구멍을 통해 빠져나갔다. 이것이 내부 장치에 미묘한 변화를 일으킨 게 틀림없었다. 그로부터 몇 가지 움직임이 비롯되었기 때문이다. 새가 날갯짓에 의해 앞으로 나아갔고, 매듭이 잠자는 사람의 목을 급작스럽게 죄었다. 그러나 새는 역사와 가까워졌고 역사는 새를 잡기 위해 두 손을 한데 모았다. 하지만 맹금의 비상은 원인이 아니라 결과인 것이, 매듭이 조여지면서 떠받치는 부분이 약간 늘어난 금실의 미는 힘으로부터 유발되었기 때문이다.

공기방울이 빠져나가자 하강이 시작되었다. 역사의 손이 벌어지고 매듭이 헐거워지면서 새는 원래의 자리로 되돌아갔다. 수조 바닥에 내려앉은 그것들은 얼마 동안 정지했다가 다시 상승을 시작했고, 앞서와 동일한 높이에 이르렀을 때 공기의 강한 분출에 맞추어 상승을 멈추고는 이미 관찰한 움직임을 되풀이했다.

"이마에 끔찍한 화염 낙인이 찍혀 그 뜨거움에 시달리고 있는 빌라도입니다." 수면에 수직으로 가까워지는 다른 잠수인형을 가리키면서 캉트렐이 말했다.

일어선 채 고통으로 일그러진 얼굴로 두 손을 올린 빌라도는 고뇌와 두려움 가득한 표정으로 눈을 반쯤 감고 있었다. 가장 높은 지점까지 올라갔을 때 공기방울이 후두부에 난 구멍을 통해 빠져나갔고, 그러자 분명 머리통 속에 들어 있을 전등에서 빛을 얻은 표지가 인물의 이마 위로 눈부신 모습을 드러냈다. 그것은 오로지 불의 선線만으로 단말마의 그리스도를 나타내고 있었다. 캉트렐이 우리에게 가리켜 보인 신성한 십자가 한쪽 밑에는 성모마리아가, 다른 쪽 밑에는 마리아 막달레나가 경건한 태도로 무릎을 꿇고 있었고 두 사람의 옷 아랫단이 빌라도의 눈꺼풀 위로 백열白熱하는 선을 그리고 있었다.

잠수인형이 천천히 하강하는 동안 표지는 빛을 잃었다. 하지만 이어지는 상승이 절정에 달하면 다시 빛날 것이었다.

집게손가락으로 새로운 인형을 가리켜 보이면서 캉트렐이 짧게 말했다.

"질베르가 바알베크의 폐허 위에서 위대한 시인 미시르의 그 유명한 시스트럼을 흔들고 있습니다."✦

✦ 질베르는 18세기 프랑스의 시인, 바알베크는 현재 레바논에 위치한 고대도시이며 시스트럼은 고대 이집트의 타악기다.

얼굴에 미친듯한 기쁨이 가득한 질베르가 매우 오래된 폐허에서 온 것 같은 돌무더기를 밟고 있었다. 그는 다섯 개의 막대가 달린 시스트럼을 오른손에 자랑스럽게 쳐들고는 마치 시구를 읊으려는 듯 입을 벌린 모습이었다.

이번에는 상승이 절정에 달한 순간 오른쪽 어깨로 공기방울이 빠져나갔고, 그러자 쳐든 오른손이 시스트럼을 즐겁게 흔들었다. 금방이라도 소리가 울려퍼질 듯했다.

"침상에 몰래 숨긴 칼로 음흉한 난쟁이 피치기니는 자기 몸에 여러 군데 칼집을 냈습니다. 세 사람이 지켜보고 있는 연례적인 혈한血汗이 더 심해 보이도록 하기 위해서입니다."

캉트렐의 이 설명은 현재 넓은 수조 바닥에서 꼼짝 않고 있는 한 무리에 관련된 것이었다. 제일 눈에 띄는 난쟁이 모습의 인물이 시트를 턱까지 끌어올리고 그 아이 같은 체구에 맞춘 일종의 요람에 누워 있었다. 교활하게 반짝이는 눈은 그의 몸에서 어떤 현상이 나타나길 기다리는 세 사람의 주의깊은 관찰자를 향하고 있었다. 곧 그들 모두 가볍게 떠오르면서 높은 곳을 향해 움직였다. 때가 되자 베개의 가장 높은 모서리가 보이지 않는 구멍을 통해 강력한 공기방울을 급히 배출했고, 장치가 작동하면서 놀라운 결과가 빚어졌다. 난쟁이의 추악한 얼굴에 매우 작은 핏빛 땀방울이 맺히는 한편 시트가 커다란 핏자국으로 물든 것이다. 마치 끔찍한 출혈이라도 있는 것처럼 말이다. 얼룩덜룩한 그 진홍빛 착색은 일군의 미세한 구멍을 통해 돌연히 새어나온 가벼운 분말 때문이었다. 네 인물이 저 아래 출발점으로 되돌아가는 동안 선홍색 가루는 완벽하게 용해되었고, 물에서는 더이상 염료의 흔적을 찾아볼 수가 없었다.

"어깨에서 잠시 내려놓은 천구를 향해 아틀라스가 날린 세찬 발길질이 염소자리를 움직입니다."

캉트렐이 설명한 새로운 잠수인형은 우리가 바라보았을 때 한창 도약하는 중이었다. 무릎을 굽히고 오른발 바닥을 보이면서 막 발길질을 하려는 뒷모습의 아틀라스가 고개를 돌린 채 사나운 눈길로 반짝이는 천구를 쏘아보고 있었다. 그의 뒤쪽에 떨어진 천구는 반짝이로 된 여러 개의 작은 별로 이루어졌는데, 빳빳한 은실로 이어진 보이지 않는 망이 별들을 서로 연결하여 실제 천체의 모습에 맞게 배치하고 있었다. 높은 곳에 이르자 아틀라스의 정수리에서 단번에 몇 입방센티미터의 공기가 빠져나갔고, 아틀라스는 벼락 같은 발길질로 염소자리를 이동시켜 유일한, 그러나 심각하지 않은 천체기술학적 오류를 수정했다. 잠수인형이 수조 바닥으로 내려가면서 발길질을 했던 다리는 원래의 위치로 되돌아갔고 오류는 다시 얼굴을 드러냈다.

캉트렐은 추락하는 아틀라스를 바짝 뒤따르는 세 인물을 바라보면서 짤막하게 말을 이었다.

"기도 삼매경에 빠져 있는 소녀를 보면서 볼테르는 한순간 자기의 무신론을 의심합니다."

옆모습의 볼테르가 함께 산책하던 사람의 팔을 움켜쥐면서 몇 발자국 떨어진 곳에서 무릎을 꿇고 하늘을 올려다보며 열렬하게 기도드리는 소녀를 고뇌에 차 바라보고 있었다. 아래쪽으로 내려가 바닥에서 잠시 머무르던 가벼운 잡동사니들은 이내 천천히 날아오르기 시작했다. 그 기이한 승천은 꼭대기에 이르러 라틴어 단어 'Dubito'*와 함께 중단되었다. 볼테르의 입술에서 여러 개의 공기방울 형태로 새어나온 완벽한 필체의 여섯 글자가 그 단어를 만들어냈던 것이다.

* '나는 의심한다'라는 뜻.

“태어난 지 다섯 달 된 리하르트 바그너가 어머니의 품에 안겨 잠자는 것을 보고 거리의 약장수가 특이한 예언을 합니다.” 마지막 수중 예술작품으로 옮겨가면서 선생이 말했다.

거기에서는 한 여인이 왼팔에 잠든 아이를 안은 채 약장수처럼 보이는 한 노인을 향해 오른손 집게손가락을 뻗고 있었다. 노인은 평평한 바닥에 쇳가루처럼 보이는 회색 분말이 고르게 깔린 잔을 여인에게 내밀었다. 그의 팔 아래에는 필기도구와 함께 열린 잉크병이 놓인 작은 탁자가 있었다. 이번 공기배출은 수면에 가까워졌을 때 잉크병을 통해 이루어졌다. 이에 여인의 손목이 움직이며 잔 가장자리를 짧게 세 번 두드렸고, 그 순간 쇳가루 위로 고랑들이 패기 시작했다. 가장자리를 두드릴 때마다 고랑은 더욱 선명해지다가 마침내 기이한, 그러나 충분히 읽을 수 있는 글씨가 되어 나타났다. “표절되리라.” 이 말은 미래에 〈파르시팔〉을 쓰게 될 작곡가에게 한껏 적용될 예언이었다. 무리가 깊은 곳으로 되돌아가는 동안 쇳가루는 고른 모습을 되찾았다. 꽉 찬 모양의 그 모조품이 의도된 효과를 낳을 수 있었던 것은 세 단계의 기계식 조명과 함께 사전에 준비된, 이리저리 굽이치는 고랑의 눈속임 덕분이었다.

일곱 무리의 섬세한 잠수인형들은 서로 아무 보조도 맞추지 않은 채 지속적인 수직왕복운동을 반복하면서 매 순간 매우 다양한 높이에 가 있었다.

잠수인형 구경이 끝나자 캉트렐은 우리를 약간 뒤로 물러서게 하면서 수조 위를 가리켰다. 전체적으로 거대한 보석의 완벽한 외양을 위해 안으로 접히면서 수평을 이룬 가두리가 중앙의 원형 구멍을 에워쌌고, 그 곁에는 라벨에 ‘소테른’+이라 적힌 백포도주병과 일곱 마리의 해마가 헤엄치는 커다란 표본

+ 프랑스 보르도 지역에서 생산되는 고급 백포도주로 황금빛이 감돈다.

병이 나란히 서 있었다. 길고 섬세한 실이 해마 각각의 가슴팍에서 가장 돌출된 부위를 섬세하게 꿰었는데, 실의 양끝은 작은 금속케이스로 모여들어 있었다. 그리고 그렇게 만들어진 일곱 개의 연약한 배액선排液線은 무지개를 연상시키는 각각의 빛깔을 띠고 있었다.

표본병 곁에는 또 작은 그물이 놓여 있었다.

선생은 주머니에서 꺼낸 당과 그릇을 조심스레 열었다. 강렬한 붉은빛의 굵은 알약 몇 개가 담겨 있었다. 그는 한 알을 집어들더니 몇 발자국 앞으로 나아가 거대한 다이아몬드의 구멍을 향해 능숙하게 던졌다. 또다시 결정면들 앞에 선 우리는 진홍색의 가벼운 알약이 물속에 떨어져 천천히 내려가는 모습을, 그리고 헐벗은 분홍색 피부의 동물이 지나가면서 그것을 삼키는 모습을 보았다. 캉트렐이 콩덱렌[1]이라는 이름으로 소개한 그 동물은 털을 모두 뽑아버린 진짜 고양이였다. 아쿠아미칸스[+](선생은 우리 눈앞에서 반짝이는 물을 이렇게 불렀다)는 특별한 산소를 주입한 덕분에 여러 가지 예외적인 특성이 있었다. 예컨대 오로지 뭍에서만 사는 존재도 그 속에서 아무 문제없이 숨을 쉴 수가 있었다. 바로 이런 이유로 머리칼에서 음악이 흐르는 여인(무용수 포스틴이라고 캉트렐이 가르쳐주었다)도 고양이도 물속에 그토록 오래 머무를 수 있었던 것이다.

몸짓을 통해 우리 시선을 오른쪽으로 이끌며 선생은 오로지 골수와 근육, 그리고 신경으로만 이루어진 인간의 머리를 가리켰다. 그는 그것이 오래전에 자기 소유가 된 당통의 머리의 잔류물이라고 했다. 아쿠아미칸스가 퇴적시킨 것으로 신경 전체를 감싼 막이 한꺼번에 강력한 전류를 발하고 있었으니, 이는 포스틴의 머리칼에서 보이는 막과도 비슷했다. 한편 포스

+ aqua-micans. 'micans'는 '빛나는'이라는 뜻의 라틴어다.

1. 시암어로 '장난감'이라는 뜻. (원주)

틴의 머리칼에서 나오는 멜로디의 떨림은 그 순간에도 캉트렐의 설명에 배경음악을 깔아주고 있었다.

선생은 말을 멈추고는 콩덱렌에게 신호를 했다. 고양이는 바닥으로 내려가더니 금속원뿔에 얼굴을 귀 부분까지 단단히 밀어넣고는 원뿔 끝으로 수조의 벽을 눌렀다. 구멍들 덕분에 사방으로 시야가 확보된 빛나는 원뿔을 뒤집어쓴 채 고양이는 당통의 머리를 향해 헤엄쳤다.

캉트렐은 우리에게 자신이 행한 실험의 결과를 이야기해주었다. 방금 우리가 보는 앞에서 고양이가 집어삼킨 붉은색 알약은 특수한 화학적 합성작용에 의해 고양이의 몸을 일시적으로 극도로 강력한 생체전지로 변모시키고, 원뿔에 집중된 전기는 그 끝이 전도체에 닿자마자 즉시 위력을 발휘한다고 했다. 세심한 조련 덕분에 콩덱렌은 그 이상한 마스크의 날카로운 끝부분으로 당통의 뇌를 섬세하게 건드릴 수 있었고, 그 순간 끈끈한 막에 의해 이미 전기를 띠고 있던 근육과 신경은 강력한 방전과 함께 마치 옛 습관의 기억에 영향을 받은 듯 움직이기 시작했다.

목표점에 도달한 고양이는 금속원뿔 끝으로 자기 앞에 있는 뇌를 가볍게 건드렸다. 신경들이 대뜸 인상적인 운동을 시작했다. 방금 전까지만 해도 움직임이 없던 얼굴의 잔재에 또 한번 생명이 찾아온 것 같았다. 몇 개의 근육이 시선 없는 눈을 사방팔방으로 돌려대는 듯했고, 다른 근육들은 주기적으로 요동치면서 눈썹과 이마 부분을 쳐들었다 내리고 구겼다 펴는 것 같았다. 특히 입술의 근육이 미친 듯 민활하게 움직였는데, 예전에 당통이 지녔던 놀라운 웅변능력에 기인한 게 틀림없었다. 콩덱렌은 옆얼굴을 보인 채 헤엄을 치며 머리 바로 옆에 머물러 있었지만 시야를 가리지는 않았다. 이따금 뜻하지 않게 원뿔이 경막硬膜에서 떨어지곤 했는데 그러면 즉각 다시 접촉시켰다. 접촉이 단절된 동안 얼굴의 움직임은 멈췄다가 전류가 흐르자마자 다시 시작되었다. 짐승이 어찌나 주의깊은 부드러움으로 원뿔 끝을 접촉시켰던지 전류가 차단된 순간 줄 끝에 매달린 머리가 과연 흔들리는가 싶을 정도였다. 줄의 다른 쪽 끝은 저 위쪽 거대한 보석의 투명한 천장에 붙은 흡반에 연결되어 있었다.

유사한 실험을 해오면서 입 근육의 움직임을 읽는 데 익숙해진 캉트렐은 위대한 웅변가의 입술이었던 것에 나타나는 문장을 그때그때 우리에게 일러주었다. 그것은 감동적 애국주의로 가득한 두서없는 단편들이었다. 옛날에 군중 앞에서 토해냈던 마음을 사로잡는 문장들이 기억의 문갑에서 뒤죽박죽 솟아나와 얼굴의 잔해 아래쪽에서 저절로 재생되고 있었다. 열띤 의회활동의 특기할 만한 몇몇 순간이 흘러간 세월의 깊은 곳으로부터 무수한 추억을 불러왔으니, 그 흔적이 남아 있는 안면근육의 강렬한 움직임은 당통의 추악한 얼굴이 연단에서 얼마나 표현이 풍부했던가를 짐작하게 했다.

캉트렐이 큰 소리로 명령하자 고양이는 머리에서 멀어졌다. 머리는 즉시 움직임을 잃었다. 짐승이 앞다리로 원뿔을 벗자, 원뿔은 곧 바닥으로 느리게 떨어져내렸다.

우리를 가만히 세워놓은 뒤 캉트렐은 그 기괴한 다이아몬드를 빙 돌아가서는 우리 맞은편에 드리운, 호화롭게 니켈도금이 된 가느다란 사다리를 기어올라가 둥근 입구를 내려다보는 위치에 이르렀다.

그는 작은 그물로 해마를 한 마리 한 마리 표본병에서 꺼내어 아쿠아미칸스에 넣었다. 그러자 예기치 못한 장면이 벌어졌다. 각 해마의 가슴팍 왼쪽과 오른쪽에 인위적으로 만들어진 구멍의 가두리가 안쪽의 압력에 의해 이따금 벌어졌다가, 공기 방울이 빠져나오면 다시 배액선 위로 찰싹 오므려졌다. 처음에 완만한 주기로 일어나던 그 현상은 오래지 않아 극도로 빈번해졌다. 선생에 따르면, 해마들은 그 이중의 배출구 없이는 커다란 다이아몬드 안에서 살 수 없었다. 뭍에 사는 동물들의 호흡에 맞춰진 그 빛나는 액체는 수중동물에게는 과도한 양의 산소를 공급할 수밖에 없었고, 따라서 해마들은 과잉의 산소를 그 배출구를 통해 내보냈던 것이다.

같은 빛깔의 납작한 밀랍층이 일곱 관새류冠鰓類 각각의 왼쪽 옆구리를 덮고 있었다.

캉트렐은 소테른병을 열고는 그 이상한 수조 안으로 내용물을 가늘게 붓기 시작했다. 포도주는 조금도 혼합되지 않고 아쿠아미칸스와 접촉하는 즉시 응고되었고, 거기서 얻은 마술적 광채 덕분에 태양의 파편처럼 보이는 노란색 덩어리들로 멋지게 떨어져내렸다. 이 현상을 본 해마들은 자발적으로 모여들어 좁은 원을 만들고는 그들 한가운데로 눈사태처럼 덮쳐오는 타오르는 덩어리들을 받아냈다. 이어 그들은 판판한 옆구리로 덩어리들을 반죽하여 하나의 큰 덩어리를 만들었다. 선생은 계속해서 포도주병을 기울여 용의주도한 무리에게 새로운 질료를 쉼없이 공급했고, 해마들은 떨어지는 그것을 조금의 유실도 없이 쉬지 않고 받아냈다.

마침내 엄격하기 그지없는 포도주 담당관은 충분한 양이 제공되었다고 판단하여, 병에 마개를 닫고 표본병 곁에 다시 세웠다.

해마들은 이제 지속적인 반죽으로 생겨난 빛나는 노란색 원구를 갖게 되었다. 반지름은 겨우 3센티미터나 될까 싶었다.

능숙하게 원구를 에워싼 그들은 그것을 한자리에서 굴리며 밀랍을 덧댄 옆구리로만 정성스럽게 문질러서 흠결 없는 원의 형태를 부여하려고 애썼다.

얼마 지나지 않아 그들은 절대적으로 균일하고 완벽한, 그 어떤 이음매도 없이 표면이나 내부의 조화를 해치지 않는 하나의 원구를 갖게 되었다. 그들은 일제히 원구를 떠나서는, 가슴팍의 배액선이 정확히 무지개를 이루게끔 한 줄로 나란히 섰다.

그들 뒤로 원구가 내려왔다. 각각의 배액선의 양쪽 끝과 같은 높이에 이른 그것은 실 끝이 모여든 일곱 개의 짧은 금속 케이스를 마치 자석처럼 끌어당겼다. 해마들이 행진하기 시작했고, 그 갑작스러운 도약에 자성을 띤 원구가 이끌려가면서 배액선이 팽팽해졌다.

우리의 입에서 놀라움의 탄성이 쏟아졌다. 그것은 아폴론의 전차를 연상시켰다. 노란색의 투명한 원구는 아쿠아미칸스의 광채에 불타는 듯 어우러지며 눈부신 광선으로 둘러싸여 과연 태양처럼 보였다.

수면에는 준마들의 가슴팍에서 새어나온 수많은 공기방울이 지속적으로 솟아올랐다. 해마들은 곧 물속에 고정된 작은 원기둥을 돌았다. 배액선이 팽팽하다보니 금속케이스의 바닥만이 태양에 붙어 있었고, 수동적으로 끌려가는 태양은 완벽한 곡선을 그렸다. 행렬은 왼쪽으로 나아가 당통과 포스틴 앞을 차례로 지난 뒤 잠수인형들의 왕국을 지나서는 오른쪽으로 진행하여 우리가 있는 쪽으로 다가왔다.

캉트렐은 경주를 예고하면서 우리에게 응원마를 고르라고 했다. 그러고는 상황을 보다 간단하게 정리하기 위하여 해마들(각기 자리가 상상의 결승선에 얼마나 가까운가에 따라 핸디캡이 주어졌다)에게 이름 대신 라틴어 서수를 부여했음을 밝혔다. 숫자는 보라색 배액선을 두른 해마로부터 시작되었는데, 가장 유리한 자리에서 출발하는 그것의 이름은 물론 프리무스였다.• 우리들 각자는 자신이 점찍은 해마를 큰 소리로 호명했고, 판돈 대신에 명예를 걸었다.

경주의 길이는 세 바퀴 완주로 미리 정해놓고, 완벽하게 줄을 맞추어 움직이는 열이 원기둥 있는 곳에 이른 순간 캉트렐이 팔을 들어 거창한 신호를 했다. 권위에 찬 그 신호를 잘 이해한 영리한 짐승들은 가슴과 등에 달린 세 개의 지느러미를 섬세하게 저으면서 앞다투어 속도를 높였다.

첫번째 코너를 우아하게 돈 경주마들은 왼쪽을 향해 맹렬하게 질주했다. 테르티우스가 선두를 달렸고, 그 뒤를 섹스투스, 프리무스 그리고 퀸투스가 바짝 좇았다. 애초의 가지런함은 흐트러졌지만, 배액선들은 신축성이 있는 덕분에 모두 완벽하게 팽팽했다. 앞서거나 뒤처질 여지가 없는 원구는 조금의 흔들림도 없었다.

포스틴은 언제나처럼 감미로운 선율이 흘러나오는 머리칼을 일렁이게 했다. 그것은 신화적인 질주에 오케스트라 역할을 해주었다.

행렬은 이마에 불이 켜진 빌라도 옆을 지나 우리 앞을 달려갔다. 콰르투스가 선두였다.

원기둥을 돌아가는 유연한 회전 이후 행렬이 무심한 당통 앞을 질주할 때, 셉티무스가 격렬한 힘을 내뿜으며 콰르투스를 추월했다.

잠수인형들의 자리가 너무 가까운 나머지 아틀라스의 발이 주기적인 발길질을 날리는 순간 태양이 천구를 살짝 스쳤다.

셉티무스에 내기를 건 사람들이 환호로 그를 응원했고, 셉티무스는 원기둥을 돌아갈 때마다 매번 선두를 유지했다.

• 라틴어 서수를 첫째부터 일곱째까지 적어보면 프리무스Primus, 세쿤두스Secundus, 테르티우스Tertius, 콰르투스Quartus, 퀸투스Quintus, 섹스투스Sextus, 셉티무스Septimus다.

일곱 개의 가슴팍은 이제 진주 같은 거품을 다량 뿜어냈다. 그 수효는 경주로 인해 이들의 호흡이 얼마나 격렬해졌는지 알려주고 있었다. 거품 가운데 몇몇은 행렬이 잠수인형들 옆을 지나가는 순간 볼테르의 입에서 또다시 피어오른 'Dubito'와 섞이기도 했다.

캉트렐은 사다리 꼭대기를 떠나 우리에게로 돌아와서는 오른쪽에 있는 특별한 결정면 앞에 자리잡았다. 그 결정면 한가운데에는 매우 좁은 원이 검은색으로 칠해져 있었다. 그는 세 걸음 뒤로 물러서더니 한쪽 눈을 감고는 바야흐로 도착점이 된 원기둥과 짙은 색 작은 원을 시야의 일직선에 놓았다.

마지막 직선주로에서 경쟁의 끝이 가까웠음을 의식한 말들은 최후의 힘을 쏟아부었고, 느닷없이 세쿤두스가 결정적인 우위를 확보했다. 예상이 적중한 사람들이 환호했다. 캉트렐은 세쿤두스가 승자임을 선언한 뒤 해마들에게 경주가 끝났음을 또렷한 외침으로 알렸다. 해마들의 움직임은 행진처럼 느릿하게 바뀌었다.

격렬한 경주가 계속되는 동안 뒤로 한 걸음 물러서 있던 콩데렌은 평온이 돌아온 것을 보고는 도망가는 공을 따라가듯 빛나는 태양을 쫓아가기 시작했다. 짓궂으면서도 부드러운 콩데렌은 우아한 발놀림으로 원구에 끊임없이 생채기를 냈다.

매료된 우리의 눈이 포스틴으로부터 잠수인형들로, 장난기 가득한 고양이로부터 해마들로 오가는 동안 선생은 우리에게 다이아몬드와 그 내용물에 대해 이야기해주었다.

캉트렐은 이따금 새롭게 주입하는 특별하고도 매우 강력한 산소 덕분에 사람이든 동물이든 뭍에 사는 그 어떤 생물도 호흡 기능을 멈추지 않은 채 그 속에서 완벽하게 살 수 있는 물을 합성하는 데 성공했다.

선생은 유리로 된 거대한 수조를 만들고 싶어했다. 그 이상한 액체의 활용과 관련하여 그가 계획하고 있던 몇몇 실험을 잘 보여주기 위해서였다.

문제의 액체가 가진 가장 두드러진 특징은 무엇보다도 그것의 기적적인 광채에 있었다. 가장 작은 방울도 눈부시게 빛났고, 어슴푸레한 어둠 속에서는 특유의 불길로 번득였다. 이 매력적인 특질을 살릴 수 있도록 캉트렐은 설치할 수조로 수많은 결정면이 있는 특이한 형태를 채택했다. 제작을 끝낸 뒤 번쩍이는 물을 채우자 그것은 거대한 다이아몬드와 비슷해졌다. 그 눈부신 물체를 선생은 영지에서 가장 환한 곳에 세웠다. 좁은 밑바닥은 인조바위 위에 안착하여 땅에 거의 닿을 듯한 높이에 자리잡았고, 해가 빛날 때는 전체가 견디기 힘들 정도의 광휘로 둘러싸였다. 거대한 보석의 천장에는 둥근 구멍이 뚫리고, 금속마개가 귀중한 물에 빗물이 섞여드는 것을 막아주었다. 캉트렐은 그 물에 아쿠아미칸스라는 이름을 붙였다.

매력적이고 우아한 여인을 골라 꼭 필요한 물의 요정 역할을 맡기고 싶었던 선생은 조화롭고 아름다운 자태로 유명한 무용수인 늘씬한 포스틴에게 자세한 내용을 가득 적은 편지를 보냈다.

포스틴은 자신의 역할이 요구하는 바에 따라 피붓빛 수영복을 입고 길고도 멋진 금발을 자연스럽게 늘어뜨린 채 커다란 다이아몬드 곁에 설치한, 니켈도금된 섬세하고 고급스러운 금속사다리를 올라가 빛이 뿜어져나오는 물속으로 들어갔다.

특수한 산소 주입에 따른 용이한 수중호흡을 직접 물속에 들어가 시험해본 캉트렐의 격려에도 불구하고 포스틴은 극도의 조심성을 보였다. 그녀는 수조 입구의 가두리를 양손으로 붙잡고는 수차례 머리를 밖으로 내민 다음에야 비로소 물속에 잠겼다. 그러고도 시간이 점점 더 길어지는 여러 번의 시도 끝에 마침내 완전히 안심하고는 수조 아래로 내려가 바닥에 발을 디뎠다.

그녀의 풍성한 머리칼은 위쪽으로 솟아오르며 부드럽게 너울거렸다. 그녀는 다양한 형태의 멋진 동작을 취했는데, 수압이 주는 극도의 가벼움이 그 동작들을 더욱 수월하고 아름답게 했다.

조금씩조금씩 명랑한 취기가 그녀를 사로잡았다. 과도한 산소를 흡입한 까닭이었다. 희미한 울림이 그녀의 머리칼에서 솟아나왔다. 머리를 움직이는 정도에 따라 그것은 커지거나 작아졌다. 그 이상한 음악은 곧 더 큰 체적과 강도를 갖게 되었다. 머리카락 한 올 한 올이 악기의 현처럼 진동했고, 포스틴이 조금만 움직여도 전체가 마치 아이올로스+의 하프처럼 무한한 다채로움을 지닌 여러 소리를 냈다. 비단실 같은 금발은 그 길이에 따라 음정이 각각 달랐고 음역은 세 옥타브를 넘나들었다.

반시간쯤 지나서 사다리 위에 걸터앉은 선생은 한 손으로 포스틴의 목덜미를 잡아 자기가 있는 수조 위로 올라오도록 도와준 다음 땅 위로 내려서게 했다. 모든 것을 지켜보고 난 캉트렐은 음악이 흐르는 찬란한 머리칼을 살펴보다가 한 올 한 올을 무척 얇고 끈끈한 일종의 막이 감싸고 있다는 사실을 발견했다. 그것은 아쿠아미칸스에 용해된 화학적 염분으로 인한 섬세한 침적에서 온 것이었다. 보이지 않는 이 막에 의해 강한 전류가 흐르는 머리칼은 빛나는 물과 마찰하면 떨렸다. 선생이 전에 이미 확인했던바, 그 마찰은 비교를 불허하는 발광능력에 커다란 음향능력까지 덧붙여주었다.

이때부터 캉트렐은 그 같은 현상이 그 자체로 벌써 쉽게 전기를 띨 수 있는 고양이의 털에 어떤 효과를 미칠지 생각했다.

+ 그리스신화에 나오는 바람의 신.

그는 수컷 샴고양이 한 마리를 키우고 있었는데 이름은 콩덱렌이었으며 매우 영리했다. 선생은 당장 고양이를 데리고 오게 해서는 수조에 집어넣었다.

콩덱렌은 천천히 내려가면서 정상적인 호흡을 계속했고, 처음엔 놀랐으나 금방 새로운 환경에 익숙해졌다. 고양이는 바닥을 건드리더니 신기하다는 듯이 물속을 돌아다니기 시작했다.

곧 자기 몸이 평소보다 더 가벼워졌음을 느낀 콩덱렌은 폴짝폴짝 뛰며 몹시 즐거워했다. 점차 고양이는 급히 솟구친 뒤 능숙한 발놀림으로 떨어지는 속도를 늦추기에 이르렀다. 이 수영기술에 그는 금방 익숙해졌다.

고양이의 털은 기대했던 대로 전기를 띠었고, 곤두선 채로 떨리기 시작했다. 하지만 길이가 균일하게 짧은 그 털은 약하고 모호하게 윙윙거릴 뿐이었다. 반면에 그것은 (포스틴의 머리칼에서는 볼 수 없었던 새로운 현상인데) 희끄무레하면서도 생경한 인광으로 뒤덮였다. 이는 꽤나 강렬해서 대낮에도 보일 뿐 아니라 이미 매우 강렬한 물의 광채와도 선명하게 대비되었다. 그리하여 창백하면서도 눈부신 불꽃이 콩덱렌을 둘러싸고 있는 것 같았다. 하지만 고양이가 헤엄치며 움직이는 것을 방해하지도 혼란스럽게 하지도 않았다. 이제는 익숙하고도 지속적인 현상이었다.

물로 강력하게 산소를 주입하면 고양이가 민감해질 것이라는 사실에 생각이 미친 캉트렐은 실험을 멈추기 위해 사다리 위로 올라가 콩덱렌을 불렀다. 고양이는 수면으로 헤엄쳐 올라왔다. 그는 짐승의 뒷덜미 살을 움켜쥐고 사다리를 내려와 땅에 내려놓았다. 하지만 짧은 여정이나마, 투명하고 끈끈한 얇은 막에 감싸인 흰 털을 손으로 직접 접촉한 데 기인한 쉼없는 방전이 그를 얼떨떨하게 했다.

아직 통증이 남아 있는 캉트렐에게 불현듯 한 가지 생각이 떠올랐다. 방금 겪은 충격이 직접적으로 환기한 그 생각은 그의 의아한 가족사에 토대를 둔 것이었다.

선생의 고조부인 필리베르 캉트렐은 아르시쉬르오브라는 소도시에서 같은 시기에 태어난 당통과 형제처럼 지내며 자랐다. 나중에 빛나는 정치활동을 할 때에도 당통은 징세 청부인이 된 어릴 적 친구를 잊지 않았다. 그는 파리에서 부지런하지만 요란하지 않은 삶을 살았는데, 유명한 웅변가의 둘도 없는 친구로서 혹시 닥칠지도 모를 위험을 예감하고는 이름이 나는 것을 더욱더 세심하게 피했다.

당통이 사형선고를 받았을 때, 그는 친구가 있는 곳까지 들어가서 마지막 뜻을 들었다.

당통은 신분을 확인시켜줄 아무런 표시도 남기지 않은 채 자기 유해를 공동묘혈에 던지기로 정적들이 모의했다는 사실을 알게 되었다. 그는 충실한 친구에게 불가능한 일을 시도해 줄 것을 간청했다. 어떤 경로로든 손을 써서 적어도 머리만은 구해달라는 부탁이었다.

필리베르는 즉시 상송을 찾아가서 죄수의 마지막 소원을 이야기했다.

유명한 웅변가를 광신도처럼 찬미하던 상송은 그런 경우라면 자기가 지켜야 할 명령을 위반하기로 작정했다. 그는 필리베르에게 다음의 지침을 죄수에게 전해달라고 말했다. 숙명의 순간, 당통은 그처럼 임기응변에 능한 사람에게는 조금도 놀라울 게 없는 과장된 달변의 허풍으로 자기 머리를 군중에게 보여주라고 상송에게 요청할 것이다. 가히 본보기가 될 만한 그의 얼굴의 추악함이 아이러니한 구실이 될 것이다. 단두대의 날이 떨어지고 나서 상송은 수형자의 요청에 따라 바구니에 있는 유혈 낭자한 머리를 들어서는 군중의 탐욕스러운 시선 앞에 잠시 동안 전시할 것이다. 그런 다음 그것을 내려놓을 때 그는 능숙한 손놀림으로 첫번째 바구니로부터 멀지 않은 곳에 놓인, 칼날 닦을 천을 비롯하여 날을 갈거나 단두대를 급히 수리하는 데 소용되는 연장들이 담긴 두번째 바구니로 그것을 던질 것이다. 그날 두 바구니는 평소보다 더 가까이 놓일 것이고, 아무도 모르게 속임수는 성공할 것이다.

사명의 결과에 만족한 필리베르는 당통에게로 가서 형리의 말을 전해주었다.

그러자 웅변가가 가슴 뭉클한 바람을 피력했다. 그는 음모가 성공할 경우 자기 머리를 방부처리해주길, 그리고 목숨을 건 영웅적 헌신의 기념으로서 집안 대대로 전수하며 간직해주길 원했다. 필리베르는 당통에게 소원을 들어주겠다고 약속한 뒤 울면서 긴 작별인사를 했다. 사형집행이 임박했기 때문이었다.

다음날 단두대의 칼날 아래 몸을 숙이기에 앞서 당통은 전달받은 지침에 따라 상송을 향해 저 유명한 말을 했다. “내 머리를 군중에게 보여주시오. 그럴 만한 가치가 있소.” 잠시 후 칼날은 자기 할 바를 다했고 상송은 바구니에서 머리를 집어들어서는 전율하는 군중에게 보였다. 이어서 그것을 아래로 떨구면서 약간 비스듬한 각도를 취함으로써 연장이 든 바구니로 떨어지게만 하면 되었다. 그날 연장 바구니는 다른 바구니 바로 옆에 있었다. 구경꾼들 맨 앞에 서 있던 필리베르만이 언질을 받은 주의깊은 관찰자로서 속임수를 알아차릴 수 있었다.

그날 저녁 필리베르는 상송의 집으로 갔고, 상송은 아무런 의심도 불러일으키지 않고 쉽게 가져갈 수 있도록 전혀 수상쩍지 않은 꾸러미로 포장한 소중한 머리를 내어주었다.

집으로 돌아온 징세 청부인은 비밀이 새어나갈 위험을 피하면서 머리를 방부처리할 방도를 찾았다.

그 직종에 종사하는 사람들에게 일을 맡길 경우 당통의 잘 알려진 얼굴을 쉽게 알아볼 것이라고 확신한 필리베르는 모든 것을 자기가 직접 하기로 결심했다. 이를 위해 그는 시체 방부처리에 관한 책을 몇 권 구입하여 그 내용을 공부했다.

가장 널리 사용되는 방법을 숙지한 그는 머리를 여러 차례 화학약품에 적신 뒤 보존에 필요한 온갖 처리를 수행했다.

이때부터 위대한 애국자의 소원에 따라 그 이상한 유해는 다섯 대에 걸쳐 간수되며 캉트렐 가문에 남아 있었다.

그러나 시체 방부처리 경험이 없었던 필리베르가 일을 완벽하게 마치지 못한 게 분명했다. 근육조직이 점차 부패되었기 때문이다. 하지만 뇌와 안면의 신경은 무사하여 백 년이 지난 지금까지도 온전했다. 살과 피부의 흔적이라고는 도무지 찾아볼 수 없는데도 말이다.

뇌와 신경물질의 구성이 완벽한 것을 본 캉트렐은 탐구정신에 이끌려 수많은 전기자극을 시도하면서 어떤 반사반응을 얻어내려고 오랫동안 애썼다. 오래전에 죽었고 역사적으로 중요한 역할을 수행한 인물인 만큼 성공은 경이로운 관심을 불러일으킬 것이었다.

하지만 그의 모든 시도는 아무런 결실도 맺지 못했다.

그러던 중 물에 젖은 고양이를 만지다가 일련의 강한 충격을 느꼈던 선생은 그 유명한 머리를 다이아몬드의 물속에 오래 넣어두면 매우 강한 전기를 띠지 않을까, 그리고 거기에 모종의 전기충격을 일시적으로 가하면 원하는 반사작용을 얻을 수 있지 않을까 생각했다.

그는 전설적인 머리에서 뇌, 근육, 신경을 세심하게 떼어낸 뒤 뼈에 해당하는 부분은 옆으로 치워버렸다. 그러고는 가벼운 부도체로 흐물거리는 전체를 원래의 형태로 지탱해줄 얇은 뼈대를 깎았다.

모든 것은 현가장치 역할을 하는 가느다란 케이블 끝에 매달려 빛나는 물속으로 들어갔다. 케이블 아래쪽은 세 갈래로 갈라져 뇌 아래쪽 뼈대 바깥 부분의 세 지점에 연결되었다.

꼬박 하루를 일부러 기다리자 가느다란 신경섬유들이 끈끈한 막으로 뒤덮였다. 그중 가장 두꺼운 것은 포스틴의 머리칼이나 콩덱렌의 털에서 보았던 것과 유사했다.

캉트렐은 그 이상한 물체를 끄집어내어서는 연구실로 가져가 뇌에 강한 전기자극을 가했다. 대단히 기쁘게도 그 옛날 아랫입술을 움직이던 신경에서 감지될 듯 말 듯한 경련 같은 것이 보였다.

궤도에 들어섰음을 확신한 캉트렐은 더 큰 결과를 얻기 위해 지속적인 노력을 기울였으나 허사였다. 이리저리 자리를 바꾸는 반사작용은 얼굴 여기저기를 순간적으로 요동시키며 가까스로 감지되는 전율에 불과했다.

그토록 미약한 성공에 만족할 수 없었던 캉트렐은 머리가 눈부신 물속에 잠겨 있는 상태에서 전기를 가하고자 했다. 물에 고압으로 축적된 전기가 신경과 뇌를 사방에서 감싸 자력을 증대시켜줄 것이라고 생각했던 것이다.

그는 또다시 머리를 커다란 다이아몬드 안에 넣은 뒤 사다리 끝에 걸터앉아 수조 입구 가두리에 전지를 놓았다. 그러고는 전선들을 물속에 내려뜨려 뇌엽腦葉과 접촉시켰다.

결과는 먼젓번보다 훨씬 더 좋았다. 입술 신경이 몇몇 단어를 발음하려는 것처럼 보였고, 눈과 눈썹의 근육도 수줍게 움직였다.

홍분한 선생은 실험을 연속해서 여러 차례 다시 시도했다. 뚜렷한 움직임이 생겨난 것은 언제나 입 부분이었다. 일종의 습관에 의해 뇌가 우선적으로 입술에 작용하는 게 분명했다. 그것은 살아생전 영광스러운 웅변가의 주된 특성이었던 놀라운 달변에서 기인한 것일 터였다.

그 이상한 세포덩어리가 오랜 세월에도 불구하고 여전히 잠재적인 에너지를 갖고 있음을 본 캉트렐은 그로부터 가능한 많은 효과를 최대한의 강도로 끌어내기 위해 악착같이 노력했다.

하지만 다양한 종류의 전류를 시험하며 사용되는 전지의 힘을 부단히 증대시켜보았자 소용없는 일이었다. 물에 잠긴 얼굴 조직은 언제나 맨 처음 아쿠아미칸스 속에서 시도했을 때 이미 확인한 것과 동일한 눈의 떨림과 모호한 말의 시도만을 보여줄 뿐이었다.

선생은 운좋게도 자신이 소유하게 된 이 소중한 인간의 유해로부터 보다 완전한 무언가를 이끌어내줄 힘을 다른 데서 찾기 시작했다.

동물자기動物磁氣를 대상으로 행했던 과거의 연구가 캉트렐의 머리에 떠올랐다. 그는 자기가 만든 붉은 물질을 생각했다. 그가 에리트라이트⁺라고 이름 붙인 그것은 핀 꼭지만큼만 흡입해도 생체 내에 퍼져나가면서 몸을 하나의 살아 있는 전지로 변모시켰다. 따라서 그것을 흡입한 사람의 얼굴을 가져다가 공기가 통하도록 몇 개의 구멍을 뚫어놓은 커다란 특수금속원뿔의 벌어진 부분에 집어넣으면 몸에 축적된 모든 전기를 집중시킬 수 있었다. 그리고 원뿔 끝은 단순한 접촉만으로도 전기가 흐르게 하거나 모터가 돌아가게 할 수 있었다. 그 발견은 실제로 적용할 만한 기회가 없었기에 얼른 옆으로 제쳐두었었다. 하지만 에리트라이트의 제조법은 기록해두었는데, 이제 새로운 연구에 그것을 활용할 참이었다.

⁺ 프랑스어로 'érythrite'로 표기하는 에리트리톨은 원래 지의류, 녹조류에 포함된 알코올 화합물을 가리킨다. 어원상 'érythr'는 '붉은'을 뜻한다.

과연 일종의 인공부활을 추구하는 반半생물학적 실험의 완성에는 동물자기가 제격인 듯 보였다.

그러나 이때까지 가장 강력한 전지를 사용했음에도 표정에서 보잘것없는 반사작용밖에는 얻어낼 수 없었다는 것은 곧 엄청난 양의 에리트라이트를 투여해야만 충분한 효과를 얻을 수 있다는 뜻이었다. 한데 붉은색 약의 과도한 사용은 심각한 위험을 부를 수 있었다. 따라서 실험은 동물에게만 가능할 것이었다.

콩덱렌이 호흡 가능한 물속에서 헤엄치는 법을 혼자서 쉽게 익혔다는 사실을 떠올린 캉트렐은 고양이의 영리함과 새로운 것을 빠르게 터득하는 능력을 활용하고자 했다. 하지만 일체의 시도에 앞서 빽빽한 하얀 털을 제거해야만 했다. 너무 강렬한 전기가 다량의 역전류를 생성함으로써 설정한 목표의 달성을 방해할 수 있었기 때문이다. 짐승의 몸 전체에 약을 바르자 모든 털이 아무런 고통도 없이 깨끗하게 빠졌다.

이어서 선생은 적절한 금속으로 고양이의 얼굴에 맞는 원뿔을 만들었다. 여기저기에 구멍이 뚫린 원뿔이었다. 이 구멍들은 고양이의 시야를 확보해주는 동시에 원뿔 안쪽으로 아쿠아미칸스가 지속적으로 드나들어 계속해서 새로운 산소가 흐르게 하기 위한 것이었다.

이제 분홍색의 기이한 모습을 한 콩덱렌은 주둥이에 금속 원뿔을 뒤집어쓴 채 또다시 커다란 다이아몬드 안으로 들어갔다. 아직 에리트라이트는 투여하지 않은 채, 캉트렐은 고양이가 원뿔 끝으로 당통의 뇌를 살짝 건드리도록 인내심을 갖고 훈련시켰다. 자기에게 무얼 요구하는지 빠르게 알아차린 샴고양이는 다리를 놀려 쉽사리 물 한중간에 뜬 채 금방 접촉에 성공할 수 있었다. 어찌나 섬세하게 건드렸던지 매우 아슬아슬한 상태로 매달린 머리에는 그 어떤 일렁임도 없을 정도였다. 선생은 또한 짐승에게 앞발로 혼자서 원뿔 벗는 법을, 그리고 수조 바닥에서 원뿔을 집어든 뒤 그 끝을 결정면에 대고 주둥이에 끼우는 법을 가르쳐주었다.

이런 다양한 결과들을 얻어낸 캉트렐은 에리트라이트를 합성했다. 하지만 예전처럼 만든 것을 미세한 크기로 나누는 대신에 커다란 알의 형태로 만들었다. 그 양은 예전에 투여했던 것의 백 배에 달했고, 이는 콩덱렌에게 심각한 위험이 될 터였다. 신중을 기하고자 선생은 첫번째 알을 잘게 쪼갰다. 그러고는 짐승이 점차 적응할 수 있도록 처음에는 작은 조각을 투여하다가 뒤로 가면서 매일 양을 증가시켰다.

드디어 처음으로 고양이가 한 번에 한 알을 삼켰다. 캉트렐은 콩덱렌을 빛나는 수족관 속에 집어넣고 에리트라이트가 작용하도록 몇 분을 기다린 뒤 마침내 신호를 보냈다. 완벽하게 길들여진 콩덱렌은 즉시 바닥으로 내려가 원뿔을 뒤집어썼다. 그러고는 당통의 뇌를 향해 헤엄쳐가더니 금속원뿔 끝으로 그것을 살며시 접촉했다. 선생은 기쁨 가운데 자기의 희망이 온전히 성취되는 것을 보았다. 원뿔이 방출하는 강력한 동물자기의 영향 아래 얼굴 근육이 떨렸고, 표피 없는 두툼한 입술이 또렷하게 움직이면서 울림 없는 일군의 단어를 힘차게 발음했다. 청각장애 보조장치의 도움으로 캉트렐은 여러 음절을 해독하는 데 성공했다. 그것은 아무런 연관도 없이 이어지거나 이따금 별난 집요함으로 반복되는 말의 혼란스러운 부스러기들이었다.

성공에 경탄한 캉트렐은 여러 차례에 걸쳐 실험을 재개했다. 그는 고양이를 먼저 물속에 집어넣고는 아무렇게나 던진 에리트라이트 알을 도중에 낚아채어 수중에서 직접 삼키도록 훈련시켰다.

아쿠아미칸스의 새로운 활용을 궁리하던 선생은 커다란 다이아몬드 안에 집어넣을 잠수인형들을 만들자는 생각을 했다. 그것들은 물속에 풍부하게 퍼져 있는 산소가 주머니에 모이면서 수면을 향해 자동으로 떠올랐다가, 모인 기체가 급격하게 배출되면 바닥까지 내려갈 수 있어야만 했다.

각각의 잠수인형에 부착된 섬세한 장치는 갑작스러운 산소배출과 함께 어떤 움직임이나 현상을 발생시켰고 아니면 특유의 짧은 문장을 만들어내기도 했는데, 가느다란 공기방울들이 글씨처럼 배치되어 나타난 게 바로 그것이었다.

기억 속을 뒤져서 캉트렐은 의아한 주제들을 제공해줄 다양한 소재를 골랐다.

1. 플라비우스 아리아누스+가 전하는 알렉산더대왕의 일화.

기원전 331년 바빌론에 입성한 알렉산더는 초록색 깃털이 난 거대하고 멋진 새를 보고 몹시 경탄했다. 그 주인이자 태수인 세오디르는 새를 언제나 자기 방안에 데리고 있었는데, 그 한쪽 발은 벽에 고정된 금실에 매여 있었다. 왕은 이 경이로운 새를 얻고 아스노리우스라는 원래의 이름으로 계속 불렀다. 그 이름이 이미 익숙했기 때문이다. 새를 맡은 것은 구질이라는 아직 어린 노예였다. 정성껏 먹이고 돌보는 게 그의 임무였다.

얼마 후 승리한 군대가 수사에 머무르는 동안 짐승은 알렉산더의 처소에서 지내게 되었다. 왕은 새의 찬란한 깃털이 낳는 장식적 효과를 높이 평가했다. 금실의 끄트머리는 왕의 침상에서 얼마 멀지 않은 벽에 고정되어 있었다. 아스노리우스는 줄의 길이가 허용하는 범위 안에서 온종일 방안을 날아다니다가 밤이 되면 주인으로부터 몇 발자국 떨어진 횃대 위에서 잠을 자곤 했다.

+ Flavius Arrianus(86?-160?). 그리스의 역사가, 철학자.

하지만 차갑고 무심한 새는 왕에게 아무런 애정도 표시하지 않았다. 그는 오로지 깃털의 찬란한 아름다움을 위해서만 새를 기르는 셈이었다.

이 당시 알렉산더가 측근으로 받아들인 페르시아 출신 장군 가운데 브루세스라는 자가 있었다. 그는 새로운 주인을 뼛속 깊이 증오하면서도 위선적인 충성을 표시하고 있었다.

애국심의 발로로 브루세스는 알렉산더의 하인 한 사람을 매수하려고 했다. 자신은 간접적으로만 간여하는 암살을 통해 침략자가 이어가는 승리의 행진을 차단하기 위해서였다.

그는 아스노리우스를 돌보는 임무 때문에 언제든 자유롭게 왕의 침실에 들어갈 수 있는 구질을 점찍고는 만약 아시아의 압제자가 죽도록 해준다면 평생 부자로 만들어주겠다고 젊은 노예에게 약속했다.

계약을 수락한 구질은 위태로운 상황에 빠지지 않으면서도 보상을 얻어낼 방도를 궁리했다.

젊은 노예는 새를 돌보게 된 여러 날 전부터 매우 유순한 아스노리우스가 모든 종류의 조련에 타고난 재능이 있다는 사실을 벌써 주목하고 있었다. 그는 새가 알렉산더를 죽이게 만들 사육을 계획했다. 그 죽음의 책임은 아무에게도 돌아가지 않을 것이었다.

왕의 침실에 혼자 있게 될 때마다 구질은 침상에 누운 뒤 아스노리우스가 스스로 부리를 사용하여 발에 매인 금실로 커다란 매듭을 묶을 수 있도록 인내심을 갖고 가르쳤다.

말 잘 듣는 짐승이 그것을 할 수 있게 되자 노예는 언제나처럼 누운 자세에서 커다란 올가미를 자기 얼굴에 씌우는 법을 여러 차례 연습시켰다. 이때 올가미의 한쪽은 목으로, 다른 한쪽은 정수리로 가게 했다. 이어서 그는 잠자는 사람의 다양한 뒤척임을 흉내내면서 아무리 사소한 기회도 놓치지 않고 조금씩조금씩 위험한 금실을 목덜미 아래까지 미끄러뜨리는 법을 가르쳤다. 금실은 충분히 가늘어서 머리칼과 쿠션 사이로 별 어려움 없이 미끄러져들어갔다. 알렉산더는 나쁜 잠버릇으로 유명했고, 그것은 때가 되면 아스노리우스의 일을 수월하게 해줄 것이었다.

교육이 그쯤에 이르자 구질은 자신의 질식을 막기 위해 두 손으로 끔찍한 목걸이를 움켜쥐고는 새가 적절한 방향으로 갑작스레 날아간 뒤 거대한 날개의 힘을 한껏 이용하여 실을 끌어당기도록 길들였다. 덩치로 보아 아스노리우스는 힘이 대단할 테니 알렉산더는 금방 죽을 게 틀림없었다. 게다가 모든 일은 침묵 속에서 이루어질 것이었다. 이는 매일 밤 옆방에서 왕의 휴식을 지키는 불굴의 헌신적인 보호자, 곧 역사 뷔를라스 때문에 반드시 필요한 조건이었다.

구질은 실의 강도에 굳은 믿음이 있었다. 날개 힘이 강력한 새가 도망가지 못하도록 튼튼하게 꼰 것이었기 때문이다.

모든 계획이 준비되자 젊은 노예는 서둘러 실행에 옮겼다.

조련을 시작한 이후로 그는 일부러 침상에 납작하게 눕곤 했다. 누운 사람을 보는 즉시 아스노리우스가 행동을 개시하도록 하기 위해서였다. 지금까지는 새가 맡은 임무의 일부를 실행에 옮기지나 않을까 걱정할 필요가 없었다. 밤시간에는 언제나 깊게 잠을 잤기 때문이다. 정해진 날에는 약을 먹여 잠들지 않도록 하기만 하면 되었다. 새가 침상에 누워 잠든 알렉산더를 보면 은밀하게 짠 계획에 따라 움직이리라는 것을 노예는 확신했다.

나중에 밝혀졌듯이 모든 것은 구질의 예상대로 진행되었다. 왕이 잠들자 아스노리우스는 민첩하게 올가미를 엮어서는 잠자는 사람의 목에 거는 데 성공했다. 그러고는 힘껏 날아올라 날개를 치며 강하게 실을 잡아당기기 시작했다. 죽음의 소스라침 속에서 알렉산더가 무의식적으로 휘두른 손등이 가까운 금속잔에 부딪쳤고, 왕을 위해 매일 밤 준비하는 음료로 가득차 있던 그것은 충격을 받자 커다란 진동음을 냈다.

즉각 역사 뷔틀라스가 야간램프의 희미한 빛이 어른거리는 방안으로 뛰어들어갔다. 장사는 파랗게 질린 왕의 얼굴을 보았다. 그의 사지는 최후의 발작적인 움직임 속에서 활처럼 휘어 있었다. 뷔틀라스는 곧장 돌진하여 빠르게 제압했다. 이어서 강인한 손가락으로 알렉산더를 질식시키던 죽음의 매듭을 헐겁게 만들고는 적절한 응급조치를 취했다.

조사가 시작되었고, 새에게 그토록 정교한 재주를 가르칠 수 있었던 유일한 인물인 구질이 체포되었다.

심문을 받은 노예는 자백을 했고, 누가 암살을 교사했는지 밝혔다. 하지만 브루세스는 암살시도가 실패로 끝났음을 알자 아무런 흔적도 남기지 않고 서둘러 도주한 다음이었다.

알렉산더의 명령에 따라 구질은 사형에 처해졌다. 위험한 아스노리우스 또한 마찬가지 처분을 받았다. 잠든 사람만 보면 언제든 범죄를 시도할 것이기 때문이었다.

2. 성 요한이 전하는 바에 따르면 예수가 십자가에 못박힌 뒤 빌라도는 평생 끔찍한 고통을 겪었다. 그는 안정을 주고 잠을 부르는 어둠의 시혜를 전혀 맛볼 수가 없었다.

복음서의 저자에 의하면+ 어둠이 내릴 무렵 빌라도는 이마에 끔찍한 통증을 느꼈다. 빛이 사라져감에 따라 더욱 심해지는 그 통증은 빛나는 표지로부터 왔으니, 십자가에 달린 그리스도와 그 아래 무릎 꿇은 성모마리아와 마리아 막달레나를

+ 이 에피소드는 실제 요한복음에는 나오지 않는다.

보여주는 표지였다. 윤곽이 발하는 광채는 점점 더 강렬해져 깜깜한 밤이 되면 강렬하고 눈부신 그 이상한 표지는 마치 태양으로 그려놓은 것처럼 보였다. 그동안 빌라도는 사실상의 고문을 겪어야만 했는데, 그것은 부단히 새로워지는 지옥불과도 흡사했다.

육체적 고통에 정신적 형벌이 추가되었다. 빌라도는 타오르는 형상의 의미를 정확하게 의식하고 있었기 때문이다. 그것은 후회의 강박 같은 것이었다. 이마 중앙을 차지한 불의 낙인은 눈꺼풀까지 확장되었고, 그 결과 한쪽 눈꺼풀은 마리아 막달레나의 옷과, 다른 눈꺼풀은 성모마리아의 옷과 맞닿아 있었다.

이때부터 불행한 빌라도에게 남은 유일한 방책이라고는 강한 빛에 스스로를 노출시키는 것뿐이었다. 그러면 빛나는 표지가 고통과 함께 즉각 사라졌다.

하지만 계속적인 빛은 그 자체로 하나의 잔인한 형벌이었다. 빌라도는 잠깐 동안의 불완전하고 열띤 졸음만을 구할 수 있을 뿐이었다. 이 순간의 휴식 도중 자기도 모르는 사이에 손으로 이마와 눈을 가리며 그 피곤한 빛에서 빠져나오려고 하면 그늘이 생기면서 당장에 되살아난 타오르는 끔찍한 표지가 또다시 극심한 고통을 불러왔다.

낮 동안에도 저주받은 빌라도는 끊임없이 강한 빛을 마주하고 있어야만 했다. 어두운 방구석을 향해 본의 아니게 고개라도 돌릴라치면 빛나는 표지가 즉시 모습을 드러내며 만인이 보는 앞에서 진정한 치욕의 낙인을 그의 이마에 찍곤 했다.

상황은 결국 견딜 수 없는 지경에 이르렀다. 잠을 거의 자지 못하는 빌라도는 쉼없는 광선에 노출되면서 눈이 상했다. 단 한 순간이라도 깊은 어둠 속에 잠길 수만 있다면 그는 모든 것을 내놓았을 것이다. 그러나 저항할 수 없는 욕망에 굴복하여 주위에 암흑을 만들면 별안간 가장 찬란한 섬광으로 빛나는 상처가 그를 극심한 고통 속에 빠뜨렸고, 그는 혐오스러운 강렬한 빛에 서둘러 도움을 구해야만 했다.

마지막 순간까지, 신에게서 버림받은 인간은 치유할 수 없는 그 고통을 끝없이 겪어야만 했다.

3. 시인 질베르가 그의 『직접 체험한 동양의 꿈』에 기록한 에피소드.

1778년경 호기심 많고, 예술적 감동에 대한 고상한 욕심이 가득한 질베르는 오랫동안 소아시아를 여행했다. 이를 위해 그는 여러 달 동안 아랍어에 대해 수준 높은 연구를 했다.

부차적 관심의 대상인 다양한 지역과 도시를 방문한 뒤 그는 답사의 주된 목적지인 바알베크의 폐허에 도착했다.

그 유명한 죽은 도시가 질베르의 정신에 행사하는 주된 매력은 위대한 풍자시인 미시르의 기억에 있었다. 부분적으로나마 우리에게까지 전해져내려오는 그의 작품은 바로 바알베크의 절정기에 출현한 것이다.

그 자신도 풍자시인인 질베르는 미시르를 광신도처럼 찬미했다. 이 옛 시인을 그는 마땅히 자기의 정신적 조상으로 간주했다.

첫날부터 여행자는 도시의 광장으로 갔다. 전승에 따르면 미시르는 정해진 날에 그곳에 와서는 종교적 숙연함을 지닌 군중 앞에서 새로 지은 시를 읊었는데, 그때 홀수의 막대가 달린 시스트럼을 계속 흔들면서 약간 노래를 부르는 듯한 자신의 낭독에 박자를 맞췄다고 한다.

질베르는 뜨거운 열정으로 가득찬, 서로 모순되는 수많은 페이지를 읽었다. 다양한 미시르 주석자가 쓴 그 글들은 위대한 시인이 독특한 시스트럼을 갖고 있었다는 매우 그럴듯한 주장에서 비롯된 것들이었다. 어떤 사람들은 그것이 불가능하다고 했다. 그들이 내세우는 근거는 그림이나 문서에 재현된 모든 옛 시스트럼에서 떨림음을 내는 금속가로막대는 네 개 또는 여섯 개라는 사실이었다. 그들은 또한 홀수의 막대가 달린 시스트럼이 나온 적이라고는 단 한 번도 없었던 발굴결과를 상기시키기도 했다. 다른 사람들은 어쨌거나 권위 있는 증언들을 받아들여 미시르가 특이한 악기를 사용해 스스로를 차별화하려 했다는 사실을 인정해야만 한다고 주장했다.

질베르는 안내인들을 조금 떨어진 곳에서 기다리게 한 뒤 광장에 홀로 앉아 있었다. 오래전 스승의 존경스러운 그림자로 성스러워진 장소에서 명상에 잠기기 위해서였다. 그는 자신을 둘러싼 폐허에서 사람들이 넘쳐나는 찬란한 옛 도시를 그려보려고 애쓰면서 어쩌면 자신이 미시르의 발자취를 밟고 있을지도 모른다는 생각에 감동을 느꼈다.

저녁이 오고 있었지만 시간 가는 것을 잊어버린 질베르는 몽상을 계속했다. 그는 이제 예전에 건물을 이루던 오래된 돌들이 흩어진 한가운데 꼼짝 않고 앉아 있었다.

마침내 그 매혹적인 장소를 떠날 생각을 한 것은 완전히 밤이 내린 뒤였다. 한데 그가 막 일어서려는 그때 별로 멀지 않은 빛 하나가 눈앞에 반짝였다. 움직임이 있는 그 가는 빛줄기는 깊은 지하실에서 시작되어 벌어진 틈을 통해 수직으로 올라오고 있었다.

질베르는 그것에 다가가기 위해 허물어진 궁전의 오래된 포석 위를 몇 걸음 걸었다. 약간 벌어진 두 포석 사이로 움직이는 빛이 새어나오고 있었다.

시인은 환한 틈 사이로 시선을 던졌고 커다란 방을 보았다. 거기에서는 낯선 두 사내가 사물들과 피륙, 장신구 사이를 돌아다니고 있었는데, 그중 한 사람은 불 켜진 램프를 들고 있었다.

그 고장 출신인 두 사람이 주고받는 말에 귀를 기울이던 질베르는 그들이 꾸민 음모의 전말을 알게 되었다. 대화자 중 젊은 사람은 그때까지 존재조차 알려지지 않았던 어느 지하의 방들에서 온갖 종류의 골동품을 발견했다. 그는 그것들을 현재의 방에 모았는데, 들어가기가 특별히 어려운 까닭에 가장 안전한 장소였기 때문이다. 나이든 사람은 뱃사람으로서 매년 물건의 일부를 가지러 올 참이었다. 그는 밤에 그것들을 수레로 바다까지 운반해 거기서 자기 배에 실을 것이고, 머나먼 곳에 가서 금값에 팔 터였다. 이익은 두 사람이 나눌 것이다. 그리고 그 일을 비밀에 부침으로써 그 공동의 보물에 대해 그들과 똑같은 권리를 가진 동포들의 정당한 요구를 미연에 방지할 생각이었다.

통로를 돌아다니면서 두 사람은 챙길 물건들을 골랐다. 야음을 틈타 바다로 운반하기 위해서였다. 분류가 끝나자 그들은 질베르의 시야에서 멀어졌고 어딘가에 위치한 출구를 통해 밖으로 나갔다. 질베르로서는 그곳의 위치와 구조를 짐작할 수가 없었다. 온갖 주의를 다 기울여 폐허의 어느 한 지점에서 그들이 나타나는지 확인하려고 했지만 소용없는 일이었다.

더이상 아무런 소리도 들리지 않자 미칠 듯한 호기심이 엄습하는 것을 느낀 시인은 가까운 곳에 쌓여 있는 그 미지의 경이를 남들보다 먼저 만져보고 감상할 생각을 했다. 방금 전에 떠오른 달빛이 벌어진 두 포석 사이로 흘러넘치고 있었다. 질베르는 그중 하나의 이음새가 죄다 떨어져나가고 없는 것을 발견했다. 그의 손은 틈새에서 잡을 곳을 찾았고, 무거운 돌을 들어올려 옆으로 치워놓는 데 성공했다.

구멍으로 쉽사리 빠져들어가 그 가장자리에 매달린 질베르는 팔을 펴서 떨어질 높이를 최대한 줄인 뒤 바닥으로 사뿐히 내려섰다.

포석을 걷어낸 구멍으로 달빛이 흘러들었고, 열광적인 탐색자로 변모한 시인은 그 매혹적인 박물관에 쌓여 있는 보석이며 피륙, 악기, 작은 조상 등을 황홀하게 바라보았다.

그때 시인은 별안간 움직임을 멈추고 놀라움과 감동으로 전율했다. 그의 앞에서 창백한 빛을 받고 있는 다양한 잡동사니 가운데 다섯 개의 막대가 달린 시스트럼이 불쑥 솟아 있었던 것이다! 그는 황급히 그것을 집어들어서는 가까이에서 살펴보았다. 육필로 'Missir'라고 새겨진 자루를 보니, 그토록 커다란 논란을 불러일으켰던 홀수 막대 시스트럼을 자신이 들고 있는 게 분명했다.

뜻하지 않은 발견에 넋을 잃은 질베르는 가구 몇 개를 쌓아올려 자기가 터놓은 구멍에 도달할 수 있었다.

그는 다시 한번 광장의 지면을 밟으며 조금 전까지 긴 몽상에 빠졌던 자리로 되돌아갔다. 거기서 기쁨에 도취된 그는 기억에 의지하여 미시르의 가장 아름다운 시들을 원어로 노래하면서 한때 위대한 시인이 연주하던 시스트럼을 부드럽게 흔들었다.

강렬한 달빛 아래 영혼이 한껏 고양된 질베르는 미시르의 영감이 자신의 가슴에 되살아나는 것을 느꼈다. 그는 지금 그 옛날 그의 신神이 군중을 향해 새로 지은 시를 낭랑하게 낭송하던 바로 그 자리를 차지하고 있었다. 그리고 그 당시 박자를 맞추었던 악기의 울림이 현재의 밤공기를 흔들고 있었다!

오랜 시간 시와 회상에 취해 있던 질베르는 안내인들에게 가서 지하실에 모아놓은 보물의 존재와 우연히 엿들은 대화 내용을 알려주었다. 두 공범을 잡기 위한 덫이 놓였고, 그들은 그날 밤 은밀하고 탐욕스러운 작업을 하다 붙잡혔다.

중요한 일을 해준 대가로 사람들은 미시르의 시스트럼을 질베르에게 선물했고, 그는 값을 매길 수 없는 이 유물을 영원히 경건하게 간수했다.

4. 「황금알을 낳는 거위」 우화와 뚜렷한 연관이 있는 롬바르디아의 전설.

옛날 베르가모⁺에 피치기니라고 불리는 난쟁이가 살고 있었다.

매년 봄이 시작될 무렵이면 기후의 변화와 함께 그의 땀구멍이 확장되면서 온몸에 혈한이 돋았다.

당시의 민간신앙에 따르면, 혈한증이 심하게 나타날 경우 그것은 좋은 날씨를 예고하고 풍요로운 수확을 약속했다. 반면에 혈한증이 미약하고 제한적인 경우 그것은 지독한 가뭄에 이은 기근과 파산을 우려하게 했다. 문제는 결과가 언제나 이 믿음의 손을 들어준다는 점이었다.

그 이상한 병을 앓을 때면 언제나 고열이 났고 피치기니는 몸져누워야만 했다. 그리고 경작자 무리가 어김없이 병세를 살피러 찾아왔는데, 땀처럼 스며나온 피의 양에 따라 때로는 기쁨이, 때로는 당혹이 고장의 평원 전체로 퍼져나가곤 했다.

예측이 만족스러울 때면 훌륭한 수확이 긴 휴식과 기쁨을 가져다주리라고 확신한 시골 사람들은 난쟁이에게 많은 선물을 보내면서 감사를 표했다. 그들의 미신은 난쟁이를 일종의 신으로 만들었다. 순전한 기상학적 결과를 원인으로 돌리면서 그들은 피치기니가 자기 마음대로 수확의 좋고 나쁨을 결정한다고 생각했고, 좋은 예언을 할 경우에는 풍성한 선물을 하면

⁺ 이탈리아 북부의 도시.

서 다음해에도 역시 자기들을 만족시켜줄 것을 당부했다. 반면에 혈한이 미미할 때는 아무 선물도 없었다.

게으르고 방탕한 피치기니는 별 힘도 들이지 않고 얻어내는 그 이득을 몹시 좋아했다. 피가 그의 속옷과 시트를 흠뻑 적실 때면 각지에서 모여드는 선물 덕분에 푸짐하고 안온한 무위 속에서 일 년을 보낼 수 있었다. 그러나 절약을 할 만한 선견지명은 갖지 못했던 그는 혈한이 보잘것없을 때마다 궁핍을 겪어야만 했다.

어느 해 봄, 주기적으로 찾아오는 고열의 혈한증을 앓기 위해 침상에 들면서 그는 시트 속에 몰래 칼을 숨겼다. 필요할 경우 혈한을 보충하기 위해서였다.

마침 그날의 혈한은 매우 보잘것없었다. 몇 방울의 작은 혈한이 얼굴에 드문드문 돋을 뿐이었다. 자신을 기다리는 기나긴 궁핍을 예상하고 화들짝 놀란 난쟁이는 감추고 있던 칼을 집어서는 고열로 뒤척이는 척하며 주위에 모인 참관자들 모르게 사지와 몸통에 일련의 깊은 상처를 냈다.

그러자 피가 속옷에 흥건하게 흘러넘쳤고, 모두가 대단히 기뻐했다. 하지만 상처를 입은 난쟁이는 더이상의 출혈을 막을 수가 없었다. 경탄한 참관자들이 이제껏 없던 풍성한 붉은 땀이 흘렀음을 사람들에게 알리기 위해 자리를 떴을 때 난쟁이는 피를 너무 많이 흘린 나머지 반쯤 죽은 상태였다.

유달리 훌륭하고 많은 선물이 피치기니에게 모여들었다. 핏기 없이 쇠약한 그는 어렵사리 몸을 움직이며 소름 끼치도록 창백한 안색으로 마주치는 사람들을 질겁하게 만들었다.

한데 그해에는 지독한 가뭄이 그치질 않았고 도처에서 잔인한 기근이 기승을 부렸다. 처음으로 현실이 혈한의 예언을 부정하고 있었다.

난쟁이의 혈한증을 참관했던 사람들은 모종의 사기를 감지했고 고열을 구실로 한 몸짓을 의심하기에 이르렀다. 그들은 난쟁이에게 몸을 보여달라고 요구했다. 그가 일부러 냈던 상처 자국들이 나타났다.

속임수가 알려지자 협잡꾼에 대한 거대한 분노가 일었다. 그가 값비싼 선물을 사취하면서 사람들이 겪는 비참을 한층 혹독한 것으로 만든 까닭이다.

그러나 미신 덕분에 피치기니는 모든 보복으로부터 무사했다. 일종의 물신처럼 앞으로 얼마든지 훌륭한 수확을 가져다줄 수 있다고 너나없이 믿는 그인지라 허튼짓을 하는 이는 아무도 없었던 것이다. 사람들은 다만 이제부터 진홍빛 땀의 도래를 좀더 세심하게 감시하기로 했다.

난쟁이는 속으로 몰래 웃으면서 온 고장이 기아에 고통받는 동안 속임수로 얻은 재산을 보란듯이 탕진하는 뻔뻔스러움을 멈추지 않았다.

하지만 그의 핼쑥함과 탈진상태는 가실 줄을 몰랐다. 그리하여 그는 유령 같은 꼴을 한 채 평소의 습관대로 계속적인 통음난무에 빠져들었다.

이듬해 봄 피치기니는 사람들의 밀착감시를 받는 가운데 침상에 몸을 누였다. 한데 아무리 기다려도 자줏빛 물기가 배어나오질 않았다. 그 끔찍한 출혈 이후 줄곧 빈혈상태가 이어진 난쟁이에게, 그때까지 정도의 차이는 있어도 규칙적으로 일어나던 희한한 피부증상이 이제는 더이상 생겨나지 않게 되었던 것이다.

그는 아무런 선물도 받지 못했다.

그리고 넉 달 뒤, 훌륭하고 풍성한 수확이 난쟁이의 예언적 무능을 증명했다.

황금알을 낳는 거위를 죽이고 후회하는 사람과 다름없어진 피치기니는 이때부터 따돌림과 경멸의 대상이 되어 회복할 길 없는 궁핍을 겪어야만 했다. 그의 몸속에서 피는 다시 만들어지지 않았고, 해마다 봄철이면 나타나던 혈한을 다시는 볼 수 없었기 때문이다.

5. 그리스신화의 한 구절에 따르면 피로에 지친 아틀라스는 어느 날 어깨에서 천구를 떨어뜨렸다. 그러고는 마치 격분한 어린아이처럼 자신이 영원히 짊어져야만 하는 그 성가신 짐을 향해 맹렬한 발길질을 날렸다. 그의 발뒤꿈치는 아마도 염소자리 한가운데를 가격했을 터이니, 이 별자리의 별들이 이후 그토록 어지러운 모습을 띠게 된 것을 보면 그렇게 만든 장본인이 아틀라스임을 짐작할 수 있다.

6. 프리드리히대왕의 편지에서 읽은 볼테르의 일화.+

1775년 가을 영광으로 충만한 팔십대의 볼테르는 프리드리히대왕의 초청을 받아 상수시궁전에 머무르고 있었다.

어느 날 두 벗이 왕궁 근처를 걸어가고 있을 때의 일이다. 흥이 난 볼테르는 재치와 열정을 다해 타협을 모르는 그의 반종교주의를 설명했고, 프리드리히대왕은 이름 높은 산책 동반자의 달변에 매료되고 있었다.

이야기를 나누느라 시간마저 잊어버린 두 산책자는 해 질 무렵 들판 한가운데 있었다.

이때 볼테르는 그가 그토록 오래전부터 싸워온 낡은 교리를 유달리 신랄하게 비판하던 중이었다.

갑자기 볼테르가 문장 한중간에 입을 다물고는 깊은 혼란에 휩싸인 채 그 자리에 멈추어섰다.

+ 실제 프리드리히대왕의 편지에는 이 일화가 나오지 않는다.

그들로부터 멀지 않은 곳에서 아직 유년기를 벗어나지 못한 한 소녀가 멀리 떨어진 가톨릭 예배당 꼭대기에서 들려오는 삼종기도 종소리를 듣고 땅바닥에 무릎을 꿇고 있었던 것이다. 두 손을 모으고 하늘을 향해 얼굴을 쳐든 채 라틴어 기도문을 소리 높여 읊는 소녀는 두 사람의 존재조차 알지 못했다. 그만큼 환희가 소녀를 순식간에 꿈과 빛의 공간으로 끌어올린 것이다.

볼테르는 형언할 수 없는 고뇌를 느끼며 소녀를 바라보았다. 양피지처럼 주름진 그의 누런 얼굴 위로 평소보다 더욱 흙빛인 색조가 번져나갔다. 무서운 감동이 표정을 일그러뜨렸고, 성스러운 기도에 영향을 받은 그는 자기도 모르는 사이에 마치 응창을 하듯 'Dubito'라는 라틴어 단어를 입 밖으로 내고 말았다.

그의 의심은 명백히 무신론에 대한 자신의 이론에 적용되는 것이었다. 기도중인 소녀의 초인간적인 표정을 본 그의 마음에 초월적 세계가 계시되었거나, 아니면 그 나이에는 필연적으로 임박한 죽음 앞에서 영원한 징벌의 공포가 그의 온 존재를 사로잡았다고나 할까.

그러나 위기가 지속된 것은 잠깐 동안이었다. 조롱의 말이 또다시 위대한 회의주의자의 입술을 뒤틀었고, 시작된 문장은 신랄한 어조로 마무리되었다.

그럼에도 동요는 있었다. 프리드리히대왕은, 짧은 순간 신비적 감격을 느끼는 볼테르의 소중한 모습을 결코 잊을 수가 없었다.

7. 리하르트 바그너의 천재에 직접적으로 관련된 이야기.

1813년 10월 17일 라이프치히에서는 프랑스군과 연합군 사이에 휴전이 성립되면서 치열하던 전투가 중단되었다. 전날 시작된 그 전투는 이틀 연속 격렬하게 지속된 참이었다.

도시 외곽의 대로에 나가면 군대가 꽁무니에 으레 달고 다니는 일군의 떠돌이 약장수와 장사꾼을 볼 수 있었다. 수많은 주민이 병사들 사이를 돌아다녔고, 매우 활기찬 그 풍경은 다소 장터 같은 느낌마저 주었다.

한 무리의 젊은 여인이 혼잡한 그곳을 명랑한 얼굴로 돌아다니고 있었다. 그들은 야단스럽게 진열된 물건들을 구경하고 그럴듯한 허풍을 들으면서 몹시 즐거워했다. 그중 한 여인은 아들을 안고 있었는데, 다섯 달이 채 안 된 그 아이는 다름 아닌 리하르트 바그너였다. 그는 그해 5월 22일에 태어났다.

그런데 갑자기 멀찌감치 있는 작은 탁자 뒤에 선 긴 머리칼의 노인이 젊은 여인을 소리쳐 불렀다. 아이의 장래를 알아보라는 것이었다. 거동과 억양으로 보아 순수한 프랑스 사람인 노인은 서툰 독일어로 우스꽝스럽게 말했고, 그 말투에 명랑한 여인들은 웃음을 터뜨렸다. 일이 제대로 풀린다고 느낀 그는 여인들을 자기 앞으로 부르느라 그리 애쓸 필요도 없었다.

노인은 수수께끼 같은 태도로 아이를 한차례 훑어보고는 탁자에서 바닥이 평평한 잔을 집어들었다. 그 안에는 빛나는 쇳가루가 얇은 층을 이루며 고르게 깔려 있었다.

잔 아랫부분을 쥔 노인은 아이의 운명을 생각하면서 손가락으로 잔 가장자리를 세 번 치라고 했다. 노인의 말에 따라 여인은 아이를 안은 채 집게손가락 끝으로 잔을 세 번 쳤다. 약장수는 조심스레 잔을 내려놓고는 거대한 안경을 쓴 뒤 방금 전까지만 해도 완벽하게 균일했던 쇳가루 위로 세 차례의 타격이 만들어낸 소용돌이와 혼란을 살피기 시작했다.

문득 그가 경악스럽다는 커다란 몸짓을 했다. 그러더니 자기 앞에 놓인 필기구를 보고 흰 종이를 한 장 꺼내어서는 쇳가루에 그려진 모양을 잉크로 모사했다.

그는 종이를 젊은 여인에게 내밀었다. 종이에는 프랑스어로 "표절되리라"라고 적혀 있었다. 윤곽이 들쭉날쭉하고 사방팔방으로 기운데다 고르지 못한 필체였지만 그래도 제법 읽을 만했다.

약장수는 잔을 가리켜 원본과 모사본의 온전한 유사성을 확인하게 했다. 과연 충격에 따른 결과로 몹시 비뚤비뚤하고 가느다란 고랑들이 쇳가루 위로 파이면서 약장수가 모사한 단어를 그려놓고 있었다.

노인은 그 짧은 문장의 독일어 번역을 손님에게 일러주고는 서툰 독일어로 그 의미를 설명하느라 진땀을 뺐다. 그에 의하면 지극히 높은 예술적 운명이 그 간략한 문구에 잠재되어 있거니와, 그 운명이란 학파의 수장으로서 일군의 모방자를 만들어낼 만큼 강력한 혁신자에게나 해당되는 것이었다.

물신숭배의 경향이 없지 않은 행복한 어머니는 점쟁이에게 후한 사례를 치른 뒤 종이를 가져다가 귀중한 문서처럼 보관했다. 훗날 그녀는 아들에게 종이를 선물하면서 오래전 그가 저도 모르게 주인공 역할을 떠맡았던 이야기를 들려주었다.

만년에야 마침내 이해되고 유명해질 작품이 벌써부터 뻔뻔스러운 표절자들의 먹잇감이 되고 있을 때, 바그너는 이 일화를 즐겨 이야기했다고 한다. 그의 고백에 의하면, 나중에 그토록 확실하게 실현된 예언은 그의 예술경력이 지속되는 내내 그에게 좋은 영향을 미쳤다. 생산성 없는 싸움과 낙담의 긴긴 세월 동안 그는 이따금 절망에 빠지기도 했는데, 그럴 때마다 미신에 불과한 그 예언이 그를 격려해주었다는 것이다.

이렇듯 다양한 소재를 선택한 캉트렐은 세밀한 지시사항에 따라 잠수인형들을 제작하게 했다.

항구적인 균형의 유지를 위해 밑을 무겁게 만든 각각의 잠수인형은 속에 빈 공간을 작게 갖추었다. 거기에는 특수한 금속이 부착되었는데, 아쿠아미칸스에 퍼져 있는 추가분의 산소를 화학적으로 포착하여 그 둘레에 응집시키기 위한 것이었다. 따라서 빈 공간이 점차 기체로 채워지면 잠수인형은 가벼워지며, 이렇게 가벼워진 잠수인형은 저절로 바닥을 떠나 수면을 향해 떠오를 것이었다. 하지만 일정한 압력에 이르면, 달리 말해 상승을 시작한 지 정확히 십 초가 지나면 산소가 빈 공간의 문을 열게끔 되어 있었다. 즉 잠수인형의 윗부분이 일시적으로 덮개처럼 열려 공기방울을 바깥으로 배출하는 동시에 일정한 장치를 작동시켜 잠수인형의 호흡을 조절하게끔 만들어져 있었다. 빈 공간에서 공기가 빠지면 잠수인형은 제 무게 탓에 바닥으로 내려갈 것이고, 그 속에서 즉각 다시 만들어진 산소는 곧 새로운 비상을 유발할 것이었다.

몇 가지 자동적인 반응을 얻어내기 위해서는 매우 섬세한 장치가 필요했다. 빌라도의 이마에 빛나는 표지가 나타나는 것은 잠수인형 내부에 설치한 작은 전등이 일시적으로 켜지기 때문이었다. 볼테르의 일화에서 핵심이 되는 단어 'Dubito'는 위대한 사상가의 반쯤 벌어진 입술로부터 수많은 공기방울의 형태로 빠져나오되 오로지 잘게 쪼개진 방울들만이 그 자체로 글자의 순서에 따라 교묘하게 무리를 이루어야 했다. 혈한을 흉내내기 위해 난쟁이 피치기니에게 부착한 장치는 한 번 조작할 때마다 일군의 배출구를 통해 소량의 붉은색 분말을 내뿜게 되어 있었다. 잠수인형 내부에 들어찬 그것은 잠깐 물에 색깔을 부여했다가 완전히 용해되면서 즉시 사라졌다. 라이프치히의 약장수가 든 잔에서는 손가락이 세 번 부딪치는 동시에 가짜 쇳가루가 미리 정해진 형상에 따라 고랑을 내게 되어 있었다.

이러한 여러 가지 문제점을 해결하고 난 캉트렐은 자기가 아직 물의 맛을 보지 않았다는 사실을 깨달았다. 그는 세심하게 음미하기 위해 소량을 별도로 만들었다.

물로 된 다이아몬드와도 같은 아쿠아미칸스는 컵에 따르자 마치 갈증 나는 목구멍을 위해 만들어진 것처럼 여겨졌다. 첫 모금부터 선생은 그 맛이 놀랍도록 경쾌하고 매우 섬세한 것을 알아차렸다. 그 반짝이는 음료를 그는 거푸 세 잔이나 마셨다. 그것에 함유된 과도한 양의 산소가 특별한 취기를 선사했다.

캉트렐은 그 순간의 취기에 포도주의 취기를 더하면 어떤 종류의 느낌을 맛볼 수 있을까 궁금해졌다.

그는 매우 독한 소테른 한 병을 가져오게 해서는 앞에 놓인 잔에 따르기 시작했다. 하지만 도중에 멈추어야만 했다. 컵 안에 얼마간의 물이 남아 있었는데, 거기 처음으로 쏟아져내린 백포도주가 즉각 밀도 높은 덩어리로 변한 까닭이었다. 기이한 물은 새로 생긴 고체에 놀라운 광채를 주었고, 그것은 빛깔 덕분에 태양의 섬광을 띠게 되었다. 아쿠아미칸스의 성분은 두 액체가 섞이지 못하도록 했으며, 갑작스러운 산소의 주입은 보르도 포도주를 응고시키는 것으로 밝혀졌다.

캉트렐은 덩어리를 만지작거리면서 그것이 매우 말랑말랑하다는 사실을 깨달았다.

방금까지 생각했던 이중도취 실험은 잊어버린 채 그는 이제 응고된 포도주의 태양 같은 광채와 유연성에 기초한 실험계획을 수립했다.

얼마 전부터 선생은 여러 종류의 적응실험에 전념하고 있었는데, 특히 바닷물고기가 민물에서 살 수 있는 방법을 찾아내기 위해 애썼다.

물고기가 태어난 바닷물의 염도를 매우 천천히 점진적으로 낮추는 것, 그러다 대상 동물에게서 아주 미세한 생체적 교란만 관찰되어도 염도 낮추기를 즉각 중지하는 것이 실험의 주된 내용이었다. 성공하기 위해서는 많은 인내와 솜씨가 필요했다.

캉트렐은 먼저 한 무리의 해마와 함께 성공을 맛보았다. 그들의 적응은 완벽했다. 열 마리 가운데 세 마리는 위험천만한 과정을 견디지 못하고 죽었지만 살아남은 일곱 마리는 아무런 불편이나 저항 없이 담수가 든 표본병을 차지하고 있었다.

선생은 그것들을 커다란 다이아몬드 안으로 옮겨 원구를 끌게 하고자 했다. 응고된 소테른으로 이루어진 원구는 아쿠아미칸스에서 받은 불빛 덕분에 태양의 미니어처같이 보일 것이었다. 그리고 그 전체는 아폴론의 전차를 연상시킬 터였다.

그는 우선 시험삼아 해마만 수조 속에 집어넣었다. 새로운 물이 혹시 그들에게 해로운 것은 아닌지 살피기 위해서였다.

아니나 다를까 얼마 지나지 않아서 우아한 동물들은 커다란 고통을 드러내며 아쿠아미칸스를 벗어나기 위해 몸부림쳤다.

문득 그것들이 왜 고통스러워하는지 알아차린 캉트렐은 그 점을 미처 예상하지 못한 자신을 탓했다. 뭍에서만 사는 동물의 호흡에 맞춰진 빛나는 물은 수중동물에게는 지나치게 많은 양의 산소를 함유하고 있었다. 해마에게는 공기 중과 마찬가지로 위험한 환경이었다.

작은 그물을 사용하여 선생은 황급히 해마들을 표본병으로 옮겼다.

이어 그 모든 계획을 무산시킬 수 있는 커다란 골칫거리를 해결하고자 그는 해마의 가슴팍에 일종의 배액선을 관통시켰다. 두 개의 배출구를 지닌 그것은 해마의 몸에 생성된 필요 이상의 산소를 내보내기 위한 것이었다.

우선 임시로 배액선을 부착한 한 마리만 실험을 했는데 결과는 대성공이었다. 해마를 아쿠아미칸스에 넣자마자 가벼운 공기방울들이 두 개의 구멍으로 빠져나왔다. 동물은 아무런 불편도 느끼지 않은 채 반짝이는 물속을 평온하게 움직였다. 보통의 물에서는 이중으로 난 배출구의 가두리가 내부 공기의 과잉에 의해 바깥쪽으로 벌어지는 대신 배액선에 찰싹 붙었고, 그 결과 배출구는 완벽하게 닫혔다.

계획한 신화적 상징에 어울리도록 마구를 연결할 방식을 찾고 있던 캉트렐은 각각의 배액선을 두 가지 용도로 사용하기로 했다. 즉 그 길이를 필요한 만큼 연장하여 포도주로 만든 원구를 연결하는 데도 활용하기로 한 것이다.

행렬이 다이아몬드 안을 우아하게 돌아야만 한다고 생각한 그는 최초로 해마들의 경주를 개최함으로써 더욱 재미있는 구경거리를 제공하기로 했다. 배액선을 신축성 있게 만들면 민활한 말들은 다른 말들보다 앞설 수 있을 것이었다. 하지만 해마의 보잘것없는 추진력을 감안하면 그 차이는 미미할 게 뻔했다.

내기를 건 사람이 자기 말을 알아보는 데 어려움이 없도록 선생은 일곱 개의 긴 배액선 각각에 프리즘의 일곱 색깔 하나씩을 배정했다. 경마장에서 기수의 옷 색깔이 하는 역할을 배액선의 색깔로 대체한 것이다. 그는 일련의 연습을 통해 일곱 말의 속도를 미리 측정해보았다. 그리하여 가장 느린 말에서부터 가장 빠른 말까지 그 순서를 확정한 뒤 각각의 배액선에 보라색부터 붉은색까지 일곱 색깔을 무지개에 나타나는 순서에 따라 부여했다.

그 이상한 줄을 노란색 원구에 연결할 방법을 찾던 캉트렐은, 아쿠아미칸스에 감싸인 모든 것에 전기가 발생하는데 그것만으로도 배액선 끝에 연결한 전도체와 응고된 포도주 사이에 어떤 자화磁化를 충분히 일으킬 수 있지 않을까 생각했다. 다소 긍정적인 결과를 끌어낸 다양한 모색 끝에 그는 각각의 배액선 양끝을 얇고 반짝이는 케이스 안에 모으기로 했다. 원하는 결과를 위해 엄선된 금속으로 만든 그것은 아쿠아미칸스 속에서 작은 태양에 얼마간 가까워지자마자 저절로 가 붙을 것이었다.

캉트렐은 또 선명하게 구분된 경주로를 만들 궁리를 하다가 당통의 머리에서 얼마 떨어지지 않은 곳에 단순한 모양의 작은 원기둥을 세웠다. 세밀하게 밀도를 계산한 그것은 별로 깊지 않은 곳에 고정된 채 절대 올라가거나 내려가지 않을 것이었다. 경주로를 일주하려면 해마들은 중심을 왼쪽에 두고 한편으로는 고정된 기둥을, 다른 한편으로는 기둥 반대쪽에 자리 잡을 잠수인형들을 돌아가야만 했다. 인형들의 경우 그 수효 덕분에, 그리고 하강과 상승이 교차되는 움직임에 기인한 통일성의 결여 덕분에 최소한 한 개 이상은 늘 경주가 진행되는 수조 위쪽의 한 지점을 표시할 것이었다.

아쿠아미칸스와 접촉하는 즉시 급격하게 응고되는 소테른이 구경거리가 될 만하다고 판단한 선생은 포도주를 마지막 순간에 따르기로 했다. 또 그들에게 주어진 이 다듬어지지 않은 덩어리를 모두 함께 문질러댐으로써 스스로 태양을 만들도록 해마들을 훈련시키기로 했다. 이를 위해 그는 해마들의 왼쪽 옆구리에 그들의 몸과 같은 색깔의 밀랍을 발라주었다.

교육은 매우 성공적이었다. 해마들이 빚어낸 원구 또한 아무런 이음매조차 보이지 않을 정도로 완벽했다. 그는 이제 자기 학생들에게 갑자기 원구를 내려놓고 즉시 한 줄로 서는 법을 가르쳤다. 배액선의 금속케이스가 서서히 하강하는 작은 태양 표면에 나란히 붙어 바르고 정확히 연결되도록 하기 위함이었다.

마지막으로 그는 신호에 따라 경주하는 법을, 서로 추월하기 위해 애쓰는 법을 가르쳤다. 결승점은 커다란 다이아몬드의 어느 결정면을 한쪽 눈을 감고 바라보았을 때 그곳에 그려놓은 검은색 원과 원기둥이 겹쳐지는 지점이었다.

캉트렐은 배액선을 두른 해마들이 프리즘의 일곱 색깔 배열에 따라 전면에 멋지게 줄지어 서서 그 희한한 연결에 착수하도록 했다. 그런데 경주마들에 이름이 없어서는 곤란했다. 선생은 누구라도 외우느라 고생하지 않도록 무지개의 보라색에서 붉은색까지 순서에 따라 간단한 라틴어 서수를 이름으로 주었다. 보라색 배액선을 받은 프리무스는 가장 느린 말로서 행렬의 맨 왼쪽에서 지속적인 유리함을 누렸다. 반면에 가장 날쌘 셉티무스는 붉은색 배액선을 두른 채 맨 오른쪽 자리에서 가장 긴 거리를 달렸다. 그 사이의 다섯 자리 각각에 부여된 전반적인 특권과 그 자리를 차지한 해마의 역량의 관계는 미묘할 수밖에 없는 핸디캡 부여 문제를 완벽히 공정하게 만들어주었다. 그것은 같은 짐을 진 경쟁자들이 행렬에서 언제나 동일한 경주로를 유지해야만 하는 특수한 상황을 고려한 작업이었다.

선생이 말을 이어가는 동안 콩덱렌은 해마들이 천천히 끄는 태양을 가지고 쉼없이 장난을 쳤다.

설명을 끝낸 캉트렐은 오른쪽 소매를 높이 걷어올리면서 다이아몬드 뒤쪽으로 갔다. 그가 포스틴에게 신호를 보내자 포스틴은 즉각 콩덱렌을 한쪽 어깨 위에 올렸다. 이어 선생은 다시 한번 사다리 위로 올라갔다.

그의 손가락이 지나가는 태양을 낚아챘고, 이 바람에 금속 케이스들이 떨어져나갔다. 난쟁이 태양은 곧 소테른병 옆에 놓였다.

차례차례 건져올린 해마들은 표본병으로 되돌아갔다. 가슴에서는 이제 더이상 공기방울이 새어나오지 않았다.

캉트렐이 포스틴의 목덜미를 잡아주자, 그녀는 둥근 입구의 가장자리를 잡은 채 그를 마주하고 고개를 뒤로 젖혔다. 콩덱렌이 그녀의 뺨에 몸을 비벼댔다. 캉트렐이 목덜미를 잡아준 덕분에, 그녀는 재빨리 몸을 추어올려 유리천장을 무릎으로 짚고 곧 선생을 따라 니켈도금 사다리를 내려올 수 있었다.

지면으로 뛰어내린 고양이는 빌라 쪽으로 달아났고, 포스틴이 합류한 우리 일행은 평온한 걸음을 되찾았다. 몸이 식으면 어떡하느냐는 우리의 질문에 무용수는 아쿠아미칸스에서 나올 때면 언제나 몸 전체에서 일어나는 강하고 지속적인 반응 때문에 그럴 염려는 조금도 없다고 대답했다.

제4장

캉트렐을 따라 공터를 가로지른 우리는 무성한 잔디밭 사이로 노란색 모래가 깔린 쭉 뻗은 정원길을 내려갔다. 완만한 경사를 이룬 그 길은 금방 평평해지더니 갑자기 넓어지면서 마치 큰 강이 섬을 둘러싸듯 거대한 유리로 된 높은 상자를 에워쌌다. 그것은 가로 10미터, 세로 40미터의 장방형이었다.

커다란 유리로만 이루어져 있으며 가늘고 견고한 철제골조가 지탱하는, 오로지 직선이 주조를 이루는 그 투명한 건축물은 네 벽과 천장의 기하학적 단순함 때문에 뚜껑 없는 기괴한 상자를 땅에 거꾸로 엎어놓은 것처럼 보였다. 그 중심축은 정원길의 중심축과 정확히 일치했다.

정원길의 양쪽 가장자리가 비스듬히 벌어지면서 일종의 하구처럼 생긴 곳에 이르렀을 때 캉트렐은 우리를 눈짓으로 이끌면서 유리구조물 모서리를 돌아가 멈추어섰다.

이제 우리가 가까이에서 바라보게 된 유리벽을 따라 사람들이 드문드문 서 있었다.

제일 먼저 시선에 들어온 것은 유리 너머로 채 1미터가 안 되는 지점에 외따로 설치한 일종의 네모난 방이었다. 안이 훤히 들여다보이게끔 천장도, 그리고 만약에 있었더라면 그 바깥면이 우리 코앞이었을 한쪽 벽도 없었다. 방은 폐허가 된 예배당의 모습이었는데, 감금장소로 사용되는 것 같았다. 서로 멀리 떨어진 두 개의 수평 가로장에 끝이 뾰족한 일련의 쇠창살이 고정된 창문이 우리 오른쪽에 드리운 내벽 중간 높이에 나 있었다. 부서진 포석 위에는 하나는 크고 하나는 작은 두 개의 초라한 침대가 놓여 있었다. 그리고 그 옆으로는 낮은 탁자와 작은 나무의자도 보였다. 방 안쪽에는 벽 앞으로 제단의 잔해가 솟아 있고, 거기서 떨어진 커다란 성모 석상이 바닥에 깨져 있었다. 이 사고로 아기 예수가 성모의 팔에서 떨어져나왔으나 부서지지는 않은 모습이었다.

멀리서 보니 모피를 덧댄 모자와 짤막한 외투 차림의 누군가가 거대한 유리상자 내부를 배회하고 있었다. 캉트렐은 그가 자기 조수 가운데 한 사람이라고 간단히 설명했다. 우리가 가까이 다가가는 동안 열린 쪽을 통해 예배당 안으로 들어갔던 그는 이제 막 밖으로 나와 오른쪽으로 갔다.

커다란 침대에는 머리가 희끗희끗한 낯선 사람이 누워서 무언가를 궁리하고 있는 것처럼 보였다.

결정을 내린 듯 그가 곧 자리에서 일어나 제단 쪽으로 걸어갔다. 그는 조심스레 왼쪽 발을 디뎠다. 다리가 아픈 게 분명했다.

우리 옆에서 어느 여인이 상을 당한 듯 베일을 드리우고 오열을 터뜨렸다. 그녀는 어린 소년의 팔에 의지한 채 "제라르… 제라르…" 하고 울부짖으며 예배당을 향해 절망적으로 손을 내뻗었다.

그녀가 제라르라고 부른 사람이 제단 곁에 이르러서는 아기 예수를 들어올렸다. 그리고 나무의자에 앉아 자기 무릎에 조상을 눕혔다.

그는 손가락 끝으로 주머니에서 둥근 금속상자를 꺼내더니 경첩이 달린 뚜껑을 열었다. 분홍빛을 띤 일종의 고약이 보였다. 그는 그것을 조상의 앳된 얼굴에 얇게 바르기 시작했다.

검은색 베일을 쓴 여인이 그 기이한 화장을 두고 하는 소리인 듯 어린 소년에게 다음과 같이 말했고, 아이는 울면서 고개를 끄덕였다.

“너를 위한 거였어... 너를 구하기 위한 거였다고...”

한시도 주의를 늦출 줄 모르는 제라르는 무언가에 쫓기듯 일을 서둘렀고, 잠시 후 고약을 바른 조상의 얼굴은 온통 분홍색이 되어 있었다. 얼굴뿐만 아니라 심지어 목과 귀까지도 분홍색이었다.

조상을 왼쪽 벽 아래 작은 침대에 눕힌 뒤 잠시 살펴보고서 그는 뚜껑 닫은 고약통을 주머니에 집어넣고는 창문 쪽으로 향했다.

쇠창살 전체가 바깥쪽을 향해 약간 불룩 튀어나간 형태라 그는 고개를 내밀고 아래쪽을 바라볼 수 있었다.

호기심을 느낀 우리가 오른쪽으로 몇 걸음 옮기자 바깥쪽 벽면이 눈에 들어왔다. 약간 안쪽으로 들어간 창문 양편에 두 개의 귀퉁이 공간이 있는데, 그중 먼 쪽 귀퉁이는 이런저런 쓰레깃더미를 한데 받쳐주는 역할을 했다. 쓰레기 중 다량의 배 찌꺼기가 특히 눈에 띄었다. 제라르는 쇠창살 사이로 팔을 뻗어 껍질은 제쳐둔 채 씨와 꼭지에 붙은 섬유질만 그러모았다.

수확을 마친 그는 다시 방 안쪽으로 향했고, 우리 또한 앞서 지켜보던 왼쪽 자리로 되돌아갔다.

그의 손가락이 꼭지와 씨 부분에서 섬유질을 민첩하게 가려내기 시작했다. 이어 그렇게 얻어낸 투박하고 희끄무레한 힘줄 모양의 물질을 끈기 있게 갈라서 다량의 가는 실을 마련했다.

짧은 길이를 보완하기 위해 가느다란 실오라기의 끝과 끝을 세밀하게 이어붙인 제라르는 명백한 기술적 역량의 부족을 집요한 열정으로 극복하면서 직조와 제조를 동시에 수행하는 의아한 작업을 시도했다.

촘촘하게 실을 엮어 전체적으로 불룩한 물건을 만든 그는 마침내 그럴듯한 갓난아기 모자를 손에 쥐게 되었다. 마치 천으로 만든 것 같았다. 그는 그것을 분홍색 얼굴의 조상에 씌웠다. 벽을 향한 채 목까지 이불을 끌어올린 조상은 이제 돌로 된 머리칼이 감춰지자 진짜 아기처럼 보였다.

제라르는 작업을 하고 바닥에 남은 찌꺼기들을 꼼꼼하게 긁어모아서는 창문 왼쪽으로 던졌다.

그러고 나서 그는 잠시 머뭇거리며 멍하니 서 있었다. 그러나 곧 정신을 차린 그는 갑자기 왼쪽 팔꿈치를 위로 올리고 손가락을 모은 채 손을 아래로 떨어뜨렸다. 손목에 걸려 있던 금팔찌가 오른손 안으로 미끄러져내렸다. 가는 사슬로 이루어진 그 끝에는 오래된 금화 한 개가 매달려 있었다.

제라르는 옛 금화를 창문 쇠창살 아래쪽 끝에 오랫동안 갈아댔다. 덕분에 그는 상당한 양의 금가루를 얻을 수 있었다. 그것은 비어 있던 왼 손바닥에 고스란히 쌓였다.

탁자 위에는 현대적인 팔절판 네 개 이외에 그와 대조를 이루는 매우 두꺼운 오래된 책 한 권이 놓여 있었다. 장정한 책 등에는 커다란 글씨로 『루이 톨장의 에레보스⁺ 사전』이라는 제목이 선명히 적혀 있었다. 그리고 그 옆으로는 물이 가득한 단지와 꽃가지 한 개가 보였다. 팔찌를 주머니에 집어넣으면서 제라르는 나무의자를 탁자 쪽으로 끌어당겼다. 탁자는 우리와 멀지 않은 곳에서 창문이 난 벽과 마주하고 있었다. 그는 『에레보스 사전』 앞에 앉아서는 그 위치를 바로잡았다. 책의 맨 첫 부분을 펼치기 위해서였다. 그는 수평축을 중심으로 장정된 두꺼운 표지를 왼쪽으로 넘겼고 그 바람에 면지도 함께 넘어갔다. 면지에는 조금의 뒤틀림도 없었다.

반듯하게 누운 첫 페이지 혹은 별지가 완벽하게 하얀 앞면을 드러내었다.

⁺ 그리스신화에 나오는 에레보스는 암흑의 신으로, 죽음의 세계 하데스로 통하는 암흑계를 가리키기도 한다.

꽃 없는 가지를 펜대처럼 세 손가락 가운데 끼운 제라르는 긴 가시가 달린 한쪽 끄트머리를 단지 가득한 물에 살짝 적셨다.

그러고는 가시 끝으로 사전의 흰 페이지에 글씨를 쓰기 시작했다. 불안하게 서두르는 모습은 여전했다.

몇 줄 쓰고 난 그는 가지를 내려놓은 뒤 펼쳐진 왼손의 금가루를 손가락 끝으로 소량 집어서는 엄지와 검지를 서로 비벼대면서 방금 쓴 보이지 않는 글씨들 위로 조금씩조금씩 뿌렸다. 글씨들은 곧 황금빛으로 물들었다.

커다란 제목 서체로 쓴 '오드'+라는 단어 밑에는 여섯 행의 십이 음절 시구가 적혀 있었다.

잠깐 사이에 그 일을 마치고 오른손 엄지와 검지에 남은 금가루를 왼 손바닥에 쏟아부은 제라르는 다시 가시 끝을 단지에 넣어 적셔가며 글쓰기를 계속했다.

두번째 연이 곧 종이에 씌었고, 금가루가 뿌려졌다.

글쓰기와 금가루 뿌리기가 교차되는 똑같은 과정이 그렇게 계속되었다. 그사이 페이지 아래까지 연들이 쌓였다.

물이 마르기를 기다리면서 제라르는 잠시 페이지를 들어 반쯤 구부렸고, 그러자 물에 젖어 종이에 붙지 않은 금가루가 왼쪽 여백으로 쓸려내려갔다. 이어서 사전 위쪽을 잡고 수직에 가깝게 세우자 금가루는 그것을 받을 준비가 된, 아직 상당한 양이 남아 있는 왼 손바닥으로 흘러내렸다.

눈을 어지럽히는 모든 군더더기가 사라지자 그때까지 모호하기만 하던 섬세한 황금텍스트가 온전한 순수함 속에 모습을 드러냈다.

제라르는 사전을 쥔 채 천천히 탁자 위로 펼쳐 내리면서 다른 한 손으로 팔절판 네 개를 장정본 겉표지 아래 층층이 쌓았다. 덕분에 표지는 비스듬한 경사면을 이루는 대신 팔절판들 위에 수평으로 놓였다.

+ 서정적인 짧은 시.

별지를 넘기자 온통 하얀 뒷면이 나타났다. 제라르는 똑같은 방식으로 그 위에 황금글씨로 시구를 적었고, 곧 마지막 글씨까지 습기가 제거되었다.

이제 조심스럽게 페이지를 구부렸을 때 달라붙지 않은 금가루들이 향한 곳은 오른쪽 여백이었고, 무거운 책을 또 한번 잠시 들어올리자 그것들은 작은 폭포를 이루며 왼손의 저장고로 되돌아갔다.

제라르가 한 손이 온전치 못한 사람처럼 움직인 끝에 층층이 쌓인 팔절판이 이번에는 오른쪽에서 책의 뒤표지를 받치게 되었으며, 그 위로 면지와 별지가 활짝 펼쳐졌다. 왼쪽의 면지는 사전(이제 마치 읽기를 마친 책처럼 모든 페이지가 수평으로 중첩된 채 펼쳐져 있었다)의 마지막 페이지 바로 옆으로 아무것도 쓰이지 않은 앞면을 내보이고 있었다. 그것 역시 물에 적신 가시로 쓴 새로운 연으로 가득찼고, 이내 황금빛으로 물들었다.

글씨를 말리고 이전처럼 금가루를 거두어들인 제라르는 별지를 넘겼다. 마지막 순간까지 이상한 필사생筆寫生의 기법을 고수하면서 그는 오드를 다 쓴 뒤 서명을 했다. 모든 연은 똑같은 형식을 이루고 있었다.

이제 그의 왼손에는 얼마 안 되는 금가루만이 남아 있었다. 그는 손을 흔들어 그것을 털어버렸다.

페이지 아래쪽의 황금서명이 완전히 마르자 제라르는 두꺼운 책을 세워 텍스트와 관계없는 금가루를 탁자 위에 되는대로 쏟아버린 다음 표지를 덮어 반듯하게 놓았다.

오랫동안 강렬한 상념에 잠겨 있던 제라르는 쌓여 있는 팔절판 가운데 맨 위의 것을 집어들었다. 간단히 묶기만 한 그 표지에는 『시신세始新世』+라는 제목이 적혀 있었다.

+ 신생대 제3기를 다섯으로 나눈 것 중 두번째.

사전을 밀어내고 그 자리에 팔절판을 놓은 그는 마지막을 향해 책장을 넘기다가 곧 두 단 형식의 색인이 시작되는 페이지에서 멈추었다. 거기에는 뒤에 일련의 숫자가 적힌 단어들이 목록의 형태로 연속되고 있었다. 그는 단어를 손가락으로 하나하나 짚으면서 개수를 세었다.

색인이 이어지는 다음 페이지들에서도 제라르는 하나도 빠뜨리지 않고 마찬가지로 빠르게 짚어가면서 개수를 세었다. 그러다가 어느 페이지의 마지막 단어에 이르렀을 때 세기를 그치고 자리에서 일어났다.

창문을 향해 걸어가 우리로부터 멀어진 그는 주머니에서 잠시 금팔찌를 꺼내어서는 이미 사용했던 쇠창살 끝에 다시 한 번 금화를 갈아 빛나는 가루를 왼 손바닥에 모았다. 이번에는 그렇게 많지 않은 양이었다. 그는 곧 『시신세』 앞으로 다시 돌아와 앉았다.

방금 전 세기를 마친 페이지 위에 그는 앞서와 동일한 방법으로, 하지만 오로지 인쇄체 대문자만으로 글씨를 썼다. 위쪽 중앙에 '감방에서의 나날들'이라고 적은 뒤 왼쪽 단 위에는 '자산', 이어 오른쪽 단 아래에는 '부채'라고 적었다. 마지막 단어는 거꾸로 썼는데, 채택한 글씨체의 기하학적 단순함 덕분에 별 어려움은 없었다.

이어서 제라르는 첫번째 단에서 시작하는 인쇄된 단어를 줄을 그어 지웠다.

금가루는 글씨와 삭제선을 채색하는 데 꼭 알맞은 양이었다. 종이에서 모든 물기가 사라지자 그는 책을 잠시 탁자 위에 수직으로 세웠고, 페이지에 달라붙지 않은 금가루는 가볍게 아래로 흘러내렸다.

그는 삭제한 단어 바로 뒤의 숫자 밑을 손가락으로 짚었다가 책의 첫 부분을 뒤적였다. 특정 페이지를 찾는 것 같았다.

그때 캉트렐이 우리를 거대한 투명상자 오른쪽으로 조금 걸어가게 했다. 그러고는 잘 꾸며진 가톨릭 제단 앞에 멈춰세웠다. 유리벽 뒤에 설치된 그 제단은 우리를 향해 있었고, 감실 앞에는 제의를 입은 사제가 서 있었다. 두툼하게 차려입은 조수는 무언가 작업을 한 뒤 제라르가 있는 곳을 향해 멀어지더니 그리로 잠시 들어갔다.

성스러운 테이블 오른쪽에는 사치스러운 금속궤가 놓여 있었다. 매우 오래되어 보이는 궤 전면의 자물쇠 아래로는 석류석으로 이루어진 '금혼식의 터무니없는 바이스'라는 글귀가 보였다.

사제가 금속궤를 향해 걸어가서는 뚜껑을 열고 제법 큰 바이스를 꺼냈다. 매우 단순한 형태의 그것은 나비꼴 너트로 작동되는 것이었다.

제단의 층계를 내려온 사제는 나이 많은 부부 앞에 멈추어 섰다. 그가 다가가자 두 사람은 등받이 이면이 우리를 향한 채 나란히 놓인 화려한 의자에서 일어났다. 남자는 모자 없이 간소한 연미복 차림이었고, 그의 왼쪽에 선 여자는 머리에 검은 숄을 드리우고 정식 상복 차림에 추운 듯 무거운 코트를 걸치고 있었다. 하지만 그녀 또한 남자와 마찬가지로 장갑을 끼지 않은 맨손이었다.

사제는 두 노인을 마주보게 한 뒤 그들의 오른손을 한데 모아서는 바이스의 벌어진 물림장치 안에 넣었다. 그러고는 너트를 천천히 돌리기 시작했다. 바이스는 우리 쪽을 향해 보란 듯이 자리잡고 있었다.

그런데 남자가 미소 띤 얼굴로 왼손을 들어 끼어들었다. 그는 사제로 하여금 손을 떼게 하고는 일부러 장난기를 드러내며 직접 명랑하게 금속너트를 몇 차례 돌렸다. 그동안 여자는 측은한 표정으로 오열을 터뜨렸다.

물림장치는 금속을 흉내낸 물렁물렁한 재료로 만들어진 게 분명했다. 얽힌 두 손에 아무런 고통도 주지 않은 채 휘어졌기 때문이다.

남자가 손을 거두자 사제는 너트를 한참 동안 반대방향으로 돌렸다. 그런 다음 바이스를 들고는 제단의 층계를 올라가 궤가 있는 쪽으로 향했다. 길고도 장엄한 악수를 끝낸 부부는 다시 의자에 앉았다.

거대한 상자를 따라 캉트렐은 몇 미터 떨어진 화려한 장소 앞으로 우리를 이끌었다. 그러는 동안 거기서 빠져나온 모피옷 차림의 조수는 나이든 부부를 향해 걸음을 서둘렀다. 그는 조금 전 제단 뒤로 난 길을 통해 눈에 띄지 않게 그곳으로 들어온 터였다.

유리벽 가까운 곳에 무대가 정면을 향해 열려 있었다. 바닥보다 높지 않은 무대장치는 중세 성의 호화로운 방을 연상시켰다. 난간이 없는 까닭에 조수는 아무런 어려움 없이 무대 앞쪽으로 드나들 수 있었다.

무대 안 약간 왼쪽으로 비스듬히 놓인 탁자 앞에 목을 드러낸 영주가 앉아 있었다. 안쪽으로 커다란 창문이 달린 벽의 사면을 마주하고 있기에 얼굴의 뒤쪽 윤곽만 보이는 그는 어떤 책에 주석을 달고 있었다.

그의 목덜미에 짙은 회색의 고딕체 모노그램이 보였는데, 이는 B, T, G라는 세 글자로 이루어져 있었다.

무대 안쪽 중앙에는 손에 양피지를 든 한 사내가 서 있었다. 우리를 정면으로 향한 채 닫힌 문 앞에 자리잡은 그의 위치는 영주로부터 정확히 오른쪽으로 몇 걸음 떨어진 지점이었다.

두 배우의 의상은 무대장치와 시대적으로 잘 어울렸다.

주석작업을 멈추지 않은 채, 그리고 자세 또한 바꾸지 않은 채 영주가 비꼬는 기색이 뚜렷한 어조로 말했다.

"정말입니까... 차용증서가?... 무엇으로 서명되어 있던가요?"

그 목소리는 둥근 구멍을 통해 우리에게 전해졌다. 지면으로부터 2미터 떨어진 지점에 나 있는 접시 크기의 그 구멍에는 그보다 더 큰 원형의 박엽지가 유리벽 바깥쪽으로 가장자리에 붙어 있었다.

잘 듣기 위해 그 구멍 바로 아래 자리잡고 있던 검은색 옷차림의 소녀가 방금 말을 한 유리벽 너머의 사람을 뚫어지게 쳐다보았다.

그 질문에 양피지를 든 사람은 짧게 대답했다.

"코브•로."

이 말을 듣는 순간 영주는 놀라우리만치 격하게 고개를 오른쪽으로 홱 돌렸고 손가락을 펴면서 두 손을 목덜미로 가져갔다. 고통 때문인 것 같았다. 하지만 그것은 금방 잊혔다.

그는 곧 자리에서 일어나더니 비틀거리면서 사내에게 다가갔다. 사내는 그의 눈앞에서 양피지를 펼쳐 들었다. 거기에는 '차용증서'라는 제목 아래 몇 줄의 글이 이어졌고, 문서를 매듭짓는 이름 아래 목이 굵고 짧은 말 한 마리가 거칠게 그려져 있었다.

손가락으로 말 그림을 가리키면서 극도의 고뇌가 느껴지는 어조로 영주가 반복했다.

"코브!... 코브!..."

그러나 캉트렐은 벌써 우리를 이 짧은 여정에서 끄집어내 지금까지와 같은 방향을 따라 이끌어갔다. 그는 일곱 살쯤 되어 보

• 다리가 짧고 튼튼한 말의 한 종류.

이는 아이 앞에 멈추었다. 머리와 다리를 훤히 드러낸 채 푸른 실내복만 걸친 아이는 상복으로 온몸을 감싼 한 젊은 여인의 무릎 위에 앉아 있었다. 여인은 맨바닥에 놓인 의자에 자리잡고 있었다.

조수는 무대 뒤쪽을 돌아 잠시 아이에게 다가갔다가 목덜미를 드러낸 배우를 향해 성큼성큼 걸어갔다.

모든 면에서 먼젓번 것과 유사한 두번째 구멍 덕분에 우리는 소년이 말하는 내용을 또렷하게 들을 수 있었다. 투명한 벽 뒤쪽, 우리로부터 그다지 멀지 않은 곳에 위치한 그는 「롱사르의 궤맨 비를레」+라는 제목을 읽은 뒤 낭랑한 어조로 작품을 낭독하기 시작했다. 그러는 동안 그의 시선은 여인의 시선을 마주보았고, 몸짓은 텍스트에 담긴 모든 내용을 더없이 적절하게 강조했다.

앳된 목소리가 그쳤을 때 우리는 캉트렐과 함께 지금까지와 같은 방향으로 짧게 이동하여 어린 관찰자 옆에 서게 되었다. 우리 앞에는 유리벽 안쪽에 붙은 테이블에 앉아 벽을 마주한 베이지색 블라우스 차림의 남자가 있었다. 조수는 그를 떠나 소년에게로 갔다. 방금 전 소년이 낭독을 하는 동안 조수는 그것을 방해하지 않기 위해 곡선을 그리며 그 뒤쪽으로 우회하여 남자에게로 왔었다.

긴 회색 머리칼에 고귀한 예술가의 얼굴을 지닌 블라우스 차림의 남자는 잉크로 온통 검게 칠해진 잘 마른 종이 위로 고개를 숙인 채 날카로운 스크레이퍼를 움직여 하얀 부분이 나타나도록 긁기 시작했다. 때때로 그는 새끼손가락 옆면으로 가벼운 종이가루를 쓸어내곤 했다.

그가 극도로 민첩하게 다루는 칼날 아래로 조금씩조금씩

+ 롱사르는 16세기 프랑스 시인이며, 비를레는 수렵무용이 수반되는 시가의 한 형식이다.

피에로의, 아니면 와토를 흉내낸 디테일들을 고려할 때 질+의 정면 초상이라고 할 만한 것이 검은색 바탕 위로 하얗게 모습을 드러냈다.

우리 가운데 서 있던 어린 관찰자는 이마를 유리에 대다시피 한 채 예술가의 섬세한 동작을 매우 주의깊게 살폈다. 예술가는 이따금 자기도 모르게 웃으면서 "상기 물품 열두 다스"라고 말했고, 이 말은 앞의 것들과 동일한 세번째 구멍을 통해 우리가 있는 바깥으로 전해졌다.

일은 빠르게 진척되었다. 오로지 제거만을 하는 이상한 작업과정에도 불구하고 매우 정교하게 그려진 질이 마침내 생명력이 넘쳐흐르는 모습을 드러냈다. 두 손은 허리춤을 짚고, 얼굴에는 웃음이 만개한 모습이었다.

강철이 교묘하게 남겨놓은 잉크의 섬세한 선은 그 자체로 우아함과 매혹의 진정한 걸작을 만들어냈다. 우리 위치에서는 정확하게 보이지 않았지만 그 가치만은 알아볼 수 있었다.

그림이 완성되자 스크레이퍼는 다시 한번 그것을 쥔 손의 솜씨를 입증하면서 미리 검게 칠해놓은 종이 아래쪽에 질의 뒷모습을 역시 흰색으로 생기 넘치게 표현해냈다. 두 그림이 보여주는 자세, 태도, 비율의 완벽한 유사성은 예술가의 구상이 한결같다는 사실을 의심할 수 없는 것으로 만들었다.

여기서도 능란한 삭제의 칼날이 빚어내는 의도적인 생략은 감탄할 만한 조화를 자아냈다. 반대방향에서 바라볼 수밖에 없음에도 그것은 우아한 마무리로 우리를 유혹했다.

마지막 손질을 끝낸 화가는 스크레이퍼를 내려놓은 뒤 종이를 들고 자리에서 일어났다. 그는 우리에게서 좀더 멀리 떨어진 조각대의 회전판 앞으로 가서는 그 위에 종이를 펼쳐놓았다. 그곳에는 인체구조를 본뜬 작은 철사골조가 서 있었다. 또

+ 18세기에 활동한 프랑스 화가 장 앙투안 와토의 〈피에로〉의 주인공. 해당 그림은 〈질〉이라고 통칭되기도 한다.

그 옆에는 일군의 초벌작업도구와 흰 마분지 상자 하나가 놓였는데, 뚜껑이 없는 상자의 전면에는 '밤의 목랍'이라는 글귀가 잉크로 굵게 적혀 있었다.

골조는 등 쪽이 단단한 수직 금속기둥에 고정되어 있었는데, 기둥의 아랫부분은 둥글게 넓어지다가 회전판 위 나무받침에 나사로 연결되는 구조였다. 철사의 유연성 덕분에 예술가는 골조를 매만져 방금 전에 스크레이퍼로 창조해냈던 질의 자세를 별다른 어려움 없이 고스란히 옮겨놓을 수 있었다.

이윽고 그의 손이 상자 속으로 들어가더니 거기서 굵은 목랍 막대를 꺼냈다. 검은 바탕에 미세한 흰 점들이 찍힌 그것은 별이 총총한 밤하늘을 연상시켰고, 따라서 상자에 적힌 이름에 꼭 들어맞았다.

이 밤의 목랍으로 예술가는 골조의 머리, 몸통, 팔다리를 차례차례 감쌌다. 그러고는 남은 막대를 상자에 다시 집어넣었다.

그렇게 준비된 작품에 그는 오로지 손가락만으로 제법 정확한 형태를 부여하기 시작했고, 그런 다음에는 초벌작업도구를 가지고 일을 계속했다. 여러 가지 가운데 그가 선택한 연장은 희끄무레한 빛깔과 독특한 알갱이, 그리고 건조하고 단단한 양상으로 보아 식빵을 뭉친 뒤 굳혀 만든 것이 분명했다.

작업이 진척됨에 따라 우리는 조상에서 방금 전의 질을 점점 더 확실히 알아볼 수 있었다. 그것은 질의 조각적 모방품이었다. 예술가가 검은 바탕의 종이를 향해 지속적으로 던지는 눈길이 이를 증언했다.

매우 특수한 형태의 다양한 초벌작업도구는 번갈아가며 모두 사용되었다. 전부 예외 없이 굳힌 식빵으로 만든 것이었다.

형상을 빚어내는 동안 예술가가 떼어낸 목랍은 그의 왼손

손가락 사이에서 옹색한 공 모양을 이루었고, 그는 이따금 이런저런 부분에 덧붙이기 위해 거기서 목랍을 떼어내곤 했다.

부지런한 창조자는 조형과 동시에 또하나의 작업을 수행했다. 그 자체로는 그야말로 불필요한 중복에 불과하지만 [illegible] 할 도리 없는 타성의 결과 그에게 꼭 필요한 일이 되어[illegible]린 듯 보였다. 그는 각각의 작업도구로 밤의 목랍에서 흰 [illegible]갱이를 떼어다가 조상의 표면에 줄지어 붙였다. 길잡이가 [illegible]준 모델에서 잉크로 그려진 것을 엄밀하게 재현하기 위해서[illegible]다. 웃[illegible] 얼굴의 차례가 되었을 때도 그는 다른 어떤 부분보[illegible] 더 미[illegible]한 양상을 띠는 기이한 작업을 문제없이 해냈다.

이따금 그는 작품의 다른 쪽을 매만지기 위해 회[illegible]전판을 돌리기도 했다. 그럴 때면 번갈아 참조하는 두 그림을 [illegible]눈앞에 두느라 종이를 옮겨놓기도 하고, 또 방해가 될 경우 목랍[illegible] 든 상자를 옆으로 밀어놓기도 했다.

질은 비할 데 없는 섬세함을 더해가며 빠른 속도로 만[illegible]어졌다. 예술가는 흉해서 흠이 되는 흰 결들은 목랍으로 덮어 감추었다. 반면에 결이 충분하지 않은 경우에는 오히려 그것을 얻기 위해 표면을 조금씩 파기도 했다.

그리하여 마침내 우리는 멋진 검은색 조상을 눈앞에 두게 되었다. 종이가 장난스러운 질의 양화陽畫라면, 조상은 섬세하게 두드러지는 흰 얼룩들 덕분에 더욱 완벽한 음화陰畫였다.

캉트렐의 신호에 따라 또다시 같은 방향으로 이동한 우리 일행은 높이가 약 2미터에 달하는 원통 쇠격자 앞에 섰다. 투명벽으로부터 얼마 떨어지지 않은 곳에 자리한 그것은 푸른빛이 감도는 좁은 방을 이루고 있었다. 직경은 한 걸음 정도였다.

거기에서는 쇠로 된 두 개의 수평고리가 하나는 위에서,

다른 하나는 아래에서 쇠창살 전부를 연결하고 있었다. 두 고리를 가로지르는 모든 쇠창살 가운데 유별나게 굵은 쇠창살 네 개가 꽤 넓은 마루판에 박힌 채 두 변이 유리벽과 평행을 이루는 가상의 정사각형 네 꼭짓점에 위치해 있었다. 반면에 다른 쇠창살들의 경우에는 마루판까지 내려오지 않았다.

지금까지 그랬듯 에움길을 통해 우리를 앞지른 조수는, 목욕가운 차림에 샌들을 신고 이상한 투구를 쓴 채 들것에 누운 야윈 환자의 곁을 떠나면서 주머니에서 튼튼한 열쇠를 꺼냈다. 그는 그것을 네 개의 굵은 쇠창살 가운데 우리에게서 멀리 떨어진 왼쪽 쇠창살 중간에 달린 자물쇠에 집어넣었다.

자물쇠를 연 그는 둥글게 굽은 문을 오른쪽으로 잡아당겨 활짝 열었다. 원통 격자의 4분의 1을 차지한 채 두 개의 수평고리 각각에 설치된 경첩 덕분에 열리는 그 문은 이제 우리 눈앞에 '초점감옥'이라는 장소의 이름을 드러냈다. 바깥쪽에서 읽을 수 있도록 굽은 쇠판에 새겨진 그 문패는 뒷면이 세 개의 쇠창살에 꽤 높이 부착되어 있었다.

왼쪽의 환자는 들것에서 막 일어난 참이었다. 그는 목욕가운을 벗고 수영팬티 차림이 되었다. 그의 차림새에서 특히 주의를 끈 것은 투구였다. 머리 위쪽 정수리를 덮는 모자로서 금속으로 만든 그것은 턱밑을 지나는 가죽끈으로 단단히 고정되어 있는데, 위로 솟은 짧은 축에는 돌아가는 수평의 침鍼이 꽂혀 있었다. 캉트렐에 따르면 강력한 자기를 띤 그것은 길이가 50센티미터 정도 되었다. 환자의 오른쪽 어깨 위로는 낡은 정사각형 액자가 서로 떨어진 두 개의 갈고리에 매달려 있는데, 한쪽 갈고리는 액자의 위쪽 가두리 끝에, 다른 한쪽은 침에 난 구멍에 끼워져 있었다. 보호용 유리를 끼우지 않은 액자 안에는 비단에 찍은 판화가 있었다. 매우 오래된 것이 틀림없는 그 판화는 위쪽 왼편 구석에 세 줄로 써놓은 '뤼테스+ 지도'라는 제목에서 확인되듯이 옛 파리를 상세하게 보여주는 지도였다. 거기서는 굵고 검은 선 하나가 완벽한 직선을 이루면서 북동쪽 구역을 가로지르고 있는데, 실제 분할선이기도 한 그 선의 두 끝은 성벽이 그리는 매우 정연한 곡선을 관통하며 지나치고 있었다. 마찬가지로 유리는 없지만 새것인 또하나의 정사각형 액자는 낡은 액자와 마찬가지 방식으로 환자의 왼쪽 어깨 위 반대쪽 침에 매달려 있었다. 거기에 끼워진 판화는 종이에 찍은 캐리커처로, 〈아이네이아스 역의 누리〉++라는 제목이 말해주듯이 트로이 왕자처럼 차려입은 가수의 옆모습을 무한한 공간 한가운데에 재현한 모습이었다. 외따로 떨어진 지구 위에 서서 가운데 쪽을 향해 고개를 돌린 누리는 소리를 내기 위한 격렬한 노력으로 인해 목이 벌겋게 달아올라 있었다. 그의 발은 자전축이 크게 기울어진 지구 정수리의 이탈리아를 밟고, 엄청나게 크게 벌어진 입에서는 수직의 점선 하나가 튀어나와 모호한 지리적 표지들 사이로 나아가며 지구를 한 차례 가로지른 뒤 길게 아래쪽으로 쭉 내려가 '천저天底'라는 단어가 보이는 별들이 모인 지점에 이르러 높은음자리표 앞에서 세 개의 f 기호와 함께 높은 도 음으로 끝나고 있었다.

환자는 분명한 두려움을 드러내면서 몇 발자국을 움직여 원통형 감옥 안으로 들어갔다.

조수가 문을 두 번 돌려 잠그자 자물쇠가 부착된 굵은 쇠창살에서 잠시 비어 있던 두 원 사이가 다시 온전해졌다.

이어 조수는 열쇠를 들고 아직까지도 여전히 조상을 매만지고 있는 예술가에게로 뛰어갔다.

감옥에 갇힌 환자에게서 시선을 돌려 유리벽과 평행하게 오른쪽으로 3미터쯤 옮기자 이동한 방향과 직각을 이루며 수

+ Lutèce. 라틴어로는 루테티아Lutetia로, 파리의 옛 이름이다.

++ 아이네이아스는 그리스신화의 영웅, 누리는 19세기 초반에 활동했던 오페라가수다.

직으로 서 있는 거대한 둥근 렌즈가 눈에 들어왔다. 원통형 격자와 정확히 높이가 같은 그것은 둥근 구리테두리에 끼워진 채 아랫부분이 마찬가지로 구리로 된 원판 중앙에 연결되어 있고, 그 원판은 다시 강한 나사못으로 마루판에 단단히 고정되어 있었다.

렌즈 뒤 광원에 호기심을 느낀 우리가 뒤로 두 발자국 정도 물러서자 아무런 방해물도 없이 검은색 실린더를 볼 수 있었다. 묵직한 외양으로 마루판 위에 서 있는 그 꼭대기에는 커다란 유리전구가 달렸는데, 푸른빛이 뿜어져나오고 있었다. 대낮임에도 불구하고 눈으로 식별되는 빛이었다.

갑작스럽게 전구에서 불이 나가는 바람에 유리는 아무 색깔도 없으며 광선 자체가 푸른빛이라는 것을 알 수 있었다.

전구, 렌즈, 감옥의 세 중심은 수평으로 일직선을 이루었다.

털로 안을 댄 무거운 외투에 포근한 모자를 쓴, 눈에 익은 얼굴만으로도 알아볼 수 있는 그 유명한 시뤼그 박사가 달그락거리는 소리를 내면서 검은색 실린더에 부착된 다양한 버튼을 조작하고 있었다. 그것들은 렌즈를 기준으로 전구 뒤쪽에 배치되어 있었고, 따라서 시뤼그 박사는 렌즈를 마주보고 있는 셈이었다. 그는 한 방향으로 고정된 둥근 거울을 쉼없이 바라보았다. 그의 오른쪽 약간 앞에 위치한 그 거울은 마루판에 수직으로 붙박인 금속막대 끝에 부착되어 있었다.

두 발자국 앞으로 이동하여 유리벽 앞에 이른 우리는 환자가 극도의 흥분상태에 빠져 있는 것을 보았다. 아마도 다른 어느 곳보다 그가 있는 곳에 가장 강렬하게 쏟아지는 푸른빛 때문인 듯했다. 렌즈의 초점은 과연 이름에 걸맞게 초점감옥 한가운데를 향하고 있었다.

양모장갑을 끼고 두꺼운 외투의 단추를 모두 채우고 머리에 후드를 뒤집어쓴 한 사람이 감옥 뒤에서 우리와 마주보며 오른손에 든 짧은 쇠막대기를 수평으로 유지하고 있었다. 캉트렐의 짤막한 언질 덕분에 우리는 그것이 자석임을 알 수 있었다. 환자의 모자를 살피면서 그는 두 판화가 광원과 지속적으로 마주보도록 했다. 이를 위해서는 돌아가는 침 끝 가까이로 자석을 내밀기만 하면 되었다. 극성이 미리 조정되어 있기 때문이었다. 그리하여 결과적으로 침은 언제나 우리 앞의 유리벽과 수직을 이루었다.

캉트렐은 오른쪽으로 가면서 누리가 주인공인 판화를 관찰하라고 우리에게 일러주었다. 환자가 감옥에 들어갈 때부터 이미 매우 희미했던 그 판화는 점점 더 흐릿해지고 있었다. 선생이 가르쳐준 바에 의하면, 그것이 얼마나 빨리 지워지는가를 시뤼그 박사는 비록 렌즈 뒤에 있어도 자기 옆 거울을 통해 감옥을 훤히 들여다보면서 알 수 있었고, 오로지 이 관찰에 따라 실린더 버튼을 조작했다. 박사의 작업은 푸른빛의 강도를 매우 유동적으로 조절하는 데 있는 것 같았다. 우리의 눈으로는 분별되지 않았지만 말이다. 아직까지 한참이나 이어지던 버튼 달그락거리는 소리는 새 액자가 이제 흰 종이만을 보여주게 되자 마침내 멈추었다. 빛의 강도를 조정하는 일이 완전히 끝났다는 뜻이었다. 한편 뤼테스 지도는 여전히 애초의 생생함을 간직하고 있었다.

점차 흥분의 극점에 도달한 환자는 이제 더이상 스스로를 통제할 수 없었다. 모종의 고통으로부터 달아나야만 하는 그는 모든 팔다리로 감옥의 쇠창살을 흔들어보려고 애썼다. 길길이 날뛰다가 빙빙 도는가 하면 무릎을 꿇었다가 다시 일어서기도 했다. 견딜 수 없는 불편에 사로잡혀 있는 게 분명했다. 하지만 이렇듯 불규칙한 움직임과 회전에도 불구하고 두 액자는 멀찌감치 있는 렌즈와 마주보길 그치지 않았다. 후드를 뒤집어쓴 채 손을 왼쪽 오른쪽, 위로 아래로 주의깊게 움직여대면서 맹렬한 자석을 어김없이 필요한 지점에 갖다대는 남자 덕분이었다. 그는 자석을 감옥 안으로 들이밀거나 실수로 쇠창살에 붙게 하는 법도 없이 환자의 머리 위에서 돌아가는 침을 완벽하게 제어하고 있었다.

얼마 동안 우리는 환자가 그렇게 미치광이처럼 날뛰는 것을 바라보았다. 실험이 끝나기를 더이상 기다리지 않고 캉트렐은 우리를 다시 이끌었다. 검은색 실린더 곁을 지날 때 우리는 시뤼그 박사를 보았다. 그는 실린더 버튼을 두드리며 자세를 바꾸지 않은 채 내내 그랬듯 거울을 바라보고 있었다. 선생이 우리에게 가르쳐준 바에 따르면, 판화가 보이지 않게 되고부터 박사는 뤼테스 지도를 관찰하고 있었다. 저항력이 강한 그것이 희미해지는 경우 이는 발광기구가 이상을 일으켜서 과도하게 작동한다는 뜻이고, 그때는 즉각 박사가 개입해야만 했다.

이동하면서 우리는 시뤼그 박사 뒤쪽으로 일종의 무대 이면에 해당하는 것을 보았다. 우리는 그것을 지나쳐서 무대 앞면이 보이는 곳에 멈추어섰다. 쇠시리 장식을 넣고 채색한, 석고로 된 화려한 전면의 일부처럼 보이는 그것은 우리가 있는 곳 약간 왼쪽에서 유리벽과 맞닿아 수직을 이루고 있었다.

그 같은 전면에서 우리 근처에 위치한 출입문의 진짜 문짝 두 개가 안쪽으로 활짝 열려 있었다. 위쪽에 '유럽호텔'이라는 간판이 붙은 그 문은 포석이 깔린 일종의 홀로 통했으니, 채색하여 틀에 끼운 소박한 천이 벽을 나타내고 있었다.

출입문 문틀 중앙 바로 위에는 짧은 주물 쇠막대기가 건물 전면과 수직을 이루며 바깥쪽으로 튀어나와 있었다. 그 끝에는 커다란 램프가 매달려 있었는데, 램프를 이루는 네 장의 유리 가운데 문지방을 향해 곧바로 나아가면 눈에 정면으로 들어오는 유리에는 온통 붉은 유럽 지도가 나타나 있었다.

출입문 위에 실제로 드리워진(이런 점에서 단순한 트롱프뢰유⁺로 그려진 건물의 창문들과 대비되는 면이 없지 않았다) 유리로 된 커다란 차양이 강렬한 빛줄기를 통과시켰다. 저 위 높은 곳, 거대한 유리상자의 투명한 천장을 떠받치는 금속가로장 하나에 고정된 반사경 달린 전등이 요란한 지도 위로 비스듬히 빛을 비추고 있었다. 마치 지금 이 순간 구름에 온통 가려져 있음에도 태양이 그리로 광선을 쏘아대고 있는 것 같았다.

영하의 날씨에 외출하는 것처럼 검은 상복을 두껍게 입은 남자가 출입문에서 몇 발자국 떨어진 지점에 자리하고 있었다. 그의 곁에 선 아주 어린 심부름꾼은 그와 정반대로 여름 제복 차림이었다.

방금 전 우리가 환자 앞에 있을 때 오른쪽으로 멀찌감치 지나가는 모습이 얼핏 보였던 조수가 별안간 포석 깔린 홀에서 나오더니 우리에게 등을 보인 채 멀어지며 전면을 따라 끝까지 간 뒤 왼쪽으로 사라졌다. 우리는 고개를 뒤로 빼 그가 뜀박질로 초점감옥에 도착하는 것을 볼 수 있었다.

가볍고 우아한 비치드레스 차림의 아름다운 젊은 여인이 홀에서 나왔다. 그녀의 매혹적인 손톱은 움직일 때마다 마치 거울처럼 반짝였다. 호텔 제복을 입은 노인 하나가 그녀를 쫓아나왔다. 그는 문턱을 넘자마자 그녀를 불러 멈춰세우더니 편지를 전달했다.

젊은 여인은 오른손으로 찻빛 장미 줄기 한중간을 쥐고 있음에도 다른 손에 양산과 장갑을 들었기에 오른손으로 편지를 받았다. 거리가 가까웠던지라 여러 단어 가운데 유독 '귀족원

⁺실제처럼 보이도록 그린 눈속임그림.

의원 부인'이 붉은색 잉크로 씌어 있는 것만은 우리도 볼 수 있었다.

봉투에 쓰인 내용의 어떤 세부사항 때문에 혼란스러워진 매력적인 여인은 문득 자리에 멈춰서며 부르르 몸을 떨었고, 이 바람에 편지와 엄지손가락 사이 장미 가지에 남아 있던 가시에 그만 찔리고 말았다.

자신의 피가 장미 가지와 편지를 빠르게 물들이는 것을 본 여인은 모종의 은밀한 이유로 심상찮게 충격을 받은 것처럼 진저리를 치면서 붉게 물든 두 물건을 내던졌다. 그러고는 얼이 나간 듯 꼼짝하지 않은 채 반쯤 쳐든 엄지손가락을 응시했다.

"속손톱 위로... 온 유럽이... 붉은색이네... 온통..." 그녀의 그 말이 앞서의 경우들과 마찬가지로 투명한 유리벽에 난 구멍을 통해 우리에게 전해졌다. 그녀의 등뒤 높은 곳에서 가짜 태양광선 아래 반짝이는 유리지도가 놀라운 반사력을 지닌 그녀의 손톱에 비친 터라 나온 말이었다.

피 묻은 편지와 꽃이 땅바닥에 떨어지자 노인이 그것들을 집으려고 했다. 그런데 최소한 여든은 되어 보이는 그로서는 뻣뻣한 몸을 낮추어 집을 수가 없었다. 그는 심부름꾼을 향해 고개를 돌리더니 '티그르'+라는 낭만주의 시대의 호칭으로 부르면서 손가락으로 보도를 가리켰다.

소년은 공손한 태도로 무겁지 않은 두 물건을 집어서는 여인에게 건네려 했다.

그러나 노인이 말한 시대에 뒤떨어진 단어를 듣고 부르르 몸을 떤 여인은 이제 어떤 환각의 영향을 받은 듯 공포가 드러나는 일련의 몸짓을 보이며 단속적인 문장들을 입 밖에 냈는데, 아버지, 호랑이, 그리고 피라는 세 단어가 나오고 또 나왔다.

여인은 완전히 정신착란에 빠진 기색이 역력했다. 이를 본

+ tigre. 원래 '호랑이'를 뜻하지만 19세기에는 작은 체구의 시동을 가리키기도 했다.

검은 옷의 남자가 그녀를 돕기 위해 달려갔다. 처음부터 연민을 품고 바라보던 그는 잰걸음으로 움직여 그녀를 호텔 안쪽으로 데려갔다.

캉트렐의 신호에 따라 우리는 줄곧 이동하던 방향으로 또 다시 잠깐 움직여 어떤 서민 남녀 곁에 멈추어섰다. 앞에는 천장 없는 장방형 방이 있었는데, 기다란 두 벽 중 하나가 아무것도 없이 유리로 대체되어 있어서 그 너머로 방안 전체를 훤히 들여다볼 수 있었다. 조수는 거기 있었다. 바로 전 구경이 끝나갈 무렵 이 방을 향하는 그의 모습이 멀찌감치 눈에 들어왔었다. 그는 우리 오른쪽에 서 있는 벽으로 가더니 문을 열고 밖으로 나가 다시 문을 닫았다. 이와 동시에 우리는 뒤로 약간 몸을 젖혀 왼쪽에 가 있는 그를 지켜보았다. 그는 뛰어서 방을 빙 돌아서는 비스듬한 방향으로 움직이며 정신착란에 빠진 젊은 여인이 사라진 길을 따라 호텔의 포석 깔린 홀로 들어갔다.

우리 눈앞의 방은 서재처럼 보였다.

안쪽 벽 오른편에는 책이 가득한 커다란 책꽂이가, 왼편에는 각각의 줄에 일련의 해골이 놓인 넓은 검은색 선반이 있었다. 이 두 가구 사이에 위치한 불 없는 벽난로 위에는 유리로 된 원구를 올려두었는데, 그 안에는 해골 하나가 오래된 신문지를 오려 만든 일종의 변호사 모자를 쓰고 있었다.

우리 왼쪽 벽에는 조수가 나간 문과 마주보는 커다란 창문이 열려 있었다. 커다란 장방형 책상도 있었는데, 짧은 쪽 모서리 하나가 벽에 붙어 있었다. 한 남자가 거기 앉아 있었다. 그는 유리벽 가까운 곳에서 우리를 등지고 서류를 정리하는 중이었다.

그 일에 금방 싫증을 느낀 듯 그가 순간 주머니에서 나온 구리케이스에서 담배를 꺼내 물었다.

그는 몇 걸음 걸어가 벽난로에 이르렀고, 그 위의 사포가 붙은 활짝 열린 상자 속에서 그가 원하는 것이 나왔다. 잠시 후 관능적인 연기에 휩싸인 그는 팔을 흔들어 불을 끈 뒤 성냥을 벽난로 바닥에 던졌다.

그러나 태도로 보아 기이한 모자를 쓴 두개골의 어떤 특징이 마지막 동작을 하던 그의 시선을 잡아끌면서 놀란 게 분명했다.

갑자기 호기심에 사로잡힌 그는 유리구를 들어 오른쪽에 놓고는 죽음의 물체를 집어들었다. 손으로 모자는 건드리지 않았다. 그는 책상으로 돌아오면서 처음으로 우리와 마주보았고, 우리는 그의 나이가 스물다섯 살 정도라는 사실을 알 수 있었다.

우리 일행에 섞여 있던 서민 남녀는(닮은 외모와 나이 차이로 볼 때 어머니와 아들이 분명했다) 유리벽 너머로 그를 탐욕스럽게 관찰했다.

책상에 앉아 또다시 우리에게 등을 돌린 흡연자는 자기 앞에 정면으로 놓은 두개골을 오랫동안 바라보았다. 우리 시야에 들어오는 해골의 이마에는 날카로운 금속 끝으로 직접 얕게 판 가느다란 빗금들이 뒤얽혀 있었는데 마치 아이가 서투르게 흉내낸 헤어네트 조각의 그물눈처럼 보였다.

캉트렐은 종이로 만든 변호사 모자의 수직 가두리에 모사된 육필 룬문자*를 주목하게 했다. 가두리는 『타임스』지 조각으로 만들어졌다고 했다. 그러고는 그것과 이마의 그물 모양 선 사이에 유사성이 있음을 알려주었다. 이마의 선은, 잘 살펴보면 알 수 있는바, 오른쪽 아래의 마지막 것들을 제외하고는 여러 가지 방식으로 기울어지고 또 서로 겹쳐진 이상한 형태의 룬문자였다. 또한 띄어쓰기 없이 그렇게 일종의 그물눈으로 이루어진 텍스트 중 두 단어는 다른 부분과 같은 방식으로 새긴 꺾쇠를 앞뒤로 두르고 있었다.

* 북유럽의 옛 문자.

방금 전 우리가 관찰하던 청년이 불현듯 주목했던 것은 물론 이마의 표지와 모자 가두리의 문자를 연결하는 불가사의한 관계였다.

이제 그는 책상 위에서 작은 필기용 석반과 그에 딸린 흰색 심 연필을 보고 이마의 텍스트를 프랑스어 알파벳으로 옮겨 쓰기 시작했다. 그는 왼손 검지로 한 글자 한 글자 짚어가면서 작업했다.

그가 쓰기를 마쳤을 때 우리가 있는 자리에서는 석반의 글자 가운데 '진갈색BIS'과 '앞면RECTO' 두 단어만 알아볼 수 있었다. 대문자로만 되어 다른 부분보다 더 눈에 띄는 두 단어는 전체에서 점하는 각각의 상대적인 자리를 고려할 때 원본에서 꺾쇠로 강조된 단어들에 해당하는 것임을 알 수 있었다.

자신이 방금 옮겨 쓴 글에 담긴 어떤 요청에 부응하려는 듯 청년은 방을 가로지르더니 서가에서 두꺼운 책 한 권을 뽑아들었다. 책등에는 매우 긴 제목 뒤에 '24권—평민계급'이라는 부제가 적혀 있었다.

그는 책상으로 돌아와 두개골 맞은편에 앉더니 그것을 밀어내고 빈자리를 만들어 자기 앞에 책을 놓고는 첫 페이지를 펼쳤다. 진갈색 고급종이에 뚜렷이 구분되는 문단 몇 개가 인쇄되어 있었다. 그는 흰색 연필로 하나하나 가볍게 짚어가면서 그중 한 문단의 글자 수를 세기 시작했다. 이따금 일정한 수에 도달하면 마지막으로 짚은 글자를 석반 아래쪽에 적었다. 그런 다음 필요한 지시사항을 얻어내려는 것처럼 금방 사용했던 흰색 연필로 이마의 텍스트를 옮겨 적은 곳의 한 지점을 잠깐 짚었다가 이어서 글자 수 세기를 반복했다.

한데 그가 펼쳐놓은 곳에서 유독 눈에 띄는 부분이 있었고, 매우 굵은 글씨로 인쇄된 까닭에 해당 문단의 나머지 부분과 뚜렷이 구분되었다. 하나는 "…독사의 형상을 한 세디유+…"이고, 다른 하나는 "…속튜닉++을 걸친 주교…"였다.

청년이 새로운 작업을 마쳤을 때, 석반 아래 한 자 한 자 적혀 매우 명료하게 드러난 일련의 흰 글자는 '루비로 된 주역배우 이름'이라는 네 단어+++를 이루었다. 세 차례 되어 있어야 할 띄어쓰기는 없었다.

책상 위의 활짝 열린 보석함 안에는 궁금증을 자아내는 예술품이 담겨 있었다. 너비보다 높이가 긴 그것은 다름 아닌 연극 포스터의 모사본이었는데 크기는 가장 큰 명함만했다. 금으로 된 앞면에는 전체적으로 작은 보석이 무수히 박혀 있었다. 밝은색 에메랄드가 배경을 이루고 있다면 텍스트는 어두운색 에메랄드였다. 사파이어로 이루어진 다양한 크기의 열두 이름이 각각 다이아몬드로 된 장방형 칸 위에서 두드러져 보였거니와 칸의 크기는 이름 크기에 맞추어져 있었다. 그 위로는 수많은 루비로 된 또하나의 이름이 불타올랐는데, 우월한 크기로 다른 이름들을 압도하며 널찍한 다이아몬드 칸에서 부각되고 있었다. 제목에 도달하기도 전에 그것이 백번째 공연임을 알 수 있었다.

왼손에 예술품을 든 청년은 책상에서 집어든 돋보기 너머로 루비로 된 주역배우 이름을 세심하게 살펴보았다.

꽤 오랜 시간이 흐른 끝에 그는 무엇인가를 발견한 듯 손톱으로 수많은 루비 가운데 하나를 눌렀다. 루비는 손톱을 떼자 다시 솟아올랐다.

이제 손에 예술품만을 든 그는 또다시 손톱으로 밑에 스프링이 부착된 루비를 누른 채 다양한 조작을 시도했다. 그러던 중 문득 보석 박힌 표면이 오른쪽으로 밀렸다. 그것은 양쪽에 홈이 파인 얇은 뚜껑으로, 속이 빈 판 안쪽에서 종이 몇 장이 보

+ 프랑스어에서 a, o, u 앞의 c를 [k]가 아닌 [s]로 발음하기 위해 붙이는 기호. 예를 들어 프랑수아François의 ç가 세디유를 붙인 c다.
++ 원문의 'subtunique'은 루셀이 만든 용어로, 속에 입는 튜닉이라는 의미다.
+++ 원문은 'Vedette en rubis', 곧 세 단어로 되어 있다.

였는데 거의 만져지지 않을 듯 얇은 종이들은 한데 묶인 채 두 차례 접혀 있었다.

그는 종이를 꺼내 펼쳤다. 그것은 손으로 쓴 섬세한 글씨로 뒤덮여 있었다. 그는 자리에 앉아 다 피운 담배를 벽난로를 향해 던진 뒤 종이를 읽기 시작했다.

그의 태도에서 우리는, 한 줄 한 줄 읽을 때마다 그가 의심할 수 없는 어떤 추악한 비밀에 한 걸음씩 더욱 깊이 들어가고 있다는 사실을 짐작할 수 있었다.

그가 부들부들 떨면서 힘겹게 종이를 넘겼다. 갈수록 점점 더 강하게 글의 내용에 사로잡혔던 것이다.

글을 다 읽고 난 그는 무의식적인 마비상태에 빠져서 꼼짝도 하지 않았다.

이윽고 그가 반응을 보였다. 마치 끔찍한 생각이 엄습하기라도 하듯 손을 비틀어댔다.

그러다가 마침내 평정을 되찾은 그는 책상 모서리에 팔꿈치를 기대고 손바닥으로 이마를 받친 채 긴 사념에 잠겼다.

그는 차가운 확신과 함께 사념에서 벗어났다. 그것은 확고부동한 계획에서 오는 확신이었다.

손글씨를 담은 종이의 마지막 장 뒷면 중간, 그러니까 텍스트의 마지막 줄 아래에는 매우 커다란 글씨로 '프랑수아쥘 코르티에'라고 서명이 되어 있었다. 그 뒤로는 아무런 추신도 없었다.

청년은 펜을 잉크에 적시고는 뒷면에 남은 반 페이지의 흰 공간에 빽빽하게 글씨를 쓰기 시작했다. 빈 공간을 거의 채운 그는 의식적인 글씨체로 '프랑수아샤를 코르티에'라고 서명했다. 그러고는 아직 보완요소가 첨가되지 않은 첫번째 c 아랫부분 정확한 지점에 오랜 습관에서 비롯한 편안한 태도로 세디유 역할을 하는 굽은 뱀을 빠르게 그려넣었다.

갑작스레 생겨난 의혹과 함께 또다른 서명을 향해 시선을 옮긴 우리는 그것의 주인 또한 세디유 대신에 옹색한 뱀을 그려넣었음을 확인할 수 있었다.

잉크가 마르자 청년은 종이를 묶은 뒤 전체를 네 번 접어서는 황금으로 된 은닉처에 꼭꼭 밀어넣었다. 곧이어 여전히 홈에 끼워져 있는 보석 박힌 뚜껑을 엄지로 주의깊게 움직이자 마지막 짤막한 소리가 나면서 그것이 완전히 닫혔음을 알렸다. 유리벽에 구멍은 없었지만 우리는 그 소리를 미약하게나마 감지할 수 있었다.

이제 제자리를 찾은 예쁘고 귀중한 포스터는 아까처럼 열린 보석함 속에서 빛나고 있었다.

사용한 책을 서가에 정리하고 난 청년은 책상으로 돌아와서는 아무것도 남아 있지 않도록 석반 표면을 검지 끝으로 문질렀다. 이어서 그는 해골을 제자리에 되돌려놓았다. 여전히 정수리에 모자를 얹은 그것은 유리구를 뒤집어쓴 채 벽난로의 주요 장식품 역할을 되찾았다.

잠시 후 그는 오른손으로 주머니를 뒤져 권총을 꺼냈고, 왼손으로는 신속하게 조끼 단추를 풀었다.

그는 심장 부분의 셔츠 위에 총구를 갖다대고 방아쇠를 당겼다. 즉각 울려퍼진 총소리에 놀란 채 우리는 그가 뻣뻣한 자세로 쓰러지는 모습을 보았다.

이때 캉트렐이 우리를 잡아끌었다. 그동안 조수는 황급히 문을 열고 방안으로 들어갔다.

장면의 아주 상세한 부분까지 하나도 놓치지 않고 바라본 서민 여자와 그녀의 아들은 충격을 받은 듯 망연자실해 서 있었다.

우리는 여전히 같은 방향으로 투명한 벽을 따라갔다. 벽 뒤에는 이제 아무것도 없이 공터뿐이었다. 마치 새로운 인물들을 기다리고 있는 듯 보였다.

거대한 상자 끝에 이른 캉트렐은 마침내 처음으로 왼쪽을 향해 돌았다. 그러고는 10미터쯤 되는 유리벽을 처음부터 끝까지 따라간 뒤 다시 한번 왼쪽으로 꺾었다. 그 벽은 기다란 두 벽과 직각을 이루고 있었다. 이제 우리는 선생 곁에서 평지 쪽으로 천천히 걷고 있었다. 기다란 두 유리벽 중 하나가 평지와 맞닿아 있었고, 우리에게 그 벽은 새삼 생소했다.

캉트렐은 곧 걸음을 멈추었다. 그는 상자 내부를 향해 손가락을 뻗어 우리를 가로막은 유리벽으로부터 세 걸음 정도 떨어진 곳에 서 있는, 여러 개의 다양한 손잡이가 달린 육중한 실린더를 가리켜 보였다. 어두운 빛깔의 금속으로 된 그것은 지름이 60센티미터에 높이는 1미터 50센티미터쯤 될 것 같았다. 선생은 그것이 자기가 만든 발전기로서 강력한 냉기를 발생시키는 기능이 있다고 했다. 이 밖에도 똑같은 여섯 개의 발전기가 유리상자 내부 한쪽 끝부터 다른 쪽 끝까지 유리벽과 평행을 이루며 완벽한 대칭을 이루고 있었다. 유리벽 중간에는 마찬가지로 유리로 된 커다란 문 두 짝이 있는데 지금은 닫혀 있었다. 상자의 반대쪽 역시 맞은편과 같은 구조였다.

캉트렐은 일곱 개의 커다란 실린더라면 상자 전체의 지속적인 저온을 유지하는 데 충분하다는 사실을 알려주고는 왔던 길을 한동안 되짚어갔다. 그러더니 마지막으로 돈 유리벽 모퉁이를 뒤로하고 우리 일행과 함께 노란 모래가 깔린 정원길을 걷기 시작했다. 그 길은 꽤 먼 곳에서 둔각을 이루면서 휘어지기 전까지 엄격하리만치 곧게 뻗어 있었는데, 양편의 가장자리가 서로 점차 가까워지며 보통의 폭을 되찾았다.

거대한 유리상자가 있는 평지로부터 멀어지는 동안, 선생은 우리의 눈과 귀가 방금 감지한 것들에 대해 설명해주었다.

죽음 가운데 움직임을 잃은 지 벌써 한 세기도 더 된 당통의 얼굴 신경에서 경이로운 반사작용을 얻어내는 데 성공한 캉트렐은 최근 죽은 사람들의 시체에 완벽하게 살아 있는 듯한 느낌을 부여할 희망을 품었다. 이때 강렬한 냉기가 시체의 변질을 막아줄 것이었다.

하지만 저온은 아쿠아미칸스가 생성하는 강력한 전기의 사용을 방해했다. 아쿠아미칸스는 급속하게 결빙되면서 죽은 사람을 얼음에 가두었고, 따라서 그 어떤 움직임도 불가능했다.

제때 저온처리된 시체들로 오랫동안 실험을 계속했던 선생은 여러 가지 암중모색을 거쳐 마침내 비탈륨과 레쥐렉틴✦을 합성하기에 이르렀다. 에리트라이트를 기반으로 합성한 불그스름한 물질인 레쥐렉틴은 측면에 뚫은 구멍을 통해 죽은 사람의 머리에 액체의 형태로 주입하면 뇌를 사방으로 감싸며 스스로 응고되었다. 그렇게 내부에 생성된 막의 한 지점을 비탈륨과 접촉시키기만 하면 모든 일은 끝났다. 비탈륨은 갈색 금속으로 짧은 막대의 형태라 레쥐렉틴을 주입한 구멍에 밀어넣기가 용이했다. 떨어져 있을 때는 아무런 작용도 하지 않는 두 물체이지만 서로 닿는 순간에는 강력한 전기를 발생시켰다. 이 전기는 뇌 속을 흐르면서 시체의 경직성을 이겨내는 한편, 죽은 사람에게 인상적인 인공의 생명을 부여했다. 죽은 사람은 신기하게도 기억이 깨어나 자기 생애에서 특기할 만한 어떤 순간에 행했던 동작 하나하나를 정확하게 되풀이했다. 그러고는 미처 쉴 틈도 없이 한번 선택한 일련의 행위를 다시 반복했다. 정말로 살아 있는 것 같은 느낌은 완벽했다. 시선의 움직임이

✦ 에리트라이트와 마찬가지로 둘 다 캉트렐이 고안해낸 가상의 화학물질이다. 비탈륨vitalium에는 '생명'을 뜻하는 라틴어 'vita'가, 레쥐렉틴résurrectine에는 '부활', '재기'를 뜻하는 라틴어 'resurrectio'가 포함되었다는 점에서 각각의 기능을 짐작할 수 있다.

며 폐의 지속적인 운동, 말씨, 다양한 태도에 걸음까지, 그야말로 모자란 곳이라고는 전혀 없었다.

이 발견이 외부에 알려졌을 때 캉트렐은 그 소식에 놀란 여러 가족으로부터 많은 편지를 받았다. 그들은 이제 더이상 가망이 없는 누군가가 죽음의 순간 이후에도 자기들 눈앞에서 살아 움직이는 것을 보길 간절하게 원했다. 선생은 공간을 확보하기 위해 정원에 직선으로 뻗은 길을 부분적으로 넓힌 뒤 유리벽과 천장, 그리고 그것을 지탱하는 금속골조로 이루어진 거대한 장방형 건물을 세웠다. 그는 거기에 지속적인 냉기를 산출할 발전기를 설치했는데, 냉기는 시체의 부패를 막기에는 충분하되 세포조직이 경화되지는 않을 적당한 수준이었다. 따뜻하게 옷을 갖춰 입은 캉트렐과 그의 조수들은 별다른 어려움 없이 거기서 오랜 시간을 보낼 수 있었다.

그 커다란 냉각실로 운반된 죽은 사람들은 머리에 레쥐렉틴이 투여되었다. 오른쪽 귀 위에 낸 가느다란 구멍을 통해 주입이 이루어졌고, 이어 그리로 비탈륨 막대가 들어갔다.

레쥐렉틴과 비탈륨이 접촉하면 죽은 사람은 곧 움직이기 시작했다. 생전에 그를 지켜보았던 이들은 원하는 만큼 옷을 껴입고 곁에 대기하고 있다가 동작을 보고 말을 들으면서 그것이 무슨 장면인지 확인해주었다. 경우에 따라 몇 개의 에피소드를 포함할 수도 있었다.

이러한 조사가 진행되는 동안 캉트렐과 그의 조수들은 움직이는 시체 가까이 서서 그 일거수일투족을 살폈다. 이따금 필요한 도움을 주기 위해서였다. 실제로 살아 있을 때 어떤 무거운 물건을 들어올리기 위해 행했던 근육운동을 고스란히 반복할 경우에는 문제의 물건이 없는 까닭에 균형이 무너졌고, 옆에서 즉시 개입하지 않으면 바닥에 넘어질 수도 있었다. 게

다가 평평한 바닥인데도 다리가 상상의 계단을 올라가거나 내려가기 시작하면 넘어지지 않도록 앞이나 뒤에서 부축해주어야만 했다. 기민한 손이 대기하고 있다가 죽은 사람의 어깨가 기댔던 존재하지 않는 벽을 대신해야 하는가 하면, 때때로 허공에 앉는 것을 받아주어야만 했다.

장면의 확인을 끝낸 칸트렐은 자료를 세심하게 살펴가면서 필요한 배경을 유리집의 한 지점에 충실하게 복원했다. 이 과정에서 그는 가능한 한 원래의 물건을 사용하려고 했다. 들어야 할 말이 있는 경우 선생은 유리벽 한곳에 작은 구멍을 뚫은 뒤 그 위에 둥근 박엽지를 풀로 붙였다.

역할에 맞게 옷을 입은 시체는 적절한 곳에 놓인 가구나 기댈 곳, 다양한 지탱점, 그리고 들어올릴 물건 덕분에 넘어지거나 그릇된 동작을 취함이 없이 정확하게 자기 임무를 수행해냈다. 동작의 주기가 끝나면 시체는 다시 출발점으로 운반되었고, 이미 수행한 동작을 아무런 변화 없이 끝없이 다시 시작했다. 부도체인 작은 고리로 비탈륨 막대를 꺼내는 즉시 시체는 죽음의 부동성을 되찾았다. 하지만 막대를 다시 머리에 넣고 머리카락으로 덮어 가리면 자기 역할을 마치 처음인 듯 다시 시작했다.

장면에 필요할 경우 선생은 단역배우를 고용하여 걸맞은 역할을 맡겼다. 역할이 요구하는 의상 안에 두꺼운 편물을 껴입고 빽빽한 가발로 머리를 감싼 그들은 유리집 안에서 거주할 수도 있었다.

다음 여덟 명의 죽은 사람은 로쿠스 솔루스로 운반되어 필요한 처치를 받고는 다양한 행위의 연쇄가 집약된 살아생전의 장면을 되풀이했다.

1. 시인 제라르 로베리를 데려온 것은 그의 아내였다. 미친 듯 고통스러워하는 그녀를 지탱해주는 유일한 힘은 캉트렐이 약속한 인위적 부활이라는 희망이었다.

최근 십오 년 동안 제라르는 파리에서 일련의 뛰어난 시를 발표하여 큰 성공을 거두었다. 그는 특히 다양한 지역의 고유한 색채를 표현하는 데 능했다.

작품을 쓰기 위해 쉽없이 여행을 해야 했던 시인은 고통스러운 이별이 반복되는 것을 피하기 위해, 자기처럼 유럽의 주요 언어를 무난하게 구사하는 젊은 아내 클로틸드와 아들 플로랑을 함께 데리고 다녔다. 아이는 튼튼했던지라 이리저리 돌아다녀도 전혀 피로를 느끼지 않았다.

어느 날 사륜마차를 타고 칼라브리아반도*에 위치한 아스프로몬테산지의 협로를 지나던 제라르는 산적들의 공격을 받았다. 수많은 여행자를 표적으로 삼은 대담한 공격과 값비싼 몸값 요구로 악명 높은 그로코가 이끄는 무리였다.

저항을 시도하다가 왼쪽 다리에 칼을 맞은 제라르는 당시 두 살이던 플로랑과 함께 붙잡혔다.

그로코는 클로틸드를 자유롭게 풀어주며 경고했다. 자기가 정한 처형 날짜 전에 5만 프랑을 가져와야만 두 포로의 목숨을 구할 수 있다는 것이었다. 그는 인지 붙은 종이가 딸린 필기도구를 허리에서 끌러서는 방금 내린 선고를 한 마디도 놓치지 않고 들은 시인에게 위임장을 쓸 것을 종용했다. 클로틸드가 그의 재산을 용이하게 처분할 수 있도록 하기 위한 것이었다.

짐과 함께 가파른 산꼭대기로 끌려간 제라르와 플로랑은 오래된 예배당에 감금되었다. 그로코가 이럭저럭 거처하는 옛 요새 안이었다.

곰곰이 생각해본 시인은 살아날 가능성이 없다고 판단했

* 이탈리아 남서쪽의 반도.

다. 그를 취미로 여행이나 다니는 부유한 유한층으로 여긴 그로코가 몸값을 너무 높게 잡았기 때문이었다. 클로틸드가 마련할 수 있는 돈은 그 액수의 5분의 1에 불과했다. 돈이 도착하지 않을 경우, 그 악명 높은 도적은 처형시간을 단 일 분도 늦추지 않을 터였다.

하지만 제라르는 오래 궁리한 끝에 적어도 플로랑의 목숨만은 구할 방도를 찾아냈다. 시인은 클로틸드가 쉽게 마련할 수 있을 몇천 프랑의 돈을 약속함으로써 간수를 매수했다. 피안카스텔리라는 이름의 그는 무리 중 가장 교활한 자로 애인인 마르타의 도움만으로도 대담한 짓을 할 준비가 되어 있는 인물이었다.

그처럼 도적 가운데 몇 명은 애인이 있었다. 규율이라고는 모르는 애인들은 마음만 내키면 언제고 가까운 도시로 가서 이런저런 물건을 사곤 했다. 같은 처지의 여자들과 마찬가지로 마냥 자유로운 마르타는 몰래 플로랑을 데리고 가서 클로틸드가 가져온 합의된 금액과 맞바꾼 뒤 돈은 피안카스텔리에게 갖다주기로 했다. 그런 다음 두 사람은 응징을 피해 그로코의 소굴을 신속하게 떠날 것이었다.

시인은 아들의 목숨을 구하기 위해 스스로의 탈출을 포기했다. 그로코는 지하에 위치한 예배당 앞을 자주 지나다니며 창문을 통해 제라르를 감시하곤 했다. 그런 만큼 그가 달아난다면 그 즉시 끈질긴 추적이 시작될 게 뻔했다. 반면에 지금의 자리를 지킨다면 아들의 탈출은 지켜줄 수 있을 것이었다. 그러나 그 탈출도 불확실했다. 일대의 자연환경이 그 과정을 길고 어려운 것으로 만들었기 때문이다.

포로로 잡아둔 사람들이 탈출을 위해 외부와 연락을 취하지나 않을까 우려한 그로코는 펜이나 연필의 소지를 엄중하게 금했다.

피안카스텔리는 이 명령을 잠시 무시한 채 유폐자로 하여금 플로랑을 넘겨줄 낯선 여인에게 약속한 금액의 돈을 건네라는 내용의 편지를 클로틸드 앞으로 쓰게 했다.

다음날 동이 트기 전에 마르타는 외투 속에 아이를 숨긴 채 편지를 갖고 떠났다.

그런데 그날 마침 그로코는 포로로 잡기에 딱일 부유한 여행자 일행이 급히 지나간다는 사실을 갑자기 알게 되었고 피안카스텔리를 원정에 데려갔다. 중대한 일을 할 때면 그의 도움과 조언을 높이 평가했기 때문이다.

루차토라는 이름의 새로운 간수가 제라르에게 배치되었고, 시인은 플로랑의 탈출이 발각될지도 모른다는 생각에 몸을 떨었다. 아직은 마르타를 충분히 따라잡을 수 있었기 때문이다.

첫번째 식사를 가져온 루차토는 다행히도 플로랑에 대해 아무것도 눈치채지 못했다. 어두운 구석의 초라한 작은 침대에서 자고 있다고 생각한 모양이었다. 하지만 다음번에는 분명 아이가 없는 것을 알아차릴 것이고, 그렇게 된다면, 아! 마르타가 미처 추격의 사정권을 벗어나기도 전에 모든 것이 발각될 것이었다.

제라르는 위험을 피할 술책을 찾았다.

그가 갇혀 있는 예배당에는 제단의 잔해와 함께 실물 크기의 성모상이 몇 개의 조각으로 부서진 채 한쪽 벽 아래 널브러져 있었다. 그 곁에는 성모의 품에서 떨어져나온 아기 예수의 조상이 온전한 모습으로 자리하고 있었다. 시인은 돌로 된 그 성자聖子를 활용하여 루차토를 속이기로 했다.

사륜마차 공격으로 왼쪽 다리에 생긴 상처의 고통을 완화시키기 위하여 그는 그로코에게서 고약을 얻은 일이 있었다. 한데 이 고약은 피부와 혼동을 일으킬 정도로 색깔이 비슷했다.

그는 성자를 집어들어서는 얼굴, 귀, 목에 고약을 펴바른 뒤 플로랑의 작은 침대에 눕혔다. 결과에 만족한 그는 돌로 된 머리칼을 숨겨야겠다는 생각을 했다. 오로지 작고 하얀 모자만이 자연스러울 것 같았다. 하지만 어떻게 그것을 만든단 말인가? 여행을 할 때면 언제나 그랬듯 제라르가 갖고 있는 것은 색깔이 들어간 속옷뿐이었다. 그런데 눈에 튀는 천으로 모자를 만들면 의심을 살 게 뻔했다.

창문 하나가 예배당을 밝혀주고 있었다. 밤의 침입자들을 막기 위해 그 옛날 설치한 튼튼한 쇠창살이 붙어 있는 창문은 건물 전면을 뚫어 만든 좁은 벽감 안쪽에 있었다. 벽감 한쪽 구석에는 종잇조각과 빵 부스러기, 과일의 속이나 껍질 같은 수많은 쓰레기가 쌓여 있었다.

어쨌건 포로는 자신의 계획을 실현하는 데 도움이 될 만한 것을 얻기 위해 쓰레깃더미를 뒤졌다. 쇠창살이 바깥쪽을 향해 불룩 튀어나가 있는 덕분에 자세히 살펴볼 수 있었다.

쓰레깃더미 맨 위에 다량의 배 껍질이 있는 것을 본 그는 전날 도적 하나가 농부의 수레에서 배 한 바구니를 훔쳐와 온 소굴이 포식했다는 사실을 떠올렸다. 그러한 사실을 알 수 있었던 것은 피안카스텔리가 야식으로 먹으라고 배 한 알을 갖다 준 덕분이었다.

불현듯 한 가지 생각이 떠오른 제라르는 쇠창살 사이로 손을 집어넣어 배 꼭지 연결부의 흰색 섬유질을 긁어모은 뒤 꼭지를 잘 떼어냈다. 그런 다음 씨와 막을 제거하자 굵은 힘줄 같은 것이 생겼고, 그는 그것을 정성스레 갈라 수많은 가느다란 실을 얻었다. 이어서 그는 이 실을 가지고 익숙지 않은 손이지만 인내심을 다해 쉼없이 짜고 엮어 그럴듯한 모자를 만들었다. 그것을 씌우고 목까지 이불을 덮은 채 얼굴을 벽 쪽으로 돌려

놓자 조상은 마치 진짜 아이처럼 보였다. 고약은 살빛을 잘 표현해주었고, 모자는 양모로 만든 것 같았다.

시인은 작업을 하는 동안 그의 손에서 떨어져내린, 만에 하나 의심을 살 만한 찌꺼기를 원래의 쓰레깃더미에 돌려놓는 세심함을 잊지 않았다.

루차토가 점심을 가지고 왔을 때 제라르는 끔찍한 흥분을 억누르며 그에게 조용히 해달라고 부탁했다. 아침부터 몸이 아픈 플로랑이 잠자는 것을 방해하지 않기 위해서라고 했다. 간수는 작은 침대가 있는 어두운 구석을 흘끗 쳐다보고는 아무 소리도 하지 않았다. 술책에 넘어간 것이었다. 똑같은 상황이 야식이 들어온 저녁에도 다시 한번 성공적으로 되풀이되었다.

아직 밤이 그다지 깊지 않았을 무렵 자물쇠 소리가 제라르를 깨웠다. 그로코의 새로운 원정이 성공한 게 분명했다. 가까운 방들에 포로 가두는 소리가 들려왔기 때문이다.

다음날 간수의 임무를 되찾은 피안카스텔리는 시인의 술책에 감탄을 금치 못했다. 그의 이야기는 전날 아침부터 피안카스텔리가 겪었던 강박적인 불안을 진정시켜주었다. 신중함을 기하기 위해 조상은 건드리지 않고 그대로 두었다. 필요할 경우 예기치 못한 방문자를 속이기 위해서였다.

닷새 후 마르타가 돌아왔다. 어렵지 않게 만난 클로틸드는 플로랑을 넘겨받는 대가로 약속한 금액의 돈을 그녀에게 주었다. 그와 함께 제라르에게 보내는 애틋한 편지도 맡겼다. 그를 구출하기 위한 무수한 계획이 적힌 편지였다.

어느 날 그로코로부터 부유한 여자 여행객이 아스프로몬테산지를 조만간 지나간다는 소문에 대해 자세히 알아보라는 명령을 받고 피안카스텔리는 이틀에 걸친 그 임무가 돈을 갖고 마르타와 함께 소굴을 떠날 좋은 기회라고 생각했다.

제라르는 그 계획에 찬성하면서 감사의 작별인사를 건넸다.

피안카스텔리가 아무런 걸림돌 없이 도망치도록 해주려는 시인의 요령 덕분에, 다시 간수가 된 루차토는 하루 더 작은 침대의 조상이 플로랑이라 생각했다. 그러나 다음날 그는 마침내 의심을 품기에 이르렀다. 그는 침대 가까이 다가갔고, 모든 것을 알아차렸다. 보고를 받은 그로코는 즉시 조사에 착수했고, 피안카스텔리와 마르타가 수행한 역할을 파악해냈다. 하지만 돌아올 생각 없이 추격권 밖으로 벗어난 그들은 보복을 걱정하지 않아도 되었다.

제라르는 임박한 확실한 죽음을 일로써 잊기 위해 그로코의 금지에도 불구하고 글을 쓸 방도를 찾았다.

산적들의 습격을 받던 바로 그날, 마을을 나온 사륜마차가 언덕을 오를 때였다. 가난한 아이들이 막 꺾은 꽃으로 가득한 손을 앞다투어 내밀었다. 제라르는 클로틸드에게 꽃다발 하나를 사주었다. 그러자 클로틸드는 받은 꽃다발에서 장미 한 송이를 골라내어 꽃을 선물해준 이의 옷깃에 꽂아주었다. 포로가 된 시인은 다시 못 볼 아내의 애틋한 선물인 장미를 소중하게 간직해온 터였다.

제라르는 이제 펜으로 사용하기 위해 가장 긴 가시만 남기고 나머지는 모두 뽑아버린 뒤 윗부분의 줄기를 손톱으로 잘랐다. 그는 그렇게 편리한 필기도구를 갖게 되었다.

그의 요청에 따라 짐에 들어 있던 책 몇 권을 읽어도 좋다는 허락이 떨어졌다. 그중에는 매우 오래된 커다란 사전이 있었는데, 이 사전은 제본업자가 덧붙인 흰 종이로 시작하고 끝났다. 중요한 작업을 정리할 수 있는 온전한 네 페이지의 커다란 종이가 눈앞에 펼쳐져 있는 셈이었다.

제라르는 가시를 찔러 얻은 피를 잉크처럼 쓸 수 있다는 사실을 알았다. 하지만 안팎의 옷이 뜻하지 않게 피로 물들면서 자신의 책략이 발각되지나 않을까 두려웠다.

그는 금속처럼 항구적인 물질을 가루로 만든 뒤, 유일하게 사용할 수 있는 액체인 물로 쓴 글씨를 그것으로 채색하여 말리면 읽을 만한 안정된 텍스트를 얻을 수 있으리라 생각했다.

하지만 어떤 금속을 갈아낸단 말인가?

강철로 된 창문의 쇠창살은 난공불락이었고, 문의 빗장이 바깥쪽에 달린 예배당은 완전히 헐벗은 모습이었다. 다행히 감금되던 당시 몸에 지닌 모든 귀금속과 화폐를 압수당한 제라르에게 옛 금화 한 닢이 발각되지 않은 채 남아 있었다. 그것은 가슴 뭉클한 사연이 담긴 금화였다.

어느 해 여름인가 오베르뉴⁺에서 지내던 어린 클로틸드는 봉건시대의 폐허로부터 멀지 않은 울창한 나무 그늘 아래에서 종종 놀곤 했다. 그곳은 산책 나온 사람들이 대개 발걸음을 돌리는 지점이기도 했다. 하루는 모래로 만든 요새에 해자를 두르기 위해 장난감 삽으로 땅을 파던 그녀는 거기서 금화 한 닢을 발견했다. 자세히 살펴본즉 그것은 14세기에 주조된 의자 에퀴⁺⁺였다. 스스로의 발견에 커다란 자부심을 느낀 클로틸드는 그것을 금사슬에 매달아 팔찌로 차고 싶어했다. 더 자란 소녀가 되어서도 그 연약한 장신구를 계속해서 몸에 지니길 원했는데, 그러기 위해서는 금사슬을 늘려야만 했다. 훗날 약혼반지를 받게 되었을 때 그녀는 어려서부터 자기를 떠난 적이 없는 그것을 제라르가 팔목에 차고 다닐 수 있도록 선물로 주었다. 시인은 그 애틋한 기념물을 밤이고 낮이고 몸에서 떨어뜨리지 않았다. 도적들이 그의 몸을 뒤졌을 때에는 커프스가 그것을 가려주었다.

⁺ 프랑스 중부의 지방.

⁺⁺ 필리프6세가 왕좌에 앉은 모습을 새긴 옛 금화.

벽에 고정된 굽은 가로장 두 개에 부착된 창문 쇠창살들은 끝이 뾰족했다. 따라서 강철로 된 그것에 금화를 갈면 금가루를 얻을 수 있었다.

한데 그렇게 되면 부부에게 심정적으로 그토록 소중한 금화가 망가질 것이었다. 그러나 나중에 혼자가 된 클로틸드가 그로코에게 값을 치르고 귀금속과 짐 전부를 돌려받을 때는 그 가치가 오히려 더 커질 수도 있었다. 금화에 난 자국은 시인이 부른 백조의 노래•와 관련된 것일 테니 말이다.

약간 문지르기만 해도 흩어질 수 있는, 이제 써나갈 글씨의 취약함을 고려하여 제라르는 견고한 장정의 보호를 활용하기로 했다. 이를 위해서는 두 페이지의 흰 종이를 책에서 떼어내지 않고 써야 했다. 게다가 그리하면 그의 작품은 더욱 확실하게 클로틸드의 손에 들어갈 게 분명했다. 유품을 매입하기 위한 계약이 성사되면 그녀는 분명 각각의 물건을, 특히 다른 무엇보다도 고서를 확인할 터이기 때문이었다.

값비싼 것인 만큼 몇 장의 백지를 제공하는 이상의 가치를 지닌 책을 훼손하지 않기 위해 포로는 자기의 시를 저자의 글과 밀접하게 연관시키기로 했다. 책과 무관하다면 이제 쓰게 될 시는 전체의 조화를 깨뜨릴 것이다. 그러나 시의 주제가 책에 연원을 둔다면 전체는 더욱 풍요로워질 것이다. 문제의 두 장이 찢겨나가는 일을 방지해줄 내용의 연속성 덕에 불안정한 글은 제본이라는 항구적인 보호를 받아 그가 쓴 글이 무한히 지속되도록 해줄 것이다. 그뿐만 아니라 시인은 자신의 작품이 미화되는 효과도 누릴 것이다.『루이 톨장의 에레보스 사전』은 죽어야만 하는 사람의 마지막 탄식을 북돋우고 인도하기 위해 쓰인 책이기 때문이다.

16세기의 유명한 석학인 루이 톨장은 심오하고도 특별한

• 예술가가 죽기 전에 마지막으로 창작한 작품.

신화연구에 평생을 바친 뒤 『올림포스 사전』과 『에레보스 사전』이라고 제목을 붙인 두 권의 뛰어난 저서에 삼십 년 동안 끈질긴 작업으로 쉼없이 축적한 수많은 자료를 명쾌하게 정리했다.

거기에는 초자연적인 두 세계와 관련된 신, 동물, 장소, 사물이 알파벳순으로 분류되어 각각의 이름 뒤에 풍부한 텍스트가 뒤따랐거니와 자료와 일화, 인용과 세부사항을 정확하게 제시하고 있었다.

한편으로는 올림포스에, 다른 한편으로는 에레보스에 관계되지 않는 모든 이름은 목록에서 제외되었다.

라틴어로 인쇄되었으며 오늘날에도 여전히 귀중한 기념비적 저작으로 여겨지는 그 두 작품은 매우 희귀해서 이름 높은 몇몇 공공도서관에서만 찾아볼 수 있었다. 하지만 대대로 글을 써온 로베리 가문에는 옛날부터 후자가 전해져내려오고 있었다. 그것은 온전한 판본으로, 제라르는 평소에 틈틈이 이를 펼쳐보면서 감탄을 금치 못하곤 했다. 넓은 의미로 보면 '에레보스'는 지옥 전반을 가리켰다.

따라서 죽음의 문턱에서 마지막 외침을 던지겠다면, 죽은 영혼들의 처소에서 소재를 구한 그 책보다 더 좋은 영감의 원천이 어디에 있겠는가?

제라르는 오드 구상에 착수했다. 이교적 불멸을 누리는 그의 시적 영혼이 에레보스에 도착하여 수많은 환영을 보는 내용이었다. 이 환영들은 그가 소망하는 융합을 위해 책의 여러 구절에서 영감을 얻을 것이었다.

규칙적인 작업을 좋아하지 않는 시인은 창작을 할 때면 언제나 한바탕 격렬하게 몰두하는 방식으로 일했다. 집필이 끝날 때까지는 휴식, 수면, 식사를 삼갔다. 그리하여 다 마치면 언제나 끔찍한 탈진이 찾아왔고, 오랫동안 그 어떤 창조적 생각도할 수가 없었다. 빈틈없는 기억력을 지닌 그는 머릿속에서 모든 것을 끝낸 뒤에야 펜을 들었다.

단 일 초도 허비함이 없이 정해진 방식에 따라 예순 시간을 연속해서 일한 끝에 제라르는 오드를 지었고 동틀 무렵 작업이 끝났다.

그는 강철로 된 창문의 뾰족한 쇠창살 아래쪽에 오랫동안 금화를 갈아 금가루를 마련했다.

그러고는 단지의 물에 가시를 적셔 흰 종이 위에 오드를 쓰기 시작했고, 각각의 연이 끝날 때면 아직 마르지 않은 글씨 위에 금가루를 뿌렸다.

그렇게 조금씩조금씩 아래까지 글씨로 가득차자 잘 마른 사전의 첫 페이지는 선명한 황금텍스트를 드러내었다. 제라르는 알뜰하게도 두 차례 책을 기울여 물에 달라붙지 않은 금가루를 거둬들였다.

동일한 방식으로 첫 장의 뒷면과 마지막 장의 앞뒷면을 채운 시인은 마침내 오드를 완성하고는 서명했다.

또다시 엄습하는 끔찍한 생각을 작업에 전념하면서 잊어버리고 싶었던 제라르는, 이번에는 단순한 암기에 몰두하기로 마음먹었다. 엄청난 노력 이후에는 오랫동안 일체의 창조적 작업이 불가능하기 때문이었다.

『에레보스 사전』에는 외우기 좋은 흥미진진한 이야기가 많았다. 하지만 그것들은 과도하게 일을 하고 난 제라르의 뇌에는 위험했다. 지독한 작업 직후면 그는 상상력이 밴 책과의 접촉을 스스로 금할 정도였다.

그보다는 냉철한 과학적 텍스트를 원하던 그는 가지고 있던 책 가운데 『시신세』를 골랐다. 그것은 제목이 가리키는 대로 지질학적 시기를 다룬 학술적 연구였다. 시인인 그는 종종 그 책을 들춰보길 좋아했다. 일련의 멋진 컬러 도판이 도취의 현기증에 사로잡힌 정신을 지구의 과거가 펼쳐놓는 심연 속으로 데려갔기 때문이다. 그는 도판을 가린 채 딱딱한 문단을 외우면 자신의 강박을 잊게 해줄 안전한 심심풀이가 될 것이라고 생각했다.

그러나 제라르는, 그토록 어려운 일을 성공하기 위해서는 마지막날까지 일상적으로 쉼없이 일하도록 스스로를 강제할 엄격한 규칙이 필요하다고 느꼈다.

책 말미에는 동물, 식물, 광물 등 취급한 모든 주제를 빈틈없이 망라한 알파벳순 목록이 두 단으로 여러 페이지에 걸쳐 계속되고 있었다. 각각의 이름 뒤에 그것을 다룬 페이지를 적어놓은 형태였다.

그날을 포함하여 죽음의 날까지는 아직 오십 일이 남아 있었다. 제라르는 색인에서 그와 같은 수의 표제가 실린 페이지가 혹시 없는지 살폈다. 그리고 기대에 부응하는 열다섯번째 페이지에 이제 익숙해진 방식으로 '감방에서의 나날들'이라고 썼다. 이는 그가 겪고 있는 혹독한 감금을 증명해주는 말이었다.

새로운 두 단어 '자산'과 '부채'는 제목으로서 전자는 첫번째 단 위에 똑바로, 후자는 두번째 단 아래 위아래를 뒤집어서 기입했다. 첫번째 단어부터 시작하여 마지막 오십 일간의 유폐생활을 나타내는 쉰 개의 명사를 가시와 물과 금가루로 매일 하나씩 지우면서, 제라르는 완결된 날의 수에 따라 자산이 증가하는 것과 동시에 부채 혹은 아직 살아야 할 날의 총합이 줄어드는 것을 볼 터였다.

여기에 한 번 지울 때마다 한 차례의 암기작업이 부과되었다. 즉 삭제된 표제와 관련하여 색인에 표시된 페이지의 해당 내용을 아침부터 저녁까지 완벽하게 외워야만 했다.

이렇듯 기막힌 방식으로 스스로에게 엄격한 의무를 부과한 포로는 그 일을 당장 시작했다. 그는 추호의 흔들림도 없이 자신이 정한 행동지침을 지키며 무미건조한 암기작업 속에서 원하는 망각을 찾았다.

운명의 날까지 아직 삼 주가 남은 어느 날, 그는 달려드는 클로틸드를 품에 안으면서 자신이 꿈을 꾸고 있다고 생각했다. 기쁨에 넋을 잃은 그녀는 몸값을 가지고 막 소굴에 도착한 참이었다. 그녀에게는 한때 수녀원에서 매우 친하게 지냈던 친구가 있었으니, 에블린 브레제라는 이름의 여인이었다. 그녀는 내세울 것 없는 집안 출신이었지만 대단한 미모 덕분에 빛나는 결혼을 했다. 수녀원을 떠난 뒤 클로틸드는 그녀의 운명이 바뀐 것을 전혀 모르고 살았다. 그러던 어느 날 에블린은 일간지에서 사륜마차 습격 사건에 대한 기사와 그에 이어 제라르, 그리고 결혼 전 이름으로 나온 그 아내의 이야기를 읽었다. 옛친구가 겪을 고통을 생각한 에블린은 가슴이 아팠다. 그녀는 도적이 요구하는 몸값을 친구에게 선뜻 보내주었다.

당장 자유의 몸이 된 시인에게 그로코는 관대한 태도를 보여 포로생활의 가슴 뭉클한 기념물인 이상한 모자를 쓴 아기 예수 조상과 황금글씨가 적힌 두 권의 책, 단 하나의 가시만 남은 장미 줄기를 가져가도 좋다고 허락해주었다. 이번에도 발각되지 않은 금화는 전처럼 그의 손목에 매달려 있었다.

그리하여 죽은 제라르 로베리가 레쥐렉틴과 비탈륨의 작용 아래 다시 살아나게 되었으니, 이것이 그의 삶에서 그토록 유별났던 유폐의 주요 에피소드였다.

필요한 무대장치가 냉각실 안에 설치되었고, 신장질환으로 죽기까지 시인이 거의 종교적으로 간직했던 기념물들이 보완되었다. 폐허가 된 제단과, 두 팔이 아무렇게나 놓인 부서진 성모마리아 조상도 빠지지 않았다.

고인이 마치 처음인 듯 움직일 수 있도록 아기 예수에게서 매우 오래된 고약과 모자는 제거해야만 했다. 또 사라지기 쉬운 황금글씨도 책에서 지워야 했다.

이후로 시체는 때때로 눈물을 흘리는 클로틸드 앞에서 움직이곤 했다. 벌써 소년이 된 플로랑은 어머니 곁에서 그 마음을 울리는 부활에 함께했고, 슬픔에 잠긴 두 사람은 애틋한 착각의 순간을 보냈다.

한 차례의 움직임이 끝나면 조상의 머리에서 분홍색 고약과 모자가 제거되었고 두 책의 황금텍스트는 지워졌다.

2. 여든 살에 죽은 메리아데크 르마오.

그의 아내 로지크 르마오가 즉각 확인해준, 그가 행한 몸짓은 매우 감동적이었다.

르마오 부부는 그들이 태어난 브르타뉴의 플로뫼르에서 평생을 살았다. 아직도 지방색이 가득하고 옛 전통에 충실한 그 도시는 특히 금혼식에 관련된 의아한 풍습 한 가지를 엄수했다.

거기에서는 혼인의 인연을 맺은 지 오십 년이 되는 모든 부부는 결혼기념일이 되면 지역에서 가장 오래된 성위르쉴교회에 가서 미사를 드렸다.

의식이 시작되면 사제는 짧은 담화를 마친 뒤 금속으로 만든 값비싼 궤에서 커다랗고 오래된 바이스를 꺼냈다. 가장 단순한 형태의 그것은 쇠의 빛깔이나 사실은 펠트천으로 되어 있었다. 사제가 바이스를 들고 부부를 향해 내려오면 두 사람은 자리에서 일어났다. 사제는 그들을 마주보게 하고는 서로의 오른손을 잡게 한 뒤 하나가 된 두 손을 모조 연장의 벌어진 물림장치 안에 넣었다.

너트와 나사, 그리고 매우 약한 스프링까지 모두 진짜 쇠로 된 세 요소가 장치의 작동을 확실히 실행해주었다.

사제가 돌리는 너트는 나사를 끌어당기면서 물림장치를 조였다. 그것은 접합 부분에 덮개가 있는 관계로 아래쪽에서 유동적인 각도를 이루며 부부에게 오십 년의 견고한 결합을 상징하는 압력을 가했다. 하지만 물림장치가 물렁물렁하기 때문에 두 사람은 아무런 통증도 느끼지 않았다. 잠시 후 바이스에서 해방된 부부는 다시 의자에 앉았고, 미사는 끝났다.

옛날부터 금혼식이 있을 때마다 사용되어온 그 기계는 '터무니없는 바이스'라 불린다. 노인들의 삶에 그렇게 느지막이 개입하면서도 엉뚱한 사랑의 성격을 띠고 있기 때문이다. 기계의 온전한 이름은 그것을 담은 궤의 한쪽 면에 석류석으로 박혀 찬란히 빛나고 있다.

젊어서 결혼한 르마오 부부는 최근 플로뫼르에서 금혼식을 맞이하여 관례에 따른 모든 행사를 치렀다. 메리아데크는 다감한 장난의 일환으로 자신이 직접 왼손으로 모조 바이스의 너트를 돌렸다. 그는 유례없는 힘과 집요함을 발휘해 부부의 연을 더욱 강하게 조이고 싶어하는 것 같았다.

얼마 후 심막염에 걸린 메리아데크는 진찰을 받기 위해 파리에 왔다가 로지크의 팔에 안겨 죽었다.

로쿠스 솔루스에서 그가 다시 산 순간은 바이스가 제 역할을 한 바로 그 순간이었다.

부탁을 받은 플로뫼르의 오래된 교회는 바이스와 궤를 빌려주는 것에 동의했다. 고인의 기억이 인위적으로 깨어날 때마다 되풀이되는 장면이 무엇인지 알고 감동한 로지크는 그녀의 나이에도 불구하고 냉각실의 추위를 무릅쓰고 직접 본인 역을 연기하고자 했다. 그녀의 손에 밀착된 사랑하는 손을 다시 한 번 느껴보기 위해서였다. 삭발 가발을 쓴 단역배우가 사제 역을 맡았다.

3. 쉰 살의 나이에 폐울혈로 죽은 배우 로즈를 데리고 온 것은 그의 딸 앙토닌이었다. 앙토닌은 아직 아이에 가까웠다.

아버지의 재능에 대한 열렬한 숭배에 이끌린 앙토닌은 그가 잠시나마 부활하는 것을 보고 싶어했고 그러한 장면은 오로지 무대에서 온 것일 가능성이 높다고 생각했으니, 그녀의 예상은 틀리지 않았다. 시체가 〈롤랑 드 망드부르〉라는 커다란 반향을 불러일으킨 극의 주인공을 얼마간 다시 연기하며 바람을 충족시켜주었기 때문이다. 롤랑 드 망드부르는 역사적 인물이거니와 5막으로 이루어진 극을 가득 채운 그의 생애는 익히 알려진 것이었다.

롤랑 드 망드부르는 1148년 부르보네+의 한 귀족 가문에서 태어났다. 당시 이 지방에서는 기이한 습속에 따라 귀한 집에서 태어난 모든 아이는 점성술사에게 맡겨졌고, 점성술사는 어떤 별이 탄생을 점지했는지 알아낸 뒤 아이의 목덜미에 특별한 방법으로 별의 모노그램을 새겨넣었다. 과학자는 신중함이 깃든 고운 손길로 적절한 기구를 사용하여 놀랍도록 가는 미세한 바늘들을 뒷목 피부 속에 하나하나 박았다. 피부와 수직을 이루는 그 바늘들은 길이가 5분의 1센티미터밖에 되지 않았고 끝은 자성을 띠었으며, 표피 아래로 보이는 그 빼곡한 바늘 무리는 미리 의도한 형상을 이루면서 영구히 고정되도록 배열되었다. 시술의 목적은 아이가 평생 동안 자신에게 점지된 별과

+ 프랑스의 옛 지방 이름으로 중앙 산악지대 북쪽.

부단히 접촉하도록 하는 데 있었다. 자성을 띤 바늘에 이끌린 별의 자기가 그를 보호하고 인도해줄 것이었다.

바늘을 박는 지점이 목덜미인 것은 하늘에서 내려오는 자기가 바늘에 이르기 위해서는 대개 뇌를 통과해야 하고, 따라서 생각의 처소에 귀중한 빛을 쏟아줄 수 있을 것이기 때문이었다.

롤랑 드 망드부르는 첫울음과 함께 점성술사인 오베르튀르에게 인도되었다. 점성술사는 그가 베텔게우스+의 기운을 받아 태어났다고 말하면서 목덜미에 고딕체로 B, T, G 세 글자의 모노그램을 새겨넣었다.

이 일을 계기로 망드부르가와 오베르튀르 사이에 인연이 맺어져, 나중에 오베르튀르가 롤랑의 교육을 맡았다. 롤랑은 그의 곁에서 과학에 뚜렷한 취미를 갖게 되었다.

스물다섯 살에 재산을 물려받은 롤랑은 사랑하는 여인과 결혼하여 두 아이의 아버지가 되었다. 그는 조상들이 건축한 성에서 평온한 행복을 맛보았다. 하지만 바로 그때 위중한 사건이 일어나 그는 파산하고 말았다.

그는 영지의 관리를 늙은 집사인 두르투아에게 맡기고 아무런 감독도 하지 않았다. 돈을 지불하거나 어떤 조치를 취해야 할 경우 두르투아가 롤랑에게서 백지증서를 받아 처리하곤 했다.

언제나 해가 질 무렵이면 두르투아는 성을 한 바퀴 둘러보곤 했다. 문들이 잘 닫혀 있는지 확인하기 위해서였다. 어느 날 저녁 문단속을 끝내고 난 그는 자기 방으로 돌아가다가 작은 화재의 흔적을 발견했다. 그 원인은 자명해 보였다. 언덕 위에 자리잡은 망드부르가의 웅장한 저택은 종종 강한 바람에 휩

+ 오리온자리의 알파성.

싸이곤 했다. 아마도 창문 앞 떡갈나무 테이블 위에 켜놓은 촛불이 갑작스러운 바람에 부풀어오른 커튼을 태운 게 분명했다. 유리창 틈새를 비집고 들어올 정도로 강한 바람이라면 충분히 가능한 얘기였다. 커튼에서 옮겨붙은 불은 빠르게 테이블을 태운 뒤 저절로 꺼졌을 것이다. 주위에는 돌로 된 벽과 포석 깔린 바닥밖에 없었기 때문이다.

한데 그날은 롤랑이 두르투아에게 백지증서를 준 날이었다. 집사는 그것을 서둘러 떡갈나무 테이블 서랍에 넣은 뒤 열쇠로 잠가두었었다.

귀중한 양피지가 낯선 손에 들어가기 전에 불타버렸다고 확신한 집사는 그 일에 대해 별다른 걱정을 하지 않았다. 다음날 그가 모든 것을 이야기하자 롤랑은 그에게 새로운 백지증서를 주었다.

그러나 화재는 두르투아의 조수이자 비열하고 게으른 하인 캉탱이 저지른 소행이었다. 어느 날 집사가 주인의 백지증서 채우는 모습을 본 캉탱은 그런 증서 한 장만 훔쳐내면 한 재산 얻을 수 있겠다고 생각했다. 이때부터 염탐을 멈추지 않던 그는 그 전날 두르투아가 증서임이 분명한 양피지를 테이블에 넣는 것을 목격했다. 집사가 자리를 비우자마자 그는 서랍을 열어 백지증서를 집어들고는 불을 질렀다. 강풍 탓으로 돌릴 수 있는 화재로 절도행위를 감춤으로써 스스로를 보호하려는 생각이었다.

양피지에 적혀 있는 서명이라고는 롤랑이 그린 코브가 전부였다.

9세기에 읽지도 쓰지도 못하는 많은 영주는 그럭저럭 투박한 그림 그리는 법을 배워 중요한 문서에 서명하는 데 이용했다. 실제로 그들의 이름을 구성하는 냉랭한 글자의 조합보다는 친숙한 어떤 형태를 그리는 것이 그들에게는 훨씬 더 쉬운 일이었다. 보잘것없긴 했지만 크로키에서는 단편적인 필적보다도 그것을 그린 손이 보다 분명하게 확인되었다. 귀족의 문장紋章을 가진 문맹자들이 선택한, 그리고 오로지 그들 각자의 기호에 따라 결정된 그림의 주제는 인물, 동물, 그리고 전쟁이나 사냥, 예술, 과학, 자연에 관련된 기구 등 무진장 다양했다. 어떤 주제가 한번 채택되어 공식적으로 등록되면 해당 영주의 집안사람 모두는 대대손손 그 특유의 서명을 사용했다. 딸들은 심지어 결혼을 하고 나서도 그 서명을 계속 썼다. 가문의 구성원 각각은 그림을 그리는 저마다의 방식에 의해 다른 구성원과 구별되었고, 설사 글을 쓸 줄 안다고 해도 모든 중요문서 아래에는 반드시 그림을 그려 서명해야만 했다. 이름을 쓰고 정확한 수결을 덧붙이는 것은 아무런 효력도 없었다.

나중에 글쓰기가 점차 일반화되면서 해당 가문들은 각기 다양한 시기에 그 특이한 서명을 말소하게 되었다. 하지만 매우 드문 경우지만 12세기에도 여전히 그림을 사용하는 가문들이 있었는데, 망드부르 가문이 그러했다.

그림 서명의 주제를 선택한 그 옛날의 글을 모르는 망드부르는 우아한 승마술을 갖춘 뛰어난 기수로 유명했다. 아주 어려서부터 그는 당시 이미 코브라 불린 중간 체구의 영국산 말이 아니면 타지를 않았다. 서명을 채택하게 되었을 때 그의 기호는 주저할 것 없이 그가 좋아하는 말로 향했다. 따라서 그토록 여러 대의 망드부르 이후 롤랑은 텍스트 아래 코브를 그려 넣어 문서에 서명하는 수밖에 다른 도리가 없었다.

캉탱은 이런 사실을 잘 알고 있었다. 그는 훔친 귀중한 양피지를, 롤랑의 전 재산을 양도한다는 내용의 자필증서로 탈바꿈시키고자 했다. 법정에서 타인의 글씨체는 백지증서의 불법적 오용을 뒷받침하는 위험한 근거가 될 수 있다는 사실을 알았기 때문이다.

하인은 앞으로 얻게 될 이익의 절반을 약속하면서 뤼스카시에라는 자의 협력을 얻어냈다. 그는 얼마 전부터 그 지역을 휩쓸던 도적떼의 두목이었다. 관건은 매일 과학서적을 읽으면서 홀로 숲을 산책하는 롤랑을 납치해다가 속임수를 써서 마땅한 곳에 원하는 글을 쓰게 하는 것이었다. 사실 애초에 양피지를 훔칠 것도 없이 그렇게 그를 잡아다가 고문과 죽음으로 위협하며 원하는 증서를 쓴 뒤 코브로 서명하게 할 수도 있었을 것이다. 하지만 전 재산을 포기하면서 자식들을 파산하게 하느니 롤랑이 차라리 형고와 죽음을 겪을 것이라는 사실을 잘 아는 캉탱은 간계를 쓰기로 했다. 백지증서의 코브는 양피지 한 복판 바로 아래쪽에 그려져 있었다. 캉탱은 양피지를 납작하게 한 번 접은 뒤 투명한 풀로 뒷면의 위쪽 끝과 아래쪽 끝을 맞붙였다.

그러자 양피지는 두껍고 짧은 보통 양피지처럼 보였다. 롤랑은 따라서 목숨을 건지기 위해 아무것도 쓰이지 않은 쪽에 순순히 증서를 작성한 뒤 이름으로 서명할 것이었다. 그 증서는 효력이 없으리라 믿고서 말이다. 그러나 마주 붙인 두 부분을 칼로 떼어낸 뒤 남은 풀을 씻어내고 양피지를 펼치면 제대로 그려진 코브 덕분에 캉탱은 유효한 증서를 갖게 될 터였다. 캉탱이 확신하는 바에 따르면, 까다롭도록 고지식한 롤랑은 코브가 그려진 증서의 가치를 절대 반박하지 않을 것이었다.

숲속에서 학구적인 산책을 하다가 납치된 롤랑은 도적들의 소굴로 끌려갔다. 캉탱은 자신의 모습을 드러내길 삼갔다. 자기 주변 사람이라면 코브를 모를 리 없다고 생각하는 포로가 그를 보고 진짜 함정을 알아차릴까봐 두려웠기 때문이다.

뤼스카시에는 롤랑의 이름을 호명하며 죽음과 즉각적인 파산 가운데 하나를 고르라고 했다. 그의 손가락이 가리키는 곳에는 문제의 양피지가 필기도구와 함께 탁자 구실을 하는 보퉁이 위에 준비되어 있었다. 예상한 것처럼 포로는 목숨을 건지기 위해 요구하는 대로 순순히 따랐다. 그것이 아무런 실질적 효력도 없다고 생각했기 때문이다. 그는 보퉁이 앞에 무릎을 꿇고는 쓸 준비가 되었음을 알렸다.

캉탱이 준비한 정확한 지침에 따라, 자식들이 있는 관계로 재산의 합법적 포기가 불가능한 롤랑은 뤼스카시에에게 80만 리브르+를 갚을 의무가 있다는 내용의 차용증서를 썼다. 믿을 만한 소식통에 의하면 그것은 그의 전 재산에 해당하는 금액이었다. 뤼스카시에는 이미 유효한 증서를 통해 채무의 절반이 캉탱의 것임을 인정한 마당이었다.

롤랑은 증서 아래쪽에 그의 이름으로 서명했다. 뤼스카시에가 지켜보는 가운데 그는 법이 규정한 대로 서두의 제목 자리에는 '차용증서'라고 써야만 했다.

롤랑은 음모를 꾸민 자들에게 일체의 보복을 시도하지 않겠다고 강제로 서약한 뒤 자유를 되찾았다.

다음날 롤랑이 탁자에 앉아서 좋아하는 과학서적에 주석을 달고 있는데 하인이 와서 뤼스카시에가 찾아왔다고 알렸다. 롤랑의 지시에 따라 집안으로 안내받은 뤼스카시에는 손에 든 차용증서를 언급하면서 돈을 요구했다.

순진한 복수를 하고 싶었던 롤랑은 전날 자기를 공격했던 인물을 조롱할 작정이었다. 대대로 이어지는 코브에 대해 알게 될 경우 상대가 얼마나 크게 낙담할지를 상상하자 마음이 즐거워졌다.

그는 오른쪽의 닫힌 문 앞에 서 있는 뤼스카시에를 쳐다보지도 않은 채 주석작업을 계속하면서 비꼬듯이 말했다.

+ 프랑스혁명 이전의 화폐단위.

“정말입니까… 차용증서가?… 무엇으로 서명되어 있던가요?”

“코브로.” 뤼스카시에가 대답했다.

그와 가족의 완전한 파산을 알리는 그 말에 롤랑은 상대방을 향해 무섭도록 격하게 고개를 홱 돌렸다. 바로 그 순간 목덜미에 찰나적인 고통을 느꼈고, 스스로를 보호하기 위해 빠르고 본능적인 동작을 취했다. 고통이 감지된 지점은 자성을 띤 세 글자가 새겨진 바로 그곳이었다. 아픔 따위는 아랑곳하지 않은 채 그는 자리에서 일어나 납빛이 된 얼굴로 뤼스카시에를 향해 걸어갔고, 자기가 그린 코브를 보았다. 접은 자국도, 풀도 없이 잘 펼쳐놓은 그 끔찍한 양피지는 두르투아에게 맡긴 백지증서 가운데 하나로 보였다.

어찌되었건 삼백 년 전에 정해진 이후로 한 번도 부인된 적 없는 그 서명이 자기 손으로 쓴 텍스트 아래 있는 한 그 약속은 지켜져야만 했다. 캉탱이 예상한 대로 그는 폭력에 의한 부당한 취득임을 주장하는 대신에 증서 내용을 무조건 존중하기로 했다.

빠른 시일 내에 돈을 갚겠다는 약속과 함께 뤼스카시에를 내보낸 그는 두르투아를 불렀다.

사건의 자초지종을 알게 된 집사는 우발적인 것으로 여겼던 화재를 떠올리고는 캉탱을 의심했다. 조사를 받은 캉탱은 뻔뻔스럽게도 모든 것을 인정했다. 그는 롤랑이 범인에게 중립적인 태도를 지키기로 서약했다는 점을 방자하게 상기시킴으로써 단지 그 자리에서 쫓겨나는 데 그쳤다.

상심한 롤랑은 전 재산을 매각하여 뤼스카시에에게 80만 리브르를 갚았고, 뤼스카시에는 받은 돈을 캉탱과 나누었다.

가족과 함께 수비니로 간 롤랑은 가난했지만 이전보다 더 열심히 과학연구에 매진했다. 생계를 위해 그는 물리와 화학을 가르쳤다.

더이상 성주가 아닌 롤랑은 코브라는 단어가 뤼스카시에의 입술에서 떨어진 그 끔찍한 순간 난생처음으로 목덜미에 느꼈던 통증을 떠올리며 종종 의아함을 느끼곤 했다. 그러면서 그 원인을 찾아보았다. 당시와 똑같이 놀랄 만큼 돌연한 고갯짓을 시도하여 이따금 문제의 신비로운 통증을 느껴보기도 했다. 하지만 필요한 모든 격렬함을 다 발휘해도 아무런 고통도 느끼지 못하는 경우가 허다했다. 그러다가 마침내 롤랑은 통증의 발생 혹은 결핍이 그가 어떤 방향을 취하느냐에 달려 있다는 사실을 알아차렸다. 이때부터 실험의 횟수를 배가시킨 그는 결국 이성의 완강한 저항에도 불구하고 다음과 같은 믿기 어려운 결론에 도달했다. 닫힌 장소에서든 열린 장소에서든 북쪽을 보고 있다가 동쪽이나 서쪽으로 갑자기 고개를 돌리면 목에 통증이 나타난다. 반면에 다른 방위기점을 향하고 있다가 고개를 돌리면 움직임이 아무리 급격하다고 해도 통증은 나타나지 않는다.

롤랑은, 과연 뤼스카시에의 숙명적인 방문 당시 자신이 북쪽으로 난 기울어진 창문을 향하고 있었으며 뤼스카시에는 그의 오른쪽에 서 있었음을 떠올렸다.

수많은 국소 지점이 따끔거리는 그 통증은 분명 목덜미의 모노그램을 위해 박아넣은, 자성을 띤 여러 개의 바늘에서 비롯한 것이었다. 예전에 오베르튀르가 사용했던 주입방식을 떠올린 롤랑은 자신이 똑바로 서 있을 경우 피부 안쪽의 미세한 바늘들이 두 어깨가 닿는 수직면과 직각을 이룬다는 사실을 깨달았다. 이러한 확인은 다른 무수한 관찰과 함께 탐구적 명상으로 이어졌고, 마침내 하나의 가설로 정리되었다. 받아들이기 힘든 이상함 때문에 오랫동안 집요하게 배척되었지만 결국에는 모든 상황에 유일하게 부합하는 가설로 자리잡은 그 내용은 이렇다. 자성을 띤 바늘 끝은 신비롭게도 북쪽을 향해 끌린다. 롤랑이 북쪽을 보고 서 있으면 모든 바늘 끝은 앞을 향한다. 한데 갑작스러운 목의 움직임으로 바늘이 다른 방향으로 돌아가면 일정한 저항이 생겨나고, 바로 거기서 따끔거림이 발생한다. 반면에 다른 경우에는 통증이 없다.

롤랑은 그 변덕스러운 통증의 실제 원인을 제대로 밝혀냈다. 하지만 12세기 인간의 개념은 전대미문의 진리가 지닌 너무도 대담한 새로움에 두려움을 느끼며 저항하도록 했다. 그러나 동시에 그것은 그에게 은밀한 기쁨을 불어넣어주기도 했다. 그리하여 어떤 놀라운 발견의 예감에 도취된 그의 정신 속에서 그 진리는 하루하루 더욱 굳건해졌다.

이론의 정확성을 입증하기 위하여 그는 그릇에 물을 채운 뒤 수면에 띄운 두 개의 평행한 작은 밀짚 위에 자성을 띤 긴 바늘을 가로질러 놓았고, 그 결과 바늘은 완전히 자유롭게 움직일 수 있게 되었다.

자신이 이루어낸 발견의 위대함에 경탄한 롤랑은 그것이 항해에 어떤 숭고한 결과를 가져올지 짐작할 수 있었다. 그는 가슴이 두근대는 것을 느끼면서 바늘을 어떤 방향에 놓든 그 끝은 항상 북쪽으로 돌아가 고정된다는 사실을 확인했다.

그는 항해에서 엄청난 발전을 이룩할 수 있는 발명품을, 파도로부터 무수한 인명을 구하고 아직 미지의 상태로 남은 수많은 놀라운 땅을 발견하게 할 수 있는 그 엄청난 발명품을 왕인 루이7세에게 가져갔다. 감탄한 군주는 그에게 상으로 큰 재산을 하사했다.

이때부터 모든 뱃전에는 반쯤 찬 유리병 속 수면 위 밀짚 두 가닥에 얹혀져 언제나 북쪽을 가리키는 자성 띤 바늘을 두게 되었다. 마리네트[2]라 불린 그 원시적인 기구는 나침반의 조상인 셈이다. 방위판을 갖춘 나침반은 삼 세기 뒤에야 만들어졌다.

다시 부자가 되어 잃어버린 성을 되찾은 롤랑은 재난을 부른 그 엉뚱한 사정을 축복했다. 그게 아니었으면 불멸의 발견은 없었을 것이기 때문이다. 아닌 게 아니라 엄청나게 급작스러운 머리의 움직임만이 목덜미 통증을 유발할 수 있었는데, 그 같은 맹렬함을 우발적으로 낳기 위해서는 평온한 영혼에게 돌이킬 수 없는 완전한 파산을 알리는 거친 통보가 필요했다. 상황의 이상한 연쇄에 의해 코브라는 단어를 지각하는 순간 자신만만하게 빈정대던 롤랑은 단번에 가장 어두운 심연 바닥으로 떨어졌다. 단어가 좀더 길었더라면 아마도 심리적 충격이 덜했을 것이고, 그 유명한 머리 회전은 계시의 통증을 일으키지 못했을 것이다.

두 공범 뤼스카시에와 캉탱은 노름과 향연을 즐기다가 금방 무일푼이 되었고, 새로운 범죄로 감옥에 갇히는 신세가 되고 말았다.

이 이야기를 바탕으로 극작가 외스타슈 미에카즈[+]는 생생한 희곡작품을 썼다. 프롤로그에서 박식한 오베르튀르는 아버지 품에 안긴 갓난아기 롤랑의 운세를 읽는다. 그런 다음 그 비밀과 목적을 설명하면서 후두골 하부에 시술을 한다. 이 시술은 짧은 막간 뒤에 시작된다. 사반세기가 지난 시점을 이야기하는 이후의 다섯 개 막은 백지증서의 비극적인 우여곡절과 그 결과, 다시 말해 처음에는 침울했으나 결국에는 찬란한 그 여파를 자세하게 재현한다.

+ 가상의 인물.

2. marinette. '뱃사람의 아내'를 뜻한다. (원주)

채도가 낮은 의상을 입고 목덜미 피부 아래 짙은 회색의 별자리 모노그램을 내보이면서 로즈는 롤랑 역을 여러 차례 성공적으로 연기했다. 복합적인 인물로 아내와 자식들 곁에서 가족의 평온한 행복을 누리는가 하면 역경 앞에서 좌절하고, 또 불행 가운데 용기를 발휘하는가 하면 고귀한 발견의 향방을 놓고 고민하다가 결국에는 마땅한 영광을 누리는 역할이었다.

죽은 로즈는 극의 가장 중요한 에피소드를 연기했는데, 그것은 물론 차용증서를 든 뤼스카시에가 코브라는 단어를 발음하는 순간, 그리고 그 단어가 전 세계적 차원의 영원한 파급효과를 배태한 목덜미 통증의 간접적 원인이 되는 바로 그 순간이었다.

뤼스카시에 역을 맡은 단역배우는 대답의 첫 두 음절이 그 유명한 머리 회전의 직접적 원인으로 보이게끔 정확한 순간에 발음하도록 주의했다. 또한 소품과 무대장치, 시체의 목덜미를 위한 특별한 화장과 알맞은 의상이 준비되었고, 거의 광신에 가까운 감탄 어린 효심으로 가득찬 배우의 딸에게 무대 위의 아버지를 보는 듯한 완벽한 환상을 선사했다.

4. 위베르 셀로스라는 일곱 살 난 아이가 장티푸스로 죽었다. 젊은 과부로 이제 세상에 혼자 남은 아이의 어머니는 자살을 생각했다. 그녀가 자신의 비극적인 계획을 미룬 것은 허구의 생명이 잠시나마 아들의 몸을 움직이는 것을 보며 쓰라린 기쁨을 누리기 위해서였다.

가슴 에는 감동이 불행한 여인을 사로잡았다. 아이가 다시 산 순간은 그녀를 마지막으로 즐겁게 해주기 위해 무릎에 앉아 그녀를 애틋하게 바라보며 롱사르가 쓴 「꿰맨 비를레」를 읊은 때였다.

롱사르의 시는 절대적 완벽에 이른 작품이었다. 그것은 어미 새를 향한 어린 새의 효심을 표현한 감동적인 노래로서 시시때때로 베푸는 은혜를 찬미하고 있었다. 거기서 시인은 의도한 바를 강렬하게 표현해내는 데 성공했으니, 이는 단어의 배열이 보여주는 비문과도 같은 간결함에서 오는 것이었다. 16세기에는 꿰맨과 뜯긴이라는 단어 모두 문체의 성격을 가리켰고, 앞의 것은 차가운 문체를, 뒤의 것은 엉성한 문체를 말했는데 오늘날에는 후자만 그 비유적 의미를 간직하고 있다. 롱사르의 시가 발표되었을 때 그 모순 없이 간결한 걸작에 사람들이 문체적 의미의 '꿰맨'을 기꺼이 감탄의 뜻으로 제목에 덧붙인 데는 바로 그러한 맥락이 작용했다.

한데 그 같은 완성도와 밀도는 시 외우기를 힘들게 만들었다. 작품 전체를 머릿속에 넣기 위해 위베르 셀로스는 걱정스러울 정도로 격렬한 노력을 기울였고, 사후의 회상은 그것으로 설명된다.

죽은 아이가 정확한 어조에 제대로 보고 배운 몸짓을 결부시켜 오류 없이 해낸 그 낭독에 필요한 무대장치는 소박한 의자 하나가 전부였다. 누군가 자기를 대신한다는 생각을 받아들일 수 없었던 불쌍한 어머니는 따뜻하게 옷을 입고 의자에 앉아 무릎에 아이를 앉힌 채 가장 완전한 행복의 환상을 맛보았다.

5. 가족도 없이 갑자기 죽은 조각가 제르제크를 데려온 사람은 자크 폴주라는 청년이었다. 그는 조각가의 부지런한 학생이자 열렬한 찬미자였다.

폴주는 제르제크가 아주 오래전부터 작업에 매일 열 시간씩 투자했다는 사실을 생각했다. 그것은 그의 유일하고도 강박적인 열정이었다. 숱한 개연성에 근거하여 폴주가 마땅히 보고 싫어한 것은 다른 무엇보다도 시체가 창조의 순간을 다시 사는 모습이었다. 그는 자신의 예상이 들어맞을 경우 가장 섬세한 디테일 묘사가 주된 재능인 선생이 과연 죽어서도 살았을 때와 같은 기적을 보여줄 수 있을지 못내 궁금했다.

캉트렐이 생각하기에 이는 재구성된 삶의 단면이 얼마나 절대적으로 정확하게 그 모델과 유사한지를 압도적인 방식으로 보여줄 흥미로운 기회였다.

예상한 대로 시체가 다시 산 것은 작업의 순간이었다. 폴주가 지켜보면서 캉트렐에게 다양한 사실을 일러주었다.

여섯 달 전 제르제크는 파리에서 바리울레라는 사람의 방문을 받았다. 툴루즈의 부유한 상인으로 오십대가 되도록 총각으로 남아 있던 그는 그의 재산에 혹한 같은 도시의 젊은 여인과 얼마 후에 결혼을 하게 되어 있었다.

젊은 여인에게 마음을 빼앗긴 모든 오십대가 그러하듯 지독하게 반한 상인은 결혼식에 올 친구들 각각에게 귀중한 기념품을 주고 싶어했다. 기념품이 <u>오래</u> <u>남을</u> 물건이라면 그의 삶 전체를 환하게 비춰줄 생애 최고의 날의 기억을 한없이 영속시킬 것이었다.

보석은 잃어버리지 않으면 유행이 지나거나 흠집이 날 수 있다. 혹은 보기 싫어서 치워버리게 될 수도 있다. 바리울레가 보기에는 오로지 유명한 이름으로 서명된 예술작품만이, 설사 크기가 작고 따라서 값이 웬만하더라도 집안 대대로 오랫동안 버틸 수 있었다.

높이가 몇 센티미터에 불과한 질의 대리석 조상만을 전문으로 제작하여 매우 유명해진 제르제크가 그의 주문을 받기에 꼭 알맞은 인물인 듯 여겨졌다.

예술가는 우선 견본으로 서로 다른 세 개의 질을 대리석으로 제작한 뒤, 열렬한 지복의 날을 상기시키는 즐겁고 웃음 넘치는 그 작품들이 바리울레의 마음에 들면 똑같은 것을 다량 만들기로 합의했다. 결혼식 날짜는 정해지는 대로 받침대에 적어넣으면 되었다.

툴루즈 사람이 떠나고 제르제크는 작업에 착수했다. 그는 기묘한 방식으로 작업을 했는데 이는 그가 어려서부터 계속해온 독자적인 방법이기도 했다.

가난한 고아였던 그가 파리 고등학교의 기숙사에 들어갈 수 있었던 것은 가족을 부양해야 하는 삼촌들이 무거운 희생을 무릅써가며 비용을 갹출해준 덕분이었다. 제르제크는 따라서 따뜻한 가정이라는 것을 모르고 자랐다.

그의 어린 시절 가장 큰 기쁨은 비 내리는 일요일마다 있었던 기나긴 미술관 단체관람이었다. 그 축복의 날이 지나면 그는 기억을 되살려가며 미술관에서 본 그림을 공책에 그리거나 빵에서 떨어져나온 부스러기를 뭉쳐 조상을 빚곤 했다.

어느 날 루브르박물관에 간 그는 와토의 〈질〉에 완전히 매혹되고 말았다. 이후 그는 기억에 따라 그것을 똑같이 그려보려고 악착같이 매달렸다. 하지만 그 어떤 크로키에도 도무지 만족할 수가 없었다. 밀가루를 뿌린 듯 온통 하얀 인물에 펜자국이라고는 거의 없어야 했는데, 바로 거기에 도사린 어려움이 자기 실패의 원인이라고 그는 생각했다. 그리하여 그는 하나의 술책을 고안해냈다. 적어도 작품이 보다 비슷해졌다는 느낌을 줄 만한 것이었다.

그는 종이 전체를 잉크로 검게 칠했다. 그런 다음 전부 바짝 말랐을 때 스크레이퍼로 긁어서 잉크를 제거해가며 한쪽 구석에 질이 나타나게 했다.

그 방법은 그를 단번에 성공으로 이끌었다. 그것은 인물의 매혹적인 하얀색이 어두운 바탕 위로 서서히 떠오른다는 사실에서 비롯한 것이었다.

그는 이제 더이상 모델은 염두에 두지 않은 채 긁는 방법을 사용하여 검은 종이 위에 질을 여러 명 그렸다. 그들의 태도와 얼굴 표정은 그의 생각에 따라 그때그때 양상을 달리했다.

풍요의 길이 발아래 열리고 있음을 본능적으로 깨달은 그는 이후로 더욱 열심히 노력했다. 그는 스크레이퍼를 손에 들고는 검은 종이 위에 다양한 각도에서 본 동일 인물의 수많은 스케치를 그렸다. 칼날이 우윳빛 얼굴 위에 남긴 듬성한 잉크 자국으로 그는 놀라운 표정의 변화를 얻을 수 있었다.

식빵으로 질을 빚어본 그는 돌연한 빛이 자신의 삶 위로 퍼져나가는 걸 느꼈다.

그가 언제나 데생보다 선호해온 조각은 그 주제가 부여한 신비로운 능력을 더욱 환하게 피어나게 했다. 질의 조각이 자신에게 영광과 부를 가져다줄 것임을 그는 예감하고 있었다.

하지만 점토 대신 식빵, 연장 대신 손가락만 가지고 어떻게 발전한단 말인가? 그 이상의 것을 마련하는 데 필요한 돈이라고는 단 한 푼도 없었다.

학교에서는 일주일에 한 번 브로틀랑드 교수의 식물학 수업이 있었다. 학구열에 불타는 교수는 알뜰한 독신자로서 교외에 거주하며 월급과 수업료의 남는 몫을 희한한 식물들의 온실 재배에 쏟아붓고 있었다.

최고의 도판들조차 선명함이 떨어진다고 생각했던 브로틀랑드는 종종 그날 수업에서 공부할 희귀한 식물 견본을 집에서 학교까지 들고 오는 불편을 마다하지 않았다.

그러던 어느 날, 그는 제르제크와 급우들 앞에 그 시간에 다룰 프리디아나 비두아(밤샘을 하는 과부를 뜻한다)를 풀어놓았다. 베트남이 원산지이며 모양이 튤립과 흡사한 그 꽃에 죽음을 연상시키는 슬픈 이름이 붙은 것은 검은색 꽃잎과 흰색 수술 때문이었다.

프리디아나 비두아와 관련하여 특기할 점은 화관 속이다. 거기에서는 수많은 흰색 알갱이가 점점이 섞인 검은색 목랍이 분비되거니와, 그것은 별이 총총한 밤하늘처럼 보인다 하여 밤의 목랍이라 불린다.

브로틀랑드는 먼저 강단 위에서 꽃을 앞으로 기울여 모든 학생에게 목랍을 보여준 뒤 그것이 채취 후에도 계속해서 다시 생성된다고 말하며 페이퍼나이프 끝으로 소량 덜어냈고, 그 매력적이고 물컹한 물질은 학생들이 직접 만져보며 가까이에서 살필 수 있도록 손에서 손으로 전해지며 교실을 한 바퀴 돌았다. 마침내 제르제크의 차례가 되었을 때 그는 보기 드문 가소성을 지닌 그 물질을 만져보면서 몹시 놀랐다.

프리디아나 비두아가 어린 학생들을 매혹한 것에 행복해진 브로틀랑드는 제일 가까운 시험에서 일등을 하는 학생에게 화분에서 오랫동안 쉽게 키울 수 있는 그 이국적인 꽃을 상으로 주겠다고 약속했다.

제르제크는 밤의 목랍 덩어리만 있으면 자신의 예술에서 거인의 발걸음을 떼어놓을 수 있겠다 여기고 이제 오로지 한 가지 목표만을 생각했다. 그것은 꽃을 손에 넣는 일이었다. 숱한 벌을 받을 각오로 다른 과목 숙제를 방기하면서까지 불철주야 식물학 공부에만 몰두한 끝에 그는 지정한 시험에서 일등을 했고, 결국 브로틀랑드에게서 프리디아나 비두아를 받았다.

정확하게 물을 주고 온갖 정성을 기울이면서 제르제크는 꽃이 죽을 때까지 화관에서 계속 생성된 거무스름한 목랍을 이따금 채취하곤 했다. 그리하여 마침내 그는 상당한 크기의 덩어리를 갖게 되었다. 그것은 첫 시도부터 그가 희망한 유연성으로 그의 바람을 충족시켜주었다.

필통에서 구한 임시변통의 도구들로는 도저히 불가능할 정도로 지극히 섬세한 작업을 지향하는 제르제크는 식빵이 점토 대용으로는 미흡해도 자기 손으로 직접 다양하고 정교한 형태의 초벌작업도구를 빚는 데는 더없이 적합하겠다고 생각했다. 일단 말리기만 하면 사용하는 것은 문제가 없을 터였다.

실행에 옮겨본 결과 그의 생각은 옳은 것으로 판명되었다. 스스로 만들어 굳힌 도구들을 갖춘 그는 기이한 방식으로 그린 마지막 데생에 따라 목랍덩어리로 재치와 생동감이 넘치는 질을 빚어냈다. 바야흐로 성공의 길에 들어섰음을 직감한 그는 남는 시간 전부를 무수한 형태의 질을 조각하는 데 썼다. 그는 각 조상의 자세와 얼굴, 표정을 결정하는 일에서부터 시작했고, 검은색 잉크를 칠한 종이를 스크레이퍼로 긁어서 얻은 하얀색 실루엣은 풍요로운 발상의 영감을 제공해주었다.

하나의 작품이 완성되면 그것은 그의 손안에서 굴려져 둥근 공이 되었다. 다시 사용하기 위해서였다.

제르제크는 종이 위에서 수행되는 사전작업에 점점 더 큰 중요성을 부여했다. 바로 거기에서 그의 가장 빛나는 생각들이 비롯되었기 때문이다. 그는 하나의 질을 빚을 때마다 앞과 뒤, 정교한 그림 두 장을 준비했고, 그것이 그의 조각을 한 걸음 한 걸음 인도했다. 그는 심지어 자신의 조각작업에 절묘한 도움이 될 수 있음을 본능적으로 직감하고는 거의 무의식적으로 물렁물렁한 검은색 조상 표면에 밤의 목랍에서 채취한 흰 알갱이를 섬세하게 줄지어 박았고, 그러면서 스크레이퍼가 종이 위에 그토록 솜씨 좋게 남긴 잉크의 선을 드러냈다. 완성된 작품은 그리하여 두 개의 데생이 양화를 제공하는 질의 음화였다. 표면의 알갱이가 부족할 때는 목랍에서 알갱이를 꺼냈고, 반대로 너무 많을 때는 단일한 검은색 바탕을 해치는 쓸모없는 알갱이를 속으로 눌러 박은 뒤 위를 덮어 가렸다.

조각과 선을 아울러 사용하는 기법은 제르제크에게 매우 풍요로운 결과를 가져다주었고, 그는 마침내 절묘한 걸작을 산출해내기에 이르렀다. 그 기법이 아니었다면 그 정도로 완성된 경지에 이르지는 못했을 것이라고 예술가는 느꼈다.

이렇듯 제르제크는 스승도 없이 어려서부터 찬란한 재능을 발휘했다. 그리고 그 덕분에 학업을 마친 뒤 빠르게 성공할 수 있었다.

그런데 다양한 시도에도 불구하고 그는 처음의 작업방식을 바꿀 수가 없었다. 오로지 스크레이퍼로 그린 두 데생만이 각각의 질의 창조를 인도해줄 수 있었다. 그는 상인들이 제공하는 일련의 정해진 작업도구보다 자기가 직접 식빵으로 만든 도구를 선호했다. 그것은 필요에 따라 그의 가장 민감한 욕구를 충족시킬 수많은 새로운 형태를 띨 수 있었다. 그뿐만 아니라 금방 단단해졌다. 한 원예가에게 주문해 공급받은 밤의 목랍은 검은색 덩어리에 하얀색 알갱이가 섞여 있어 그 어떤 물질보다 더 용이하게 모델의 윤곽을 놀랍도록 선명히 표현할 수 있었다.

하나의 질이 완성되면 그는 판매를 위해 대리석 복제품을 제작하게 했다. 거기에는 선이 없었다. 선은 소조를 위한 보조적 역할을 할 따름이었기 때문이다. 하지만 그 보조선이야말로 강력한 것이었다. 그 중요성을 잘 아는 제르제크는 만약 그것이 없었다면 완벽한 솜씨를 얻기는 불가능했으리라고 말하곤 했다. 예술가는 따라서 예전에 그의 손에 밤의 목랍을 안겨준 우연을 고마워했다. 검은색 바탕 위로 점점이 흩뿌려진 눈처럼 하얀 점들은 그를 인도하는 희디흰 데생의 정확한 음화를 선과 함께 조각하지 않을 수 없도록 했다. 그의 빛나는 이름은 기념비적인 그날 식물학 수업에 나타난 프리디아나 비두아에 많은 것을 빚지고 있는 셈이었다.

제르제크는 곧 바리울레에게 대리석으로 된 세 종류의 명랑한 질을 보냈다. 평소의 방법에 따라 제작된 것들이었다. 돈을 벌긴 했으나 세련되지는 못한 상인의 거칠고 현실적인 기질이 두드러지는 답장이 그를 즐겁게 했다. 바리울레는 그에게 순박한 어조로 이렇게 썼다. "보내주신 세 종류의 질에 만족하며 각기 다른 포즈의 상기 물품 열두 다스를 주문하고자 합니다."

섬세한 완벽성이 불러온 예술작품을 지칭하는 '상기 물품 열두 다스'란 말이 제르제크로 하여금 웃음을 터뜨리게 만들었다. 그는 편지를 다 읽자마자 주문받은 백마흔네 개의 질 가운데 첫번째 것을 위한 작업을 시작했다. 당시 몇 걸음 떨어진 곳에서 조상을 빚고 있던 폴주도 편지를 보았고, 그는 스승이 이따금 갑작스럽게 웃으며 되뇌는 소리를 듣곤 했다. "상기 물품 열두 다스!"

시체가 즐거운 어조로 던진 그 짧은 문장을 통해 폴주는 재현되는 장면을 알아볼 수 있었다. 그것은 과연 바리울레의 편지로 유발된 장면이었다.

말년에 사용하던 재료를 제공받은 죽은 제르제크는 먼저 긁고, 이어서 밤의 목랍을 빚으며 생전에 바로 그 장면에서 제작했던 것과 똑같은 질을 만들었다. 반복된 실험은 매번 성공적이었다. 그렇게 창작된 작품은 특별한 섬세함을 갖고 있었다.

6. 예민한 작가 클로드 르칼베는 죽기 얼마 전에 자기가 불치의 위장질환에 걸렸다는 사실을 알게 되었다. 임박한 죽음 앞에서 공포에 질린 그는 마지막 숨을 거두는 즉시 로쿠스 솔루스의 냉각실로 자기를 옮겨달라고 요구했다. 두려운 그 순간이 지난 뒤에도 여전히 움직일 수 있다는 생각이 무無에 마주한 고뇌를 얼마간 완화시켜주었기 때문이다.

때가 되었을 때 고인이 보인 행동은 최근 받은 치료와 관련된 것임이 밝혀졌다.

그 전해에 유명한 의사인 시뤼그 박사는 모종의 푸른빛을 개발했다. 비록 광채는 미약했지만 그것은 경이로운 치유력이 있었다. 신비로운 그 광선을 거대한 렌즈에 통과시켜 강도를 높인 뒤 주간 또는 야간에 탈의상태의 허약자에게 투사하면 해당 환자는 빠르게 기력을 회복했다.

렌즈의 초점에 위치한 환자는 과도한 흥분과 가혹한 뜨거움에 고통을 느낀 나머지 도망치려고 했다. 따라서 튼튼한 쇠창살이 설치된 일종의 원통형 방에 환자를 가두어야만 했다. 정확한 지점에 설치한 그것에는 <u>초점감옥</u>이라는 이름이 붙었다.

눈에는 잘 감지되지 않을뿐더러 일체의 광도 측정이 불가능한, 따라서 불확실한 조작으로 인해 굉장히 위험해질 수 있는 그 이상한 빛은 그것을 산출하는 기계가 아무도 모르는 사이에 우발적으로 다량 방출할 경우 쇠창살 안에서 부산하게 움직이는 환자를 죽일 가능성도 있었다. 일정한 표시를 한 판을 렌즈의 초점 곁에 설치해보았지만 표시는 무서운 빛에 노출되자마자 금방 지워져버렸다. 시뤼그는 뛰어난 저항력이 입증된 오래된 판화라면 필요한 순간 상태의 변화를 통해 경보기 역할을 해줄 수 있으리라 생각했다.

부지런히 수소문한 끝에 그는 한 골동품 가게에서 원하는 것을 발견했다. 그것은 비단 위에 찍은 뤼테스 지도였다. 단순왕 샤를3세 시절로 거슬러올라가는 그것에는 감동적인 사연이 담겨 있었다.

어느 날 북동쪽 성벽 가까이 뤼테스에서 가장 가난한 구역 하나를 방문중이던 샤를3세는 어둡고 냄새나는 좁은 골목길의 얽히고설킨 미로 앞에서 염오감으로 몸을 떨었다.

궁전으로 돌아온 그는 도시의 지도를 가져오게 해서는 문제의 구역 한가운데에 굵은 선을 죽 그었다. 곧게 뻗은 직선으로, 보다 확실하게 주의를 끌기 위해 그 양끝이 굽은 성벽 너머까지 이어진 그것은 하나의 분할선처럼 보였다.

명령이 내려졌다. 성벽 안쪽에 그 선을 따라 넓은 대로를 뚫으라는 것이었다. 빛도 공기도 없이 온갖 질병이 창궐하는 그 슬픈 곳을 정화하기 위해서였다.

다음날 샤를3세는 주민들이 일찌감치 즐거워하도록 해당 구역 중심가에 약속의 표지가 그어진 지도를 게시하게 했다.

집이 철거된 주민들에게는 보상을 해주기로 했고, 작업은 끝이 났다.

공사가 3분의 1쯤 진행되었을 무렵, 유난히 어둡고 악취나는 골목에 살던 이비켈이라는 이름의 가난한 판화공은 문득 미풍과 햇빛이 자기 집에 흘러넘치는 것을 보았다. 그의 집 전면이 운좋게도 새로 난 대로에 면해 있었던 것이다.

홀아비 이비켈의 유일한 혈육인 외동딸 블랑딘은 허약한 체질의 소녀였다. 기력이 없어 늘 침대에 누워 지내는 그녀는 창백한 얼굴로 온몸을 뒤흔드는 기침에 시달리며 하루하루 사그라지고 있었다.

간병과 치료 비용을 대느라 밤낮으로 지치도록 일해야 했던 이비켈은, 이 세상에 그를 매어두는 유일한 끈인 딸이 죽으면 스스로 목숨을 끊기로 작정했다. 그런 그때 그의 집을 찾아온 황홀한 변화가 회복의 희망을 품게 했다.

봄이 시작되고 있었다. 열린 창문 앞에 끌어다놓은 침대에서 블랑딘은 산소와 햇빛에 정신없이 도취되었다. 소녀의 아버지는 행복의 눈물을 흘리면서 딸이 기력과 안색을 되찾는 것을 바라보았다. 아이의 기침발작도 뜸해졌다. 마침내 대로가 완공되었을 때 승리는 완전한 것이었다. 미친 듯 기뻐하며 이비켈은 신성한 경의를 다해 왕에 대한 감사를 표시하고자 했다. 그의 열렬한 지복을 가능하게 해준 것은 찬양받아 마땅한 왕의 역사役事였기 때문이다.

당시에는 기도를 통해 어떤 경이로운 치유를 얻게 되었을 때, 종교적인 글만 쓰게 되어 있는 양피지 대신 비단 위에 소박한 주제의 판화를 찍는 게 관례였다. 대개 이마가 밝게 빛나는, 기적을 행사한 장본인이 죽음을 모면한 소중한 존재의 침대머리를 향해 권능의 손을 뻗고 있는 내용이었다. 판화는 액자에 끼워져 봉헌물로 사용되었으며, 곳곳에서 예수와 성모마리아와 성자들의 제단을 장식하는 다른 여러 봉헌물에 덧붙곤 했다.

판화기술이 매우 능란해 벌써 몇 번이나 그 같은 봉헌물을 주문받아 제작한 이비켈은 왕에게도 하나를 선물하기로 했다.

비단판화에서 이마에 빛을 두른 모습으로 고통의 침대를 향해 손을 뻗는 존재들처럼 샤를3세 또한 펜으로 쭉 뻗은 선을 그어 그 유명한 도로를 냄으로써 명백한 치유의 몸짓을 행했으니, 관례에 충실하려면 그 사실을 상기시켜야만 했다.

자기가 가진 가장 좋은 잉크로 시간과 정성을 아낌없이 쏟아부어 이비켈은 비단 위에 뤼테스 지도를 판화로 찍었다. 언제나처럼 구역 중심가에 나붙어 있는 원본에 따라 정확한 지점으로 분할선이 지나가게 했다. 완성된 판화는 액자에 넣어 왕에게 보냈다. 동시에 왕의 은혜로운 행동을 서술하는 감동적인 편지도 잊지 않았다. 편지에는 딸의 건강 회복과 그 원인이 상술되어 있었다.

감동한 샤를3세는 이비켈에게 연금을 하사하고, 봉헌물 뒷면에 편지를 넣되 유리를 끼워 일부를 읽을 수 있도록 했다.

한데 그토록 여러 세기가 지난 뒤에도 지도와 분할선은 여전히 놀라운 생생함을 간직하고 있었다. 그것은 판화 제작에 들인 예외적인 정성은 물론 특별히 선택한 잉크, 찍힌 초상을 다른 무엇보다도 변질 없이 오래 보존하는 비단 덕분이었다.

틀에서 편지를 꺼내어 읽고 사연을 알게 된 시뤼그는 연구를 통해 자신의 지식을 보완했다.

그는 여러 차례에 걸쳐 지도를 초점감옥 안에 설치했고, 그 결과 지도가 푸른빛의 공격에도 끄떡없이 저항한다는 사실을 알게 되었다.

또한 눈에는 포착되지 않지만 매번 지도의 선이 미약하게 희미해졌으니, 이는 강력한 광선이 그것에 영향을 미친다는 사실을 입증하는 것이었다. 따라서 광원이 갑작스레 비등할 경우 판화는 빠르게 빛을 잃을 것이고, 그로써 위험을 알리는 신호를 확실히 파악할 수 있을 터였다.

시뤼그는 이비켈에게서 커다란 혜택을 입고 있는 셈이었다. 이 정직한 판화가의 이야기에서는 모든 면면이 합력하여 그의 선의를 북돋웠다. 이제는 잊힌 기법으로 무장한 판화가는 왕에게 보내는 편지에 언급한 것처럼 이례적인 정성을 쏟아 놀랍도록 잘 보존되는 판화를 비단 위에 찍었고, 그 판화가 이제는 초점감옥에서 유용하게 활용되고 있었던 것이다.

이 밖에도 시뤼그는 치료를 할 때마다 그보다 덜 견고한 판화가 한 장씩 필요했다. 감옥에 설치한 그것이 점차 지워지는 양상을 보고 빛의 양을 조절하기 위해서였다.

같은 날 같은 방식으로 찍은 한 종류의 판화들 가운데 적어도 반세기 이상 지나서도 양호한 상태를 유지하고 있는 것만이 빛의 양을 지속적으로 알려줄 수 있었다.

많은 양을 찍었으되 파괴되지도 흩어지지도 않은 판화를 과거에서 찾기 위해 애쓰던 시뤼그는 다양한 정기간행물에 자신의 요청사항을 게재했고, 얼마 지나지 않아서 위대한 판화제작자 루이장 숨의 방문을 받았다. 그는 1834년에 제작된 오페라가수 누리의 캐리커처 천 부를 갖고 있었다.

그해가 시작될 무렵 그 유명한 가수는 파리 오페라극장에 오른 멋진 〈아이네이아스〉 공연에서 엄청난 음색의 목소리를 넘치게 쏟아부으며 영광의 절정을 맛보았다.

제3막에서 바위틈에 기댄 아이네이아스는 지옥에 이르는 우물을 내려다보다가 "오오" 하며 수차례 카론[+]을 부른다. 한데 '오'는 계속해서 더 높고 강해지기만 한다. 용의주도한 작곡가가 배치해놓은 매우 높은 마지막 '오'는 누리에게 온 유럽에 회자되는 저 유명한 높은 도 음을, 최대한의 힘을 쏟아 노래할 기회를 제공했다. 열광의 도가니로 이어진 그 음정은 공연 전체의 백미로 커다란 화제가 되었다.

당시 최고의 풍자화가 가운데 한 사람이었던 조졸린은 그 높은 음정의 유행을 활용하기로 했다.

그가 그린 캐리커처는 유명한 도 음이 지옥을 내려다보는 누리의 입을 빠져나와 지구를 가로지르며 곳곳에 전파된 뒤 천저에 이르는 내용을 담고 있었다.

조졸린은 그 놀라운 음정이 어떤 장애물에도 굴하지 않은 채 우주까지 울려퍼진다는 메시지를 나타내고 싶었던 것이다.

[+] 그리스신화에서 죽은 자를 저승에 데려다주는 뱃사공.

당시 루이장의 증조부가 운영하던 숨 제작사는 그것을 천 부 찍어서 〈아이네이아스〉 공연이 있을 때마다 프로그램과 함께 팔기로 했다.

조졸린은 누리에게 원본을 선물하면서 자신의 구상을 설명했다. 그는 자기 목소리를 그토록 영광스럽게 그린 것을 보면 가수가 분명 우쭐해할 것이라고 확신했다.

하지만 변덕스럽고 급한 성격으로 유명한 테너는 작품의 희극적인 면만 보았다. 그는 그렇듯 우스꽝스럽게 묘사된 자신의 모습에 기분이 상한 나머지 신경질을 내면서 판화를 찢어버렸다. 그러고는 판화 천 부를 판매하는 것에 단호히 반대했다.

관대한 성격의 조졸린은 초연한 태도로 사태를 받아들이면서 판화 제작자에게 값을 치렀다. 그러면서 나중에라도 작품을 유통시킬 수 있을지 모르니 그 불행한 판본을 보관해달라고 부탁했다.

얼마 후 조졸린은 아무런 흔적도 남기지 않은 채 어느 날 저녁 갑자기 사라졌다.

그로부터 삼십오 년이 지나자 그는 법에 따라 사망한 것으로 간주되었고 유언이 집행되었다.

당시 팔십대였던 루이장 숨의 증조부는 과거에 판매하지 못한 불행한 판화가 조건 없이 자신에게 증여되었다는 사실을 공식적으로 알게 되었다. 하지만 신중한 그는 유명한 캐리커처 작가가 죽었다는 확실한 증거가 나오지 않는 한 자신이든 자신의 후계자든 계속해서 위탁물로 남아 있는 판화에 손을 대서는 안 된다는 것을 문서로 엄격하게 규정했다.

루이장의 조부 시절에도, 그리고 아버지의 시절에도 아무 일도 일어나지 않았다.

그런데 최근에 파리의 한 빈민가에서 오래된 집을 철거하던 중 옷을 입은 상태의 시체 하나가 지하실 구석에서 발견되는 일이 일어났다. 재단사가 옷마다 새겨넣은 이름 덕분에 신원을 확인하기는 쉬웠다.

그것은 조졸린이었다. 신경과민에 자유분방한 예술가였던 그는 음탕한 통음난무를 즐겼다. 그는 신중하지 못하게 보석으로 치장하고 주머니에 지갑을 넣은 채 그런 곳에 드나들곤 했는데, 사라진 날 저녁에는 한 매춘부에 의해 죽음과 탈취가 기다리는 그 소굴로 유인된 게 틀림없었다.

공소시효가 만료된 까닭에 수사는 개시되지 않았다.

이제 루이장 숨은 아무 거리낌 없이 그토록 오랫동안 잠자고 있던 판화를 처분할 수 있었다.

그것을 어떻게 할까 고민하고 있을 때 정기간행물에 실린 시뤼그의 요청이 그의 시선을 끌며 모든 것을 결정지었다.

시뤼그는 흥정 없이 판화 재고를 샀다. 누리의 성마른 성격, 조졸린의 실종을 둘러싸고 그토록 오랫동안 지속된 의문, 그리고 숨가家 사람들의 고지식한 정직성이 가져다준 보기 드문 선물에 매료되었기 때문이다.

그의 손에는 동일한 색조의 판화 팔백열여섯 부가 남았다. 그 무엇도 대신할 수 없는 시간이 그것들을 변질시키면서 꼭 필요한 도태작업을 해준 덕에 애초에는 확인할 수 없었을 취약함이 드러난 판은 제외한 때문이었다.

실험을 시작할 때마다 누리의 캐리커처를 한 장씩 초점감옥에 설치하여 빛의 양을 조절하는 데 사용하기로 했다. 작품이 흐려지는 속도가 얼마나 빠른가 혹은 느린가에 따라 시뤼그는 빛을 줄이거나 더할 것이었다.

이제 시뤼그는 쇠창살 원통에 환자가 들어갔을 때 뤼테스지도와 우주적 캐리커처가 푸른빛과 계속해서 정면으로 마주보게 하려면 어떻게 해야 할까 궁리했다. 잠깐이라도 환자의 그림자가 닿으면 판화들이 제 역할을 못할 것이고, 반대로 판화들이 환자에게 그림자를 드리우면 치료의 효과가 떨어질 것이다. 그런데 가장 차분한 사람도 그 안에 들어가면 소란스럽게 움직이게 되어 있지 않은가.

오랜 생각 끝에 그는 환자에게 씌울 이상한 투구를 만들게 하고는, 그 위에 빙빙 돌아가는 자성 띤 침을 부착한 뒤 양끝에 판화를 매달았다. 혹시라도 유리가 빛의 통과를 방해할까봐 판화 앞에는 아무런 보호장치도 설치하지 않았다. 정확한 주문에 따라 제작되어 침의 완벽한 균형에 필요한 무게를 제공하는 새 액자에는 매번 무작위로 선택된 캐리커처 복제판이 끼워져 빛의 양을 적당하게 조절하게 해주었다. 뤼테스 지도와 마찬가지로 액자에는 매다는 데 소용되는 두 개의 갈고리가 달려 있었다. 침은 신중한 한 사람이 감옥 옆에서 자석을 영리하게 다루는 덕분에 어떤 상황에도 필요한 방향을 향했다. 그 모든 장치 덕분에 두 판화는 항상 푸른 광원을 정면으로 바라보았고, 환자와 판화들은 서로 그림자를 드리우는 일이 없었다.

위치도 방향도 적절하게 배치된 거울은 발광기를 조작하는 사람이 렌즈를 가로막는 경우에도 두 판화의 추이를 살필 수 있도록 해주었다.

불행한 르칼베가 시뤼그에게 온 것은 바로 이 무렵이었다. 외부에서 보충되는 어떤 강한 기력이 이미 거의 불가능해진 영양섭취를 얼마간이나마 보완해줄 수 있지 않을까 하는 희망에서였다.

불쌍한 환자를 매일 초점감옥에 들여보낸 결과 그는 과연 기운을 얻었고 죽음을 몇 주 지연시킬 수 있었다.

그런데 처음으로 갇혔을 때 르칼베는 끔찍한 흥분상태를

드러냈었고, 그것은 치료가 거듭되면서 점차 완화되었다. 그가 사후에 인위적으로 움직일 수 있게 되었을 때 다시 산 것은 첫 치료 당시 고뇌의 시간, 그러니까 두려움에 가득찬 그를 들것에 실어 초점감옥 앞에 데려온 순간부터 시작된 고뇌의 시간이었는데, 그것이 그에게 야기한 깊은 동요를 생각해보면 충분히 이해할 만했다.

이러한 사실을 알게 된 시뤼그는 한 가지 생각을 했다. 그는 캉트렐에게 인위적인 생명을 부여받은 병든 시체에도 푸른빛이 재생의 효과가 있는지 확인하고 싶었다. 이를 위해 그는 마치 보통 환자를 대할 때처럼 죽은 환자를 위해 필요한 모든 것을 지정된 장소에 직접 설치했다. 또한 빛에 의해 시체가 상하는 일이 없도록 뤼테스 지도와 관련한 모든 조치를 취하는 것도 잊지 않았다. 그의 전문가적 관점에서 실험결과는 부정적인 것이었다. 하지만 미래의 결과에 대한 희망으로 그는 실험을 여러 차례 되풀이했다.

7. 영국 출신의 젊은 미인 곁에는 그녀의 남편인 부유한 앨번 엑슬리 경이 함께하고 있었다. 죽은 아내가 잠시나마 자기 곁에서 되살아나는 것을 보기 위해 애틋한 마음으로 조바심을 치던 영국 귀족원 의원은 마침내 꿈이 실현되었을 때 되풀이된 순간의 비극적 면모에 가슴이 미어지는 것만 같았다.

가난한 집 출신이지만 사랑으로 결혼하여 레이디가 되고 귀족원 의원 부인이 된 에설플레더 엑슬리는 돈과 호칭에 도취된 경박한 여자로서 결혼식 다음날부터 오로지 자기 몸을 꾸미고 가꾸는 일에만 골몰했다.

그녀는 특히 런던의 제일가는 우아한 여인들처럼 최신 유행을 받아들였다. 다른 어떤 치장방식보다 효과적인 그것은 각각의 손가락 끝에 일종의 작은 거울이 반짝이도록 손톱을 주석으로 도금하는 것이었다. 이를 발명한 솜씨 좋은 시술자는 국부마취 후 약을 써서 살과 손톱을 분리한 뒤 그 안쪽 면에 주석을 바른 다음 자신이 발명한 두번째 약품을 이용하여 살과 손톱을 다시 붙였다. 사용된 주석은 반투명한 성질을 띠었고 속손톱의 하얀색과 칼이 닿는 부분을 제외한 곳에 은은한 분홍빛을 드리웠다.

손톱이 자라나면 발명자는 때때로 손톱을 다시 떼어낸 뒤 뿌리 가까이 새로 얇은 주석 띠를 바르곤 했다.

머리가 원래도 아둔하고 불안정한 에설플레더는 어린 시절 인도에서 심한 충격을 받은 이래로 정신이 위태롭기까지 했다. 젊은 대령이었던 아버지가 등산을 하던 도중 갑자기 호랑이가 달려들자 미처 방어할 틈조차 없이 목을 물려 그녀의 눈앞에서 죽었던 것이다. 벌어진 경동맥에서 그칠 줄 모르고 흘러나오는 진홍색 피는 피에 대한, 그리고 어느 정도는 붉은색 물질에 대한 항구적인 신경증적 공포를 그녀에게 불어넣었다. 붉은색 휘장이 쳐진 방에 머무른다거나 붉은색 옷을 입는 것은 아예 불가능했고, 이후로 이상한 행동을 보이기도 했다.

자상한 남편인 만큼이나 다정한 아들이기도 했던 앨번 엑슬리 경은 늘 허약한 노모의 건강을 염려하여 그 곁을 떠나는 법이 없었다. 그는 지난 8월 한 달을 노모와 에설플레더와 더불어 프랑스에서 보냈으니, 일행은 노르망디의 가장 화려한 해수욕장을 굽어보는 유럽호텔에 머물렀다.

뛰어난 스포츠맨으로 승마광이기도 한 앨번은 그곳에 자기 마구간의 말 일부를 데려갔다.

어느 날 오후 그는 외출 준비를 하고 있던 아내보다 먼저 그의 스파이더에, 다시 말해 가벼운 전원용 무개마차에 앉아 고삐를 잡았다. 어린 마부인 앰브로즈는 말 머리 쪽에 서서 뒤쪽의 좁은 의자에 기어오를 순간을, 즉 마차가 떠날 순간을 기다리고 있었다.

잠시 후 에설플레더가 늦은 것을 미안해하며 모습을 드러냈다. 황급히 서두르는 그녀는 아직 장갑도 끼지 못한 채 남편을 향한 애정의 표시로 찻빛 장미 한 송이를 손에 들고 있었다. 그것은 그날 아침 그에게서 선물받은, 붉은 기운이라곤 전혀 없는 꽃다발에서 뽑아낸 것이었다.

그때 호텔 제복을 입은 팔십대 노인 카지미르가 그녀를 부르며 쫓아와서는 편지봉투 하나를 내밀었다.

육십 년 전부터 그 호텔에서 일해온 카지미르는 이제 한직을 맡아 오로지 편지를 분류하고 전달하는 일만 하고 있었다.

그가 내민 편지봉투에는 검은색 글씨로 주소와 이름이 씌었으되 레이디 앨번 엑슬리라는 이름 위 귀족원 의원 부인이라는 호칭만은 유독 붉은색 잉크로 되어 있었다.

독신의 형보다 한 해 앞서 죽은 앨번의 아버지(그의 이름 역시 앨번이다)는 명목상 작위가 있을 뿐 귀족원 의원이 아니었다. 따라서 두 명의 레이디 앨번 엑슬리를 구별하기 위해서 사람들은 노부인과 귀족원 의원 부인이라는 호칭을 사용했다.

한데 문제의 편지를 보낸 젊은 여인은 어릴 적 친구인 에설플레더에게 돈을 빌려달라는 부탁을 하면서 최대한 비밀을 지켜줄 것을 당부하고자 했다. 그녀는 시어머니와 며느리가 혼동되지나 않을까 걱정할 수밖에 없었고, 따라서 수신자를 분명히 하기 위해 호칭만 붉은색 잉크로 적었던 것이다.

왼손에 양산과 장갑을 든 에설플레더는 편지를 받기 위해 장미를 든 오른손을 내밀었고, 그러자 엄지손가락에 눌린 장미 줄기가 편지봉투에 포개어졌다.

자신을 보다 확실하게 지칭하기 위해 사용된 단어가 공포스러운 붉은색으로 부각된 것을 본 그녀는 크게 놀라 그 자리에 못박힌 듯 멈추어섰다. 그녀는 신경질적인 경련을 억누를 수가 없었다. 그리하여 그만 꽃가게 주인이 간과한 가시에 엄지손가락을 찔리고 말았다.

장미 줄기와 종이가 피로 물드는 것을 보고 겁에 질린 그녀는 더욱 크게 동요했고, 극심한 혐오감에 사로잡힌 채 본능적으로 손가락을 벌려 붉게 물든 두 개의 물건이 시야에서 벗어나도록 했다.

하지만 그 동작으로 방향이 바뀐 엄지손톱이 그녀의 눈동자에 붉은색 반사광을 쏘아대기 시작했다. 넓고 밝은 속손톱의 흰색은 반사력이 특히나 뛰어났으니, 생경하게 빛나는 그 붉은색 반사광은 이 고장 전역에 널리 알려진 오래된 램프에서 비롯한 것이었다.

기욤 카시뇔이라는 이름의 노르망디 사람이 오늘날에도 여전히 그 후손에 의해 운영되는 유럽호텔을 세운 것은 18세기 말이었다.

그는 입구 위에 간판 대신 넓은 램프를 높이 매달았는데, 길을 향한 유리면에는 유럽 지도가 그려져 있었다. 지도에서 각 나라는 특정한 색으로 칠해졌고 프랑스의 몫은 강렬한 붉은색이었다.

나폴레옹의 원정이 시작되었을 때 온통 열광한 카시뇔은 그때그때 정복된 지역을 프랑스와 똑같은 붉은색으로 칠했다. 영국도 예외가 될 수 없었다. 대륙봉쇄령에 의해 조만간 굴복하리라고 철석같이 믿었기 때문이다.

모스크바 입성 소식과 함께 이제는 러시아도 통합대상이 되었고, 바야흐로 유럽 전체가 지배국가의 주홍빛으로 물들었다.

세계의 일부가 국경을 지우고 한 나라로 통합되어 그렇듯 단색을 띤 모습에 영감을 받은 카시뇔은 오만하게도 단어 하나를 추가하여 자기 호텔을 프랑스유럽호텔로 명명했다.

나폴레옹이 실각하자 그는 호텔의 이름을 원래의 것으로 되돌렸다. 하지만 나폴레옹의 영광을 웅변하는 소중한 기념물인 단색의 지도만은 그대로 두었다.

근자에 호텔을 재건축했어도 그 전설적인 램프는 옛 자리에 고스란히 남았다. 입에서 입으로 전해져 줄곧 회자되어온 이야기가 매우 효과적인 광고 역할을 해주었기 때문이다.

도착 당시 그 도발적인 붉은색을 눈여겨보았던 에설플레더는 이후로 그곳을 지날 때마다 시선을 돌려 외면하곤 했다.

그런데 이제 문턱에 그늘을 드리우는 드넓은 차양을 뜨거운 태양광선이 관통하고 있었고, 그 빛을 받은 유럽이 그녀의 속손톱 위로 반사되는 것이었다.

이미 혹독하리만치 동요된 젊은 여인은 그 붉은 반점에 의해 최면이라도 걸린 것 같았다. 비록 동서가 반전된 상태이긴 했지만 그녀는 그 독특한 형태를 분명하게 알아볼 수 있었다.

고뇌에 사로잡힌 채 움직임을 잃은 그녀는 분위기에 영향을 받은 나머지 모어처럼 구사하는 프랑스어를 본능적으로 선택하여 억양 없이 말했다.

"속손톱 위로… 온 유럽이… 붉은색이네… 온통…"

나이 때문에 귀가 어두운 카지미르는 그 말을 듣지 못했다. 이상한 일이 일어나고 있음을 조금도 눈치채지 못한 그는 편지와 찻빛의 장미를 주워주어야겠다고 생각했다. 하지만 늙어서 뻣뻣한 허리 때문에 손가락은 도중에 멈추어야만 했고, 그는 서두를 것을 요구하는 강하고 짧은 어투로 엑슬리 경의 어린 마부를 불러 도움을 청했다.

이제는 먼 옛날이 된 어린 시절, 낭만주의 시대 파리의 한 댄디 집에서 티그르로 일했던 카지미르는 어린 하인들에게 말을 걸 때마다 언제나 오래전부터 통용되지 않는 그 호칭을 입에 올리곤 했다. 자신이 그 호칭에 답하는 데 익숙했던 만큼 그것을 사용하는 습관에서 벗어날 수가 없었던 것이다.

따라서 그때 그가 보도를 향해 손가락을 뻗은 채 어린 하인을 바라보며 높은 목소리로 말했던 것은 '티그르'라는 단 하나의 단어였다.

시선에, 그리고 의미 없는 말보다는 몸짓에 복종하여 어린 마부는 말 머리 곁을 떠나서는 꽃과 편지를 주워 에설플레더에게 내밀었다.

그러나 고통스러운 최면 속에서 부르르 몸을 떨며 카지미르가 강하고 짧게 던진 어휘를 지각한 그녀는 그것이 경계의 외침이라고 믿어버렸다. 그리고 별안간 환각에 사로잡혀(겁에 질린 태도와 방금 전처럼 프랑스어로 하는 말들이 이를 증명했다) 자신의 아버지가 예전에 그를 물어 죽인 바로 그 호랑이와 사투를 벌이는 광경을 보았다.

정신의 균형을 무너뜨리는 세 가지 충격이 그토록 급박하게 연속된데다가, 엎친 데 덮친 격으로 정신적 허약함의 근원을 이루는 유혈 낭자한 광경의 병적인 환영이 더해지며 불행한 여인에게 결정타를 가했다.

그녀는 완전한 광기의 증상을 보이기 시작했고 불안에 사로잡힌 나머지 심지어 앨번도 알아보지 못했다. 앰브로즈가 말 앞쪽으로 돌아가는 동안 앨번은 서둘러 아내를 호텔방으로 데려갔다.

이날부터 그녀의 상태는 악화되기만 했다. 정신착란에 빠진 그녀의 눈에는 모든 게 붉은 핏빛을 띠고 나타났다.

그녀는 파리로 가 유명한 전문가의 진찰을 받았다. 앨번으로부터 소상한 이야기를 들은 의사는 특이한 양상을 보이는 그 정신착란의 원인을 찾아냈다. 그에 따르면 극심한 동요의 순간 손톱의 반영에 담긴, 태양빛을 받은 그 유명한 주홍빛 반점이 몇몇 정황 아래 오래전부터 해로운 것으로 확인된 상황과 겹쳐지면서 연약한 에설플레더를 유럽 전체가 실제로 온통 붉은색이라고 믿게 하는 과대망상으로 이끌었다. 그리고 그렇듯 위험한 국면에 접어든 에설플레더는 곧 광기에 빠지면서 일련의 단계를 단번에 뛰어넘었고, 마침내 세상 전체가 그녀에게는 온통 붉은색이 되었다.

피의 관념에 고통스럽게 연결된 이 빛깔의 전면화는 붉은색에 대한 공포와 더불어 에설플레더의 삶을 하나의 영속적인 지옥으로 만들어버렸다.

그 어떤 치료도 소용이 없었다. 고통을 겪어 심신이 상한 불쌍한 여인은 쇠약해져 결국에는 죽고 말았다.

슬픔에 짓눌린 앨번은 그 결정적인 순간 그녀를 최면에 빠뜨린 명료하고도 강렬한 반영이 어떤 역할을 했는지 생각하면서 손톱 주석도금술 발명자를 원망했다. 결과적으로 아내의 죽음에는 그 발명이 주된 원인으로 작용한 셈이었기 때문이다.

죽은 에설플레더가 다시 산 것은 그녀가 그렇게 갑자기 이성을 잃었던 그 불길하고도 충격적인 외출의 순간이었다.

문제의 사건을 알게 된 캉트렐은 모든 것을 충실하게 재구성했다.

젊은 여인의 손톱이 죽음 이후에도 자란 만큼 그는 큰돈을 들여 매니큐어 발명자를 런던에서부터 불러왔다. 그는 캉트렐의 요구에 따라 필요한 부분에 이번에는 마취 없이 주석도금을 했다. 그는 먼저 여인의 시야를 가득 채울 오른쪽 엄지손톱에 주석도금을 한 뒤 나머지 아홉 손가락 모두를 시술했다. 눈에 띌 정도로 일관성 없는 모습은 피하기 위해서였다. 선생은 불행을 겪은 이후 극도로 강한 혐오의 대상이 된 그를 앨번이 보지 못하도록 일정을 조정했다.

홀아비가 기념물로 애틋하게 간직하는 찻빛 장미는, 아직 남아 있는 에설플레더의 피를 씻어낸다 하더라도 너무 시들어서 활용할 수가 없었다. 캉트렐은 따라서 일정한 수량의 인위적인 복제품을 만들되 줄기마다 가시가 하나씩 달려 있게 했다.

그러고는 역시 하나씩 사용할 편지봉투를 준비했다. 영원히 얼룩진 그 불행한 날의 편지봉투와 동일해야만 했다. 따라서 일일이 손으로 주소와 이름을 썼다. 적당한 두께와 빳빳함을 위해 각각을 사용할 때마다 흰색 편지지 한 장을 안에 넣고 봉하기로 했다.

편지봉투가 전달되기 이전의 짧은 순간이나마 정신이 온전한 에설플레더를 다시 보게 되어 행복한 앨번은 이때부터 원하는 만큼 되풀이되는 그 광경을 지칠 줄 모르고 바라보았다. 그는 두 명의 단역배우와 함께 자기 역할을 연기했다. 단역배우 가운데 늙은 사람은 카지미르를, 어린 사람은 마부를 대신했다. 전등의 인위적인 빛이 램프를 밝히되, 대낮에 하늘이 맑아서 태양빛이 꾸준하고 넉넉하게 붉은색 지도를 비출 때는 전등 켜는 것을 자제했다. 장면이 시작되기 전에는 매번 둥글납작한 모양의 작고 연약한 피붓빛 가죽조각 한쪽을 에설플레더의 오른손 엄지손가락 첫 마디의 살이 도톰한 부위에 공들여 붙였다. 그리하여 때가 되면 가짜 장미의 가시가 그것을 찔렀고, 이내 피처럼 보이는 붉은색 액체가 흘러나왔다.

조화의 줄기는 씻기가 불가능했으므로 각각의 장미는 한 번씩밖에 사용할 수 없었다. 편지봉투 역시 붉은색으로 물든 다음에는 버려야만 했다.

8. 자살의 이유가 의문으로 남아 있던 프랑수아샤를 코르티에라는 젊은이는 매우 특이한 상황에서 로쿠스 솔루스에 들어왔다.

캉트렐이 시체로부터 얻어낸 행위는 귀중한 자필 고백의 발견으로 이어졌으니, 그것이 그때껏 어둠에 가려져 있던 충격적인 드라마를 명료하게 재구성하게 해주었다.

벌써 오래전에 프랑수아쥘 코르티에라는 문인은 모+ 가까운 곳에 빌라를 샀다. 두 아이, 프랑수아샤를과 리디의 아버지로서 얼마 전에 홀아비가 된 그가 드넓은 정원 한가운데에 외롭게 솟은 그 빌라를 산 것은 조용한 분위기에서만 집중이 가능한 글 쓰는 일에 일 년 내내 매진하기 위해서였다.

눈에 띄게 튀어나온 이마를 자랑스러워했던 프랑수아쥘은 골상학을 찬양했다. 그의 서재에는 해골들이 정렬된 커다란 검은색 선반이 있었고, 그는 그것들의 진기함에 대해 오랜 시간 긴 이야기를 늘어놓을 수 있었다.

1월 어느 날 오후 작가가 일을 시작하려는데 당시 아홉 살이던 리디가 와서는 옆에서 놀게 해달라고 다정하게 부탁하며 창문을 가리켰다. 그 너머에서는 아이를 집안에 묶어두려는 듯 함박눈이 펑펑 쏟아지고 있었다. 리디는 여성 변호사 인형을 들고 있었다. 시대의 변화를 실감하게 해주는 그 장난감은 여성 변호사들이 처음으로 법조계에 등장한 그해 대단한 인기를 끌었다.

프랑수아쥘은 딸을 몹시 사랑했다. 특히 최근 열한 살이 된 프랑수아샤를이 아쉽지만 공부를 위해 어쩔 수 없이 파리에 있는 한 고등학교 기숙사에 들어가면서 그 사랑은 배가되었다.

그는 아이의 뺨에 입을 맞추며 승낙했고, 조용히 있겠다고 약속받는 것을 잊지 않았다.

아버지를 방해하지 않기 위해 리디는 이런저런 것이 놓인

+ 파리 근교 동쪽에 위치한 작은 도시.

커다란 책상 뒤에 가서 바닥에 앉았다. 책상에 기댄 아버지에게는 더이상 딸이 보이지 않았다.

인형을 가지고 소리 없이 놀던 리디는 도자기로 된 인형이 손가락에 전하는 서늘한 느낌에 눈雪을 떠올리고는 측은함을 느꼈다. 아이는 마치 그것이 추위에 몸이 언 사람이나 되는 양 커다란 불이 타오르는 가까운 벽난로 앞에 변호사 인형을 눕혔다.

그런데 열기가 곧 풀을 녹이면서 유리로 된 인형의 두 눈이 거의 동시에 얼굴에서 떨어졌다.

슬픔을 느낀 아이는 인형을 집어들고는 사고의 결과를 자세히 살피기 위해 자기 눈앞에 세웠다.

그러자 검은 선반이 달린 벽을 배경으로 변호사 인형이 뚜렷이 부각되었고, 리디는 진열된 해골들과 분홍빛 인공얼굴의 유사성에 자기도 모르게 문득 놀라고 말았다. 둘 다 눈구멍이 비어 있기에 그렇게 보였던 것이다.

아이는 해골 하나를 집어들었다. 그러고는 새로운 놀이를 발견한 것을 즐거워하며 스스로에게 재미있는 임무를 부여했다. 떠올릴 수 있는 모든 방법을 동원하여 기왕에 포착된 유사성을 완성하는 것이었다.

간소한 복장과 진지한 직무가 요구하는 대로 변호사의 머리는 뒤로 넘겨진 채 아무런 장식 없는 검소한 헤어네트 안에 모여 있었다. 컬을 하거나 쪽을 질 만한 여지도 없는 모습이었다.

용도가 용도인 만큼 너무나도 소박하게 만들어져 세밀함이 결여된, 그리고 빳빳함이 없지 않은 그 가벼운 그물망은 챙 없이 둥근 변호사 모자에서 비어져나와 인형의 맨이마에 닿아 있었다.

자신의 첫 과제는 촘촘하게 교차되는 그 선들을 해골에 그려넣는 것이라고 리디는 생각했다. 동일시의 측면에서 그것은 매우 중요했다. 유사성의 기초가 자리잡은 두 개의 텅 빈 눈구멍으로부터 매우 가까운 자리에 위치했기 때문이다.

가정교사의 지도 아래 자수연습을 해온 어린 소녀는 주머니에 작은 자수용 반짇고리를 갖고 있었다. 아이는 송곳을 꺼내서는 그 끝으로 해골의 이마에 다양한 방향의 가늘고 짧은 선을 손에 힘을 주어 비스듬히 새겼다. 일종의 그물 같은 것이 한 코 한 코 예정한 부분 전체를 메웠다. 불완전한 모양의 그 이상한 지그재그는 어린아이의 서툰 솜씨를 재미있게 드러냈다.

이제 해골에 필요한 것은 변호사의 것과 흡사한 모자였다.

책상 아래에는 오래된 영국신문으로 가득찬 휴지통이 있었다.

호기심 많고 열정적인 정신을 지닌 프랑수아줠은 모든 문학을 원문 텍스트로 연구하길 좋아했다. 그리하여 살아 있거나 죽은 수많은 언어에 대한 그의 연구는 상당한 수준에까지 도달해 있었다.

바로 전달만 해도 그는 거의 매일 『타임스』를 구해다가 읽었다. 그를 열광시키는 사건들에 대한 진지한 기사가 풍부하게 실려 있었기 때문이다.

그때는 던스턴 어셔스트라는 영국인 여행가가 오랜 북극 탐험을 마치고 막 런던으로 돌아온 참이었다. 북쪽으로는 단 한 걸음도 더 나아가지 못했지만 그 탐험은 주목할 만한 것이었으니, 영광스럽게도 몇 군데에서 새로운 땅을 발견한 때문이었다.

예컨대 얼음에 둘러싸인 배를 떠나 빙산 위를 걷던 어셔스트는 그저 되는대로 앞을 향해 나아가다가 그 어떤 지도에도 표시되어 있지 않은 섬 하나를 발견했다.

그런데 그 섬의 해안 가까운 곳에 위치한 작은 언덕 꼭대기에는 쇠로 된 상자 하나가 붉은 깃대 아래 놓여 있었다. 깃대는 다름 아닌 상자의 존재를 알리기 위해 거기 꽂아놓은 것이었다. 억지로 연 상자 안에는 오로지 커다란 양피지 한 장뿐이었는데, 정체를 모를 매우 낡은 그것은 손으로 쓴 이상한 글씨로 뒤덮여 있었다.

영국의 수도에 돌아오자마자 어셔스트는 그 자료를 박학한 언어학자들에게 보여주었고, 이들은 번역을 시도했다.

고대 스칸디나비아어로 되어 있으며 서명과 날짜가 아직도 선명한 그 오래된 문서는 노르웨이의 항해가 군데르센이 작성한 것이었다. 그는 860년경 북극을 향해 떠난 뒤 영영 돌아오지 않았다. 워낙 위도가 높아 다시 그곳에 닿기까지는 수 세기의 노력이 필요했던 섬을 그토록 옛날에 벌써 누군가가 밟고 붉은 깃대를 꽂았다는 사실은 주목할 만한 것이었기에 온 세상이 그 문서에 열광했다. 게다가 지워지다시피 한 부분이 많아 모순적인 해석으로 이어졌던 만큼 문서는 더욱 열렬한 반응을 불러일으켰다.

전 세계의 신문, 그중에서도 특히 영국의 신문들이 이 부조리한 문제에 열심이었다. 『타임스』는 전문가들이 제안하는 여러 버전 외에 심지어 양피지의 구절들을 모사하여 매일매일 제공했는데, 원본 텍스트 모양대로 매우 긴 몇 개의 행이 반 페이지 폭의 기사 제목 아래 배치되고 그 유명한 주제를 변함없이 다룬 세 단의 글이 그 뒤를 잇는 식이었다. 고대 스칸디나비아어와 룬문자에 매우 정통한 프랑수아쥘은 곧 이 일에 열정적인 관심을 갖게 되었다. 그는 충실히 재현한 모사본을 죄다 오려 가까운 곳에 두고는 시간이 날 때마다 들여다보면서 혼동하는 일이 없도록 각 페이지의 뒷면에 자기 견해를 적었다. 그러다보니 이미 인쇄되어 있던 글씨에 잉크로 쓴 그의 글씨가 겹쳐지기도 했다.

그 수수께끼 같은 텍스트는 마침내 완전하게 해독되었고, 사람들은 문제의 북극여행에 대해 자세히 알 수 있게 되었다. 여행은 아주 오래전 옛날에 이루어진 만큼 가히 기적에 가까운 것이었다. 하지만 그 비극적 결말에 대해서는 여전히 의문으로 남아 있었다.

사건이 그렇게 종결되었으므로 프랑수아줼은 그날 아침 서재 정리를 하다가 『타임스』와 오려낸 조각들을 휴지통에 뒤죽박죽으로 처박았다.

리디는 휴지통에서 그 유명한 신문 한 부를 손에 잡히는 대로 집어들었는데, 뜻하지 않게 룬문자가 적힌 조각 세 개가 함께 딸려나왔다. 그것들은 두꺼운 갈피에 반쯤 끼워져 있었다.

온전한 페이지 하나를 뜯어낸 소녀는 가운데를 둥글고 매끈하게 남겨둔 채 그곳과 수직이 되도록 나머지 부분에 주름을 잡았다. 그러고는 반짇고리에서 가위를 꺼내어 적당한 높이로 잘라 변호사 모자를 만들었다.

모자를 완성하는 데 없어서는 안 될 좁은 수직 가두리를 위해 리디는 룬문자가 인쇄된 띠 모양 조각 세 개를 활용했다. 긴 형태로 눈길을 끌었던 그것들은 마치 가위질의 수고를 덜어주기 위해 함께 딸려나온 것만 같았다.

반짇고리에서 꺼낸 골무와 긴 흰색 실이 끼워진 바늘로 무장한 소녀는 나란히 놓은 좁은 종이띠 세 장의 윗부분으로 모자 아래쪽 가장자리를 감싼 뒤 바느질로 꿰매었다. 이때 좁은 띠의 위아래를 소녀는 본능적으로 구별해냈고, 아버지가 주석을 끼적여놓은 쪽이 보이지 않도록 했다.

작업이 끝나자 소녀는 이 허술한 모자를 해골 위에 얹었다. 그리고 그렇게 얻어낸 유사성에 만족감을 느끼면서 카펫 위에

어질러진 것들을 정리하기 시작했다. 반짇고리는 점차 사방에 흩어진 내용물을 거두어들여 다시 주머니 속으로 들어갔고, 잘려나간 신문은 곧 자연스럽게 접혀 휴지통으로 되돌아갔다. 가위로 잘려 바닥에 떨어진, 거추장스럽고 어지럽게 주름잡힌 종이찌꺼기는 불살라버리는 게 더 나을 것 같았다. 짧은 팔 길이를 감안하여 벽난로 차폐막 뒤로 미끄러져들어간 소녀는 벽난로 바닥 한가운데를 정확히 조준하여 불필요한 종이뭉치를 던져넣었다. 잠시 기다리며 불이 잘 붙는지를 확인한 뒤 가볍게 몸을 돌려 뜨거운 곳을 빠져나왔다.

그런데 바로 그 순간, 불길이 오르면서 허공으로 솟구친 타오르는 종이 끝이 벽난로 바깥으로 비스듬히 기울었다. 그것은 마치 수평축에 고정된 경첩에 매달려 아래쪽으로 열리는 여닫이창의 움직임을 흉내내는 것 같았다.

불은 앞쪽으로 튀어나와 리디의 짧은 치마 뒤에 옮겨붙었다. 소녀는 몇 초가 지나서야 겨우 그것을 발견했다. 하지만 그때는 벌써 커다란 불꽃이 소녀를 감싸기 시작하고 있었다.

소녀의 비명에 고개를 든 프랑수아쥘은 납빛이 된 얼굴로 자리에서 일어났다. 그는 최선의 구조수단을 찾아 방안을 훑어보면서 딸을 향해 몸을 던졌다. 자기 몸이 타는 것 따위는 아랑곳하지 않은 채, 그는 두 팔로 딸을 쳐들고는 창가로 달려가 커다란 커튼으로 소녀의 몸을 팽팽하게 감쌌다. 하지만 달리는 바람에 더욱 거세어진 불꽃은, 넓이 나간 눈으로 더욱 빈틈없이 딸의 몸을 감싸기 위해 악착같이 애쓰는 불행한 아버지의 노력에도 불구하고 오랫동안 으르렁댔다.

마침내 불이 꺼지고 침대로 옮겨진 리디는 서둘러 달려온 두 의사로부터 살아날 가망이 없다는 판정을 받았다.

정신착란에 사로잡힌 어린 소녀는 아버지의 다정한 승낙

과 비운의 화재 사이에 자기가 행한 모든 일을 이런저런 설명을 덧붙여가며 쉼없이 이야기했다.

아이는 그날 저녁 숨을 거두었다.

고통으로 넋이 나간 채, 프랑수아쥘은 허술한 변호사 모자를 쓰고 이마에는 자국이 새겨진 해골을 유리구로 덮어 서재 벽난로 위에 소중하게 간수했다. 사랑하는 딸의 마지막 아름다운 순간을 상징하는 그 두 물건은 그에게 값을 매길 수 없는 유물이 되었다.

그 끔찍한 사건이 있은 지 얼마 후에 프랑수아쥘은 또다시 눈물을 흘리며 가장 친한 친구 라울 아파리시오가 죽는 것을 보았다. 그는 일 년 앞서 세상을 떠난 아내에게서 옮은 폐병으로 죽었다. 프랑수아쥘은 고등학교 때부터 그와 형제 같은 우정을 나누어온 터였다.

병 때문에 빚을 져야 했던 아파리시오는 앙드레라는 이름의 딸을 남겼다. 불쌍한 리디와 동갑이자 친한 친구인 그 아이에게 친척이라고는 재산 한푼 없이 아내와 자식들만 둔 아저씨 한 사람뿐이었다.

아직 슬픔에서 헤어나지 못하고 있던 프랑수아쥘은 잃어버린 딸이 돌아왔다는 환상을 품고 살아갈 생각으로 이 가난한 고아를 집에 들였다. 착하고 예쁜 앙드레는 그에게 강렬한 애틋함을 불어넣었다. 천성이 다정한지라 여전히 리디를 생각하며 자주 오열을 터뜨리던 프랑수아샤를도 새로운 누이가 온다는 소식을 듣고 기뻐했다.

세월이 흐르면서 앙드레 아파리시오는 더욱 아름다워졌다. 이제 열여섯 살의 경이로운 소녀가 된 그녀의 몸매는 유연했고 환한 금발은 묵직했으며, 커다랗고 천진한 초록색의 멋진 두 눈이 찬란하게 빛나는 갸름한 얼굴을 장식하고 있었다. 프랑수아쥘은 두려움을 느꼈다. 고아 소녀에 대한 부성애가 모든 것을 집어삼키는 정신 나간 열정으로 바뀌어가는 것을 느꼈기 때문이다.

아무런 혈연관계도 아니었지만 그의 양심은 소녀에 대한 자신의 사랑을 비난했다. 그녀는 자기를 키워준 그를 아버지라고 불렀고, 그는 자신의 새로운 감정을 비밀로 간직했다.

욕망을 다스리면서 그는 앙드레와 같은 지붕 아래 사는 깊은 행복, 즉 매일 그녀를 보고, 그녀가 말하는 소리를 듣고, 아침저녁으로 그녀의 이마에 입을 맞추며 환희로 몸이 휘청거리는 행복을 맛보았다.

열여덟 살이 되자 앙드레의 젊음은 완전히 피어났고, 프랑수아쥘의 동요는 극에 달했다. 이제 더이상 스스로를 억누를 수가 없게 된 그는 즉시 그녀와 결혼을 하기로 마음먹었다.

그가 꿈꾸는 결합을 방해하는 물리적인 걸림돌은 전혀 없었다. 사랑이 없다면 자기를 거두어준 사람에 대한 고마움에서라도 앙드레는 동의할 터였다. 그리고 아마도 가난한 자신에게 유복한 상황이 온다는 것을 알고 행복해할지도 모를 일이었다.

아버지로부터 작가의 재능을 물려받은 프랑수아샤를은 이 당시 아버지와 같은 길을 걷기로 작정하고 문학사 학위를 얻기 위해 온종일 공부했다. 저녁식사를 하고 나면 그는 프랑수아쥘과 앙드레의 곁을 떠나 자기 방에서 혼자 오랫동안 또다시 공부했으며, 그런 다음에는 마지막 기차로 파리에 가서 잠을 잔 뒤 다음날 아침 일찍 도서관으로 갔다가 황혼 무렵이 되어서야 모로 돌아오곤 했다.

그러던 어느 날 저녁 아들이 공부하는 동안 프랑수아쥘은 뛰는 가슴을 안고 말을 더듬다시피 하면서 앙드레에게 이야기했다.

"앙드레… 너도 이제 결혼할 나이가 되었구나… 너한테 한 가지 계획을 이야기해야겠다… 내 인생의 행복을 담은… 하지만, 아!… 모르겠구나… 과연 네가 받아줄지…"

젊은 여인은 얼굴을 붉히며 기쁨에 몸을 떨었다. 그의 말을 오해했던 것이다.

프랑수아샤를과 그녀는 오래전부터 서로 사랑해왔다. 어릴 적부터 방학이면 그들은 함께 놀면서 순수한 입맞춤이 뒤섞인 즐거운 소리로 집과 정원에 활기를 불어넣곤 했다. 좀더 자랐을 때는 서로에게 자기의 꿈을 이야기했고, 함께 읽은 책에 대해 토론했다. 그리고 얼마 전 서로가 서로에게 모든 것이라 느낀 그들은 결혼을 맹세했고, 프랑수아쥘에게 고백할 순간만을 고대하고 있었다. 그들은 그가 감격하며 승낙할 것을 믿어 의심치 않았다.

프랑수아쥘이 자기와 프랑수아샤를의 결혼을 말한다고 생각한 앙드레는 그 자리에서 대답했다.

"아버지, 기뻐하세요. 아버지의 바람이 이루어졌어요. 프랑수아샤를로부터 사랑받고 또 그를 사랑하는 저는 저를 선택해준 그와 결혼하기로 약속했으니까요."

프랑수아쥘은 함께 자란 프랑수아샤를과 앙드레가 서로에게 오빠와 누이의 순결한 사랑만을 갖고 있겠거니 이때껏 아무런 의심도 없이 믿고 있었다.

충격을 받은 그는 아들이 달려오는 것을 보았다. 기쁨에 찬 앙드레가 서둘러 보낸 전갈을 받은 것이었다. 그는 침착함을 잃지 않은 채, 감사를 표하는 행복한 남녀의 말을 들었다.

젊은이는 곧 역으로 떠났고, 자기 방 문턱에서 다시 한번 앙드레의 감사인사를 받은 프랑수아쥘은 혼자가 되자마자 끔찍한 동요에 휩싸였다.

얼굴 윤곽과 거동이 완벽히 닮아 더욱 두드러지는 그 자신의 노쇠와 아들의 압도적인 젊음의 대조는 고통스러운 질투를 격화시켰다.

"그 녀석을 사랑하다니!..." 앙드레를 취하는 프랑수아샤를을 상상하고 이성을 잃은 그는 거친 숨을 몰아쉬었다.

오랜 시간 동안 그는 주먹을 움켜쥐고 낮은 신음소리를 내며 방안을 서성거렸다.

문득 무모한 계획이 그에게 희망을 내비쳤다. 이제 자신과 앙드레 사이에 우뚝 선 아들의 존재에도 불구하고 그는 겸허하게 사랑을 고백하면서 앙드레에게 아내가 되어달라고 애원할 것이다. 그녀의 대답 여하에 어린 시절 은인의 생사가 달려 있다고 말할 것이다. 그러면 그녀는 측은해서라도 동의해줄 것이다...

결심을 굳히자 당장 착수하고픈 억누를 수 없는 욕구가 그를 엄습했다. 아! 이 잔인한 고통에 종지부를 찍어야 해... 빨리... 한시라도 빨리... 그녀의 말 한마디면 나의 지옥은 형용치 못할 지복으로 바뀔 거야!

납빛이 된 험악한 얼굴로 그는 비틀거리며 2층으로 올라가 앙드레의 방에 들어섰다.

방안은 어슴푸레했다. 천사처럼 아름다운 젊은 여인은 맨살이 드러난 목덜미 둘레로 황금빛 머리칼을 펼친 채 잠들어 있었다.

프랑수아쥘이 다가가는 소리에 잠을 깬 그녀가 미소를 지었다.

그러나 시간이 늦었을뿐더러 이 방문 자체가 정상적이지 않다는 사실을 문득 깨달은 그녀는 심한 공포를 느꼈다. 그것은 그의 무서운 표정과 잠을 이루지 못한 사람 특유의 인상에 의해 더욱 배가되었다.

"아버지, 무슨 일이세요?…" 그녀가 물었다. "얼굴이 왜 그렇게 창백하신가요?"

"무슨 일이냐고?" 불행에 빠진 자가 더듬거렸다.

그는 뚝뚝 끊기는 말로 자신의 억누를 수 없는 사랑을 이야기했다.

"내 아내가 되어다오, 앙드레." 그가 두 손을 모으고 말했다. "그러지 않으면… 오!… 죽을 거야, 나… 내가… 네 은인이 말이다."

충격을 받은 불쌍한 여인은 자신이 악몽을 꾸고 있다고 생각했다.

"저는 프랑수아샤를을 사랑해요." 그녀가 중얼거리듯 말했다. "저는 그 사람만을 원해요…"

극도로 예민해진 프랑수아쥘의 감정에 가닿은 이 말은 상처에 갖다댄 벌겋게 단 쇠와도 같았다.

"오! 아니야… 아니야… 그가 아니야… 나야… 나야…" 시선과 몸짓을 다해 애원하며 그가 외쳤다.

그녀는 더욱 단호한 목소리로 반복했다.

"저는 프랑수아샤를을 사랑해요. 저는 그 사람만을 원해요."

그의 귀에 다시 한번 울려퍼진 이 말에 프랑수아쥘은 완전히 이성을 잃고 말았다. 앙드레를 취하는 아들의 끔찍한 모습이 그 어느 때보다 더 선명하게 떠올랐다.

그가 입술을 떨면서 말했다. "아니야… 그가 아니야… 아니야… 아니야… 나야… 나야…" 이 말과 함께, 여인의 맨살이 드러난 목과 얇은 흰색 천 아래 감싸여 있을 우아한 형체에 정신이 나간 그는 그녀를 껴안으려 했다.

불행한 여인이 비명을 질렀다. 하지만 그는 두 손으로 그녀의 목을 움켜쥐고는 무서운 어조로 되풀이했다.

"아니야… 그가 아니야… 나야… 나야…"

오랫동안 쥐고 있던 그의 손이 마침내 풀린 것은 여인이 죽은 다음이었다.

그는 시체를 향해 돌진했다.

⁂

한 시간 뒤 방으로 돌아가면서 비로소 정신을 차린 프랑수아쥘은 자기가 저지른 범죄의 끔찍함에 경악했다. 자신의 우상을 죽였다는 고통스러운 슬픔에 징벌의 두려움, 그리고 최악의 치욕이 자기 이름을 더럽히고 아들에게까지 해를 끼치게 되었다는 고뇌에 찬 생각이 섞여들고 있었다.

그러나 불행한 인간은 다시 침착해졌다. 모든 일이 조용한 가운데 벌어졌으므로 그 어떤 증언도 없을 것이며 자기 사랑을 조금도 발설하지 않은 만큼 흠잡을 데 없는 생활태도로 쉽사리 의심을 피할 수 있으리라고 생각했던 것이다. 매일 아침 여덟 시에 앙드레를 깨우는 하녀가 사고를 알렸고, 프랑수아쥘은 경찰을 불렀다.

사고현장에 대한 신중한 조사 결과 밤 동안 아무도 집안에 들어오지 않았음이 드러났다. 집안에서 잠을 잔 남자는 두 명으로 하나는 프랑수아쥘이고, 다른 하나는 최근에 고용된 티에리 푸크토라는 젊은 하인이었다.

프랑수아쥘은 의심의 여지가 없어 보이는 만큼 티에리가 용의선상에 올랐다. 격렬한 반항에도 불구하고 그는 살인에 이은 강간 혐의로 구속되었다.

급박한 부름을 받고 파리에서 달려온 프랑수아샤를은 자신의 삶을 밝혀주기로 했던 여인의 능욕당한 시신 앞에서 미친 사람처럼 고통으로 울부짖었다.

수사가 계속되었고, 모든 정황이 불리하게 작용하여 티에리는 맹렬한 부인에도 불구하고 중죄 재판소에서 종신징역형에 처해졌다. 그나마도 그 형량은 계획적인 범죄가 아닌 것으로 판단된 결과였다.

모 인근에 사는 정직한 소작인으로 아들의 무고를 확신하는 그의 어머니 파스칼린 푸크토는 떠나는 티에리를 향해 그의 복권만이 자기 삶의 유일한 목표임을 맹세했다.

프랑수아쥘은 자기 대신 수많은 고통을 겪는 불쌍한 죄수 생각에 밤낮으로 후회에 시달리며 초췌해졌다. 그는 수면과 건강을 잃어버렸다. 원래부터 시원찮았던 그의 간은 그때부터 심각하게 상태가 나빠졌고, 채 몇 년이 지나지 않아서 그는 죽음의 문턱에 다다랐다.

가망이 없다고 생각한 그는 참회록을 쓰기로 했다. 그것은 그가 죽은 뒤에 티에리의 누명을 벗겨줄 수 있을 것이었다. 티에리가 겪는 억울한 고통을 그는 한시도 잊은 적이 없었다.

자백이 초래할 재판과 형벌의 두려움 때문에, 그리고 소송의 추악한 스캔들이 프랑수아샤를에게 끼칠 치욕 때문에 그는 사후의 고백을 선택한 것이었다.

장차 드러날 치욕을 당분간은 묻어두기 위해 그는 자신의 글을 확실한 곳에 감추기로 결심했다. 은닉에 사용될 물건은 그 자체가 그의 영광을 나타내면서, 명예로운 특징들을 분명하게 부각시키는 부단한 조작으로만 열려야 했다.

예전에 그가 거둔 가장 큰 성공은 한 시즌 내내 파리에서 공연되었던 경쾌한 희극이었다.

그 작품의 백번째 공연을 기념하는 만찬을 시작할 때 그는 냅킨이 접힌 자리에서 작은 보석함 하나를 발견하고 뚜껑을 열었다. 그 안에는 보석이 박힌 금판으로 만들어졌으며 가로 길이가 세로 길이의 3분의 2쯤 되는, 그날 공연 포스터의 작은 모사본이 들어 있었다. 친구들이 돈을 갹출하여 보석 세공사에게 주문해서 제작한 것이었다. 서로 구별되는 두 색조의 빼곡한 에메랄드 덕분에 연한 초록색 바탕 위로 진한 초록색 텍스트가 선명하게 부각되고 있었다. 자잘한 다이아몬드로 인해 흰색으로 보이는, 서로 다른 크기의 장방형 칸 열세 개에는 배우들의 이름이 적혔는데, 그중 열두 개의 이름은 사파이어를 박아 크고 작은 푸른색 글씨로 되어 있는 반면, 가장 큰 주역배우의 이름은 루비를 여럿 박아 눈에 확 들어오는 붉은색 글씨로 되어 있었다. 그리고 '100회 공연'이라는 마땅히 부러움을 살 문구가 위쪽에서 포스터 전체를 지배하고 있었다.

승리의 날을 기념하는 물건이자 참회록의 은닉처로 선택된 그것이야말로 자신의 추악한 고백을 영광으로 감싸주기에 무엇보다 낫다고 프랑수아쥘은 생각했다.

그의 길고 정확한 설명에 따라 파리의 솜씨 좋은 금은세공사는 우아한 금판의 속을 완전히 비워냄으로써 그것을 극도로 얇은 일종의 상자로 탈바꿈시켰다. 보석이 박힌 윗면은 양쪽에 홈이 팬 뚜껑이 되었고, 주역배우 이름의 루비 가운데 하나를 손톱으로 눌러 특정 시스템을 작동시키면 그 뚜껑이 열렸다.

죄인은 거기에 자기의 끔찍한 고백을 감추기로 했다.

조금씩조금씩 글을 발견하도록 유도하기 위해, 프랑수아쥘은 그것을 오래된 역사적 사건과 부분적으로 연관시키기로 했다.

1347년 저 유명한 칼레의 공략 직후 필리프6세는 여섯 시민의 영웅적 행위를 보상해주고자 했다. 그들은 자발적으로 목에 밧줄을 매고 맨발로 에드워드3세를 향해 나아갔던 이들이었다. 그렇게 죽음을 향해 걸어가 영국왕의 요구를 충족시킴으로써 도시를 파괴에서 구해냈다. 그들이 뜻하지 않은 사면을 얻어낼 수 있었던 것은 필리파 에노가 개입한 덕분이었다.

애초에 귀족의 지위를 하사하려고 했던 필리프6세는 곧 그것이 너무 과하다고 생각했다. 죽음을 각오한 용기는 높이 평가한다 할지라도, 모험은 잘 끝났고 그들은 아무런 피해도 입지 않았기 때문이다.

한데 유복한 형편의 명사들이 보여준 그런 용기에 어울리는 보상은 명예밖에 없었다. 그들이 어떤 금전적인 보상을 노렸다고는 생각할 수 없었기 때문이다.

일종의 절충안으로 왕은 여섯 시민의 평민계급을 그대로 유지하되 몇 가지 귀족의 특권을 부여하기로 했다.

당시 몇몇 명문가에서는 직계의 모든 장남이 대대로 동일한 이름을 이어받았다. 그리고 공식문서에 그 이름을 쓸 때는 철자 중 하나에 언제나 가문을 연상시키는 일정한 형태를 가미했다. 경우에 따라 그것은 수직으로 꽂아놓은 칼 모양의 t이거나 안쪽을 장식해 방패로 탈바꿈한 o였고, 아니면 미묘하게 허물어져 폭풍우의 번개로 변한 z이거나 켜놓은 촛불을 나타내는 i였으며, 그도 아니면 낫이 된 c이거나 불길을 여는 s였다. 해당하는 이름을 보유한 사람은 서명을 하면서 그 장식문자를 재빨리 쓸 줄 알아야 했다. 문장紋章의 다양한 요소에 대한 일종의 보완물이라고 할 그 장식문자는 아주 희귀하고 드높이 평가되는 명예였으니, 이는 속튜닉을 걸친 주교의 손으로 혼인성사를 받는 매우 탁월한 특권으로 이어졌다. 겉에 입는 튜닉보다 과시적으로 더 긴 그 붉은색 옷은 가장 높은 고위 성직자들의 전유물이었다.

이러한 두 가지 제도를 활용하여 왕은 여섯 시민 각각의 주요 이름을 자신의 기분에 따라 부분적으로 장식한 뒤 장자를 통해 계승할 수 있도록 했다. 그리고 속튜닉에 관한 혼인성사의 특권도 부여했다.

한데 그 유명한 여섯 시민 가운데에는 프랑수아퀼의 직계 조상인 프랑수아 코르티에가 있었다. 그는 자기 이름의 세디유가 필리프6세에 의해 굽은 독사로 변한 것을 보았다. 그때 이후로 그의 후손 가운데 모든 장남은 간혹 구별을 위해 추가한 두 번째 이름과 함께 프랑수아François라고 불렸으며 큰 글씨로 서명하면서 첫번째 c의 세디유에 해당 동물의 모양을 더했다. 또 위대한 세기[+] 중반에 그 관습이 폐지되기 전까지 속튜닉을 걸친 주교가 장남의 결혼식을 주관했다.

필리프6세가 보인 예는 이후 그의 후계자들에 의해 모방되었다. 역사 속에서 드높은 행적을 보인 부르주아들은 계급의 변동 없이 귀족적인 특권만을 부여받았다.

루이15세 치하에서 『프랑스 명문가의 문장, 특권 그리고 명예』라는 거대한 저작을 집필한 생마르크 드 로몽은 전체 스물다섯 권 가운데 스물세 권만을 귀족계급에 할애했다. 마지막에서 두번째 권은 특권을 지닌 이름 높은 평민계급을, 마지막 권은 나머지 집안을 다루었다. 저자는 귀족계급을 다룬 권들에는 고급스러운 갈색 종이를 사용하고 평민계급의 경우 사용하지 않음으로써 인쇄에 차이를 두기로 계획했다. 그러나 고심 끝에 그는 마지막 권에만 평범한 흰 종이를 사용했다. 마지막에서 두번째 권도 비싼 종이를 받을 권리가 있다고 생각했던 것이다. 앞의 스물세 권에서 가장 아름다운 모사의 대상이 된 문장의 최고 명문가들은 더 눈에 잘 띄며 보기에도 편리한 종이 앞면을 차지했다. 쪽수는 한쪽 면에만 기입되어 있었고, 각 면의 구별을 위해 앞면과 뒷면이라는 단어를 덧붙였다. 이는 두 카테고리로 분류된 이름들에 우월성과 열등성의 표지를

[+] 루이14세가 통치했던 17세기.

명확하게 부여하는 역할을 했다. 생마르크 드 로몽은 잠시 주저했지만 저작 전체의 통일성을 위해 그 낯선 방식을 평민계급을 다룬 두 권에도 마찬가지로 적용하기로 했다. 그것은 그 방식을 채택한 원래의 의도, 곧 문장 그림의 아름다움에 근거한 미학적 의도에 잘 들어맞지 않는 것이었다. 그럼에도 스물네번째 권은 마지막 권에 대해 완전한 우위를 지켰다. 전자의 뒷면에 등재된 이름들이 후자의 앞면에 등재된 이름들보다 더 빛나는 것이었기 때문이다. 그 중요성, 그리고 필적할 수 없는 연륜 덕분에 코르티에 가문의 두 가지 특권은 조상의 영웅적 행위와 함께 24권 1쪽 앞면에 독립된 문단으로 기록되었다. 책이 출간되었을 때 커다란 자부심을 느낀 코르티에 가문의 수장은 그 방대한 저작 전부를 구입했고, 서가의 한 줄을 온통 차지한 그것은 프랑수아줘에 이르기까지 대대로 정성스럽게 이어졌다.

그토록 유명하고 유서 깊은 집안의 뿌리를 매우 자랑스러워했던 프랑수아줘은 그것을 자신의 치욕에 대한 해독제로 사용하고 싶었다. 이를 위해서는 비밀을 발견하기에 앞서 빛나는 그 문단을 풍부하게 검토할 필요가 있었다. 그는 자기 앞에 책을 펼쳐놓고는 낱장으로 된 종이 위에 다음과 같은 명징한 문구를 적었다. 그러면서 특별히 영예로운 두 단어를 강조하는 것을 잊지 않았다.

"생마르크 드 로몽의 저작에서 평민계급을 다룬, 진갈색 종이로 된 책을 꺼내어 1쪽 앞면을 펼친 뒤 코르티에를 다룬 문단에서 17-30-43-51-74-102-120-173-219-250-303-348-360-412번째 철자를 뽑아낼 것."

기념하여 마땅한 영광스러운 텍스트의 가장 두드러진 구절에서 빌린 그 철자들을 나란히 적으면 "루비로 된 주역배우 이름"이라는, 의미가 아주 분명한 짧은 어구가 되었다. 그것은 보석 포스터의 도발적인 붉은색 이름을 집요하게 살피도록 유도할 것이며 그 결과 장치를 작동시키는 루비를, 나아가 참회록의 은닉처를 발견하게 할 것이다.

프랑수아쥘은 작동의 시발점을 커다란 자줏빛 이름에 위치시켜달라고 금은 세공사에게 주문했다. 여타의 이름들과는 다른 색깔인데다가 지배적인 위치를 점한 만큼 간결하면서도 애매함 없이 지시하기에 용이했기 때문이다.

하지만 프랑수아쥘은 비밀의 발견과 함께 드러날 자신의 치욕을 문구 자체가 완화시켜주길 바랐다. 그러기 위해서는 그를 명백하게 옹호해줄 만한 물건의 개입이 필요했다. 그것은 이마의 이상한 표시와 종이로 된 가벼운 변호사 모자가 그의 딸 리디의 마지막 움직임을 그토록 비극적인 방식으로 상기시켜주는 유리구 속 해골이었다.

그 유물을 마치 아이처럼 경건하게 보호했다는 사실은 감탄해 마지않을 감동적인 부성애를 드러내는 한편 사람들의 연민을 부르지 않겠는가?

가슴 아픈 기억을 더듬다가 그는 이상한 변호사 모자와 이마의 그물무늬를 동시에 문구의 발견에 개입시킬 방도를 찾아냈다. 그의 의도를 고려할 때, 리디가 만든 그것들은 다른 무엇보다 더 큰 주의를 끌 수밖에 없었다.

그물무늬와 변호사 모자를 연결시키겠다는 그의 강박은 곧 뼈 위에 서투르게 새긴 그물코와 임시변통으로 만든 모자의 수직 가두리를 장식한 룬문자 사이에서 일종의 유사성을 지각하게 했다.

이런 사실에 영감을 받은 프랑수아쥘은 유리구를 치우고는 해골을 자기 앞으로 가져왔다. 그는 끝은 끌, 날은 긁개 역할을 하는 칼을 집어들고는 거친 그물코를 고치는 작업에 열중했다. 어떤 곳은 추가하고 어떤 곳은 지우되 원래 있는 것을 가능한 한 살리려고 하면서 그는 해골의 이마에 문구를 기입했다. 프랑스어 구문은 그대로 유지하되 룬문자로 적힌 그 문구는 글자가 이리저리 기울거나 모양이 변하고 다닥다닥 붙어 있었지만 읽는 데는 별문제가 없었다. 이미 태워버린 원본에서 강조된 두 단어는 앞뒤로 교묘하게 꺾쇠가 붙었으며 룬문자에는 숫자가 존재하지 않는 만큼 쪽수는 모두 철자로 표기되었다. 작업이 끝났을 때 아직 몇 개의 그물코가 남아 있었지만, 그것은 쓸모없는 상태로 두는 수밖에 다른 도리가 없었다.

언제나처럼 변호사 모자를 쓴 채 원래의 자리로 되돌아간 해골은 또다시 유리구를 뒤집어썼다. 이마의 표시는 전반적으로 헐거워진 그물의 양상을 유지한 채 인접한 종이 위의 룬문자와 상당한 유사성을 보여주었다. 장차 주의를 일깨우기에, 따라서 죄를 지은 인간의 양심에 휴식을 주기에 충분할 정도의 유사성이었다. 그러나 동시에 흉측한 비밀이 혹시 영원히 발각되지 않은 채 남아 있을지도 모른다는 안온한 생각 또한 들게 했다.

프랑수아쥘은 가늘고 빽빽한 글씨로 몇 페이지에 걸쳐 참회록을 썼다. 사용한 종이는 콜롱보필로, 비둘기를 이용하여 메시지를 전할 때 쓰는 극도로 얇은 종이였다. 그는 모든 것을 시초부터 사실 그대로 이야기했으며, 그의 글을 발견하기에 앞서 거쳐야 하는 의아한 단계들의 존재 이유 또한 설명했다. 이어 종이를 잘 접어서 보석이 박힌 비좁은 황금 은닉처에 넣었다.

벌써 오래전부터 변변찮은 음식밖에 감당해내지 못하던 프랑수아쥘은 극도로 쇠약해진 나머지 몸져눕고 말았다. 그는 서재를 잠근 열쇠를 가까운 곳에 간수했다. 해골의 수정된 이마가 때 이른 주목의 대상이 되어 그가 죽기도 전에 비밀이 드러나는 일을 막기 위해서였다. 그는 이 주 뒤에 죽었다.

사람이 죽으면 으레 그렇듯 유품을 정리할 시간이 찾아왔다. 어느 날 저녁식사를 마치고 아버지의 서재에 들어간 프랑수아샤를은 책상에 앉아 거기 복잡하게 널린 문서들을 하나하나 살펴보기 시작했다.

꼬박 두 시간 동안 문서를 정리하고 난 그는 잠깐 쉬기로 하고는 담배를 입에 문 채 불을 붙이기 위해 벽난로 위에 놓인 열린 성냥갑을 향해 걸어갔다. 그는 첫 연기를 내뿜으며 성냥을 흔들어 불을 끈 뒤 재 속에 던졌다. 이 순간 그의 시선이 변호사 모자를 쓴 해골에 무심히 가닿았다. 그것은 천장 한가운데 매달린 전등으로 환하게 밝혀져 있었다.

어려서부터 눈에 익숙한 물건이 조금만 달라져도 기가 막히게 알아차리던 프랑수아샤를은 문득 이마의 표시에 주의가 끌리는 것을 느꼈다. 예전에는 별다른 의미가 없던 그것이 이제 일련의 이상한 기호를 이루고 있었다. 그는 그것이 종이로 만든 모자 가두리의 기호와 유사하다는 사실을 곧 깨달았다.

궁금함을 느낀 그는 유리덮개를 옆으로 들어낸 뒤 변호사 모자를 쓴 해골을 들고 책상에 가 앉았다. 거기서 더 편하고 가깝게 이마를 들여다보면서 그는 미묘한 변형의 결과 그물무늬가 몇 줄의 룬 텍스트를 이루게 되었음을 깨달았다.

자신이 애도하는 존재가 남긴 어떤 비밀의 길목에 서 있다고 생각한 프랑수아샤를은 조급한 궁금증을 느꼈다. 하지만 거기에는 아무런 두려움도 섞여 있지 않았다. 그가 보기에 아버지는 언제나 명예와 강직함의 화신이었기 때문이다.

깊은 학식의 소유자로서 룬문자를 잘 알고 있던 그는 신비의 언술을 얼른 프랑스어 철자로 변환하여 책상을 장식한 석반에 흰색 연필로 썼다. 그러면서 꺾쇠로 주의를 환기시키는 두 단어는 눈에 잘 띄는 대문자로 적었다. 이어서 그는 벽난로 옆의 커다란 서가로 다가가 지시된 책을 뽑아들었다. 그러고는 다시 책상에 앉아 코르티에를 다룬 문단에서 지정된 철자를 골라 “루비로 된 주역배우 이름”이라는 짧은 문구를 얻어내어 석반 아래쪽에 기입했다.

보석 포스터가 그의 눈앞에서 빛나고 있었다. 열린 보석함 안에 누운 그것은 늘 프랑수아쥘의 책상을 장식해오던 물건이었다.

그는 그것을 집어들었다. 그런 다음 손이 닿는 곳에서 펜들과 연필들 사이에 뒤섞여 뒹구는 돋보기를 이용하여 눈에 두드러지는 붉은색 이름을 자세히 살폈다.

마침내 그는 금판의 루비 중 하나를 가까이에서 둥글게 감싼 미세한 틈을 발견했다. 손톱 끝으로 가볍게 누르자 루비는 아래쪽으로 내려갔다가 원래의 위치로 다시 올라왔다.

이제 돋보기를 내려놓은 그는 얼마간의 암중모색을 통해 나머지 단계를 통과했다. 이윽고 금판이 부드럽게 열리면서 그 내용물을 드러냈다.

아버지의 필체를 보고 강한 관심이 생긴 프랑수아샤를은 다 피운 담배를 멀찌감치 벽난로 바닥에 던지고는 그 잔인한 고백을 읽기 시작했다.

그의 얼굴이 점차 일그러지며 손발이 떨렸다. 그의 소중한 친구이자 애인을 아버지가 사랑하고 죽이고 강간하다니!...

읽기를 마친 그는 얼빠진 상태가 되었다.

그러다가 지옥 같은 고뇌가 그를 사로잡았다. 살인자의 아들! 이 말이 그의 이마에 낙인을 찍는 것 같았다.

치욕을 견딜 수 없다고 생각한 그는 그날 밤 당장 죽기로 결심했다.

하지만 참회록은 어찌한단 말인가? 자신이 발견한 그 문서를 세상에 알리면 아버지를 고발한 인간이 된다. 반면에 그것을 파괴하면 무고한 사람에게 내려진 형벌을 항구화하게 된다. 이러거나 저러거나 프랑수아샤를은 추악한 역할을 피할 수 없을 것 같았다.

그에게 남은 유일한 길은 모든 것을 다시 제자리로 되돌려 놓는 것이었다. 그렇듯 수동적인 태도를 취한다면 아버지로부터 전달받은 우연의 묶은 비밀의 발견을 관장하는 역할을 고스란히 되찾지 않겠는가. 다양한 명예의 방어벽이 그것을 덮어줄 것이다. 이렇게 생각하자 극심한 고통에 빠진 마음이 얼마간 누그러졌다.

양심의 가책을 느낀 프랑수아샤를은 언젠가는 자신의 행위가 알려지고 심판받기를 바랐다. 그는 참회록 뒤에 남은 반 페이지 분량의 여백에 먼저 그 끔찍한 저녁의 일을 기록한 뒤 아버지의 고백을 다시 감추고 자살하겠다는 계획과 함께 그 이유를 적었다.

그렇게 보충된 문서는 다시 보석 포스터 속으로 들어갔고 그 위로 뚜껑이 닫혔다. 보석 포스터는 보석함의 벨벳천 위로 되돌아갔다.

프랑수아샤를은 생마르크 드 로몽의 책을 서가에 꽂고 석반을 지웠다. 또한 가벼운 종이모자를 쓴 해골을 벽난로 위에 놓고는 그 위에 유리구를 덮는 것도 잊지 않았다.

집이 외딴곳에 위치한 만큼 신중함을 기하기 위해 항상 몸에 지니고 다니던 장전된 총을 주머니에서 꺼낸 뒤 그는 조끼를 열어 심장을 향해 방아쇠를 당기고 쓰러졌다. 총소리에 사람들이 달려왔다.

다음날 그 소식은 인근으로 떠들썩하게 퍼져나갔다.

아들의 복권에 노심초사 매달리던 파스칼린 푸크토는 앙

드레의 살해와 아무도 설명할 수 없는 그 자살 사이에 모종의 관계가 있지 않을까 의심했다.

캉트렐이 죽은 사람들로부터 무엇을 얻어냈는지 신문기사를 통해 잘 알고 있던 그녀는 프랑수아샤를이 인위적으로 소생된다면 당연히 그 어떤 순간보다 결정적인 순간, 곧 한 사실이 그로 하여금 스스로를 파괴하도록 자극한 순간, 아마도 티에리의 무죄를 입증해줄 요소들을 담고 있는 순간을 다시 살 것이라고 생각했다.

자기 생각을 언론에 발표하는 등 열띤 노력을 기울인 끝에 그녀는 수사를 보완하는 차원에서 프랑수아샤를의 시체를 폐쇄된 모의 집으로부터 로쿠스 솔루스로 이송한다는 사법당국의 결정을 얻어냈다. 푸크토 사건에 대해 혹시라도 재심이 이루어지고 스캔들이 일어날까봐 걱정하던 가까운 친척들이 반대했지만 소용없는 일이었다.

캉트렐에 의해 모든 게 준비된 프랑수아샤를이 다시 태어나기 위해 선택한 순간은 갑자기 쓰러지는 마지막 비극적 몸짓이 암시하듯 생애 최후의 순간이었다. 그의 태도가 입증하는바 그 순간 그는 혼자였다. 이 사실이 문제의 순간을 완벽하게 재구성하는 일을 어렵게 만들었다. 직접적인 정보의 출처가 될 말을 들을 가능성이 없는데다가, 너무나도 당연한 사실이지만 자살한 사람이 사후에 누군가에게 사건의 자초지종을 이야기했을 리 만무하기 때문이다.

시체를 발견한 사람들로부터 그 의아한 사건이 일어난 정확한 자리를 별 어려움 없이 알아낸 캉트렐은 죽은 사람의 모든 발걸음과 움직임을 수학적으로 계산해 모에 있는 집으로 갔다. 경찰이 그에게 문을 열어주었다.

서재에 들어간 그는 계산과 약간의 추리를 통해 프랑수아샤를이 먼저 벽난로를 향해 걸어갔고, 거기서 변호사-해골을 집어들었다는 사실을 알게 되었다.

해골에 주의가 끌린 캉트렐은 곧 변호사 모자 가두리의 기호들을 보았고, 그것이 해골 이마의 기호와 이상하리만치 유사하다는 사실을 알아보았다. 방대한 학식을 지닌 그는 룬문자를 잘 알던 터였다.

유리구를 들어내고 가까이에서 살펴본 그는 해골 표면에 그어놓은 금들이 과연 룬문자임을 확인했다. 수첩에 프랑스어 철자로 옮겨 적자, 곧 명확한 길잡이 문구가 눈 아래 나타났다.

세밀하게 작성한 노트를 쉼없이 들여다보면서 시체의 수수께끼 같은 몸짓을 파악한 캉트렐은 프랑수아샤를과 같은 단계를 거쳐 마침내 참회록에 도달했다. 그는 기뻐하는 파스칼린 푸크토에게 아버지의 긴 고백과 아들의 음울한 추신을 읽어준 뒤 그것을 경찰에 넘겼다.

티에리는 감옥에서 나왔다. 요식행위에 불과한 재심은 간단하게 끝났다. 그는 빛나는 얼굴로 자유와 명예를 되찾았다.

프랑수아샤를을 인위적으로 소생시켜준 캉트렐에게 파스칼린은 어떤 감사의 말을 해야 할지 몰랐다. 그가 소생되지 않았더라면 억울한 아들의 복권을 향한 유일한 문이었던 해골의 룬문자는 아마도 오랫동안, 혹은 영영 눈에 띄지 않았을지도 몰랐다.

피를 나눈 이가 저지른 그 역겨운 범죄에 관련된 것이라면 무엇이든 끔찍하게 생각하던 친척들은 비록 상속자이긴 하지만 캉트렐에게 살인자의 아들의 시체를 요구하지 않았을뿐더러 모의 빌라에 있는 모든 것을 경매에 넘겼다. 그리고 낡아서 더이상 아까울 것이 없는 빌라는 싹 밀어버렸다.

프랑수아샤를의 생애에서 가장 두드러진 순간인 만큼 선

택의 대상이 되었던 그 장면을 완성하기 위해 캉트렐은 프랑수아쥘의 서재를 채운 거의 모든 내용물을 경매에서 샀고 냉각실 안에 문제의 장소를 재구성했다.

한 신문이 전문을 게재한 모사본에 따라 그는 글씨체와 서명을 모방하여 끔찍한 참회록을 베껴 쓰게 했다. 종이는 콜롱보필을 사용하되 추신은 쓰지 않도록 했다. 그는 그것을 보석 포스터 안에 넣었다. 또한 계속적인 사용을 위해 마지막 페이지는 여러 장 만들게 했다. 매번 아무것도 쓰이지 않은 반 페이지를 죽은 사람이 채울 수 있도록 하기 위해서였다.

이후로 캉트렐은 파스칼린과 티에리의 요청에 따라 죽은 프랑수아샤를이 몇 번에 걸쳐 그 극적인 마지막 저녁을 다시 살도록 했다. 두 사람은, 어쨌거나 그들에게 행복을 가져다준 장면을 지칠 줄 모르고 바라보았다. 매번 공포탄을 장전하여 사용한 권총은 프랑수아샤를이 사용했던 바로 그 숙명적인 권총이었다.

모피로 몸을 감싼 캉트렐의 조수가 여덟 명의 죽은 사람에게 비탈륨 막대를 집어넣거나 빼는 일을 계속했고, 필요한 경우 한 사람의 움직임을 정지시키기 조금 전에 다른 한 사람을 소생시킴으로써 장면들이 끊김 없이 연속되도록 했다.

제5장

우리가 선생의 말에 귀를 기울이고 있는 동안 황혼이 찾아왔다. 선생은 이제 우리를 가파른 오솔길로 이끌었다.

십 분쯤 올라간 우리는 돌로 된 작은 건물에 이르렀다. 높은 곳에서 거대한 숲을 내려다보는 그 건물의 전면은 닫힌 문두 짝이 전부였는데, 잔뜩 녹이 슨 그 철문에는 순금경첩이 달려 있었다. 안에서는 달리 문도 창도 없이 간소한 가구만 갖춘 넓은 방 하나가 나왔다.

이젤 위에 놓인 미완성 유화에는 빛의 몸을 지닌 여인의 모습이 나타나 있었다. 희미한 지평선 뒤에서 끝에 날개가 달린 한 다발의 끈이 새벽의 알레고리가 분명한 그녀를 이끌고 있었다.

간단한 설명과 함께 캉트렐은 방 한가운데에 있는 루시우스 에그루아자르라는 남자를 우리에게 가리켜 보였다. 그는 한살 된 딸이 지그춤을 추는 살인자 무리에 짓밟혀 죽는 광경을 보고 미쳤고, 몇 주 전부터 로쿠스 솔루스에서 치료를 받고 있다고 했다.

방 안쪽에는 관리인이 꼼짝 않고 서 있었다.

머리가 벗어진 루시우스는 대리석 테이블 끝에 왼쪽 옆모습을 보이며 앉아 있었다. 테이블 위에는 일종의 난로 같은 것이 우리를 향하고 있었고 돌출부 없는 장작 받침대 두 개가 딸려 있었다. 뜨거운 숯을 채운 정사각형 철판 가장자리에 나란히 고정한 그것들의 길이는 철판을 넘어서지 않았다.

광인은 장작 받침대 위로 길이 1미터에 너비는 그 절반쯤 되는 회색 천을 덮고는 직접적인 열기를 피하면서 천 양끝을 철판 아래로 밀어넣었다. 그는 우리를 기준으로 앞뒤 끄트머리가 좁은 여백을 이루며 비스듬히 떨어지고 윗면이 팽팽해질 때까지 천의 끝을 당겼다.

몇 센티미터쯤 되는 키에 모양과 색채가 경이로운, 동물의 창자로 만든 인형 열두 개가 테이블 한쪽 구석에 놓여 있었다. 한 떼의 음산한 부랑자처럼 보이는 인형들을 루시우스는 미세하고 촘촘한 수많은 구멍을 통해 뜨거운 공기가 스며나오는 정사각형 천 위로 옮겨놓았다. 쉽사리 튀어오르는 그것들은 발에 넣은 무거운 추 덕분에 위아래가 뒤집히지 않았는데, 일종의 체 구실을 하는 천 위에서 광인의 변덕에 따라 움직이는 손가락들로 인해 이리저리 움직였다. 등이나 배를 스치며 축을 멀찌감치 옮겨놓는 수직기류에 영향을 받은 인형들은 앞으로 나오거나 아래로 꺼지며 뒤로 물러났고, 그러다가 아래쪽에 가로막는 게 아무것도 없으면 지그춤을 추듯 날렵하게 껑충대며 다시 원래의 자리로 튀어올랐다. 아무런 방해요소 없이 손이나 팔꿈치 등 돌출한 신체 부위를 감싸며 스치는 기류의 작용으로 선 자리에서 빙빙 도는 인형들도 있었다.

여섯씩 두 줄로 마주보고 선 가벼운 인형들(그중 우리와 가까운 줄에 속한 것들은 우리에게 등을 보이고 있었다)은 '로저 드 코벌리 경卿'이라는 이름으로 잘 알려진 활기찬 지그를 고전적인 방식으로 추었다. 루시우스는 혼자서 천 위로 손가락을 움직이며 모든 것을 조작했다. 그는 인내하며 연습한 결과 뛰어난 명장이 되어 천을 마치 섬세한 건반처럼 사용했다.

두 춤꾼이 대각선 양쪽 끝에서 출발하여 서로를 향해 껑충껑충 나아가다가 부딪치기 직전 뒷걸음질치며 원래의 자리로 돌아갔다. 그러자 이번에는 다른 대각선 양끝에 자리잡고 있던 두 춤꾼이 즉각 동일한 움직임을 흉내냈다. 이렇게 교차되는 움직임은 몇 번이고 계속되었다. 움직임 각각은 춤꾼들이 중간에서 만날 때 둘씩 회전하는 방식에 따라 서로 구별되었다. 루시우스는 천 위로 두 손을 비스듬히 문질러대며 움직이지 않는 인형들을 지탱하는 기류를 차단하지 않기 위해 손목을 바짝 구부렸다.

이어서 광인은 가장 멀리 떨어진 곳에서 마주보고 있던 두 쌍을 그가 있는 곳까지 움직이게 했다. 그러고는 그들을 둘씩 짝지워 카드리유⁺ 대형의 중앙선에서 한 번은 같은 줄에 속한 춤꾼과, 그다음에는 맞은편 줄에 속한 춤꾼과 함께 빙빙 돌게 했다. 물론 한 번 돌 때마다 그들과 광인 사이의 거리는 조금씩 가까워졌다. 그리고 그런 다음에는 모든 게 처음부터 다시 시작되곤 했다.

춤은 그렇게 계속되었다. 이어지는 대형은 언제나 먼젓번 대형을 따르는 까닭에 춤이 계속 이어지는 가운데 열두 개의 인형 각각은 번갈아가며 꼭짓점 자리를 차지하는 특권을 누릴 수 있었다.

서투름이라고는 찾아볼 수 없는 확실한 재주를 이용해 루시우스는 마루판이 아님에도 지그춤에 강렬한 생기를 불어넣을 수 있었다. 처음에 차분했던 춤의 속도는 점점 빨라지고 맹렬해졌다.

갑자기 춤이 그쳤다. 루시우스가 천에서 손을 거두자 춤꾼들은 목적 없이 흔들렸다. 눈에 두려움이 가득한 그는 험악한 표정으로 우리 쪽을 향해 몸을 돌렸으나 우리를 보지는 않았다.

⁺ 여덟 사람이 둘씩 짝지어 사각형의 꼭짓점에 서서 대각선 건너편의 상대를 마주보고 추는 춤.

캉트렐은 그가 환각적인 반사작용을 보여주는 이상한 머리카락 발작을 겪으려는 참이라고 알려주었다. 그것은 잔인한 강박에 어쩔 수 없이 굴복하여 방금 스스로에게 제공한 끔찍한 광경에 기인한 것이었다.

공포의 지배 아래, 광인의 벗어진 머리 양옆 숱이 많은 부분 가장자리에서 각각 여섯 가닥의 머리카락이 곤두서더니 스스로 솟구쳐서는 이 모공에서 저 모공으로 이동했다. 세포조직 깊은 곳의 이완에 의해 뿌리가 뽑힌 머리카락들을 모공이 위쪽 입구 가장자리를 오므려 공중으로 솟아오르게 하는 것 같았다. 각 머리카락은 수직상태를 유지하면서 미세한 궤도를 그린 뒤 그것을 받기 위해 입구를 벌린 다른 모공으로 떨어졌다. 그러면 그 모공은 새로운 안식처로 떨어진 머리카락을 받자마자 방출하여 다른 곳으로 솟구치게 했다.

연속적인 점프 끝에 곧 빛나는 머리 꼭대기에서 평행을 이루며 똑같은 길이의 두 줄로 마주보고 선 머리카락 열두 가닥은 저희의 운동방식에 따라 자발적으로 지그춤을 추었다. 그것은 창자로 만든 인형들이 추던 것과 동일한 춤이었다. 카드리유 대형의 꼭짓점을 점유한 네 가닥의 머리카락은 인형들과 마찬가지로 번갈아가며 대각선을 절반쯤 가로질렀는데, 처음에는 움직임이 단순했지만 나중에는 중앙의 다양한 회전이 추가되었다. 두번째 대형에서 또한 마찬가지로 마주보는 두 쌍의 머리카락은 물결치듯 오르내리며 카드리유의 한쪽 끝에서 다른 쪽 끝까지 나아갔다.

고통으로 일그러진 루시우스는 억제할 수 없는 경련에 자극받은 신경증 환자와도 흡사한 모습이었다. 그는 추악한 곡예를 멈추게 하려는 듯 손을 머리로 가져갔으나 일종의 공포 때문에 차마 만지지는 못했다. 그의 의지와는 상관없이 머리카락이 마음껏 껑충대며 지그춤은 집요하게 계속되었고, 열두 가닥의 머리카락은 번갈아 주요 자리 네 곳을 차지했다. 캉트렐은 정신적 충격에 따르는 강박의 반사적 효과가 해부학적으로 얼마나 대단한 사실을 드러내는지 우리에게 낮은 목소리로 이야기해주었다.

가벼운 인형들과 마찬가지로 춤은 내내 완벽하고 정확하게 속도를 높이며 맹렬해졌고, 그 저주받은 춤을 고통 속에서 의식하고 있던 루시우스는 발작적으로 전율하며 고뇌의 신음을 내질렀다.

날카로운 절정의 순간이 지나자 발작은 마침내 수그러드는 것 같았다. 광인이 다시 진정을 되찾는 동안 머리카락들은 숱이 많은 양쪽 끄트머리의 원래 자리로 되돌아가 박힌 뒤 정상적인 모습으로 내려앉았다. 루시우스는 손으로 얼굴을 감싼 채 긴 오열을 터뜨렸다. 긴장이 풀리며 쏟아진 눈물이었다.

곧 빛나는 미소를 지으며 자리에서 일어난 그는 왼쪽으로 몇 걸음 걸어가 측면 벽 앞의 커다란 테이블에 가 앉았다. 거기에는 마개 없는 크리스털병 몇 개가 놓였고, 각각에 담긴 무색의 용액에는 붓이 꽂혀 있었다. 그 옆으로는 미리 잘라놓은 천조각이 여럿 있는데, 크기로 볼 때 배내옷의 다양한 요소를 만들기 위한 것임이 분명했다.

그는 주머니에서 흰 막대를 꺼내어 테이블의 보이지 않는 구멍에 수직으로 꽂았다. 길이가 10센티미터 정도 되는 그것은 바느질용 실처럼 가늘되 강철처럼 단단해 보였다.

그는 붓 하나로 막대의 위쪽 끝을 적셨다. 그러고는 마주 붙인 두 천조각의 가장자리를 한 손으로는 아래쪽을, 다른 손으로는 위쪽을 붙잡아 지체 없이 수직으로 얹었다.

그러자 단단한 실이 별안간 가느다란 파라오의 뱀[+]처럼 빠르고 촘촘하게 굽이치며 저절로 늘어나기 시작했고, 겹쳐진 천을 앞뒤에서 연속적으로 쉼없이 꿰어댔다. 그렇게 그것은 아래쪽에서 위쪽으로 능숙하고 완벽한 바느질, 곧 경이로운 홈질을 채 일 초도 안 되는 사이에 모두 끝냈다. 그 기이한 과정이 끝나자 루시우스는 실을 끊었다. 천에 물린 실은 양쪽 끝에서 매듭을 연상시키는 작은 구를 스스로 만들어 표면에 붙었고 그 즉시 천은 완벽한 매끈함을 되찾았다.

캉트렐은 용액에 적신 미세한 부분을 제외하고 남은 흰 막대를 우리에게 보여주었다. 방금 보았듯이 특수한 화학적 속성을 지닌 무색 액체는 불꽃 없는 연소를 일으켰고, 이 연소가 용액에 적신 막대를 불화살로 바꾸어놓은 터였다.

루시우스는 다른 병의 붓으로 막대의 새로운 끝부분을 적신 뒤 진행중인 일감의 한쪽 가두리를 접어 그 위에 세웠다.

촘촘한 나선형으로 빠르게 올라가는 흰색의 불화살은 천 한 겹과 두 겹을 번갈아 관통하며 공그르기를 했다.

실이 끊어지자 두 개의 매듭이 나타났고, 이음매는 매끈해졌다.

선생은 우리를 광인의 쾌활한 열의에 주목하게 했다. 충격을 받아 머리가 이상해진 나머지 딸이 곧 태어날 것으로 믿고 조급히 아이의 배내옷을 만들고 있다는 것이었다. 모두 제각각인 무색의 용액은 고유의 불화살을 생성했고, 각각의 불화살은 유리병의 라벨에 적힌 바느질을 수행해냈다.

비교적 복잡함에도 불구하고 번개처럼 빠른 다음번 불화살은 세번째 붓으로 만들어졌다. 그것은 온박음질을 수행했는데, 계속해서 아래쪽으로 내려가면서 두 겹 천에 이미 나 있는

+ 불을 붙이면 뱀처럼 구불구불 늘어나는 폭죽.

마지막 구멍 바로 아래를 관통한 뒤 즉각 위쪽으로 다시 올라가 그보다 높은 지점에 구멍을 뚫는 식이었다.

거의 유사한 네번째 불화살은 아직 사용하지 않은 용액에 의한 것으로, 주어진 천에 반박음질을 했다. 아래쪽으로 내려가면서 마주친 첫번째 구멍을 관통한 뒤 다시 그 두 배의 길이만큼 위쪽으로 돌아 올라가 거기 나 있는 구멍을 통과하는 식이었다.

새로운 병의 용액에 의한 다섯번째 불화살은 감침질을 하여, 정확하게 서로 맞붙여놓은 천의 두 가장자리가 이룬 바깥선을 꽤 넓은 나선을 그리며 비스듬히 막아 빈틈이 보이지 않도록 했다.

이번에도 매듭 두 개가 만들어지면서 천이 매끈해지는 현상이 어김없이 일어났다.

매번 틀림없는 눈대중으로 미묘한 차이를 관찰해가면서 루시우스는 막대 위쪽의 미세한 부분을 적셨다. 그 면적은 불화살이 구멍을 뚫으며 주파할 거리를 비율로 계산하여 얻어낸 것이었다.

여섯번째 병의 용액으로 만들어진 불화살은 천 위에 헤링본스티치를 행했다. 그 경이로운 지그재그는 커다란 폭발음과 함께 매우 크게 요동치며 혼란스럽게 공중으로 솟아오르는, 고생은 했으나 결과는 신통찮은 광적인 불꽃놀이를 연상시켰다. 아닌 게 아니라 모든 불화살이 수많은 곡선과 나선, 그리고 점선을 그리는 복잡한 폭죽을 극도로 축소시켜놓은 것 같았다.

순식간에 이루어지는 각각의 바느질은 그 방법이 얼마나 압도적으로 탁월한지를 잘 드러내었다. 아마도 직공 한 명이 최고의 재봉틀로 하루에 할 수 있는 일의 백 배는 가능하게 해줄 것이었다.

유리병 여섯 개를 활용하여 한동안 작업을 계속하고 나서 피로를 느낀 루시우스는 이제 매우 짧아진 흰 막대를 앞에 두고 일을 멈추었다.

그는 우연히 고개를 돌리다가 처음으로 우리를 본 것 같았다. 그가 우리를 향해 걸어오더니 쇠창살 너머로 짧게 말했다.

"노래해주세요."

선생은 즉각 우리 일행에 섞여 있던 가수 말비나에게 광인의 변덕이 만족을 느낄 수 있도록 오페라의 한 소절을 불러달라고 청했다. 최근에 성서 내용을 바탕으로 작곡된 오페라 〈아비멜렉〉에서 절친한 친구 역을 맡았던 말비나는 거의 가장 높은 음역에서 "오 레베카…" 하며 노래를 시작했다.

루시우스는 노래를 갑작스레 중단시키더니 같은 구절을 오랫동안 반복하게 했다. 그는 특히 마지막 음정의 매우 맑은 떨림에 귀를 기울였다.

노래를 듣고 난 그가 오른쪽으로 가서는 조그만 원탁 앞에 우리를 마주보고 앉았다. 거기에는 다음과 같이 다양한 물건이 놓여 있었다.

1. 현재 불이 켜져 있지 않은 램프.

2. 놀랍도록 가느다란 금바늘이 달린 좁은 송곳.

3. 돼지비계로 된 몇 센티미터 길이의 자. 한쪽은 숫자를 매긴 굵은 눈금에 의해 여섯으로 나뉘어 있었고, 각 부분은 다시 더 가늘고 더 짧은 눈금으로 표시된 열두 부분으로 나뉘었다. 눈금과 숫자의 강렬한 붉은빛은 비계의 희끄무레한 회색과 선명하게 대비되었다. 섬세하게 제작된 그 도구는 6피에 72푸스⁺의 눈금이 표시된 옛날의 신장측정기를 작게 축소해놓은 것이었다.

4. 굳힌 밀랍으로 만들어진 정사각형의 얇은 초록색 판.

⁺ pied, pouce. 프랑스의 옛 길이 단위로, 6피에 72푸스는 2미터에 조금 못 미치는 길이다.

5. 매우 단순한 음향기기. 나팔 달린 둥근 진동막에 짧은 금바늘을 부착해놓은 형태였다.

6. 작은 장방형의 흰 마분지. 한가운데 뚫린 구멍 가두리는 눈에 띄지 않는 겹을 이루고 있었는데, 거기엔 결정면이 드러나도록 자른 납작한 석류석이 끼워져 있었다. 마름모꼴로 재단된 석류석 덕분에 전체적인 모습은 트럼프카드의 다이아몬드 에이스처럼 보였다.

루시우스는 왼손 엄지와 검지로 작은 신장측정기 양끝을 잡아서는 자기 앞에 놓인 초록색 판 한가운데 갖다댔다. 그는 신장측정기를 세로로 압축했고, 그 바람에 길이가 축소되면서 눈앞의 굵은 눈금과 가는 눈금이 일그러졌다.

붉은색 눈금들을 살피며 동일선상의 여러 지점을 정성스레 고른 그는 오른손에 수직으로 잡은 송곳 바늘을 돼지비계에 대고 밀랍 위 여섯 군데에 표시를 했다.

이렇게 표시를 하고 난 루시우스가 손아귀에 준 힘을 약간 풀자, 신축성 있는 신장측정기가 저절로 늘어나며 눈금 사이의 간격이 더 넓어졌다. 이어서 그는 방금 전과 동일한 방식으로 초록색 표면에 이미 찍어놓은 표시들 사이에 새로운 표시를 했다.

그러고도 오랫동안 신장측정기를 매번 다른 정도로 압축시키면서(그 결과 종종 매우 짧아졌다) 광인은 일을 계속했다. 그는 붉은색 가는 눈금을 살피고 동일한 직선상에 아무런 표시도 없는 부분을 찾아 송곳의 접촉방식에 미묘한 변화를 주며 밀랍에 가벼운 표시를 해나갔다.

마침내 초록색 판 위에 짧고 가는 직선의 띠가 나타났다. 미세한 표시들로 이루어진 그 띠는 목소리를 기록한 녹음테이프의 롤러와도 흡사했다.

얼른 신장측정기와 송곳을 정리한 루시우스가 한 가지를 요청해 관리인은 램프를 향해 다가가 성냥에 불을 붙였다.

심지의 불꽃이 타들어가는 동안 캉트렐은 쇠창살 사이로 손을 집어넣어 왼쪽 벽에 기대놓은, 빛바랜 비단으로 된 길고 납작한 케이스를 끄집어냈다. 한쪽 면에는 낡은 자수로 라틴어 단어 'Mens'+가 새겨져 있고, 그 주위를 종교적 문장과 꽃이 에워싸고 있었다. 그는 케이스에서 아주 오래된 나무판을 꺼내어 우리에게 보여주었다. 나무판의 양쪽 면에는 콥트어++ 미사 텍스트가 섬세하게 새겨져 있었다.

나무판은 곧 다시 케이스로 들어가 쇠창살 사이를 통과하여 또다시 벽에 기대어졌다.

관리인이 간단한 스위치를 통해 불이 켜진 램프의 어떤 장치를 작동시키자 램프는 순간 격렬한 빛을 쏟아내기 시작했다. 그리고 삼 초간 꺼진 상태를 주기적으로 반복했다.

초록색 판을 왼손으로 멀찌감치 들고 다이아몬드 에이스 아래쪽을 오른손으로 가까이 든 루시우스는 램프를 등지고 약간 오른쪽을 향한 자세로 두 팔을 쳐들었다.

비스듬히 옆얼굴을 보인 채 그는 두 물건을 앞뒤로 나란히 세웠다. 그리하여 에이스는 불꽃과 판 사이에 위치하게 되었다.

해질 무렵의 첫 광채에 석류석은 방 안쪽으로 사이가 몹시 듬성하고 미세한 붉은색 광점들을 던졌다. 석류석의 결정면에서 비롯되어 마분지 그늘로 강조된 그 광점들은, 보석 곳곳의 순도가 각기 다르다보니 강도가 명백히 차이났다.

그 기이한 카드를 움직이면서 루시우스는 광점 하나를 선택하여 초록색 판의 가장 높은 점에 고정시킨 뒤 조명이 세 차례 점멸하는 동안 유지했다.

빛이 꺼지면 점들은 흔적도 없이 사라졌다. 송곳으로 찍은 모든 점이 그렇게 차례차례 비춰졌다. 루시우스는 각각의 점을

+ '정신' '영혼'을 뜻한다.
++ 고대 이집트어 계통의 언어로 이집트의 기독교도들이 16세기경까지 사용했다.

위해 매번 강도가 다른 광점을 골랐고, 따라서 사용된 빛의 수는 하나에서 열다섯까지 다양했다. 또한 이따금 동일한 점에 두 개 또는 그 이상의 광점을 연속적으로 사용하기도 했다.

캉트렐은 광인이 무슨 일을 하고 있는지 설명해주었다.

붉은색과 초록색의 적절한 배합에 의해 세밀한 조형이 가능해진 덕분에 각각의 뜨거운 광점은 겨냥된 점의 밀랍을 가벼운 열로 눈에 띄지 않을 만큼 무르게 했고, 아직 맹아의 상태에 불과한 소리가 앞으로 지니게 될 성질을 완성하면서 첫번째 작업을 완료하는 것이었다.

우리 쪽으로 몸을 돌려 다이아몬드 에이스를 정리한 루시우스는 초록색 판을 원탁에 눕혀놓고는 음향기기를 집어든 뒤 거의 수직으로 서 있는 그 기기의 금바늘을 일렬로 찍힌 점들 위로 천천히 움직였다. 금바늘은 울퉁불퉁한 경로 위에서 흔들리며 막 위로 수많은 진동을 전달했다. 그러자 여자의 목소리가 나팔에서 새어나왔고, 말비나의 목소리와도 흡사한 그것은 정확한 음정으로 "오 레베카…" 하면서 분명한 어조로 노래했다.

우리 눈앞에서 진행된 절차를 통해 광인은 온갖 종류의 목소리를 인위적으로 창조하고 있는 듯 보였다. 딸이 말을 막 시작할 무렵 냈던 목소리를 찾기 위해 그는 실험을 거듭했으니, 자신의 이상에 근접하면서 성공으로 이끌어줄 어떤 음색을 행여 우연으로라도 발견하길 기대하고 있는 것 같았다. "노래해주세요" 하고 청했을 때 말비나가 준 표본을 그가 서둘러 재생한 것은 바로 그런 이유 때문이었다.

또다시 점들 위로 금바늘을 조종하면서 루시우스는 몇 차례에 걸쳐 "오 레베카…" 하는 구절을 들려주었다. 그 마지막 음정은 그를 고뇌에 찬 동요 속에 빠뜨리는 듯 보였다. 끝부분에 만족을 표하며 그는 마지막 음정의 후반부를 질리도록 들었고, 격심한 감동에 젖어 손을 내저으며 우리를 내쫓았다.

캉트렐은 루시우스의 시선이 미치지 못하는 곳으로 우리를 데려갔다. 그는 방금 전 되풀이해 들은 떨림을 새로운 기조로 활용하면서 고독 가운데 자신의 강박적 탐구를 계속하길 원하는 게 분명했다.

광인이 현재 보이는 흥분상태로 판단할 때 얼마든지 발생 가능한 위급상황에 대비하여 관리인의 목소리가 미치는 곳에 머무르고 싶었던 선생은 우리와 더불어 쇠창살 방 뒤쪽을 서성이며 고통스러운 사건을 이야기해주었다.

플로린 에그루아자르라는 이름의 젊은 여인이 어느 날 캉트렐을 찾아와서 그의 유명한 과학을 활용하여 자기 남편을 구해달라고 간청했다. 그는 이 년 전 갑작스러운 불행 때문에 미친 뒤 가장 뛰어난 전문가들마저 두 손 들게 하고 있었다. 그녀는 울면서 다음의 충격적인 사연을 들려주었다.

레오나르도 다빈치 숭배를 설립의 유일한 목적으로 삼는 이탈리아 서클의 광신적인 회원인 환자 루시우스는 한때 예술뿐 아니라 과학에도 전념했다. 그 차이가 막대할지언정 그의 우상이 제시한, 역사에 유일한 전범을 따르기 위해서였다. 화가이자 재능 있는 조각가였던 다빈치는 학자로서도 가치 있는 발견을 이룩한 바 있었다.

사이좋은 부부 플로린과 루시우스는 절대적인 행복을 맛보았다. 십 년의 잔인한 기다림 끝에 딸 질레트가 태어나면서 두 사람의 가장 열렬한 소원이 성취되었기 때문이다. 아버지는 일마저 제쳐두고 그토록 고대하던 아이의 즐거운 미소와 첫 옹알이를 여러 시간 동안 기다리곤 했다.

일 년 뒤 루시우스는 플로린과 질레트를 런던으로 데려갔다. 초상화와 흉상을 제작해달라는 조건 좋은 주문이 그를 불렀기 때문이다.

일주일에 두 번 그는 성주의 젊은 부인인 레이디 래슐리의 초상화를 그리기 위해 켄트 백작령의 화려한 저택으로 갔다. 그러던 어느 날 그는 부인의 정중한 부탁을 받고 질레트를 품에 안은 플로린을 함께 데려갔다. 그녀는 딸에게 모유를 먹이고 있었다.

따뜻한 환대와 함께 플로린은 래슐리 경의 안내를 받아 성과 정원 곳곳을 구경했고, 루시우스는 그동안 모델을 앞에 두고 그림을 그렸다.

저녁식사 때까지 붙잡힌 방문객들은 15킬로미터가량 떨어진 가장 가까운 마을 역으로 가기 위해 밤 열시경 주인의 마차에 올랐다.

그런데 중간쯤에 이르러 울창한 숲을 지나갈 때 술 취한 여러 사람이 한꺼번에 고함치는 소리가 들려왔다. 마차가 나타난 것을 보고 레드갱[3]이 부르는 집결의 노래였다. 이 술 취한 부랑자들로 인해 말은 곧 멈춰섰다.

성질이 급하고 신경질적인 루시우스는 마차 밖으로 나가 공격자들을 비난했다. 하지만 그들은 그를 무력화시킨 뒤 두려움 속에서 잠든 질레트를 꼭 끌어안은 플로린을 내리게 했다.

이때 마부가 권총으로 두목에게 두 차례 총상을 입혔다. 총소리에 놀란 말들이 막무가내로 내달리자 그는 제지하려고 애쓰다가 어둠 속으로 사라져버렸다.

상처는 가벼웠지만 피를 보고 격분한 두목은 루시우스에게 달려들어 돈을 강탈한 뒤 플로린의 품에서 질레트를 빼앗고는 부하들을 시켜 플로린의 몸을 뒤지게 했다.

강도는 낯선 사람과의 접촉에 잠을 깬 아이가 울기 시작하자 소리를 잠재우기 위해 아이에게 주먹질을 해댔다. 이를 본 루시우스는 강하게 발버둥쳐 자신을 잡고 있던 손아귀에서 벗

3. 켄트 백작령을 휩쓸던 유명한 강도 집단. (원주)

어났다. 이 바람에 강도 중 하나가 단도를 떨어뜨렸고, 루시우스는 무기를 향해 돌진했다가 아이를 때리는 망나니를 찌르려 했다. 그는 질레트가 붙잡혀 있는 가슴을 피해 얼굴을 겨냥했다. 칼날은 아래에서 위로 뺨을 가른 뒤 왼쪽 눈에 깊숙이 박혔다.

한쪽 눈을 잃고 피투성이가 된 두목은 금방 다시 붙잡힌 루시우스를 바라보며 야수 같은 비명을 질렀다. 그는 고통에 정신이 나가 질레트를 떨어뜨렸다. 땅바닥에서 울부짖는 아이를 바라보던 그는 여러 정황으로 미루어 자기 눈을 찌른 자를 제대로 고문하기 위해서는 바로 그 아이를 공격해야 한다는 사실을 깨달았다.

그는 질레트를 가리키며 잠긴 목소리로 '로저 드 코벌리 경'을 지시했다.

이 말에 플로린과 루시우스의 감시를 맡은 세 명을 제외한 모든 강도가 아이를 중앙에 둔 채 두 줄로 마주보고 사악한 지그춤을 추기 시작했다. 먼저 두 꼭짓점을 차지하고 있던 두목과 부하 한 명이 껑충대며 서로를 향해 다가갔다. 그렇게 커다란 대각선을 그린 그들은 질레트를 발뒤꿈치로 잔혹하게 가격하고는 뒷걸음질쳐서 원래의 자리로 되돌아갔다. 그러자 이번에는 다른 두 꼭짓점을 차지하고 있던 강도들이 반대쪽으로 대각선을 그리며 똑같은 몸짓을 되풀이했다. 두 쌍은 동일한 동작을 몇 차례나 번갈아 반복하면서 중앙에서 다양한 회전과 인사를 해댔는데, 앞의 강도들이 본을 보이면 뒤의 강도들은 그것을 그대로 따라 하는 식이었다. 그렇게 그 잔인한 인간들은 움직일 때마다 아이에게 상처를 입히고 온몸의 무게를 다해서 사납게 짓밟아대곤 했다. 두목은 더욱 잔인하게도 머리와 배를 집요하게 노렸다.

이어서 방금 전의 쌍에 각각 속했던 양편의 두 강도는 카드리유 대형의 한쪽 끝에서 다른 쪽 끝까지 단계적으로 옮겨가기 시작했다. 그들은 안쪽에서 둘이 함께 회전하는가 하면 따로 떨어져서 자기 줄의 다른 강도와 돌기도 했다. 이 두번째 대형은 아이를 짓밟아댈 새로운 계기를 주었다.

그런 다음에는 모든 게 처음부터 다시 시작되었다. 부모의 얼빠진 시선 아래서 그 끔찍한 지그춤은 오랫동안 계속되었다. 두번째 대형이 주기적으로 반복되면서 일종의 교대가 진행되었고, 모든 춤꾼은 번갈아 형리의 자리를 차지했다. 그들은 끝없이 껑충대면서 앞다투어 질레트를 고문했다.

그것은 과연 로저 드 코벌리 경이 작곡한 고전적인 지그로서 레드갱이 배신자에게 부과하는 유명한 징벌로 탈바꿈되어 있었다.

악몽의 무도극에 속도와 열기를 더해가면서 그 미치광이들은 자기들 신발의 징이 새로 낸 상처에서 피가 뿜어나올 때마다 환호성을 올리며 박수를 쳐댔다.

그때 갑자기 마부가 채찍을 크게 휘두르며 마차에 권총으로 무장한 사람들을 가득 실어 나타났고, 강도 무리는 줄행랑을 쳤다. 플로린은 딸을 향해 달려갔지만, 아! 그녀가 들어올린 것은 피멍과 상처로 뒤덮인, 끔찍하게 일그러진 시체일 뿐이었다. 미쳐버린 루시우스는 아이를 만지고 바라보며 웃음을 터뜨리다가 횡설수설하는 헛소리와 함께 추악한 춤꾼들의 몸짓을 흉내내기 시작했다. 대경실색한 플로린은 그를 마차에 태운 뒤 성으로 향했고, 새로이 도착한 사람들은 강도들을 쫓아갔다.

관대하고 헌신적인 래슐리가家 사람들은 플로린과 함께 질레트의 시신 옆에서 밤샘을 했고, 불쌍한 광인의 끔찍한 발작 또한 외면하지 않았다.

딸의 장례를 치른 플로린은 체포된 살인자들을 고발하는

진술서에 서명한 뒤 성주 부부에게 감사의 말을 전하고는 루시우스를 파리로 데려갔다. 거기서 그는 숱한 치료를 받았다.

자신을 레오나르도 다빈치로 여기는 그 불행한 사람은 예술과 학문을 아우르는 자신의 사변을 언제나 딸과 결부시켰다. 아이에 대한 강박적 생각이 그를 떠날 줄을 몰랐던 것이다.

루시우스는 이 년 동안 다섯 군데의 유명한 정신병원에서 치료를 받았으나 아무런 효과도 없었다. 탐구에 열중하면 정신이 고양될 수도 있었겠지만 그의 거듭된 요청에도 불구하고 아무 일도 들어오지 않았다.

이 이야기를 들은 캉트렐은 확실한 치료의 가능성을 엿보았다. 비슷한 경우 가장 사소한 모순도 용납하지 않는 그였지만 이번에는 반대로 환자의 가장 엉뚱한 욕구조차 곧이곧대로 들어주기로 했다.

루시우스에게 깊고 고요한 평온을 주기 위해 그는 정원 높은 곳에 간소한 가구를 갖춘 소박한 방을 신속히 마련하게 했다. 커다란 쇠창살문이 그곳의 유일한 입구로 건물 전면을 차지한 이 두 개의 문짝은 드넓은 숲을, 마음을 안정시켜주는 비할 데 없는 지평에 장대한 초록이 가없이 펼쳐진 풍경을 향해 나 있었다.

환자는 그리로 운반되었다. 밤시간 동안에는 두꺼운 옷을 입고 지내면서 그는 원기를 돋우는 야외의 공기를 쉼없이 흡입했다.

다음날 그가 고심해서 작성한 목록에 따라 수많은 잡다한 물건이 서둘러 지급되었다.

그는 과거 재능의 흔적이 없지 않은 그림작업을 시작했다. 광기가 배어 있는 그 그림은 활짝 펼쳐진 수많은 날개가 의인화된 새벽을 줄 끝에 매달아 이끄는 내용이었다. 치료를 위한 일련의 대화 도중 캉트렐이 알아낸바, 환자가 상기시키고자 하는 것은 인생의 아침에 떠나간 질레트였다.

이어서 그는 조각도구를 활용하여 다양한 모양의 얇은 창자조각으로 작고 가벼운 인물들을 제작했다. 작업은 금속에 돋을무늬 압착세공을 할 때와는 반대의 순서로 이루어졌으며, 재료의 신축성 덕분에 일련의 세심한 노력으로 만든 섬세한 형태는 그대로 유지되었다. 풀칠을 해서 가장자리를 접합시키는 한편 각 인물이 넘어지지 않도록 발에 고운 모래를 넣는 일도 잊지 않았다. 그러고는 이후로도 주기적으로 공기를 채우기 위해 잠깐씩 쉽게 열 수 있는 자리에 적절하게 마련한 작은 틈으로 공기를 불어넣고는 얼른 닫았다. 다음으로는 전체를 채색하는 경이로운 작업에 몰두했다. 강렬한 표현과 세밀한 의상을 위해 무척 공을 들인 작업이었다. 그는 그렇게 거의 무게가 없을 정도로 가벼운 열두 개의 인형을 갖게 되었다. 그것들은 죄다 흉측한 부랑자들을 연상시켰다.

붉은 숯이 가득한 철판과 두 개의 매끈한 장작 받침대, 그리고 수많은 바늘구멍이 뚫린 회색 천을 이용하여 대리석 테이블 위로 뜨거운 수직기류가 흐르게 함으로써, 또한 손가락을 능숙하게 움직임으로써 그는 인형들로 하여금 '로저 드 코벌리 경'을 공기처럼 가볍게 춤추게 했다. 점차 활기를 띠는 그 춤을 보면서 캉트렐은 비로소 환자의 의도를 이해할 수 있었다. 다방면에 걸친 자신의 능력과 슬픈 생각에 사로잡혀 있던 그 가짜 레오나르도가 조각가이자 화가로서 만들어낸 것은 끔찍한 지그춤을 되풀이할 특정한 형태의 인형들이었다. 동시에 학자로서 그가 상상해낸 것은 뜨거운 공기의 가벼움에 물리학적인 토대를 둔 춤이었다.

실험을 위한 요구 목록에 천조각을 올리면서 루시우스는

빛깔을 회색으로 명시했다. 날아오르는 재로 더럽혀지지 않도록 하기 위해서였다. 그는 또한 가까운 숯불의 열기를 견뎌낼 만큼 튼튼하며 어떤 금속보다 우수한 성질의 천을 골랐고, 따라서 선생은 이렇듯 놀라운 양식良識의 발휘에서 치유를 향한 진전을 엿보았다. 천의 유연성 덕분에 이리저리 돌아다니는 손가락은 공기가 빠져나가는 구멍 곁의 한 지점을 지그시 누름으로써 분출 각도에 약간의 기울기를 줄 수 있었고, 이는 인형들을 이동시켰다.

그런데 갑자기 루시우스가 끔찍한 발작에 휩싸이며 천을 놓아버렸다. 이 발작이 계속되는 동안, 과거를 연상시키는 방금 전 장면이 낳은 강력한 착란의 반사적 효과에 따라 열두 가닥의 머리카락이 그의 벗어진 머리 위에서 수직으로 솟구치더니 막무가내로 지그춤을 추었다. 모든 점에서 살인자들의 춤을 닮은 그것은 차츰차츰 열기를 띠어갔다.

그때 이후로 해가 질 무렵이면 언제나 혼란이 야기한 몽상의 영향 아래 하루하루 솜씨가 더욱 좋아지는 루시우스는 새로운 지그춤을 위해 숯불을 요구했고, 똑같은 머리카락 발작이 어김없이 그뒤를 이었다.

어느 날 아침 광인은 천과 가위, 그리고 여러 종류의 화학물질과 실험기구를 요구했다. 그는 수없이 조작을 되풀이한 끝에 몇 가지 무색 혼합물과 하얗고 단단한 파라오의 뱀을 만들었다. 실처럼 가는 파라오의 뱀은 일정한 용액에 적시면 놀랍도록 빠른 바느질을 수행해냈고, 덕분에 루시우스는 수많은 환상적인 재봉작업에 성공할 수 있었다.

요령 있는 질문을 통해 선생은 수수께끼의 비밀을 알아냈다. 그 내용인즉, 강박에 혼란이 생기면서 이따금 딸이 곧 태어날 것이라고 믿게 된 루시우스는 배내옷을 만들고 있었다. 그는 서두를 수밖에 없었고, 바로 이 필요에 자극을 받아 그가 자기라고 생각하는 인물의 과학적 면모가 주목할 만한 발명품을 낳기에 이르렀던 것이다.

단단한 실은 금방 소모되었고, 따라서 계속적인 화학적 합성이 필요했다. 이는 강력한 산화작용을 일으켰기에 기름을 치며 온갖 예방조치를 취했음에도 쇠창살문은 빠르게 녹이 슬었다. 거기 달린 경첩 또한 예외는 아니어서 문은 금방 단단히 굳어버리고 말았다.

다양한 금속으로 차례차례 새로운 경첩을 시도해보았지만 녹이 슬기는 마찬가지였다. 다만 순금만은 예외여서 캉트렐은 완벽하게 기능하는 그 금속을 경첩의 소재로 채택했다.

루시우스는 천을 자르는 데 사용하도록 날을 잘 벼린 순금 가위를 받았다.

플로린은 소식을 들으러 왔으나 엄격하게 격리되어 있는 환자를 방문하는 것은 삼갔다. 어느 날 그녀는 선생의 요청에 따라 전날 루시우스가 요구했다는 이상한 기구들을 가져왔다. 영국으로 숙명의 여행을 떠나기 전 그가 종종 다루곤 했던 그 기구들은 말이나 노래를 인위적으로 만들어내기 위한 것이었다.

보통이를 받고도 만족하지 못한 광인은 "신장측정기"라는 말을 몇 차례에 걸쳐 집요하게 발음했다.

그 사실을 전해들은 플로린은 문제의 기구들을 집요하게 조작하던 시절 루시우스가 길이 측정용 자를 만들 계획을 세웠다는 사실을 떠올렸다. 그것은 정확히 무엇인지는 몰라도 신축성 있는 물체로 만들어야 할 뿐만 아니라 어떤 섬세한 음운 계측학적 이유로 인해 옛날의 신장측정기와 똑같은 눈금을 축소된 형태로 갖춰야 했다.

다음날 가위의 한쪽 날을 이용하여 광인은 그의 요구에 따라 가져온 잘 말린 돼지비계를 작은 자 모양으로 베어냈다. 그는 한쪽 면에 붓으로 붉은색 눈금을 그려넣어 그것을 축소된 신장측정기로 탈바꿈시켰다.

이 신장측정기와 마지막으로 받은 물품들을 가지고 그는 정교한 실험에 고생스럽게 몰두했다. 거리와 열의 끔찍한 계산에 토대를 둔 그 실험은 초록색 밀랍에 점을 찍는 데 그 목적이 있었거니와, 이 점들은 웅변적이거나 음악적인 말을 산출해야만 했다.

현명하게도 돼지비계를 선택했다는 사실은 루시우스가 이성의 회복을 향해 나아가고 있다는 새로운 증거였다. 약간 저항력이 있는 신축성을 고려할 때 돼지비계는 그 어떤 물질보다 더 바람직한 성질을 갖추고 있었다.

이 불행한 사람의 유일한 목적은 그의 지리멸렬한 독백이 증언하듯이 딸의 목소리, 죽기 전에 벌써 말을 하기 위해 애쓰면서 그의 주의깊은 귀에 들려준 바로 그 목소리를 재생하는 것이었다. 음색과 억양을 끝없이 달리해가며 그는 말과 멜로디의 단편들로부터 온갖 종류의 목소리를 만들어냈다. 그토록 많은 요소들 가운데 그는 우연으로라도 자신을 옳은 길로 이끌어줄 소리를 찾고 싶었던 것이다.

여기에서 다시 한번, 그가 자기라고 믿는 인물의 과학적 천재가 그의 강박과 결부하여 발휘되었다.

그가 배내옷을 만드는 동안 가느다란 나무손잡이와 진동막에 부착된 서로 다른 모양의 바늘은 녹이 슬었으므로 변질되지 않은 금으로 교체해야만 했다.

어느 날 저녁 루시우스는 무거운 골동품 하나를 묘사하며 갖다 달라고 청했다. 그의 머릿속에서 딸의 세례와 결부되어 있는 물건이었다.

옛날 이집트에서 콥트교회 사제들은 미사를 위한 단풍나무판을 갖고 있었는데, 일종의 메모지 역할을 하는 그것은 필요할 때 간단히 뒤집을 수 있었다. 보통 제단 옆에 세워두는 그 양쪽 면에는 미사 텍스트가 콥트어로 새겨져 있었다.

하느님의 말씀을 담고 있는 만큼 미사의 정신으로 경건하게 간수되던 그 나무판은 사용이 끝나면 여러 가지 장식 한가운데로 'Mens'를 우아하게 수놓은 비단케이스 속에 정성스럽게 보관되었다.

질레트의 세례를 기념하여 루시우스는 플로린에게 그 같은 나무판을 선물했다. 온전한 케이스와 함께 골동품 가게 진열창에서 발견한 것이었다.

환자는 곧 나무판과 케이스를 받았다. 그는 그 값진 물건들을 만져보며 미소 짓곤 했다. 딸을 위한 축일을 상기시켜주기 때문이었다.

캉트렐의 방법을 찬양하기라도 하듯, 점점 더 자주 들리는 온전한 문장들이 광인의 확실하고도 완전한 회복을 기대하게 했다.

그때 루시우스의 외침소리가 우리를 방 쪽으로 이끌었고, 우리는 금방 순금경첩이 달린 녹슨 쇠창살문 앞에 늘어섰다.

초록색 판 위로 새로운 점들이 줄을 이룬 것이 보였다. 그 양태와 무른 정도로 보아 분명 먼젓번처럼 송곳과 작은 신장측정기, 그리고 램프와 다이아몬드 에이스를 이용하여 표시한 것이었다.

몹시 흥분한 루시우스가 새로 찍은 점들 위로 음향기기의 바늘 끝을 미끄러뜨리자, 나팔 깊은 곳에서부터 모음 'a'를 기조로 한 명랑한 긴 음절이 흘러나왔다. 말하고 싶은 욕구로 가득찬 아주 어린 아이들의 즐거운 첫마디를 연상시키는 그 음절은 "오 레베카…"의 끝부분에서 나온 음절 모델과 매우 흡사했다.

광인이 두번째 비명을 내질렀다. 그것은, 방금 전 아마도 처음으로 즐거운 억양의 음절을 듣고 질렀던 것과 비슷한 비명이었다. 마침내 목표에 도달했다는 생각에 기쁨을 주체하지 못하고 그가 중얼거렸다.

"그애의 목소리… 그애의 목소리야… 내 딸의 목소리라고!…"

그러고는 숨을 헐떡이면서 마치 바로 옆에 있는 사람에게 하듯 다정하게 말했다.

"너구나, 질레트… 그들은 너를 죽이지 않았어… 너는 여기… 내 옆에 있어… 말해보렴, 내 딸아…"

단속적인 그 문장들 사이사이 말의 첫마디가 마치 대답처럼 되풀이되었다. 그가 쉼없이 재생하는 소리였다.

캉트렐은 낮은 목소리로 말하면서 우리를 멀리 떨어진 곳으로 조용히 데려갔다. 건강에 이로운 그 흥분이 평온 속에서 끝나도록 하기 위해서였다. 그는 환자의 회복을 앞당겨줄 행복한 사건을 노래로써 가능하게 해준 말비나를 치하했다. 그러고는 꽤 오랫동안 내려가는 새로운 오솔길로 우리를 이끌었다.

제6장

밤이 되었다. 거의 원형에 가까운 달이 구름 없는 하늘에서 멋지게 빛나고 있었다.

다시 한번 정원의 저지대를 걸어가던 우리는 가장자리가 바위로 장식된 강으로부터 얼마간 떨어진 곳에서 더부룩한 회색 머리털의 가난한 노파가 너저분한 테이블 앞에 앉아 일을 하고 있는 것을 보았다. 그녀의 양쪽에는 팔을 드러낸 날씬한 흑인 여자와 누더기를 걸친 열두 살짜리 잘생긴 아이가 있었다.

캉트렐은 우리에게 멀찌감치 있는 세 사람을 소개했다.

얼마 전 항해를 마치고 돌아오던 선생은 어느 일요일 저녁 마르세유에서 펠리시테라는 유명한 무녀가 노천에 모인 군중 한가운데에서 손자인 뤼크의 도움을 받으며 점을 치고 있는 것을 보았다.

야바위 짓이라 여기면서도 캉트렐은 점을 치는 내내 지켜본 정말로 의아한 기술들에 종종 놀라지 않을 수 없었다. 그것은 그가 자신의 여러 작업에 활용하길 꿈꾸어오던 기술들이었다.

군중이 흩어지고 나서 그는 점쟁이와 계약을 맺었다. 얼마간의 기간 동안 그녀와 아이의 전적인 협력을 제공받는다는 내용이었다.

로쿠스 솔루스에 온 펠리시테와 뤼크는 그들의 일로 선생의 기대를 충족시켜주었고, 선생은 묘기를 우리에게도 보여달라고 부탁해놓은 참이었다.

흑인 여자는 수단 출신의 젊은이로 이름은 실레이스였다.

종이 위에 신비로운 그림과 숫자를 옮기던 펠리시테는 우리가 도착하는 것을 보고는 그것을 치웠다.

그러고 나서 그녀는 바구니에서 중간 크기의 알 네 개를 꺼내어 테이블 위에 줄지어 놓았다. 매우 불투명한 껍데기가 두껍고 단단해 보였다. 이어서 커다란 새장의 문을 열자 깃털이 알록달록한 새 한 마리가 나왔다.

더 작긴 하지만 공작새의 위엄이 어렴풋이 풍기는 그 동물을 캉트렐은 무지개새+의 암컷이라고 일러주었다. 보르네오산 닭으로 제대로 연구되지 않은 종에 속하는 그것의 이름은 깃털의 색깔이 보여주는 대단히 다채로운 뉘앙스에서 온 것이었다.

연골로 이루어진 일종의 견고한 골조처럼 놀랍도록 발달한 꼬리가 우선 수직으로 일어서더니 윗부분에서 앞쪽을 향해 펼쳐지며 새의 몸통 위로 수평의 캐노피를 드리웠다. 그 안쪽 면은 털이 없는 반면, 바깥쪽 면에서는 길고 빽빽한 깃털이 돋아나 엄청나게 풍성한 머리칼처럼 뒤로 뻗어 있었다. 매우 날카로운 꼬리뼈의 앞쪽 끝은 테이블과 수평을 이루며 약간 굽은 단단한 칼날 모양을 하고 있었다. 캐노피 아랫면에는 가장자리에 구멍을 뚫은 뒤 몇 개의 나사를 박아 수평으로 고정한 금판이 부착되어 있었고, 금판 아래에는 황당할 정도의 자력에 의해 묵직한 물덩어리 하나가 매달려 흔들리고 있었다. 반 리터는 족히 될 것 같은 그것은 손가락 끝에서 떨어질락 말락 하는 한 방울의 물과 같은 모습이었다.

무지개새는 첫번째 알을 정면으로 마주보고 서더니 과장된 인사라도 하는 듯 몸을 앞으로 기울여 자기 머리보다 훨씬

+ iriseau(수컷), iriselle(암컷). 무지개여신 '아이리스'를 뜻하는 iris와 '새'를 뜻하는 oiseau를 결합해 만든 조어로, 루셀이 상상해낸 새다.

앞쪽에 늘어뜨린 강력한 꼬리의 칼날로 알의 껍데기를 부드럽게 공격하기 시작했다. 뜻대로 되지 않자 새는 더욱 단호한 자세로 다시 시작했는데, 그렇다고 온 힘을 사용하지는 않았다. 새는 자르려고 하는 단단한 껍데기에 굽은 칼날을 밀어넣기 위해 몸을 엄청나게 비틀어댔다. 이 어지러운 흔들림은 물덩어리를 교란시켰다. 물은 사방으로 맹렬하게 흔들리더니 마침내 알을 뒤덮는가 하면 테이블 위로 넓게 펼쳐지기도 했다. 하지만 결코 금판에서 완전히 떨어지는 일은 없었다. 꼬리가 다시 위쪽으로 올라갈 때면 그것은 아무런 물자국도 남기지 않고 금판에 매달린 채 공중으로 상승하곤 했다.

교묘하게 계산된 일련의 노력 끝에 껍데기는 마침내 금이 가 작은 균열을 드러냈다.

무지개새는 몇 발짝 움직인 뒤 마찬가지 방법으로 두번째 알을 공격했고, 그것의 껍데기는 대번에 잘렸다. 세번째 알은 먼젓번과 유사한, 그리고 변함없이 신중한 시도에도 꿈쩍하지 않았다. 마지막 알은 같은 무기로 공격한 지 얼마 되지 않아서 금방 가느다란 홈이 생겼다. 이 과정에서 물은 상상을 초월하는 요동에도 불구하고 금판에 충실히 붙어 있었다.

펠리시테는 온전히 남은 유일한 알을 새장에 집어넣었다. 곧이어 무지개새가 따라들어가더니 그것을 품기 시작했다. 뤼크는 강으로 가서 이제 아무 가치도 없는 알 세 개를 버렸다.

캉트렐은, 창살 뒤에서 여전히 우리의 호기심 어린 시선을 끌어당기고 있는 그 놀라운 새에 대해 이야기해주었다.

마르세유에서 뤼크는 이따금 아주 적은 보수를 받고 선박들의 하역작업을 돕곤 했다. 펠리시테는 늘 근심 어린 눈으로 그를 지켜보았다.

그러던 어느 날 헐떡거리는 크레인들 사이로 오세아니아에서 들어온 여객선의 측면 비우는 일을 돕던 아이는 열번째 하역을 하면서 어깨에 격자창이 달린 상자를 메고 트랩 끝에 나타났다. 아이는 상자 안에 든 것에 한껏 매혹된 참이었다.

그는 감탄에 찬 놀라움을 할머니와 나누기 위해 달려갔다. 그런데 바로 그때 격자창 틈에서 두 개의 알이 빠져나왔다. 알은 바닥에 떨어졌으나 깨지지는 않았고, 펠리시테가 그것을 챙겼다.

뤼크는 물과 알곡이 구비된 상자 안에 든, 이상한 꼬리가 몸통 위로 캐노피처럼 드리웠고 깃털이 눈부신 새 두 마리를 보여주었다. 가늘게 금이 간 몇 개의 알이 새들의 발밑에 놓여 있었고, 점쟁이가 거두어들인 두 개를 제외한 나머지 온전한 것들은 촘촘하고 질서 있게 무리를 이룬 모습이었다. 새 하나가 다가가 그것을 품었는데 방금 전에 중단된 일을 서둘러, 그리고 만족스럽게 재개하는 모습이었다.

점을 칠 때 상자에 갇힌 것과 닮은 새를 한두 마리씩 사람들에게 보여주면 모이는 돈이 늘어날 것이라고 생각한 펠리시테는 껍데기가 어찌나 단단하고 견고한지 바닥에 떨어져도 깨지지 않은 그 알들을 암탉에게 품게 했다. 거기서 수컷 한 마리와 암컷 한 마리가 태어났고, 노파는 그들을 활발히 번식시키기로 했다.

성숙기에 이른 두 마리 새는 곧 부모들과 마찬가지로 널찍한 새장에 담겨 구경거리를 제공했고 공연은 커다란 성공을 거두었다.

그런데 어느 날 아침, 펠리시테는 알을 잘 낳던 암컷이 칼 같은 것으로 일곱 개의 알을 공격하는 희한한 광경을 보았다. 꼬리 앞부분의 날카로운 날이 네 개의 껍데기를 갈랐다.

일련의 공격을 잘 버텨낸 남은 세 알은 그 특이한 짐승이 품었고 곧 부화했다.

무녀는 목적을 알지 못한 채 관찰한 그 이상한 움직임을 자신의 점술에 활용하기로 했다.

새가 알을 낳을 때마다 그녀는 알의 부분적 파괴를 구경꾼들에게 보여주었고, 그러면 그들은 매번 어리둥절해하곤 했다. 그녀는 온전히 남을 알의 개수에 미리 예언적 의미를 부여한 뒤 모종의 불안한 질문에 답할 때 그것을 활용했다.

캉트렐은 펠리시테와 첫 대면을 하던 날 저녁, 대경실색한 그의 눈앞에서 이루어진 그 같은 본능적 몸짓의 이유가 과연 무엇일까 생각했다.

끈기 있는 관찰자인 그는 부화의 순간 새끼들도 마찬가지로 연약한 부리 대신 꼬리의 대담한 앞쪽 날을 사용하여 껍데기를 깨고 나온다는 사실을 발견했다. 심지어 어미들에게서도 관찰되는, 위축되어 매우 짧아진 부리의 허약함은 꼬리기관이 보여주는 극도의 힘과 뚜렷하게 대비되었다.

한번은 선생이 보는 앞에서 무지개새 한 마리가 개와 싸운 적이 있는데, 짐승은 방어와 공격의 무기로 자신의 돌출된 칼을 사용할 뿐 부리는 사용하지 않았다. 그 이상야릇한 종의 모든 표본은 그들이 서식하는 오세아니아의 숲에서 매번 그런 식으로 적에게 대항할 것임이 틀림없었다.

캉트렐은 암컷이 때 이른 출생을 막기 위해 껍데기가 상대적으로 연약한 알들을 제거한다는 사실을 알아차렸다. 그러지 않으면 아직 충분히 발달되지 않은 새끼들이 채 시간도 되기 전에 알을 깨고 나올 수 있었고, 그 경우 태어난 생명들은 발육부전과 고통의 삶을 살 우려가 있었다.

어미의 흥미로운 선별이 이루어지기에 앞서 한배에서 나

온 모든 알을 인공적으로 부화시키면서 캉트렐은 아닌 게 아니라 껍데기에서 너무 일찍 탈출한 새끼들은 언제까지나 가냘프고 병약한 반면에 다른 것들, 다시 말해 현저히 늦게 부화한 새끼들은 힘이 넘쳐흐르는 것을 확인했다. 후자의 껍데기는 단단하고 두꺼운 만큼 어미의 적절히 계산된 공격에 손상되지 않은 채 온전히 남아 있을 게 분명했다. 반대로 여리고 얇은 전자의 껍데기는 치명적인 절단을 피할 수 없을 것이었다.

무지개새 연구에서 캉트렐에게 특히나 깊은 인상을 준 것은 암컷의 기상천외한 몸부림이었다. 그처럼 분석이 불가능한 비틀기와 경련의 조합은 자연의 다른 어디에서도 발견할 수 없으리라 확신한 선생은 최근 자신이 발견한 물체의 이해할 수 없는 어떤 속성을 부각시키는 데 그것을 활용하기로 했다. 한데 그가 그 물체를 찾기 시작한 데는 헤로도토스의 다음 구절이 결정적인 역할을 했다.

기원전 550년 메디아를 정복한 키루스•는 정복자로서 에크바타나를 방문했다가 궁전과 신전들에서 황금이 수많은 다양한 형태로 풍부하게 넘쳐나는 것을 보았다.

그토록 많은 황금이 어디에서 오는지 알고 싶었던 그는 아루아스투산 밑에 지금은 고갈된 풍부한 광산이 있다는 얘기를 듣게 되었다.

침입자에 대한 증오심 때문에 광맥이 이제는 불모가 되었다고 거짓 보고를 했을 가능성이 있는 만큼(설령 정직성을 의심하지 않는다 해도 한때 그토록 풍요로웠던 광산이라면 아직 알려지지 않은 광맥이 숨어 있을 수 있다고 그는 생각했다), 키루스는 한 무리의 일꾼을 거느리고 일러준 장소로 갔다.

과연 광맥은 가장 비밀스러운 길목까지 다 고갈되어 있었

• 페르시아제국을 세운 왕.

다. 그는 새로운 갱도들을 열게 했고, 어느 날 일꾼 무리가 매우 깊은 곳에서 캐낸 묵직한 금덩어리를 보고 감탄을 금치 못했다.

하지만 모든 방향으로 진행된 이후의 탐색은 아무런 성과도 거두지 못했고, 왕은 유일한 견본을 가지고 에크바타나로 돌아와야만 했다.

고대의 전통에 충실했던 키루스왕은 어느 수도를 손에 넣을 때면 항상 광장에 마련된 임시 왕좌에 앉아 운집한 백성들이 보는 앞에서 왕국의 거물들이 바치는 공손한 경의의 표시를 당당히 받곤 했다. 그런 다음 그 지역의 가장 중요한 강에서 그릇 가득 퍼올린 물을 단번에 들이켜곤 했다. 그렇게 정복자는 그 나라의 물을 자신에게 동화시키면서 굴복시킨 나라를 상징적으로 취했던 것이다.

한데 금이 고갈되지 않았을 경우 홍수나 파괴에 의해 하루아침에 채굴이 불가능해질 수 있다는 사실에 안달이 난 키루스는 서둘러 아루아스투 광산을 파고 싶은 나머지 티그리스강의 큰 지류인 코아스페스강의 물을 마시기로 되어 있는 통상적인 예식을 귀환 뒤로 미룬 채 에크바타나를 떠났던 터였다.

이번에 그는 상징적인 물을 보통의 잔에 담아 마시는 대신, 광산에서 가져온 금덩어리로 새로운 잔을 만들게 했다. 정복자는 그렇게 새로 복속된 지역의 땅으로부터 자신이 직접 캐낸 물질에 담아서 코아스페스강의 물을 마실 생각이었으니, 이는 그 행위의 의미를 더욱 공고히 해줄 것이었다.

정해진 날 풍성한 천을 드리운 왕좌가 에크바타나 한복판에서 대규모 군중이 지켜보는 가운데 찬란히 빛나고 있었다. 키루스는 코아스페스강의 물을 미리 채워놓은 황금잔이 우뚝 서 있는 대리석 테이블 옆에 자리잡았고, 메디아의 모든 고관이 차례로 와서는 새 주인에게 그들의 충성을 맹세했다.

인사가 끝나자 키루스는 쥐죽은듯 고요한 가운데 잔을 입술로 가져갔다.

그러나 그가 고개를 젖히고 위에서 잔을 뒤집어보아도 소용없는 일이었다. 물은 이상한 힘에 붙들려 그의 목구멍으로 넘어가지 못했다.

당혹함을 느낀 그는 잔을 얼굴로부터 멀리 떼어놓았고, 그와 동시에 모두가 내지른 놀라움의 함성을 들었다. 물이 바닥으로 떨어지지 않고 잔 아래쪽에 매달려 있었던 것이다. 질겁한 키루스는 잔을 멀리 던졌다. 그것은 군중 위로 떨어졌고, 이내 손에서 손으로 건네졌다. 떨어지는 잔에 딸려간 물은 금속 바깥면에서 미끄러지더니 완전히 떨어지지 않은 채 이제는 잔 굽 아래 대롱대롱 매달려 있었다. 황금이 물덩어리에 저항할 수 없는 신비로운 인력을 행사하고 있었던 것이다.

키루스가 코아스페스강의 물을 마시지 못한 것은 자기들 땅을 소유할 수 없게 하려는 신들의 뜻이라고 확신한 메디아인들은 이 순간부터 담대해져 저항의 움직임을 시작했다. 왕좌를 둘러싼 페르시아 군병들은 군중의 공격으로부터 키루스를 겨우 지켜낼 수 있었다.

이 사건에 불쾌한 충격을 받은 정복자는 시작되는 반란을 진압하기에 충분한 병력만을 메디아에 잔류시킨 채 다음날 당장 다른 지역으로 떠났다.

이후로 키루스는 아무리 해도 메디아인들을 완전히 복속시킬 수가 없었다. 물잔 사건에서 확인한 임박한 해방을 하루하루 더욱 확신하게 된 그들이 페르시아인들의 압제를 떨치기 위한 은밀한 노력을 한시도 그치지 않았기 때문이다.

헤로도토스는 이 사실을 하나의 전설처럼 소개한다. 그러나 캉트렐은, 과학적인 관점에서 볼 때 어떤 지질학적인 이유로 특별한 화학적 요소를 포함하게 된 금이 액체덩어리에 상당한 인력을 행사하는 것이 얼마든지 가능하다고 생각했다. 따라서 그 사건이 충분히 있을 수 있는 일이라고 판단한 선생은 그 유명한 광산의 가장 비밀스러운 곳에서 물을 끌어당기는 두번째 금덩어리를 찾아보겠다는, 무모하지만 옹호하지 않을 수만은 없는 계획을 품기에 이르렀다.

어느 날 그는 자신의 계획을 고고학자 드로키니에게 설명했다. 고고학자는 예전의 아루아스투산에 해당하는 엘방산 가까운 곳에서 일련의 발굴작업을 하기 위해 막 떠나려던 참이었다.

드로키니는 캉트렐의 생각에 열광했다. 현장에 도착한 그는 그 옛날 키루스의 일꾼들이 금덩어리를 캐냈던 바로 그 지점(헤로도토스가 위치를 분명하게 적어놓았다)을 팠다.

오랜 시간 동안 부지런히 채굴한 끝에 고고학자는 묵직한 천연 금괴를 발견했다. 그것은 캉트렐의 말대로 물을 끌어당기는 힘이 있었다. 그는 그것을 캉트렐에게 서둘러 보냈다.

선생은 물이 가득한 그릇에 그 소중한 표본을 담갔다가 꺼내어 힘차게 흔들었다. 금덩어리에 붙은 물은 사방으로 멀리 뻗어나갔다가도 그것을 사로잡은 금속으로 어김없이 되돌아왔다.

신기한 금속의 인력을 제대로 드러내기 위해서는 연속적이면서도 괴상한 움직임이 필요했던 만큼, 캉트렐은 자기 손으로 가장 빠르고 변화무쌍한 요동을 만들어보려고 애썼다.

그러나 그의 손짓은 의식적이고 의도가 담겨 있기 때문에 효과의 측면에서 미흡해 보였다. 그보다는 그가 추구하는 목표를 알지 못하는 어떤 존재가 아무 생각 없이 유발하는, 예측이 전혀 불가능한 동요가 더 나을 터였다.

사람의 경우라면, 설사 지능이 떨어지거나 미쳤다 해도 어느 정도는 전후사정을 알고 행동할 것이었다. 한편 변화가 없는 정확한 작업을 수행할 수밖에 없는 기계라면, 그것이 무슨 기계가 되었든 캉트렐이 바라는 바와는 거꾸로 간다고 보아야 했다.

결국 살아 있지만 이해력이 없는 동물만이 필요한 의외성을 실험에 제공해줄 수 있었다.

마르세유에서 돌아와 무지개새에 대해 연구하다가 금괴를 받은 캉트렐은, 자기가 낳은 알들을 시험하는 암컷 꼬리기관의 거의 미친 듯한 움직임이 혹시 기대하지 않았던 결과를 가져다줄지도 모른다고 판단했다. 그것은 물의 요동을 지켜보는 사람들에게 불안감을 느끼게 할 수도 있을 것이었다.

그는 금괴를 특별한 모양의 판으로 변형시킨 뒤 무지개새의 자연적인 캐노피 아랫면에 고정시켰다. 이 금판은 새가 알을 선별하는 순간 제 인력이 미치는 범위 내에 놓인 그릇의 물을 거의 전부 끌어당겼다. 새의 기이한 꼬리는 워낙 강력해서 이중의 하중을 끄떡없이 감당해낼뿐더러 껍질을 공격하며 아래 매달린 물덩어리에 아연실색할 우연적 요동을 일으켰다. 바로 선생이 열렬히 바라던 바였다.

캉트렐은 그 격렬한 광경에 매료되었고, 오늘 우리를 위해 충실히 그 재연을 준비해둔 것이었다.

새장 속에 차분히 앉은 무지개새는 아주 침착하게 알을 품었다. 어찌나 침착한지 금판 아래 매달린 물이 거의 움직이지 않을 정도였다.

펠리시테는 테이블 위에 놓인 한 다발의 쐐기풀을 두 손으로 집어들었다. 쐐기풀의 각 줄기는 조화처럼 나선형으로 감긴 철사로 가느다란 막대기에 묶여 길게 연장되어 있었다.

늙은 여인은 마법의 힘을 가진 것으로 간주되는 그 풀을 이용하여 우리의 성격을 알아맞혀보겠다고 했다. 그녀는 우리 일행 가운데 가장 열심히 지켜보던 사람 중 하나인 시인 를뤼투르에게 가느다란 막대기들을 내밀었다. 그러면서 그 중간 부분을 한데 잡은 채 보기 드문 능란한 솜씨로 그것들을 끊임없이 뒤섞었다.

를뤼투르는 스스로 선택하여 막대기 하나를 골라잡았고, 펠리시테의 요청에 따라 그 반대편에 고정된 쐐기풀로 방금 소매를 걷고 다가온 뤼크의 맨팔을 짧게 후려쳤다.

무녀는 피부에 즉각 나타난 붉은 반점들이 고르지는 않지만 충분히 읽을 수 있는 작은 대문자로 다음의 형태를 이룬 것을 우리에게 보여주었다.

HOCHE
COUARD+

그녀는 거드름을 피우는 듯한 비난조의 장광설로 를뤼투르가 모순적 정신의 소유자라는 결론을 내렸다.

그것이 어찌나 정확한 선고였던지 동의의 웃음이 터져나왔다. 스스로의 결점을 잘 알고 있는 를뤼투르 자신도 웃지 않을 수 없었다.

과연 시인은 판에 박힌 이야기를 싫어하는 쾌활한 달변가로서 수많은 기상천외한 의견을 냉정하게, 그러나 예측불허의 매력과 함께 주장하는 것으로 유명했다.

+ 오슈Hoche는 많은 무공을 세운 18세기 프랑스의 장군이고, couard는 프랑스어로 '겁쟁이'를 뜻한다.

피부 위에 나타난 글자들은 설명이 불가능했다. 아무리 가까이에서 들여다보아도 쐐기풀에는 아무런 특이사항이 없었기 때문이다.

멍든 부위를 신경질적으로 긁어대는 뤼크를 보고 동정심을 느낀 우리의 요청에 따라 캉트렐은 점술을 이어가기 위해 쐐기풀 다발을 다른 사람들에게 내밀던 펠리시테를 손짓으로 제지했다. 그러고는 피부 위에 새기는 그 혹독한 글씨의 비밀을 우리에게 알려주었다.

무녀는 첫번째 구경거리를 보여주는 동안 청중의 태도와 반응을 살피면서 각각의 주된 성격을 재빨리 파악했다. 그게 끝나면 그 따끔따끔한 다발을 앞으로 내밀었다. 그런데 막대기를 뒤섞는 그녀의 솜씨가 어찌나 능란한지 그녀가 선택했으며 계제에 맞는 말이 잠재적으로 내포된 쐐기풀을 매단 막대기가 마치 선택의 여지가 없는 마술카드처럼 점을 보는 사람의 손에 어김없이 안착했다.

펠리시테는 신비로운 무색의 약물을 각각의 쐐기풀에 붓으로 미리 발라놓았다. 잎사귀의 털에서 분비되는 물질의 독성을 제거하기 위해서였다. 그때 다양한 형태의 빈 공간을 남겨두는데, 이 공간은 인쇄 연판의 대문자와 비슷한 모양이었다. 세심하게 고른 풀들은 하나같이 매우 납작했고, 따라서 그 풀들로 타격할 경우 서로 똑같은 모양으로 약물이 발린 두 면 가운데 하나가 신체와 접촉할 수밖에 없었다. 후려쳐진 뤼크의 피부는 약물이 칠해지지 않은 부분과 맞닿은 곳만 자극을 받아 잠깐 동안 간결한 붉은색 문구를 보여주었다. 그 문구는 그를 후려친 무해한 고문집행자의 머리에서 구상된 것으로, 그래서 그 속내를 드러내는 것으로 여겨졌다.

이렇듯, 쐐기풀 다발 속에는 수많은 결점과 장점이 미리 적혀 있었다.

그런데 역사상 가장 빛나는 군사적 영광을 비겁함으로 얼룩지게 하는 것보다 더 효과적으로 그 역설을 상징하기란 불가능했다.

요컨대, 결코 동요할 줄 모르는 를뤼투르가 무지개새를 향해 당혹스러운 몇 마디를 던지자, 펠리시테는 그것에 비추어 정신을 규정한 운명의 쐐기풀을 골랐던 것이다.

쐐기풀 다발을 정리하고 난 무녀는 좁고 높으면서 뚜껑이 없는 낡은 가죽상자에서 커다란 타로카드 한 벌을 꺼냈다. 그녀는 그 가운데 한 장을 뒷면이 바닥에 닿도록 테이블 위에 놓았다. 낭랑한 음악이 곧 카드에서 흘러나왔다. 카드는 그리 두껍지 않아서 속에 어떤 장치가 숨어 있으리라 생각할 수 없는데도 말이다. 살아 있는 존재의 즉흥적인 변덕에 기인한 것처럼 일관성 없는 아다지오가 맥없이 전개되었다. 거기에는 화성적 오류라고는 없는 야릇함이 배어 있었다.

첫번째 카드 옆에 놓인 두번째 카드는 좀더 경쾌한 주제를 들려주었다. 테이블 위에 연달아 놓인 다른 카드들도 모두 맑은 금속성이 두드러지는 조용한 곡을 연주했다. 하나의 독립된 오케스트라처럼 각각의 카드는 한번 눕혀지면 곧 자신의 교향악을 시작했는데, 느린 것이든 활기찬 것이든, 우울한 것이든 즐거운 것이든 머뭇거림에 가까운 그 예측 불가능성은 살아 있는 무언가의 솜씨가 아닌가 싶은 구석이 있었다.

귀에 거슬리는 음악적 규칙의 위반은 전혀 없었다. 단지 너무 많은 소리의 다양한 조화가 당혹스러울 뿐이었다. 하지만 그것들의 동시성이 어떤 거북스러운 소란을 초래하기에는 소리가 너무 작았다.

의심의 여지 없는 소리의 출처는 모든 개연성에 반해 각각의 타로카드 안에 기적적으로 납작한 음악장치가 숨어 있을 것이라는 사실을 받아들이지 않을 수 없게 했다.

펠리시테는 타로카드를 앞면이 보이도록 무작위로 나란히 늘어놓으면서 연주를 계속했다. 은둔자와 태양, 달과 악마, 광대와 심판, 여자 교황과 운명의 수레바퀴 같은 카드들이었다. 그동안 캉트렐은 테이블 위에 상아주걱과 함께 놓여 있던 둥근 금속상자를 집어서는 뚜껑을 열었다. 거기에는 흰 가루가 가득했는데, 캉트렐에 따르면 파라셀수스의 유명한 청원제請願濟를 충실하게 조제해놓은 것으로서 분비작용에 의한 장기 추출액 요법 치료를 위한 것이었다.*

주걱은 상자에서 가루를 덜어낸 다음 흑인 여자 실레이스의 팔뚝에 얇게 펴바르는 데 사용되었다. 가루는 피부의 상당 부분을 뒤덮었다.

선생은 외용약의 효과를 기다렸다. 그동안 뤼크는 검은색 서지천으로 된 자루를 집어들었다. 그때까지 테이블 다리에 기대어 땅바닥에 세워놓았던 자루 안에는 커다랗고 납작한 물건이 들어 있었다.

이제 펠리시테에 의해 모두 눕혀진 타로카드들은 맑거나 고혹적인 곡조들을 앞다투어 발산하면서 풍성하고도 잡다한 연주를 들려주었다. 그녀는 귀를 기울여 각 카드의 재능을 비교했고, 리듬에서 무력감이 드러나는 카드들을 치우기 시작했다. 갑작스러운 침묵을 부여하는 데는 손으로 쥐고 수직으로 세우는 간단한 몸짓만으로도 충분했다. 곧 가장 뛰어난 것들만 남아서 연주를 계속했다. 이윽고 그것들마저 하나하나 거두어들여졌고, 이제 남은 것은 탑뿐이었다. 그것의 알레그로비바체는 흥겨운 활기로 다른 모든 카드를 압도하던 터였다.

가루는 신묘한 침투력으로 수단 여인의 피부에 빠르게 스

* 파라셀수스는 16세기에 활동한 스위스의 의사이자 연금술사이며, 루셀이 상상해낸 가상의 치료제 '청원제'의 원어 'placet'는 라틴어에서 온 용어로 프랑스에서는 '청원서'로 쓰인다.

며들었다. 마지막 알갱이가 흡수되자 캉트렐은 펠리시테에게 신호를 보냈고, 그녀는 테이블 위로 몸을 기울인 채 탑 카드 바로 곁에서 우수 어린 부드러운 노래를 부르기 시작했다. 그러자 자신의 알레그로를 곧 중단한 카드는 모든 화성적 조화를 포기하고는, 펠리시테가 불러준 곡조를 두 옥타브 간격의 고음부와 저음부에서 동시에 꽉 차게 울리는 소리로 실수 없이 연주했다. 그것은 우수 어린 매력에 젖은 느리고 구슬픈 멜로디로서 악보는 다음과 같다.

제일 첫 음정과 함께 반지보다 작은, 에메랄드 빛깔의 빛나는 원 여덟 개가 타로카드 위에 수평으로 나타났다. 그것들과 카드 사이에 눈에 띄는 뚜렷한 관계는 없었다. 3밀리미터쯤 위에서 카드의 채색된 표면을 내려다보는 일종의 가느다란 후광인 그 원들은 둘씩 짝지어서 카드 전체를 대칭으로 조각내는 가상의 사각형 여덟 개의 중심에 위치했다.

펠리시테가 열여섯 소절을 끝없이 되풀이하는 동안, 타로에 숨은 신비롭고 고분고분한 연주자는 그녀가 부른 곡을 연주했고 매우 강렬한 후광들이 세찬 초록색 조명을 산출했다. 멜로디는 그 수수께끼 같은 빛을 끊임없이 돋우는 것 같았거니와 빛 자체가 멜로디에 의해 밝혀진 듯 여겨졌다.

캉트렐이 갑작스럽게 무슨 말을 하자 뤼크가 흐물흐물한 서지천 자루에서 고급스러운 액자에 끼워진 그림 하나를 꺼내어서는 곧바로 실레이스의 눈앞에 들이밀었다.

달빛이 유화를 찬란히 비추고 있었다. 그것은 볼롱이라는 이름으로 서명된, 입체감이 놀라운 작품이었다. 아프리카의 배경 속에서 한 젊은 흑인 무희가 오른편의 주요 족장들 한가운데 자리잡은 원시 부족의 군주를 향해 춤을 추며 다가가고 있었다. 그녀는 머리와 양쪽 손바닥에 위태롭게 얹힌 소박한 모양의 바구니 세 개를 운반하고 있었는데, 거기에는 많은 양의 토종 과일이 날씬한 피라미드 모양으로 쌓여 있었다. 한데 불미스럽게도 왼손의 과일더미를 막 이탈하려는 커다란 붉은색 베리 하나가 무희를 공포에 질리게 만드는 한편, 손에 무기를 든 두 명의 흑인 사형집행인이 죽음의 몸짓으로 그녀를 향해 달려들고 있었다. 작품 전체에 보기 드문 에너지가 있는데다, 무희의 눈에 나타난 공포의 표현은 강렬함의 가장 높은 경지에 도달한 것이었다. 그러나 그토록 많은 정물화를 그려 유명해진 작가의 특별한 재능이 돋보이는 부분은 단연 과일들이었다. 그것들은 화폭에서 튀어나올 듯했고, 무희에게서 벗어나 땅으로 떨어지는 베리는 눈부신 자줏빛이었다.

갑자기 희미한 신음소리에 시선을 돌리니 실레이스가 극

심한 동요에 휩싸여 있었다. 그녀는 공포로 확대된 눈으로 그림을 뚫어져라 쳐다보았다. 호흡이 짧아지고 얼굴이 경련하는 가운데 두려움으로 그녀의 숨이 헐떡였다. 기쁨을 보이며 그 갑작스러운 증상을 살피던 캉트렐은 맨살이 드러난 그녀의 팔을 들어 공포의 영향으로 이 수단 여인에게 심한 닭살이 돋았음을 우리에게 보여주었다.

주먹을 반쯤 쥔 펠리시테는 둥그스름하게 모은 열 손가락 끝에 탑 카드를 수평으로 올려놓고 있었다. 노파는 음악이 흘러나오는 카드에 대고 똑같은 노래를 쉼없이 되풀이해 부르면서 후광의 찬란한 강도를 유지했고, 카드는 지속적인 포르티시모로 그녀가 부른 노래를 되풀이해 연주했다.

아래쪽에서 바라보기 위해 고개를 숙인 캉트렐은 그림에 놀라 여전히 그 자리에 굳어 있는 실레이스의 팔을 두 손을 벌려 잡고는 아래쪽으로 천천히 내려뜨리면서 조금 전 흰 가루를 바른 부위를 카드 모서리의 후광에 거의 스칠 듯 갖다댔다.

캉트렐처럼 관찰한 덕분에 우리는 눈에 띄는 고통이나 출혈 없이 피부에 깊은 구멍이 패는 것을 볼 수 있었다. 구멍은 원뿔의 형태였는데, 빛나는 초록색 원이 그 바닥인 셈이었다.

곧 구멍의 꼭대기에서 붉은색 알갱이 하나가 탑 카드 위로 떨어지자 캉트렐은 승리의 탄성을 내질렀다. 그는 수단 여인의 팔을 조금 들어올려 수평으로 약간 이동시킨 뒤 또다시 아래로 내렸다.

같은 후광 위로 새로운 구멍이 열렸다. 벌써 반쯤 닫힌 첫번째 구멍에서 조금밖에 떨어지지 않은 곳에 생긴 그 구멍 역시 붉은색 알갱이를 낳았다. 유사한 조작이 여러 차례 신속하게 이어졌다. 파라셀수스의 청원제를 바른 부위를 벗어나지 않는 범위에서 선생이 자신의 수수께끼 같은 방법을 반복함에 따라 실레이스의 피부는 여기저기에 구멍이 생겼다. 그는 여인의 검은 팔을 타로카드와 평행으로 유지하며 엄격하게 수직으로 올렸다 내리기를 반복했다. 모두 똑같은 원뿔형 구멍은 각각 한 개의 붉은색 알갱이를 배출한 뒤 아무런 흔적도 남기지 않은 채 천천히 닫혔고, 알갱이들은 동일한 초록색 후광의 중앙을 거쳐 카드 위로 떨어져내렸다. 캉트렐은 볼롱의 그림이 수단 여인에게 불어넣은 치명적 공포에 기인한 일시적 동요현상을 이용하려는 듯 서둘러 움직였다. 알갱이들은 길쭉한 더미를 이루면서 탑 카드 한가운데 모였다. 여덟 개의 초록색 후광이 찬란하게 빛나는 동안 카드는 여전히 펠리시테가 하염없이 반복하는 주제를 씩씩하게 따라 연주하기에 열심이었다.

마침내 캉트렐은 실레이스의 팔을 옆으로 치웠다가 곧 완전히 놓으면서 실험을 끝냈다. 뤼크가 그 비극적인 그림을 얼른 자루에 넣었고, 그것이 보이지 않게 되자 실레이스는 평정을 되찾았다. 그녀는 막 신경발작을 일으키려던 참이었다.

펠리시테가 문득 노래를 멈추자 타로카드는 어쩔 줄 몰라 하다가 인도자 없이 노래를 계속하려고 했다. 하지만 허사였다. 시작한 악절을 다시 이어가기 위해 부질없는 노력을 기울이던 카드는 결국 아까의 이상한 교향악으로 되돌아갔고 후광은 빛을 잃었다.

강 쪽으로 걸어가면서 캉트렐은 앞으로의 증언을 위해 붉은색 알갱이들로부터 눈을 떼지 말아달라고 우리에게 부탁했다. 우리는 펠리시테의 안내를 받아 그를 따라갔다. 그녀는 열 손가락 끝에 조심스럽게 탑 카드를 올려놓은 채 변함없이 수평을 유지했고, 우리의 시선은 고분고분 그 카드로 집중되었다.

쉰 걸음쯤 가서 강둑의 바위들 앞에 도착한 우리는 선생의 요청에 따라 인위적으로 낸 작은 구멍이 완전히 비어 있는 것을 한 사람씩 돌아가며 확인했다. 그동안 다른 사람들은 알갱이 감시를 계속했다. 구멍에는 꽤 긴 도화선의 도착점이 설치되어 있었다.

펠리시테는 조용해진 탑 카드를 적당한 지점에서 일정한 방향으로 기울여 알갱이 전부를 작은 구멍 속으로 굴려보냈고, 도화선 끝에 불을 붙인 캉트렐은 곧 폭발이 일어날 것이라고 예고하면서 우리를 조금 전에 떠나온 테이블로 신중하게 데려갔다.

거기에서, 도화선이 서서히 타들어가는 동안 선생은 우리의 기다림을 달래기 위해 다음의 사건들을 이야기해주었다.

어느 날 아침 펠리시테는 마르세유의 한 아름다운 거리에 있는 위대한 시계공 프랑켈의 가게 진열창에서 측면이 드러나도록 전시된 납작한 손목시계를 보았다. 창의성이 뛰어난 그녀는 두께가 거의 없는 케이스 안에 복잡한 장치가 분명 존재한다는 사실에 어리둥절해졌고, 이러한 극단적 압축에 기초한 신비로운 볼거리로 자신의 공연을 더욱 풍요롭게 만들기를 바라게 되었다. 짐작이 전혀 불가능할 정도로 매우 얇은 음악장치를 안쪽에 넣을 수만 있다면 그녀가 매일 사용하는 오래된 타로카드는 노래의 리듬과 성격으로 아주 귀중한 새 요소를 예언에 부여해줄 수 있을 것이었다.

하지만 그 목적이 요구하는 것처럼 외계에서 온 듯한 힘의 마술적인 개입을 믿도록 하려면 음악은 의당 주의가 깊을 수밖에 없는 눈들이 금방 눈치챌 태엽장치 없이 스스로 시작되고, 규격화된 소품을 전부 배제하고 일종의 우연적 비일관성을 띠어야만 했다. 무녀는 오로지 살아 있는 존재가 카드 속에 갇히는 경우에만 그녀가 원하는 것같이 지속적으로 예측 불가능한,

그리고 절대적인 자발성에 의해 시작되는 연주를 제공해줄 수 있을 것이라고 생각했다.

그녀의 다락방으로부터 다섯 층 아래 위치한 먼지 쌓인 가게에는 늙은 서적상 바지르가 살고 있었다. 그는 수많은 낡은 책을 사들여서는 중고가로 팔았다.

종종 이야기를 주고받는 이웃인 바지르의 가게로 간 펠리시테는 자신의 계획을 염두에 두고 곤충에 대한 책이 있는지 물었다.

노인은 삽화가 잘 갖추어진 몇 권의 곤충학 개설서를 건넸고, 그녀는 그것을 마음껏 들춰볼 수 있었다.

여러 탐색 끝에 그녀는 에메랄드충[+] 그림과 마주쳤다. 이 벌레가 그녀의 주의를 사로잡은 것은 몸이 극도로 납작하기 때문이었다.

그림을 둘러싼 간략한 글에 따르면 에메랄드충은 스코틀랜드 중부에 서식하는 식물인 칼레도니아 노루발풀에 기생하는 벼룩류 곤충으로 밤이면 이따금 간헐적인 인광을 발산했다. 한데 그 인광이 조금 위쪽에 벌레와 평행하게 일종의 초록빛 후광을 만들었다. 원래 흰색인 그 곤충은 발광현상이 지속되는 동안 후광의 반영 덕분에 풍부한 뉘앙스의 에메랄드빛으로 몸을 치장했으니, 에메랄드충이라는 이름은 바로 거기서 비롯한 것이었다.

얇은 장애물 정도는 쉽게 투과하는 그 후광이 타로카드 위에 기적적으로 떠올라 인상적인 점술의 소재를 제공해줄 수 있으리라는 사실에 매혹된 펠리시테는 자기의 선택을 에메랄드충으로 최종 결정했다. 형태가 목표에 정확히 부합했기 때문이다.

바지르가 거래차 대도시마다 헌책 공급자를 두고 있다는

[+] 루셀이 상상해낸 이 벌레의 원문 이름은 'émeraud'로, 프랑스어 'émeraude'는 '에메랄드색'을 뜻한다.

사실을 아는 펠리시테는 그에게 도움을 청하여 곤충을 구할밖에 다른 도리가 없었다. 그는 에든버러에 있는 사람에게 편지를 썼고, 상대방은 친절하게 움직여 토기 화분 여섯 개를 보내주었다. 이들 각각에는 테이강 계곡에서 채집한, 에메랄드충이 군집하는 칼레도니아 노루발풀이 한 뿌리씩 심어져 있었다.

안달이 난 펠리시테는 정밀한 기계술의 대가인 시계공 프랑켈만이 자기가 꿈꾸는 기적을 실현할 수 있을 것이라 판단했고, 제안을 받은 그는 열광하면서 무상으로 협조하겠다고 했다. 대신에 아이디어의 독점 소유권을 갖기로 했다. 나중에 활용할 생각이었다.

계약이 성사되자 프랑켈은 작업에 필요한 에메랄드충을 요구하여 칼레도니아 노루발풀 한 뿌리를 받았다.

나머지 다섯 뿌리를 연구하던 펠리시테는 어느 날 저녁 예견된 후광이 나타나는 것을 보았다. 강렬한 초록색 원 모양의 그것은 벌레 위에서 반짝이며 그 움직임을 따라다녔다. 조금씩 조금씩 에메랄드충마다 유사한 후광을 갖게 되었고, 중심이 머리 위에 자리잡고 있었다. 그 모든 발광이 단 하나의 원인에 의한 것인 듯했다.

무녀는 램프를 가리고는 그 반짝이는 동그라미들의 스펙터클을 감상했다. 그것들은 여러 방향으로 교차하며 차분한 조명을 만들어냈고, 곤충의 흰 몸을 제 색조로 물들였다.

몇 분이 지나자 모든 후광이 하나씩하나씩 꺼지기 시작했다.

프랑켈은 첫번째 견본을 성공적으로 완성했다. 전체가 금속인 극히 얇은 직사각형을 동일한 크기의 정사각형 여덟 개가 나누었는데, 대칭을 이루며 둘씩 맞닿은 정사각형 중앙에는 에메랄드충이 한 마리씩 들어 있었다. 움직이는 다리에는 미세한 금속각반이 채워져 있었고, 그것은 연접봉에 접합되어 전체적으로 납작하게 누운 톱니바퀴들을 작동시켰다. 톱니 모양 윤심과 둘레는 연달아 맞물린 채 각각의 바퀴로 하여금 속도를 힘으로 변환시키게 했다. 연접봉으로 직접 작동되는 첫번째 톱니바퀴가 각반을 찬 다리 덕분에 쉽게 돌아갔다면 느리고 강한 마지막 톱니바퀴는 윤심에 박힌 일련의 침이 뾰족한 박판薄板 끝을 규칙적으로 밀어대도록 하는 식이었다. 박판은 침에서 떨어지면 파르르 떨리며 맑은 소리를 냈다. 각각의 다리는 고유의 음정을 갖고 있었고, 따라서 여섯 개의 다리를 지닌 여덟 마리의 에메랄드충은 네 개의 장7도를 반음계[+]까지 아울러 커버할 수 있었다.

[+] 반음계는 7음정으로 구성되는 온음계와 달리 반음을 포함한 12음정으로 구성된다.

이 밖에도 식견 있는 화성학자의 도움으로 복잡한 톱니바퀴들을 제어하는 경이로운 시스템을 만들어 여덟 부분을 따로 또는 동시에 작동시키되 어디까지나 이성적이고 분석 가능한 조합에 따라 일체의 불협화음이 생겨나지 않도록 했다.

기계는 브뤼셀 음악원의 <u>콤포니엄</u>[4]을 미니어처로 제작해놓은 것 같았다.

상자 안에 세워놓은 타로카드에서 미리부터 음악이 흘러나오는 것을 원치 않았던 펠리시테의 요구에 따라 카드가 수평상태를 조금이라도 벗어날 때는 미세한 이동추가 모든 장치를 마비시키도록 했다.

얇은 칼날을 좁은 모서리로 집어넣어 속을 완전히 비워낸 덕분에 일종의 주머니가 된 타로카드는 겉모양의 변화나 통로 역할을 한 모서리의 벌어짐도 전혀 없이 직사각형 금속을 수월하게 감추었다.

4. 작곡 기계. (원주)

프랑켈은 똑같은 것을 여럿 만들었고, 조금도 케이스 같아 보이지 않는 이 타로카드들은 전부 제 음악장치를 갖게 되었다. 여덟 마리의 에메랄드충이 담긴 장치는 수월하게 타로카드를 드나들었다.

음악은 흠잡을 데 없는 순수함 가운데 원하던 예측 불가능성까지 갖췄다. 대체로 장애물에 대한 우려 없이 카드의 표면 위로 후광이 빛나곤 했다. 그 출현은 가장 훌륭한 연주의 순간들과 일치했으니, 연주자들의 내밀한 청각적 즐거움에 기인하는 게 분명했다.

곤충들은 펠리시테의 손을 통해 번갈아가며 동원되었다가 여섯 뿌리의 식물로 돌아가 고유의 생활환경을 되찾곤 했다.

무녀는 조화로운 음악을 들려주는 타로카드로 커다란 성공을 거두었다. 초록색 후광을 부각시키기 위해 카드는 저녁시간에 사용했다. 에메랄드충이 선택한 음악이 무엇이든 노파는 자신의 달변으로 카드의 그림이 예언한 내용에 부합하는 교묘한 말들을 끌어다붙였다. 그러다 후광이 나타나면 자신의 예언적 영감에 그토록 불현듯 제공된 새롭고 풍요로운 주제를 탐욕스레 움켜쥐고 신나게 떠들어댔다.

특별할 게 없어 보이는 타로카드에 덧붙은 그 자발적인 교향악과 허공에서 타오르는 왕관의 신비는 깊은 인상을 주었고, 구경꾼의 숫자는 날로 늘어만 갔다.

펠리시테는 즉흥연주를 하는 에메랄드충들이 강박의 영향인지 종종 바장조의 일정한 멜로디를 시작해 그것을 이어가려고 애쓰지만 잘되지 않는다는 사실을 알게 되었다. 그러던 어느 날 저녁 구경꾼들 속에 섞여 있던 한 영국인 관광객이, 첫 번째 타로카드를 눕히자마자 울려퍼진 그 이상한 강박적 멜로디가 영국민요의 첫 부분임을 확인해주었다. 그는 그 곡 전체를 노래하기 시작했다. 그러자 에메랄드충들은 그의 목소리를 따라 (소프라노 음역과 베이스 음역에서 두 옥타브 차이를 두고) 그토록 여러 차례 시도했던 곡을 연주했다. 그뿐만 아니라 강렬한 후광까지 만들어냈다. 그 어느 때보다 더 강렬한 후광은 고뇌가 사라진 환희를 드러냈다. 자신의 노래가 모방되는 것에 놀란 영국인은 노래를 멈추지 않은 채 카드에 귀를 갖다댔다. 소리를 더 잘 듣기 위해서였다. 그가 몸을 일으켰을 때 펠리시테는 어리둥절해졌다. 그의 귀와 뺨에 깔때기 모양의 구멍 여덟 개가 팬 것을 보았기 때문이다. 대칭적인 배열로 미루어 후광들 때문인 듯한 구멍들은 아무런 흔적도 남기지 않은 채 다시 닫혔고, 영국인은 그런 일이 있는 줄도 알지 못했다.

구경꾼들의 질문을 받은 영국인은 그 곡이 스코틀랜드 민요이며 제목은 〈스코틀랜드의 초롱꽃〉이라고 알려주었다.

에메랄드충들이 스코틀랜드에서 왔다는 사실을 떠올리며 호기심이 발동한 펠리시테는 노래 제목을 기억해두었다가 다음날 바지르에게 사건의 자초지종을 전해주었다.

그녀의 부탁을 받은 책방 주인은 에든버러에 있는 동업자에게 몇 가지 질문이 담긴 편지를 보냈고, 얼마 지나지 않아서 부탁한 〈스코틀랜드의 초롱꽃〉 악보 한 부와 함께 다음과 같은 내용의 편지를 받았다. 칼레도니아 노루발풀 여섯 뿌리를 채집한 곳은 테이강변의 기름진 목초지다. 거기서 가까운 곳에 돌로 된 의자가 있는데, 종종 젊은 목동이 와 앉아 백파이프를 연주하면서 멀찌감치 있는 양떼를 돌보곤 했다. 청년은 〈스코틀랜드의 초롱꽃〉의 후렴구를 특히 좋아했다. 따라서 원래 바장조인 그 멜로디는 끊임없이 반복되었고 자연히 에메랄드충들에게 주입되었다. 나중에 음악적 능력을 얻게 되었을 때 그 곤충들이 애써 시도했던 것은 그들의 기억 속에 잠자고 있던 바로 그 주제였다. 그러다가 한 인도자 덕분에 곡 전체를 되찾게 된 것이었다. 강하게 빛나는 후광에서 확인되는 기쁨은 그들이 태어난 고향의 추운 기후를 순간적으로 떠올리고 도취감을 느끼며 생긴 것 같았다. 너무 포근한 새로운 기후가 아마도 향수를 불러일으킨 모양이었다.

영국인 관광객과의 사건 가운데 가장 인상적인 디테일에 사로잡힌 펠리시테는 외워둔 〈스코틀랜드의 초롱꽃〉을 직접 바장조로 에메랄드충들에게 불러주면서(이후로 그녀가 노래를 시작하면 벌레들은 얼른 저음과 고음에서 동시에 따라 연주했다) 눈부신 후광을 원하는 만큼 얻었다. 그들은 또한 자신들 위에 노출된 손의 피부에 아무런 고통도 주지 않은 채 신비로운 구멍을 냈다. 후광이 일제히 빛나게 하려면 원래의 음조가 유리했다. 그것은 같은 타로카드 속에 든 여덟 마리의 에메랄드충이 모두 활발하게 반응하게 만들었다.

주문呪文의 형태로 멜로디를 노래하면서 펠리시테는 후광의 강렬한 빛뿐만 아니라 손에 일시적으로 나타나는 이상야릇한 구멍도 예언에 활용했다. 그녀는 구멍의 깊이와 닫히는 방식에 따라 점을 쳤다.

피부에 구멍을 낼 수 있는 것은 〈스코틀랜드의 초롱꽃〉이 유발한 후광뿐이었고, 그 곡은 인도자가 있을 때만 연주가 가능했다.

후광의 존재, 그리고 특히 그것의 비밀스러운 천공능력에 의아함을 느낀 캉트렐은 에메랄드충에 대해 자세히 연구하기로 작정했다. 책들에 간략히 언급되기만 한 그 곤충은 그때까지 박물학자들의 진지한 탐구의 대상에서 벗어나 있었다.

어느 날 저녁 그는 눈에 시계공의 돋보기 같은 것을 끼고 후광을 관찰하던 중(그동안 펠리시테는 그를 위해 카드에서 빼낸 음악장치 속 여덟 에메랄드충을 향하여 늙은 목소리로 〈스코틀랜드의 초롱꽃〉을 불렀다) 서로 반대방향으로 빠르게 돌아가는, 거의 존재하지 않는 듯한 두 개의 빛나는 원뿔을 발견했다. 서로 바닥이 맞붙은 그것들은 한쪽 꼭짓점은 곤충의 머리 위에, 다른 꼭짓점은 허공에 위치한 채 균형을 잡고 서 있었다. 아래쪽 원뿔은 단조로운 파란색이었고, 위쪽 원뿔은 샛노란색이었다.

상반된 방향으로 스치면서 돌아가는 두 개의 원에 의해 생성된, 또 노란색과 파란색이 혼합되어 초록색의 풍요로운 색조를 띠게 된 온전한 후광은 얇지만 뚜렷한 모습으로 고정되어 있었다. 그것이 발하는 화려한 광채는 육안으로는 아예 보이지도 않는 원뿔의 미약함과는 확연하게 대조되었다.

죽은 에메랄드충을 해부하기 위해 메스를 든 캉트렐은 그 머릿속에서 건조하고 단단한 물질로 된 미세한 흰색 원뿔을 두 개 발견했다. 서로 바닥 부분이 맞붙은 채 서 있는 그것들의 꼭짓점은 작고 동그란 벌레 머리통의 양 극점과 맞닿아 있었다. 메스는 그 머리통 위쪽에 일종의 창을 낸 셈이었다.

모든 것을 간파한 선생은 정확한 지점에 강력한 전류가 흐르게 했다. 그러자 예견했던 대로 흰색 원뿔들이 서로 상반된 방향으로 돌기 시작했고, 동시에 중간 정도의 열기를 띤 후광이 원뿔들 바로 위에 형성되었다. 돋보기를 통해서만 보이는 두 원뿔이 빛을 방사해 생긴 것이었다.

이제 수수께끼는 풀렸다. 만족감을 느끼면 에메랄드충들은 미묘한 신경의 변화로 흰색 원뿔을 회전시키고, 그러면 원뿔은 즉각 빛나는 영상을 강하게 증폭시켜 공중으로 투사하는 것이었다. 빛나는 두 원뿔 영상의 바닥이 서로 스치는 것은 그것들이 확대되면서 겹쳐지기 때문이었다. 실제 원뿔들의 바닥은 서로 거리만 가까울 뿐 스치지는 않았다.

캉트렐이 보기에 후광의 출현은 고양이의 가르릉 소리처럼 어떤 안락함을 표현하기도 하지만 원칙적으로는 반딧불이의 인광처럼 사랑의 의미를 띠면서 짝짓기를 위한 신호를 이루는 듯했다.

선생은 해부학적 조사를 더욱 밀고나갔다. 실제 원뿔의 꼭짓점은 원구의 구멍을 지나 무엇에도 연결되지 않은 바깥의 작은 흰 원판 중심에 연결되어 있었다. 후광과 평행을 이루는 이 원판은 신경섬유로 둘러싸였는데, 하나의 섬유가 여럿의 짧은 가지로 분화되어 생겨난 이 신경섬유들은 자성에 의해 전기모터와도 같은 회전운동을 발생시켰다. 원판은 돌기 시작하면서 그 움직임을 원뿔에 전달했다. 그럴 수밖에 없는 것이 원판과 원뿔은 하나로 연결되어 있었기 때문이다.

눈에 여전히 돋보기를 낀 채 강철송곳으로 아래쪽 원뿔에 일부러 줄을 그은 캉트렐은 죽은 에메랄드층 위에서 기대대로 발광성의 파란색 선을 보았다. 원뿔에 낸 갑작스러운 상처와 동일한 모양으로 크기만 확대되어 있었다. 위쪽 원뿔에 같은 실험을 행하니 더 높은 곳에 노란색으로 동일한 결과가 생겼다.

이제 다양한 방향으로 줄무늬를 낸 선생은 문득 가느다란 광선들(상처를 낸 원뿔에 따라 파란색 또는 노란색을 띠었다)이 허공에 원본과 똑같은 모양을 그리는 것을 보았다. 크기만 확대되었을 뿐이었다.

마음속 추측을 확인해주는 그 선들의 출현은 어떻게 원뿔이 자신의 분명하고도 완전한 복제물을 빛의 형태로 산출하는지 확실하게 보여주었다. 그것은 회전하는 원뿔의 표면이 좁고 둥근 공간에 갇힌 공기와 마찰을 일으키며 생기는 것이었다.

광선은 원뿔이 움직임을 멈추자 즉각 사라졌다. 산출된 빛의 뉘앙스가 질료의 차이에서 온다고 생각한 캉트렐은 미리 준비한 용액을 가는 붓으로 원뿔마다 발랐다. 과연 서로 다른 두 가지 화학반응이 관찰되었다.

똑바로 놓든 비스듬히 놓든, 옆으로 놓든 뒤집어 놓든, 각각의 에메랄드충은 머리 꼭대기를 장식한 후광과 언제나 동일한 광채를 지녔다. 두 개의 원뿔이 하나의 긴 축을 중심으로 움직이는 듯했다.

빛나는 영상의 상대적 방향이 언제나 일정한 이유를 찾던 선생은 머리통의 두 반구半球 색조가 서로 약간 다르다는 것을 발견했다. 그것들은 같은 흰색이되 서로 구별되는 물질로 만들어진 것이었다. 메스를 사용하여 두 반구를 분리한 다음 원뿔과 신경을 떼어내자 이제 각각의 정수리에 미세한 구멍이 뚫린 두 개의 두개관頭蓋冠이 생겼다. 그중 하나에는 앞선 관찰을 위해 뚫었던 섬세한 창이 여전히 나 있었다.

살아 있는 에메랄드충이 〈스코틀랜드의 초롱꽃〉을 듣고 생성해낸 빛의 원뿔 위로 두 가벼운 물체를 번갈아 움직이던 캉트렐은, 이미 해본 여러 다른 대체시험에서 그랬듯이 특수한 투명성을 지닌 위쪽 반구는 빛의 원뿔에 아무런 변화도 가져오지 못한다는 사실을 돋보기 너머로 확인했다. 원뿔은 유리판을 움직여도 전혀 미동하지 않는 태양광선처럼 조금도 동요하지 않았다. 반면에 아래쪽 반구는 도처에서 동요를 일으켰다. 그 불투명한 장애물에 부딪친 빛의 원자는 혼란을 겪어야만 했다. 원자는 거기에서 완벽한 방수성뿐만 아니라 반발과 억제까지 맞닥뜨렸다. 이는 곤충의 머리 아래쪽 반구가 일종의 반사경 역할을 하면서 빛나는 형상을 쉼없이 멀리 쏘아올린다는 사실을 설명해주는 현상이었다. 아래쪽 반구는 다른 한편 특별한 곡선을 만들어 형태를 확대하는 기능 또한 수행하고 있었다.

확대경은 육안으로는 결코 관찰되지 않는, 피부에 구멍이 패는 현상을 부각시켜주었다. 허공의 위쪽 원뿔이 구멍을 뚫을 수 있는 것은 회전 덕분이었다. 원뿔은 뾰족한 끝을 모공에 밀어 넣고는 구멍을 확장시켰다.

감촉되지 않는 단순한 빛에 피부를 뚫는 힘이 있다는 사실에 우선 놀란 캉트렐은 미국에서 무시무시한 폭풍으로 강한 회전력을 얻은 밀짚이 나무로 된 전봇대에 깊이 박힌 적이 있다는 신뢰할 만한 증언을 떠올렸다.

빠른 소용돌이는 따라서 연약한 물체가 그보다 더 단단한 물체를 제압하게 해줄 수 있었다. 한데 이번 경우 특히 놀라운 것은, 피부가 빛과 마찰하면서도 다른 일단의 물질이 그러하듯 투명하게 그 빛을 투과시킨다는 사실이었다.

천공방식의 모방할 수 없는 섬세함 덕분에 구멍에서 절대 피는 나지 않는다는 사실을 확인한 캉트렐은 불현듯 연금술사 파라셀수스의 유명한 청원제를 떠올렸다. 그는 야바위짓을 차치하면 이 인물이야말로 16세기의 가장 강력한 정신 가운데 하나라고 여기고 감탄해온 터였다.

조잡한 형이상학적 기반에도 불구하고 백신, 그리고 장기 추출액 요법 치료와 관련하여 현대의 과학적 주장들과 매우 유사한 파라셀수스의 청원제 이론은 캉트렐에게 천재적인 선구적 통찰로 보였다.

파라셀수스는 인체의 각 구성요소를 사고하는 개체로 간주했다. 각각 관찰력 있는 고유의 영혼을 지닌 구성요소는 따라서 다른 무엇보다도 스스로에 대해 더 잘 알며, 병에 걸렸을 경우 어떤 치료법이 효과가 있는지도 잘 알 수 있다고 했다. 그런 만큼 값을 매길 수 없을 정도로 소중한 정보를 얻기 위해서는 통찰력 있는 의사가 능숙한 질문만 던지면 되었다. 사실인즉 현명한 의사의 진정한 역할도 바로 거기에 있었다.

이러한 생각에서 출발하여 연금술사는 '청원제'라는 이름 아래 저마다 다양한 효과가 있는 일련의 하얀 가루를 만들었다.

질문의 사명이 있는 각 가루는 그에 대응하는 기관에 작용했고, 그러면 해당 기관은 즉각 미지의 물질을 분비했다. 그것이 바로 대답에 해당했으니, 이 물질은 수월하게 모여 곧 필요한 치료제를 구성했다.

라틴어로 '바라건대'를 뜻하는 가루의 명칭은 그 자체로 개념의 형이상학적 본질을 잘 드러냈다. 파라셀수스는 신체기관을 감언이설로 환심을 사야 하는 신비로운 권력자처럼 바라보면서 겸허한 청원자의 자세로 호소했던 것이다.

어떤 청원제는 간에 작용했다. 간은 간질환을 물리치는 물질을 혈액에 쏟아부었고, 그러면 혈액에서 그 물질을 채취할 수 있었다. 다른 청원제는 위장을 자극하여 같은 과정을 거쳐 소화제를 제공하도록 했다. 또다른 청원제는 심장에 요청하여 심장병 환자에게 줄 최상의 약을 내놓도록 했다.

이런 식으로 특정 청원제의 독려를 받은 건강한 신체의 각 기관은 특정한 성분을 제조해냈고, 파라셀수스는 그것을 채취하여 환자들에게 처방했다.

예외적인 경우이지만, 삼키지 않고 신체에 직접 바르는 청원제도 몇 종류 있었다.

예컨대 현명하다고 간주되는 사람의 눈에 청원제 가루를 바르면 눈물의 형태로 만능 안약이 마련되었다. 통찰력 있는 실체로 여겨지는 사람의 피부에 또다른 청원제를 바르면 모든 피부질환을 치료해주는 방향성 진통제를 화농을 통해 제공해 주었다.

그런데 사실인즉 이 방법은 아무런 확실한 결과도 얻지 못했다. 그저 자기의 소신에 따라 현명한 존재들의 고견을 구하고 가르침을 받겠다는 파라셀수스의 독단적인 사변에 불과했던 것이다.

그 유명한 가루들이 촉발한 분비물은 아무런 치유의 효능이 없었는데, 그저 무해하고 상투적인 그 자극제의 제조법은 지금도 남아 있다. 하지만 무익함에도 불구하고 그 발상은 훗날 제너+와 함께, 뒤이어 파스퇴르와 함께 임상학에 혁명을 가져올 체계의 전조로서 커다란 관심의 대상이 되었다. 콩트에 따르면 파라셀수스는 백신 원리의 신학적 시대를 대표했거니와, 백신은 이후 눈에 띄지 않는 형이상학적 전이를 거쳐 자신의 실증주의 시대에 도달했다는 것이다.

'청원'이라는 단어가 16세기에 이미 오늘날과 같은 의미로 사용되었다는 사실은(캉트렐은 연구를 통해 그것을 알게 되었다) 파라셀수스가 지고의 힘의 자유의지를 믿고 그 힘에 간청했다는 사실을 확인시켜주었다.

그런데 청원제에 대한 방대한 저작인『진정한 의사의 임무』에서 파라셀수스는 수많은 예 가운데 특기할 만한 다음의 사실을 인용한다.

탐험가인 레티아스는 오로지 방언의 관점에서 서아프리카의 한 흑인 부족에 전문적인 관심을 가졌다. 연금술사의 친구이기도 한 그는 그곳의 가장 영리한 인물로서 현장에서 시작된 방언연구를 집에서도 계속하게 해줄 밀네오라는 이름의 흑인을 데려왔다. 한데 그는 자신의 흑인 아내인 도센이 동행한다는 조건하에서만 그를 따라오는 데 동의했다.

+ 1796년 우두 종두법을 발견한 영국의 의사 에드워드 제너.

오래전부터 밀네오는 자기 고향의 풍토병인 피부질환을 앓고 있었다. 유럽으로 돌아온 레티아스는 치료를 위해 피보호자를 파라셀수스에게 데려갔다. 자기가 세운 원칙에 엄격하게 복종하는 의사는 흑인의 피부는 같은 흑인의 피부가 제공한 치료제의 작용으로만 치유될 수 있다고 판단했다.

그는 밀네오와 같은 부족 출신으로서 실험에 안성맞춤인 도센의 팔에 청원제를 발랐다.

곧 화농이 발생했고, 그 이례적인 색깔은 유럽인의 피부와 다른 반응을 나타내면서 흑인을 선택한 판단이 옳았음을 입증해주었다. 그런데 체액을 살피던 파라셀수스는 처음으로 붉은 알갱이들을 발견했다. 분석 결과 그 성분은 놀랍게도 '석탄, 유황 그리고 초석'으로, 로저 베이컨이 삼 세기 전에 발명한 대포화약의 성분과 일치했다. 하지만 산출과정에서 분비물에 젖은 그 미세한 알갱이들은 아무 폭발력도 없었다. 말린 뒤 여러 차례 실험해보았지만 결과는 마찬가지였다.

커다란 폭발을 얻어낸다면 자신의 발견(아무도 그것을 예견하지 못했다는 사실이 자랑스러웠다)이 훨씬 더 강렬하게 부각될 것이라고 생각한 연금술사는 폭발성 알갱이의 형성이 수분 누출보다 앞서는지 알고 싶었다. 그가 도달한 결론은 긍정적인 것이었다. 새로이 행한 실험에서 청원제를 바른 지 얼마 되지 않은 도센의 피부를 섬세한 강철기구로 파헤치다가 습기라고는 전혀 없는 알갱이 몇 개를 거두었기 때문이다. 고통을 잘 참는 도센은 신음 한 번 내지 않은 채 가만히 있었다. 하지만 이러한 적출방식은 출혈을 일으켰고, 파라셀수스는 끝없는 주의를 기울였음에도 불구하고 알갱이들이 피에 휩쓸려 소실되는 것을 막아낼 도리가 없었다.

그사이 연금술사는 청원제를 바른 피부가 제공하는 체액

을 진통제로 활용해 밀네오를 치료하는 데 성공했다. 물론 그의 통증은 저절로 가라앉은 것이었다.

이 이야기를 생각하면서 캉트렐은 문제의 청원제를 만들었다. 예의 저술에서 얻은 제조법에는 수화나트륨, 무수아비산, 염화암모늄, 규산칼륨, 질산칼륨 등 기본적인 성분의 정확한 함량이 명시되어 있었다.

호기심을 느낀 그는 흑인의 피부에 청원제를 발라보았다. 예상한 대로 화농이 발생하는 가운데 수많은 알갱이가 나타났다. 그것들을 분석해보니 연금술사가 말한 세 가지 성분이 검출되었다.

인체에 탄소와 유황이 함유되어 있다는 사실을 생각한 선생은 이 현상을 금방 이해할 수 있었다.

그 내용은 이렇다. 청원제는 질산칼륨이 풍부하기 때문에 초석을 직접적으로 제공한다. 수화나트륨과 무수아비산의 경우 전자는 탄소를 좋아하고 후자는 유황을 좋아하기 때문에 피부 속에 산재한 두 원소의 작은 조각들을 끌어당긴다.

한데 흑인들의 피부를 물들이는 특별한 색소는 수많은 화학적 친화력으로 일곱 개의 다양한 원소를 끌어당기는바, 그 가운데에는 수화나트륨, 무수아비산, 그리고 질산칼륨이 포함되어 있다. 피부색소에 의해 초석과 함께 유인된 수화나트륨과 무수아비산은 자신들이 끌어모은 탄소와 유황을 가져온다. 알갱이들이 생겨나는 것은 바로 이 우연적 관계 때문이다. 물론 화농을 준비하는 피부 속 일종의 반죽작용도 무시할 수 없는 역할을 수행한다.

색소가 행하는 중요한 역할은, 캉트렐이 확인한바 유사한 반응을 보이는 백인에게는 어째서 알갱이가 하나도 없는가 하는 의문을 설명해주었다.

이 같은 연유로 생긴 알갱이들을 폭발시키는 데 커다란 흥미를 느낀 선생은 불가능한 시도에 매달려 직접 섬세한 강철기구들을 집어들고는 파라셀수스처럼 때 이르게 피부 속 깊이 목표물을 찾아나서기 시작했다. 관건은 불가피한 절개로 인한 출혈에 알갱이들이 젖지 않게 하는 것이었다. 만약 체액에서 채취한다면 젖지 않을 수 없을 터였다.

그런데 에메랄드충들이 만든 빛의 원뿔은 피부 속을 섬세하게 나아가되 혈관을 건드리지 않았고, 따라서 원하는 목표를 달성할 수 있었다.

선생은 저녁시간에 흑인의 피부에 평소처럼 청원제를 바른 뒤 아직 채 화농이 형성되지 않은 상태에서 실험을 시작했다. 펠리시테의 목소리가 인도하는 가운데 음악카드가 이중의 음역으로 연주하는 〈스코틀랜드의 초롱꽃〉 멜로디에 따라 여덟 개의 보이지 않는 빛의 원뿔이 움직였다. 캉트렐의 요청으로 그녀는 유일한 방법을 동원하여 에메랄드충들로부터 구멍을 뚫는 강력한 광선을 얻어내고 있었던 것이다.

하지만 눈에 돋보기를 끼운 선생은 마치 유리 속을 돌아다니는 광선처럼 지극히 가벼운 원뿔이 그 어떤 동요도 없이 피부를 절개하지도 않은 채 그저 관통하는 것을 보았다. 백인보다 유연성이 현저히 떨어지는 흑인 피부의 모공은 회전하는 가벼운 빛의 원뿔에 저항이 너무 강했다. 이 때문에 그 반응은 보이지 않는 투명한 물질에 대한 것이나 마찬가지였다.

다른 흑인들 또한 남자건 여자건 모두 부정적인 결과를 보여주었다.

선생은 패배를 인정하길 거부하면서 소름이 돋은 피부의 확장된 모공은 어쩌면 뚫고 들어갈 수 있을지도 모른다고 생각했다.

추위로는 충분치 않다는 사실을 확인한 캉트렐은 강력한 공포의 효과를 시험해보고자 했다. 오래전 유럽으로 옮겨와 일체의 폭력을 금하는 우리 법을 신뢰하게 된 흑인들은 대상이 아니었다.

그는 최근 볼롱의 작품 전시회에서 유명한 〈과일의 무희〉를 보고 직접 느꼈던 깊은 충격을 떠올렸다. 그것은 위대한 화가의 걸작으로 간주되는 작품이었다. 카탈로그에는 터무니없는 관습에 영감을 받은 그림의 개요가 이렇게 정리되어 있었다.

매년 쿠카*에서는 과일나무에 열매가 열려 가지가 휠 무렵이면 일종의 종교적 전통에 따라 맨 처음 딴 과일을 신하들에게 둘러싸인 왕에게 성대하게 바쳤다. 이 일을 맡는 것은 무희로서 과일을 바치기에 앞서 어려운 춤동작을 마쳐야만 했다. 만약 춤을 추는 도중 단 한 개의 과일이라도 떨어지면 무희는 그 자리에서 죽임을 당했고, 다른 무희가 중단된 동작을 대신 이어나갔다. 물론 같은 실수가 빚어질 경우 동일한 극형이 그녀를 기다리고 있었다. 이러한 엄격함의 근원이 된 미신적인 신앙에 따르면, 첫번째 수확물이 왕에게 고스란히 전달되지 못할 경우 메뚜기떼가 나머지 수확물을 파괴하는 것은 물론 농작물 재배 전반을 황폐하게 만들 것이었다. 따라서 준비된 과일의 추락이 파괴적 재앙과 관련한 하나의 위협이 되는 만큼, 이를 피하기 위해서는 잘못을 저지른 무희의 즉각적인 죽음이 필요하다는 것이었다. 그 고장에서 무희들의 희생을 주저하지 않았던 이유는 메뚜기떼로 인한 잦은 기근이 지속적으로 두려움을 불러일으켰기 때문이다. 사람들은 그리함으로써 수천의 생명을 구한다고 생각했다. 왕에게 바치는 봉헌은 의당 최고의 사치를 요하는 일로 언제나 많은 수효의 과일을 포함했고, 과일

* 아프리카의 수단 중부에 자리잡았던 옛 보르누 제국의 수도.

은 바구니 세 개에 높은 피라미드 모양으로 층층이 쌓아올려졌다. 무희는 복잡하고 꽤 격렬한 춤을 추면서 머리 위에, 그리고 활짝 편 양쪽 손바닥에 얹은 바구니들의 위태로운 균형을 유지해야만 했다. 이러한 조건은 임무의 수행을 극도로 어렵게 만들었고, 종종 몇 명의 무희가 본의 아니게 과일을 떨어뜨린 죄로 그 자리에서 희생된 다음에야 한 무희가 운좋게도 성공하곤 했다. 이 같은 연유로 임무를 수행하는 불행한 무희들은 가장 참혹한 공포에 사로잡히곤 했다.

과일을 거의 기적적으로 표현해내는 유명한 재능에 확고한 인물 묘사 솜씨를 겸비한 볼롱은 이 이야기에서 자기에게 꼭 맞는 경이로운 주제를 발견했다. 다른 어떤 장면보다도 과일이 떨어지는(시선을 잡아끄는 알 굵은 베리를 골랐다) 비극적인 순간을 요령 있게 채택한 그는 여자 주인공의 얼굴 위로 극적인 공포가 드러나게 했다. 자기에게 달려들며 칼을 휘두르려는 두 명의 사형집행인을 보면서도 여전히 안무에 따라 두 발을 엇갈린 상태로 유지한 그녀는 고관들과 함께 앉아 있는 오른쪽의 왕을 향하고 있었다. 불안정한 세 바구니의 과일들은 기적적인 입체감을 보여주었고, 운명의 베리는 붉은빛으로 번득였다. 모두 흑인인 인물들은 살아 있었고, 놀랍도록 사실적인 전체 모습은 회화에 문외한인 사람조차 찬탄하게 만들었다. 캉트렐은 그 유명한 그림을 오랫동안 바라보며, 이런저런 미신이 원시 부족들 사이에서 어쨌거나 영속하고 있다는 사실에 놀랐다. 실제로 춤이 완전히 성공해도 메뚜기떼가 날아오는 경우가 있었고, 그런 만큼 그 믿음은 폐기되어야만 했다. 하지만 마치 비를 부르는 사람들의 즉각적인 힘을 신뢰하듯이 그것은 존속되었다. 이들이 거행하는 의식이 성과를 낳는 경우는 매우 드문데다가 그런 일이 일어난다 해도 그저 우연일 뿐인데 말이다.

회화적 기교라고는 알지 못하는 원시의 눈을 놀라게 하기에 안성맞춤인 그 같은 작품을 볼 경우, 수많은 고뇌를 느끼며 끔찍한 시험을 이겨낸 수단 여인이라면 일종의 반작용으로 돌연한 공포를 느낄지도 모른다고 선생은 생각했다. 이 공포는 필요한 순간에 격렬한 소름을 유발할 수 있을 것이었다.

복제본으로는 아무래도 충분치 않다고 판단한 캉트렐은 원본에 대해 알아보았고, 그것을 매각하려 내놓았던 유명한 화상은 정확히 언제가 될지는 분명치 않지만 어쨌든 그림을 잠시 빌려주기로 약속했다.

캉트렐은 또 보르누에 있는 프랑스 영사와 주고받은 편지를 통해 실레이스라는 이름의 무희를 알게 되었다. 그녀는 그 끔찍한 임무를 오 년 연달아 성공적으로 수행해냈다. 하지만 두려움은 매년 커지기만 했고, 결국 여섯번째 춤을 시작하려는 순간 쓰러지고 말았다. 경련이 어찌나 심했던지 그 위협적인 춤으로부터 영구히 배제해야 할 지경이었다. 그때 이후로 실레이스는 과도하게 예민해져서, 과일의 춤이 거행되는 장소를 일부러 돌아가며 피할 정도였다(고통스러운 기억으로 얼룩진 그곳을 바라볼 수조차 없었다).

무한한 신뢰와 동시에 간절한 지침을 전달받은 영사는 캉트렐이 기대하는 정신적 충격의 강도를 약화시킬 일체의 내용은 함구하고 실레이스로 하여금 마음을 결정하게 만들었다. 그녀는 두둑한 보수에 마음이 끌려 로쿠스 솔루스를 향해 출발하기로 마음먹었다. 보르누를 떠나 파리로 가는 목화 상인이 그녀를 정중하게 안내했다.

실레이스가 도착한 뒤 선생은 여러 사람의 서명이 들어간 멋진 조서를 염두에 두고 최선을 다해 실험을 보여주기로 작정했다. 되풀이할 수 없는 착시와 충격에 근거를 둔 것이기에 실험은 일회적일 수밖에 없었다. 중요한 것은 폭발성 알갱이가 눈에 두드러지는 방식으로 작용하도록 바위 같은 것을 박살내는 것이었다. 이를 위해서는 폭발력을 얻는 중간단계 없이 사람들이 보는 앞에서 검은 피부 속의 알갱이를 발파구멍으로 옮겨놓아야 할 것이었다.

캉트렐은 우리의 증명과 서명을 기대하면서 바위로 된 강주변을 실험장소로 고른 뒤 펠리시테가 보여줄 공연의 마지막 부분에 소용될 모든 것을 준비했다. 그녀의 임무는 필요한 순간 여러 타로카드 가운데 안쪽의 에메랄드충이 제 음악이 불러일으킨 흥에 겨워 가장 활기찬 양상을 보여주는 카드를 고르는 것이었다. 밋밋한 음악카드는 알갱이를 쉽게 모으지 못할 것이기 때문이었다. 뤼크의 임무는 신호와 함께 볼롱의 그림을 별안간 내보이는 것이었다.

방금 전부터 도화선이 다 타들어가는 것을 바라보던 캉트렐은 설명에 속도를 내기 시작했다. 마침내 그가 입을 다물었을 때 불은 벌써 발파구멍 안쪽에 도달해 있었다.

초조한 기다림 끝에 기대하던 폭발이 일어났다. 강력하고 요란한 그것은 바위를 깨뜨렸고, 파편이 사방으로 날아가면서 실험의 성공을 알렸다. 이론의 여지가 없는 완벽한 성공이었다.

선생은 펠리시테가 건넨 필기도구를 사용하여 커다란 종이에 엄격하고도 간결한 사건 조서를 작성했다. 그는 아무런 대체물이나 화학적 준비 없이 우리 눈앞에서 열린 피부 속으로부터 바위의 발파구멍까지 옮겨진 폭발성 알갱이의 자명한 정체를 특히 강조했다. 우리 모두는 그의 요청에 따라 서명을 했다.

캉트렐이 우리에게 보여준 실레이스의 팔은 청원제에 반응하여 피부병을 고치는 유사 치료제를 분비하기 시작했다.

제7장

강을 등지고서 선생은 우리를 울창하고 멋진 숲 가장자리로 데려갔다. 우리는 그를 따라 숲속으로 들어갔다.

곧 시적인 분위기가 감도는 넓은 숲속의 빈터에 이르렀다. 거기에는 그을린 낯빛의 소년 하나가 서성대고 있었다. 눈에 띄게 남루한 옷을 입은 아이는 마치 시선을 끌고 군중을 모아 길거리 공연을 벌이는 사람처럼 보였다.

캉트렐은 소년이 노엘이라는 이름의 점쟁이로, 얼마 전부터 나라 곳곳을 돌아다니고 있다고 했다.

로쿠스 솔루스에 펠리시테가 있다는 말을 듣고 경쟁심을 느낀 소년은 전날 선생을 찾아와서 몹시 야릇한 점술을 보여주었다. 선생은 그에게 이 매혹적인 숲속의 빈터로 와서 우리에게 그의 재주를 보여달라고 요청했다. 나이도 다르고 성별도 다른 두 떠돌이 점쟁이의 재주를 비교해보는 매력적인 기회를 놓치지 않기 위해서였다.

병사처럼 어깨에 자루를 둘러맨 노엘은 부드러운 목소리로 '몹쉬스'+라는 이름을 부르며 날렵한 수탉 한 마리를 감시하고 있었다. 그의 곁을 걸어다니는 그 동물은 목과 꽁지깃에 두른 두 개의 가죽끈에 좁다란 보퉁이를 매달아 그 안에 짐을 넣어 지고 있었다. 신축성이 뛰어난 망으로 정교하게 만든 보퉁이는 전체적으로 약간 늘어져서 수탉의 몸에 딱 붙어 있었다.

+ 그리스신화에 나오는 예언자 '몹소스'를 프랑스식으로 읽은 것.

포개진 여러 물건으로 팽팽하게 늘어난 망 안쪽 여기저기에서 뒤섞인 금속들이 달빛을 반사하고 있었다.

우리가 다가가자 노엘은 땅 위에 설치해둔 가벼운 접이식 테이블 위에 수탉을 올려놓았다. 그러고는 수탉의 등에서 보퉁이를 들어내더니 우리에게 점을 쳐주겠다고 했다.

포스틴이 앞으로 나아갔고, 소년의 질문을 받은 그녀는 태어난 해와 일시를 말했다.

보퉁이에서 내용물을 꺼내어 테이블 위에 늘어놓은 노엘은 오로지 그것들만으로 작업을 하겠노라고 했다. 그는 잡동사니에 포함되어 있던 작은 천체력을 들춰보면서 헤라클레스 별자리가 토성과 함께 젊은 여인의 탄생을 주재했다는 사실을 확인했다.

그가 몹쉬스에게 매끈하고 뾰족한 모양의 긴 강철막대를 내밀자, 수탉은 그것을 부리로 물었다.

수탉은 테이블 한가운데로 가서는 깃털을 구기면서 누웠다. 그러고는 오른발로 막대 끝을 잡은 뒤 수직으로 세워 그 끝이 하늘을 향하게 했다. 노엘은 순간순간 눈을 들고 그 작은 창을 약간 기울여 거의 천정점에서 빛나고 있는 토성을 겨냥했다. 이제 강철을 통해 혹성과 자력으로 교통하게 된 수탉은 포스틴의 운명을 읽기에 충분한 통찰력을 갖게 되었다.

움직임을 멈춘 채 꼼짝 않고 있던 몹쉬스는 왼발을 구부려 자기 몸 한가운데 세운 달빛이 넘쳐나는 막대를 지탱했다. 닭은 떨지도 않고 그것을 꼭 잡고 있었다. 확고한 신념을 품고서 겨냥한 별에서 흘러나온 신비로운 기운에 오랫동안 젖어 있었다.

수탉이 마침내 자리에서 일어났다. 그리고 또다시 부리로 막대를 집어서는 물건들 사이에 정리했다.

거기서 몹쉬스는 묵주를 집어들더니 포스틴에게 내밀면서 한 알을 분명하게 가리켜 보였다.

노엘이 알려준 바에 따르면, 몹쉬스의 그런 요구는 경건한 암송을 통해 앞으로 닥칠 어떤 불행을 물리치기 위한 것이었다. 포스틴은 미신을 잘 믿는데다가 수탉의 몸짓에 적이 당황한 나머지 묵주 알을 집어들고는 지시받은 대로 기도를 읊조렸다.

보퉁이에서 나온 것 가운데 빈틈없는 준비 덕분에 수분을 잘 빨아들이게 된 밀짚이 담긴 기다란 유리상자가 눈에 띄었고, 그 옆에는 작은 수정구가 빛나고 있었다. 강렬한 붉은빛 용액으로 거의 가득찬 수정구에는 주둥이 대신 같은 재질의 곧고 가는 튜브가 달려 있었다. 노엘은 상자를 열고 밀짚 한 가닥을 꺼낸 뒤 방금 가느다란 코르크 마개를 뽑아낸 튜브 끝에 살짝 꽂았다.

몹쉬스는 머리를 숙여 부리로 튜브를 집어서는 그대로 포스틴에게 주었다. 그녀는 소년이 시키는 대로 손바닥으로 수정구를 잡았다.

용액이 열의 작용 아래 끓기 시작하면서 먼저 튜브로, 이어서 밀짚으로 올라갔다. 밀짚은 용액과 접촉하면서 3분의 2 높이까지 점차 붉은빛으로 물들었다. 용액이 오르기를 그치자 수탉은 수정구를 집어서는 노엘에게 주었다. 그는 금세 식은 용액이 제자리로 돌아가길 기다렸다가 밀짚을 제거하고 마개를 닫았다.

과거, 현재 또는 미래의 나날 중 매우 불안한 의구심을 불러일으키는 이롭거나 해로운 사건을 질문의 형태로 떠올리라는 소년의 요구에, 포스틴은 잘 모르겠다고 고백하면서 좀더 명쾌한 설명이 될 만한 예를 달라고 말했다.

흘러간 시간 속에서 그녀는 행복한 사건과 관련한 질문으로는 나는 내가 생각하는 것처럼 아무개와 진지하고 상호적인 사랑을 했던가?를 골랐고, 해로운 사건으로는 나는 내 우려처럼 어떤 상황에서 나를 사랑하는 사람이 차마 말하지 못한 비난의 대상이 되었던가?를 선택했다. 현재의 시간 또한 비슷한 질문들이 포함되었고, 미래의 경우는 무한한 질문의 장이 열려 있었다.

잠시 생각을 하고 난 포스틴은 머릿속으로 질문을 던졌노라고 말했다.

어린 소년은 오래된 상아 주사위를 두 손가락으로 집어들더니 거의 즉시 공중으로 던졌다. 그것은 빙빙 돌면서 높이 솟구쳤다가 테이블 한가운데로 떨어졌다. 윗면에는 모서리에 쓰인 1이라는 숫자 외에 나는 그것을 가졌던가?라는 짧은 문장이 붉은색으로 적혀 있었는데, 가는 글씨로 된 그것은 마치 상아의 결이 만든 모양처럼 보였다.

노엘은 포스틴에게, 주사위가 알려준 바에 따르면 그녀는 과거의 유리한 상황을 질문처럼 떠올렸다고 말했다. 수긍의 표시로 고개를 끄덕이며 그녀가 불안하고 곤혹스러운 표정으로 소년에게 답을 요구했지만 허사였다. 사실 그는 답을 주겠다고 약속한 적도 없었다. 우리가 금방 깨달을 수 있었던 것처럼 점을 보는 사람의 머릿속에 떠오른 질문의 내밀한 성격이 깊이 중요한 만큼, 노엘에 의하면 본질적으로 신비로운 주사위 던지기의 목표는 그 생각을 틀림없이 확실하게 꿰뚫어보되 직접적인 질문이 유발할지 모를, 점술가의 조합을 방해하는 어떤 거짓에도 여지를 주지 않는 것이었다.

이야기를 하면서 노엘은 우리 눈앞에 주사위를 놓았다. 상아의 결 같은 글씨가 적힌 여섯 면 구석에는 1부터 6까지의 숫자가 적혀 있었고 세 종류의 문구, 곧 나는 그것을 가졌던가?

나는 그것을 갖고 있는가? 나는 그것을 가질 것인가? 가운데 하나가 나타나 있었는데, 각각의 문구는 마주보는 두 면에 한 번은 붉은색으로, 또 한번은 검은색으로 똑같이 적혀 있었다. 사건이 이로운 것인가 그 반대인가 하는 것은 주사위에 쓰인 글씨가 붉은색인가 검은색인가로 결정되었고, 정보의 시간적 측면은 동사의 시제에 따라 정해졌다. 각 면에 쓰인 숫자의 색깔은 모두 문구의 색깔을 따랐다.

노엘은 호사스러운 푸른색 장정의 낡고 오래된 책을 펼쳤다. 길고 좁은 그것은 일종의 신비철학서로서 그는 우리에게 그 비밀을 일러주었다. 책 전체는 여섯 페이지로 이루어진 장章들로 나뉘며, 하나의 별자리를 다룬 각 장은 짧고 독립적인 문단들만으로 구성되어 있었다. 다소 모호한 비유로 인간의 운명을 이야기하는 고작 몇 줄짜리 문단이었다. 분량이 모두 동일한 각 장에는 개별적인 페이지 번호가 기입되어 있었다.

장정만큼이나 낡고 더러운, 하지만 멋진 독피지犢皮紙에 인쇄된 책을 소년은 빠르게 훑어내려갔다. 세 장마다 오른쪽 페이지 상단의 바깥쪽 구석에 별자리 이름이 비스듬히 기울어진 모양으로 적혀 있었다. 굵은 대문자로 인쇄되어 있는지라 놀랍도록 가는 본문 글씨와 선명하게 대비되었다. 노엘은 그 제목들을 읽어나가다가 '헤라클레스'에서 멈추었다. 그의 관찰에 따르면 그것은 토성과 함께 포스틴의 탄생을 주재한 별자리였다. 그는 해당 장의 여섯 페이지 가운데 첫 페이지만 포스틴에 관련된 내용을 담고 있다고 했다. 매우 정확한 탐색법을 제시하는 주사위는 1이 적힌 면을 보여주면서 페이지 지정이라는 제 사명을 다했다. 책을 찬찬히 훑어보았다면 서로 다른 여섯 종류의 정신이 각 장의 해당 페이지를 지배하고 있음을 알 수 있을 터였다. 따라서 놀라운 생각의 유사성이 모든 1페이지를 서로 연결해주었다. 각각의 2페이지 또한 책 전체를 통해 동일한 성격을 드러냈으며, 이는 6페이지까지 빠짐없이 관찰되는 현상이었다. 은밀한 질문을 과거, 현재, 미래 중 어디에 위치시키느냐 하는 것이 내밀한 성격을 파악하는 데 소중한 빛을 던져주었고, 이는 행복한 사건을 고르느냐 아니면 불행한 사건을 고르느냐에 의해 보완되었다. 낙천주의, 소심함, 우울증, 경계심, 무모함, 까다로움, 선견지명이 신비의 주사위가 어김없이 예견하는 내면의 질문 안에 정교하게 드러났다. 채택된 조사법에 의거하여 여섯 벌의 페이지를 제시하는, 다양한 감정에 대한 심화연구가 그 신비철학서 구성의 기초를 이루었다. 일단 별자리로 장이 지시되면 상아주사위 표면에 적힌 숫자는 읽어야 할 페이지의 번호를 가리켰다.

노엘은 방금 수정구의 민감한 용액으로 3분의 2가 붉게 변한 밀짚을 「헤라클레스」 장의 1페이지 위에 면적을 이등분하듯 놓았다. 인쇄 부분과 길이가 같은 가느다란 밀짚은 양쪽 끝이 아래위 여백에 정확히 가닿았고, 첫번째 줄에서 시작된 붉은색 부분은 문단 한중간에서 끝났다. 어린 소년은 바로 그 부분을 손가락으로 짚었다. 거기에 포스틴의 운명이 기록되어 있었다.

지시하는 방식은 이번에도 역시 합리적이었다. 점을 보는 사람의 기운과 기질에 따라 밀짚에 붉은색 용액이 얼마나 대담하게 올라가느냐가 결정되었고, 그렇게 올라간 용액의 최고점이 운명의 구절을 가리켜 보였다. 이때 비유적 이야기 속에 담긴 예술적 재능이나 애국심, 사랑은 각 페이지의 처음에서 끝으로 가면서 규칙적으로 강화되는 경향을 보였다. 점을 치는 노엘이 밀짚의 붉은 부분을 책 위쪽으로 향하게 한 것은 바로 그런 이유 때문이었다. 한 번 점을 치고 나면 소년은 밀짚이 빨

아들인 만큼의 용액을 벌충하기 위하여 일정한 수의 붉은색 방울을 수정구 속으로 떨어뜨렸다. 그리하지 않으면 이후의 점은 틀린 것이 될 터였다.

돋보기의 도움을 받아 노엘은 우리에게 신비의 구절을 읽어주었다. 몹쉬스는 주의깊게 듣는 것처럼 보였다.

"비잔티움의 궁전 안뜰에서 유녀 크리조말로는 하인들의 부축을 받으며 그녀가 자랑스러워하는 검은 말 바르시메스에 올랐고, 호화로운 마구를 얹은 말은 조바심치며 발을 굴러댔다. 그녀는 평원과 숲을 자유로이 달리려고 환한 얼굴로 밖으로 나섰다. 그런데 어느덧 저녁이 되어 집으로 돌아가기 위해 고삐를 돌리려 할 때 그녀는 박차가 저절로, 그리고 일정하게 말의 옆구리를 빠르게 걷어차는 것을 느꼈다. 바르시메스는 전력으로 질주했고 도무지 멈출 수가 없었다. 밤이 오자 푸르스름한 빛이 말 탄 여인을 따라붙으며 길을 비춰주었다. 그 빛이 어디에서 오는지 살피던 크리조말로는 박차가 청록색 광채로 빛나며 주위를 밝히는 동시에 자기 의지와는 상관없이 그녀의 발을 피가 흐르는 말의 상처에 매번 더욱 강하게 끌어당긴다는 사실을 알아차렸다. 이 미친 듯한 질주는 수년 동안 계속되었다. 말의 옆구리를 쉼없이 걷어차는 박차는 낮 동안에는 창백한 빛을 띠었지만 밤이 되면 강렬한 광채를 발했다. 이후로 비잔티움에서 크리조말로를 본 사람은 아무도 없었다."

소년은 자기가 한 이야기를 명쾌하게 해석해주었다.

즐겁게 산책을 떠나는 크리조말로와 흡사하게 포스틴은 기꺼운 약속으로 가득한 연애를 기쁨 가운데 시작할 것이다. 하지만 애초에 그녀가 경솔한 태도로 가볍게 생각한 그 사랑은 금세 고통스러운 질투로 점철되어 집요하고 폭군적인 사랑으로 변할 것이다. 박차는 수많은 통제의 시도에도 불구하고 알 수 없는 숙명의 길로 이끄는 괴로운 사랑의 상징이며, 어둠의 시간 동안 길을 비추는 청록색 빛을 통해 광포한 사랑이 인생의 어두운 페이지들 위로 퍼뜨리는 강렬하고 비극적인 빛을 표상한다.

과거에 떠들썩한 연애를 하면서 보여주었던 자유분방함 때문에 종종 사람들 입에 오르내리는 포스틴의 수많은 과실은 이 예언에 기이한 정확성을 부여했다.

젊은 여인은 몹시 놀랐지만 기질이 워낙 불같은지라 자신을 온통 지배할, 그리고 수많은 고통을 겪을지언정 자신의 삶 위로 박차가 예고하는 광채를 마구 쏘아댈 유일하고도 강력한 열정의 관념을 일종의 도취 속에서 받아들였다.

수탉이 보통이 속에 있던 작은 가지에서 샐비어꽃을 따서는 우스꽝스러운 모양으로 부리를 움직이며 포스틴에게 집요하게 내미는 모습에 노엘은 웃음을 참지 못했다. 여인은 그 마스코트를 받았다. 소년은 그녀가 앞으로 겪게 될 열정의 고통스러운 결과를 그 꽃이 약간 완화시켜줄 것이라고 말했다.

어린 소년은 수탉을 향해 포스틴의 이름을 분명하게 발음하면서 테이블 위에 가냘픈 금속이젤을 세우고는 그 위에 얇고 높은 상아판을 캔버스처럼 얹었다. 몹쉬스는 그 앞에 가까이 서더니 이상한 경련에 사로잡힌 듯 몇 번에 걸쳐서 머리를 급격하게 휘저었다. 그 바람에 목이 뒤틀리고 충혈될 정도였다. 잠시 부동자세를 취한 수탉은 부리를 크게 벌리고는 의식적으로 강하게 기침해 미량의 피를 앞으로 내뱉었다. 목구멍 깊은 곳에서 나온 피는 상아판 왼쪽 위에 가닿았고, 그러자 그 자리에 작은 크기의 붉은색 대문자 F가 나타났다.

또다시 일부러 기침을 하면서, 하지만 이번에는 좀더 아래쪽을 겨냥해 수탉은 두번째로 피를 뿜었고 F 바로 아래 A가 그려졌다. 이렇게 글자들은 목구멍 속에서 완전히 형성되어 나와 단번에 새겨졌다.

같은 동작이 여섯 차례 더 반복되면서 앞선 글자 아래 다른 대문자가 나타났고, 마침내 FAUSTINE이라는 이름이 상아판 왼쪽 가장자리를 따라 수직으로 쓰였다.

그러자 노엘은 눈에 띄게 분명해진 우리 호기심을 만족시켜주기 위해 입을 열었다.

자신이 오랫동안 교육한 수탉의 영리함에 놀란 소년은 만약에 몹쉬스가 자기 생각을 표현할 수만 있다면 앵무새에게서 볼 수 있는 순전히 기계적인 발화 대신에 사고를 거친 제대로된 문장을 얻을 수 있을 것이라고 생각했다.

그러나 말하는 새 특유의 해부학적 특수성이 결여된 수탉에게는 말을 가르치려는 모든 시도가 다 부질없는 짓일 뿐이었다. 게다가 고심 끝에 글쓰기를 가르치려고 했지만 수탉의 발로는 연필을 쥘 수가 없었다.

소년은 결국 계획을 포기했다. 그런데 이때 우연한 상황이 찾아와서 기이한 성공의 방법을 알려주었다.

어느 날 아침 노엘은 언제나처럼 이어지던 방랑을 잠시 멈추고 시골 여관에서 조용히 식사를 하고 있었다. 그동안 몹쉬스는 그의 주위를 이리저리 돌아다녔다. 이때 놀이에 몰두한 주인의 두 어린 아들이 웃음과 함께 쫓고 쫓기며 불쑥 뛰어들어왔다. 한데 먼저 들어온 아이가 뜀박질을 하다가 노엘의 식탁에 와 부딪쳤고, 그 바람에 식탁 가장자리에 놓여 있던 두 칸짜리 소금 그릇이 뒤집혔다. 소금이 마루판 위로 폭포처럼 쏟아지기 시작했고, 동시에 입자가 미세한 후추는 가벼운 구름처럼 피어올랐다가 이내 아래로 내려앉으면서 몹쉬스의 머리를 에워쌌다. 수탉은 곧 격렬한 기침을 하기 시작했다. 얼른 자리에서 일어나 걱정스러운 마음으로 수탉을 보살피던 소년은 경련에 사로잡힌 짐승이 멀찌감치 내뿜은 미미한 양의 피가 마루판 위로 매번 다른 이상한 기하학적 모양을 그리는 것을 보았다.

경련이 진정되었을 때 노엘은 그 의아한 핏자국의 원인을 알고 싶다는 생각을 했다. 그는 수탉의 부리를 벌렸다. 몹시 충혈된 목 뒤쪽 점막에서 쉽사리 피가 흘러나온다는 사실을 알 수 있었다. 신경이 집중적으로 분포된 그곳의 표면은 일시적인 떨림이 훑고 지나갈 때마다 여러 형상을 띠었다. 무의식적인 노력으로 인해 나머지 부분보다 더 충혈된, 아주 가늘게 튀어나온 형상은 선명한 자줏빛 혈한으로 뒤덮여 있었다. 바로 그때 별안간 수탉의 온몸을 뒤흔든 때늦은 기침을 피하기 위해 옆으로 몸을 던진 소년은 마루판을 물들인 새로운 핏자국이 조금 전 점막 위에 나타났던 형상과 꼭 같다는 것을 알아보았다.

예전에 했던 생각을 다시 떠올린 노엘은 이 현상을 이용하여 수탉에게 글쓰기를 가르치기로 했다. 그는 각각 대문자가 하나씩 음각으로 새겨진 스물여섯 개의 작은 알파벳 도장을 주문했다. 일반적인 도장과 달리 좌우 비대칭인 글자들도 원래 모양대로 제작되었다. 이 경우에는 방향이 한번 더 뒤집히기 때문이었다.

첫번째 도장의 금속표면을 수탉의 민감한 점막에 대고 얼마 동안 눌렀다가 떼자 대문자 A가 양각으로 나타났다. 노엘이 실험을 여러 차례 되풀이하며 수탉을 훈련시키자 곧 도장 없이도 글자가 절로 형성되었고 아울러 신경은 우연적으로 움직이는 대신에 몹쉬스의 의지에 따라 움직일 수 있었다. 그리하여 소리와 형태를 연결시키기 위해 노엘이 다양한 국면에서 부단히 발음한 모음을 수탉은 마음대로 나타나게 하고 지울 수 있게 되었다.

모든 도장으로 동일한 훈련을 반복한 덕분에 수탉은 소년이 무엇을 발음하든 목구멍 점막에 글자를 만들어낼 수 있게 되었다. 이어서 그는 필요할 때 자발적으로 기침하는 방법을 수탉에게 가르쳤다. 특히 돌출한 점막 부분이 축축하게 충혈되었으므로 피를 뿜을 때마다 그것이 가닿는 자리에는 언제나 점막에 나타난 글자가 찍혔다. 이 밖에도 일종의 보충교육을 받은 몹쉬스는 필요한 경우 목을 뒤틀어 점막에 피가 몰리도록 할 수 있게 되었다.

수직에 가까우면서 견고하고 씻을 수 있는 흰 판을 찾던 노엘은 상아판 한 개를 구입했다. 작은 이젤에 세워두고 붉은색 글자를 완벽하게 받아내기 위한 것이었다.

점진적인 훈련을 통해 먼저 글자로 음절을, 이어서 음절로 단어를 구성할 수 있게 된 몹쉬스는 마침내 글 쓰는 능력을 갖게 되었다. 대담해진 어린 소년이 수많은 운율법, 그중에서도 특히 이합체離合體의 시*를 주입시키며 희망을 품었던 대로 몹쉬스는 스스로의 생각을 표현하기 시작했다. 그리하여 이제 점을 칠 때면 수탉은 상대의 이름을 각 행의 맨 첫 자리에 놓은 뒤 그것을 바탕으로 시를 지었다.

노엘이 이야기를 하는 동안에도 몹쉬스는 쉼없이 일했고, 이제 상아판 위에는 여덟 행의 열두 음정 시구가 줄을 맞추고 있었다. 처음 여덟 글자와 동일한 작고 붉은 대문자를 하나하나 내뿜어 찍은 것이었다. 수탉은 목의 충혈상태를 유지하기 위해 이따금 고개를 뒤틀곤 했다. 피의 글자를 내뿜는 잦은 기침으로 찍은 마지막 두 행은 수수께끼와도 같은 이합체의 시로 완성되었다.

* 각 행의 첫 글자를 연결하면 주제어나 작가의 이름이 되는 시.

모호하면서도 이상한 깊이를 지닌 그 시는 크리조말로의 비유에 대한 주석이었다…

우리 모두는 포스틴과 함께 그 시를 몇 번이나 읽었다. 그녀는 여전히 마음을 빼앗긴 채 멍해 있었다.

그녀가 몽상에 잠겨 있는 동안 노엘은 상아판과 이젤을 정리하면서 우리에게 가벼운 물건 하나를 보여주었다. 그것은 석면 망사로 된 작은 장방형 판과 그것을 지탱하는, 간단한 구조에 네 다리가 달린 매우 얇은 금속받침대로 이루어져 있었다. 그는 꼼꼼하게 닫아놓은 투명한 운모판 상자를 그 옆에 놓았다. 상자에는 거의 두께가 없을 정도로 얇은 금속종이가 둘둘 말린 채 담겨 있었는데, 어찌나 섬세하게 투조세공이 되어 있는지 현미경으로만 자세히 보일 것 같았다. 맨눈으로는 그 놀라운 작품의 공기처럼 가벼운 윤곽만을 짐작할 수 있을 따름이었다. 그 미세한 원통형 물체는 상자의 겨우 20분의 1에 해당하는 부분만을 차지하고 있었다.

소년은 몇 센티미터쯤 되는 길이의 헝겊주머니를 열고는 잘게 부순 숯조각을 망사판 위로 쏟아부어 고르게 폈다. 그런 다음 성냥에 불을 당긴 뒤 그 불꽃을 판 아래서 이리저리 움직였다. 숯에 불이 붙자 그는 불 위에 투명한 상자를 놓았다. 불에 닿지 않는 부분 없이 전체가 가열되었다.

소년은 이제 경이로운 변모의 광경을 보여줄 채비가 끝난 섬세한 금속두루마리를 열심히 지켜보라고 당부하더니 큰 목소리로 오래전 일을 이야기해주었다.

아주 어려서부터 노엘은 바스코디라는 이름의 늙은 예술가 곁에서 방랑의 삶을 배웠다. 바스코디는 기타를 치면서 아직 남아 있는 멋진 테너 목소리로 길거리에서 노래를 불렀다. 공연이 끝날 무렵이면 노엘이 춤을 추고 모금을 했다.

도중에 휴식을 할 때면 바스코디는 종종 자신의 젊은 시절 이야기로 소년을 매료하곤 했다. 특히 무대 위에서 큰 성공을 거두었던 스물에서 서른 살까지의 영광스러운 시기에 대해 말했다. 그의 짧은 경력에서 절정이었던 순간은 1839년 파리 오페라극장에서 〈복수〉의 주인공을 맡았을 때였다. 작곡가인 뤼올즈몽샬 백작은 한때 오페라코미크극장에서 〈기다리기 그리고 뛰어가기〉라는 소품을 공연한 적이 있었다. 프로망탈 알레비+와 함께 만든 작품이었다. 당시 막 데뷔한 바스코디는 이 작품에서 보잘것없는 역을 맡았다. 하지만 그의 아름다운 목소리는 뤼올즈 백작을 놀라게 했고, 백작은 나중에 수많은 가수 가운데 바스코디를 〈복수〉의 주인공으로 조금의 주저도 없이 선택했다.

〈복수〉를 부르면서 바스코디는 찬란한 성공을 거두었다. 맑고 풍부한 그의 목소리는 매일 저녁 열광을 불러일으켰다.

그러나 후두에 문제가 생기면서 그는 성공의 절정에 무대를 떠나 성악교습으로 밥을 벌어야만 했다. 늙어가며 학생을 잃게 되고부터는 거리에서 손에 기타를 들고 노래했다. 그래도 아직 남아 있는 아름다운 목소리 덕분에 그나마 얼마간의 동냥을 얻을 수 있었다.

그러던 어느 날 이리저리 떠돌아다니다가 우연히 뇌이++에 들른 그는 열린 정원문을 넘어 들어가 조용하고 아담한 집 발치에서 〈복수〉에 나오는 아리아를 불렀다.

몇 소절도 채 부르지 않았는데 한 노인이 문지방에 나타나서는 감동한 목소리로 중얼거렸다.

"오! 이 목소리… 이 목소리… 하느님, 이게 가능한 일입니까?" 이윽고 앞으로 나아오던 노인이 두 손을 맞잡으며 외쳤다.

"바스코디!… 그 사람이야. 정말로 그 사람이야!…"

+ 뤼올즈몽샬과 프로망탈 알레비는 19세기에 활동한 작곡가이며, 〈복수La Vendetta〉와 〈기다리기 그리고 뛰어가기Attendre et Courir〉는 화학자이자 음악가인 뤼올즈몽샬의 실제 작품이다.

++ 파리 서쪽 근교의 도시.

바스코디는 문득 노래를 멈추고 부르르 몸을 떨며 말했다.

"뤼올즈몽샬 백작님!…"

두 사람은 울면서 서로를 얼싸안았다. 그 만남이 그들에게 젊은 시절을 회상하게 만들었던 것이다.

집안으로 들어간 바스코디는 자신의 딱한 사정을 백작에게 이야기했고, 백작은 백작대로 자기가 그동안 어떻게 살았는지 알려주었다.

이미 다수의 음악작품을 발표한 뒤 뜻하지 않은 역경을 겪으며 화학으로 전향한 뤼올즈 백작은 먼저 금속에 은이나 금을 씌우는 그 유명한 방법을, 이어서 강철을 녹이는 방법을 발견했다. 나중에 그는 인화성 금속을 발견했고, 이는 머지않아 프랑스의 대포를 제작하는 데 활용되었다.

현재 뤼올즈는 수년 동안의 연구 끝에 아직 세상에 밝히지 않은 새로운 발견에 성공한 터였다. 그는 옛친구에게 그것을 처음으로 알려주기로 했다. 생각지도 못했던 노래가 여전히 그를 매혹하며 옛 시절을 즐거이 떠올리게 했기 때문이다. 바스코디를 실험실로 데려간 백작은 그의 앞에 다리가 넷 달린 작은 석면망사판을 설치하고는 그 위에 뜨거운 잉걸불을 얇게 펼쳤다. 그런 다음 불 위에 운모로 된 가벼운 상자를 올려놓았다. 안에서는 미세한 두루마리 형태의 금속레이스가 찬란하게 빛나고 있었다. 크기가 어찌나 작았던지 아무것도 쓰지 않은 맨눈으로는 제대로 볼 수가 없었다. 석면망사가 투명한 것은 혹시 바닥이 두 겹이 아닐까 하는 의심을 미연에 방지하기 위해서였다.

열의 작용을 받은 그 이상한 레이스는 사방으로 점점 커지면서 보란듯이 넓어지고 두꺼워졌다. 두루마리 안쪽 면들 또한 길게 늘어나 서로 스쳤다. 이와 함께 금속은 눈에 띄게 유연해졌으며 바야흐로 크게 확대된 레이스의 미세한 윤곽이 눈에 들어왔다. 둥글게 감긴 긴 띠 모양의 레이스 사이에 마침내 빈틈이 사라졌고, 상자의 활용 가능한 공간을 모두 차지한 그것은 운모로 된 네 벽에 전부 닿을 정도였다.

열이 통하지 않는 양쪽 측면의 작은 손잡이를 잡고 상자를 미약한 불에서 멀리 옮겨놓은 뤼올즈는 이제 모든 것이 식도록 내버려두었다. 그런 다음 상자의 뚜껑을 열고는 레이스를 꺼냈다. 그것은 밖으로 나오자마자 금방 펼쳐졌다. 바스코디가 손에 들고 만지작거려보니 그 놀라운 망은 가장 공들여 만든 사치스러운 자수보다 더 뛰어난 유연성과 더 섬세한 아름다움을 보여주었다. 뜨거운 반사광에 어린 잔열과 놀라운 무게에서 드러나는 금속의 성질은 아무런 문제도 되지 않았다.

크게 부풀어오른 뒤에도 여전히 남아 있는 코와 무늬의 예사롭지 않은 섬세함은 애초 작업의 환상적인 세밀함을 증명했다. 뤼올즈가 바스코디에게 가리켜 보인 강력한 현미경의 도움을 받아 제작한 결과였다. 하지만 그 같은 작업의 완수가 의미하는 공적은 백작에게 별로 중요하지 않았다. 그는 다만 열을 받으면 엄청나게 늘어나면서도 본래의 성질을 그대로 유지한 채 가장 부드러운 천처럼 유연해지는 놀라운 금속을 발견했다는 사실이 자랑스러울 따름이었다.

드레스 장식에 안성맞춤인데다 찬란한 광채로 여성들의 탐욕을 불러일으키기에 제격인 그 화려한 레이스는 커다란 이익을 예고했다. 뤼올즈는 바스코디도 그 혜택을 누리게 하기로 마음먹었다. 그는 친구에게 투명한 상자와 금방 비운 망사판, 아울러 처음 것과 같은 금속두루마리 네 개를 주었다. 변모를 위한 모든 준비가 끝난 그것들은 당시 존재하던 견본의 전부였다. 조만간 그 소중한 비법이 퍼지기에 앞서 처음으로 선보임으로써 바스코디는 그 신기함으로 돈을 벌 수 있을 것이었다. 다시 말해 그는 네 차례의 실험을 값비싼 구경거리로 만들 수 있을 뿐 아니라 그 결과물을 높은 가격에 팔 수도 있을 터였다.

멋진 선물에 감격한 바스코디는 감사의 눈물을 흘리며 은인과 헤어졌다.

그러나 다음날인 1887년 9월 30일 다시 뤼올즈 백작의 집을 찾은 바스코디는 비참한 소식을 들었다. 백작이 벌써 오래 앓아온 심장질환으로 갑자기 죽은 것이었다. 자신의 마지막 발명의 비밀은 그 어디에도 남겨두지 않았다고 했다.

바스코디는 고인과의 마지막 만남이 담긴 이야기를 간행했다. 그리고 부유한 과학 애호가의 살롱에 모인 세련된 회중 앞에서 높은 금액의 사례비를 받고 금속팽창 실험을 했다. 애호가는 자기가 보는 앞에서 망사판의 잉걸불로 가열되어 운모 상자 안에 생겨난 눈부신 레이스를 비싼 값에 샀다.

그러나 이러한 소득은 일시적인 도움을 줄 뿐이었기에 늙은 예술가는 방랑가수 생활을 계속했다. 다만 세월에 상한 몸에 더 많은 휴식과 안락을 제공할 수는 있었다.

오 년 뒤 저축이 바닥나자 그는 다른 곳에서 똑같은 실험을 해서 새로 목돈을 마련했다. 이제 그에게는 두 개의 금속견본만 남게 되었다.

점점 더 보잘것없어지는 벌이를 풍부한 저축에서 헐어낸 돈으로 보충하는 가운데 또다시 몇 년이 흘렀다. 그는 매일매일 뤼올즈의 기억을 축복했다. 백작이 아니었으면 그의 노년은 결핍과 고통뿐일 터였다.

이리저리 떠돌아다니던 중, 바스코디는 어느 난폭한 술주정뱅이 노동자의 옆방에 기거하게 되었다. 얼마 전에 홀아비가 된 그는 노엘이라 불리는 여섯 살 난 아들과 외롭게 살고 있었다.

바스코디는 벽 너머로 종종 아이가 우는 소리를 듣곤 했다. 반찬 투정을 한다며 괴물 같은 아비에게 얻어맞았기 때문이다.

아이는 이따금 늙은 악사를 찾아와 그의 품에 안겨 울었고, 그는 따뜻한 위로를 아끼지 않았다.

결국 바스코디는 분노를 참지 못하고 노엘을 데리고 다니기로 했다. 아이의 순진한 매력이 군중을 모으는 데 도움이 될지도 몰랐다. 눈물 한 방울 흘리지 않고 흔쾌히 제안을 받아들인 그 짐승 같은 사내는 아이를 놓아주었고, 아이는 그날로 자신의 구원자를 따라 떠났다.

노엘은 지옥 같은 과거와 비교되는 새로운 삶에 매료되었다. 그는 노인이 연주하는 기타 리듬에 맞추어 몇 가지 빠른 춤을 배웠고, 덕분에 위태롭던 모금액이 다시 늘어나기 시작했다.

나중에 아이를 노래의 길로 이끌려고 시도하던 바스코디는 그의 목소리가 쓸 만하지 않다는 사실을 알게 되었다. 따라서 다른 길로 전향한 노엘은 한 어릿광대로부터 점술의 기초를 배웠고, 이후에 그것을 자기 나름의 방식으로 완성했다.

그러던 어느 날 바스코디는 조금씩 헐어 쓰던 두번째 목돈이 마침내 바닥이 났음을 알았다. 하지만 세번째 실험으로 다시 돈을 모았고, 이것이 오랜 기간 동안 비교적 안락한 생활을 보장해주었다.

그러나 그로부터 얼마 뒤, 여전히 맑고 감동적인 목소리를 간직하고 있던 노인은 예년보다 일찍 찾아온 겨울의 첫 추위에 죽고 말았다. 그의 나이는 거의 백 살에 가까웠다. 그는 최근 마련한 목돈 외에 뤼올즈 백작으로부터 받은 귀중한 금속두루마리 중 마지막 하나를 노엘에게 물려주었다.

크게 놀란 노엘은 은인이자 유일한 친구인 노인이 떠나가는 것을 두려움 속에서 바라보았다. 그는 온몸으로 오열하면서 홀로, 절대적으로 홀로 늙은 악사의 시체를 묘지까지 따라갔다…

그런 다음 그는 비틀거리면서 소중한 동반자가 마지막 시간을 보냈던 방으로 되돌아갔다.

이제부터 노엘은 스스로의 주인이었다. 일 년 전 바스코디와 함께 그들이 처음 만났던 도시를 지나간 적이 있었는데, 그때 자기 아버지가 술에 피폐해져서 죽은 것을 알게 된 터였다.

그는 쉼없이 유랑하며 점을 쳤다. 고독을 달래기 위해 동물들을 데리고 다녔고, 그에게 훈련받은 동물들은 레퍼토리를 더욱 재미있게 만들어주었다. 이제는 세상에 없는 개와 고양이, 그리고 원숭이가 번갈아가며 제 점술로 구경꾼을 놀라게 했다. 마지막 동물인 몹쉬스는 정교한 교육을 받은 덕분에 선배들을 한참 능가했다.

노엘은 뤼올즈 백작의 마지막 금속견본을 줄곧 간직하고 있었다.

언젠가 그것으로 큰돈을 벌 수 있으리라고 기대하던 소년은 사람들 앞에서 점을 칠 때마다 짧은 설명을 곁들여 망사판과 상자를 전시하며 공연 프로그램을 더욱 풍부하게 만들었다.

캉트렐은 우리에게 보여주기 위해 그 이상한 변모의 광경과 그로써 산출되는 레이스에 막대한 금액을 치렀고, 노엘은 오늘 소량의 숯을 준비한 참이었다.

어린 소년의 설명이 이어지는 동안 숯불에 달구어진 금속견본은 상자 속에서 점점 커지기 시작했다. 안쪽에서 미끄러지면서 움직이는 그 두루마리는 이제 상자를 거의 가득 채우기에 이르렀다.

팽창이 아직 미흡하다고 판단한 노엘은 레이스가 더욱 늘어나서 운모상자의 여섯 면에 전부 동시에 닿기를 기다렸다.

화상을 피하기 위해 두꺼운 편물로 된 겨울장갑을 낀 그는 열이 통하지 않는 손잡이도 사용하지 않은 채 상자를 열고 안에 있는 것을 꺼냈다. 그러고는 레이스가 더 빨리 식도록 테이블 위에 펼쳤다.

가장 값비싼 발랑시엔* 레이스에 비견될 그 경이로운 작품을 본 우리의 입에서 탄성이 터져나왔다. 극도로 얇지만 여전히 금속인 그것은 달빛에 찬연히 빛났다.

잠시 후 서슴없이 만져볼 수 있게 된 그 묵직한 레이스는 얇고 가벼운 천과 맞먹는 완벽한 유연성으로 다시 한번 우리를 놀라게 했다.

캉트렐은 레이스를 집어서 포스틴에게 주었다. 멋진 선물에 어안이 벙벙해진 젊은 여인은 즉각 그것을 가슴에 얹었다. 레이스는 몸에 꼭 끼는 분홍색 수영복 위로 경이로운 효과를 낳았고, 다들 다시금 그 빛나는 리본을 만져보고 싶어했다. 열기가 완전히 가신 그것에서 이번에는 차가운 금속성의 감촉이 느껴졌다.

노엘은 모든 실험도구(천체력과 강철막대, 묵주, 밀짚이 든 상자, 수정구, 붉게 물든 밀짚, 주사위, 별자리책, 돋보기, 샐비어 가지, 상아판, 이젤, 운모상자, 숯자루 그리고 잉걸불을 비워낸 망사판)를 신축성 있는 보퉁이에 넣었고, 그것은 곧 땅으로 자리를 옮긴 몹쉬스의 등에 다시 얹혔다.

소년이 테이블을 접어 들고 작별을 고했다. 물론 그는 회중 앞을 한 바퀴 돌며 그들이 자진해서 내어놓는 은화와 찬사를 거둬들이는 일도 잊지 않았다.

소년이 수탉과 함께 멀어지는 동안, 그에게서 몇 가지 고백을 얻어낸 선생은 우리로서는 도저히 이해할 수가 없던 마법의 주사위에 얽힌 비밀을 알려주었다. 그 내용은 이렇다. 노엘

* 레이스 생산으로 유명한 프랑스 북부의 도시.

은 점을 보는 사람의 눈에 미세하게 어린 분명함 또는 모호함, 아니면 기쁨 또는 슬픔을 보고 머릿속 질문과 관련한 이중의 수수께끼를 간파해냈다. 그런 다음 은밀한 충격을 가하여 주사위 속에 든 추의 위치를 조정함으로써 정확히 원하는 방향으로 떨어지게 만들었던 것이다.

캉트렐은 이제 우리가 그의 정원에 담긴 모든 비밀을 알게 되었다고 말하면서 빌라로 향했다. 잠시 후 그곳에서는 즐거운 저녁식사가 우리를 한자리에 모았다.

작품 해설

레몽 루셀의 『로쿠스 솔루스』와 경이의 정원

소설가이자 시인이고 극작가인 레몽 루셀은 『로쿠스 솔루스』(1913) 이외에도 대표작 『아프리카의 인상』(1909)과 자신의 문학작품 제조법을 설명하는 에세이 『나는 내 책 몇 권을 어떻게 썼는가』(1935)를 집필했고, 이 세 권이 그의 가장 널리 알려진 책들이다. 이 밖에도 열아홉 살 때 쓴 운문소설로서 그로 하여금 "보편적 영광의 감각"[1]을 느끼게 했던, 그리고 기대한 반응을 얻지 못했을 때 "끔찍하도록 격렬한 충격"을 겪으며 "영광의 경이로운 꼭대기에서 바닥으로 떨어진 것 같은 느낌에" 시달리게 했고, 심지어 홍역을 앓는 것처럼 피부가 붉은색으로 변할뿐더러 그를 오래 괴롭힐 신경증을 얻게 만든 『대역』(1897),[2] 집필에 투입된 시간만도 무려 칠 년이나 되는 장시 『새로운 아프리카의 인상』(1932)을 썼다. 또한 희곡 『이마의 별』(1924)과 『무수히 많은 태양』(1926) 외에 여러 편의 단편소설과 길고 짧은 시편들을 남겼다.

"내게는 상상력이 전부다": 무한히 다채로운 작가, 레몽 루셀

루셀은 어떤 사람이었던가? 그의 삶에서 우리는 다음의 세 측면을 주목하고자 한다.

1. 레몽 루셀, 「나는 내 책 몇 권을 어떻게 썼는가」, 『아프리카의 인상』, 송진석 옮김, 문학동네, 2019, 375쪽.
2. 같은 글, 378쪽.

우선 그는 어릴 때부터 오랫동안 파리국립음악원에서 음악을 배웠고, 작곡보다는 연주에 상당한 재능을 보여 교내 콩쿠르 피아노 부문에서 1등 차점이라는 우수한 성적을 얻기도 했다. 하지만 그는 일찌감치 음악보다 시가 자신의 천분임을 느꼈고 문학으로 진로를 바꿀 생각을 했다. 노래를 만들 때 가사는 쉽게 떠오르는 데 반해 멜로디는 만들어내기가 어렵다는 생각이 작용했다. 그는 열아홉 살 때 결정적으로 음악을 포기했지만 음악경력이 그의 문학에 깊은 영향을 끼쳤다는 점에 많은 연구자가 동의한다.

루셀은 체스에 대단한 열정을 보였다. 죽기 전해인 1932년 그는 많은 게임을 하면서 '레몽 루셀 공식'으로 난제 하나를 해결하는 데 성공했고, 체스의 대가인 사무엘 타르타코버가 그에 관해 몇 편의 글을 쓰기까지 했다. 상당한 수준에 올랐다는 얘기인데, 이는 또다른 체스 애호가로서 그에게 깊은 영향을 받았으며 스스로 그 사실을 천명하는 마르셀 뒤샹을 생각하게 한다. 하지만 체스와 관련하여 생각하게 되는 것은 루셀의 작품에 풍요롭게 담긴 이야기가 보여주는, 그야말로 예외적이라고 할 수밖에 없을 정교함이다. 루셀 문학의 가장 뚜렷한 특징 가운데 하나는 바로 작품을 넘치도록 채우고 있는 기상천외한 갖가지 이야기인데, 그 정밀한 전개와 현란한 변전은 어딘가 고도의 체스게임을 생각하게 하기 때문이다.

세번째 측면은 그의 사치다. 루셀 집안의 부는 그야말로 전설적인 것이었다. 아버지는 증권거래인, 지금으로 말하면 증권회사 소유주였고 어머니 집안은 그보다 더 부유했는데, 파리를 거점으로 하는 승합마차 운송회사를 통해 막대한 부를 쌓았다.[3] 그의 사치와 관련하여 자주 언급되는 것으로 1924년 여행을 위해 특별히 제작한 자동차가 있다. 요즘의 캠핑카를 생각

3. Tiphaine Samoyault, “Chronologie”, in Raymond Roussel, *Locus solus*, Paris: Flammarion, 2005, p. 323.

하게 하는 이 자동차는 길이 9미터, 넓이 2미터 30센티미터의 크기에 살롱, 스튜디오, 침실, 욕실, 심지어 두 명의 운전사와 한 명의 하인을 위한 공동침실까지 갖춘 것으로서 1925년 자동차 살롱에 전시된 뒤 언론에 보도되었고, 이듬해 로마를 방문했을 때는 무솔리니와 교황 피오11세의 관심을 끌 정도로 엄청난 것이었다. 루셀은 결벽증이 있었던 까닭에, 칼라는 한 번만 썼고 넥타이는 세 번, 셔츠는 수차례, 양복, 외투, 모자, 멜빵은 열다섯 번 착용한 뒤 버렸으며, 손수건은 하루에 대여섯 장을 썼다. 매년 9월 프랑스 남서부의 비아리츠에 있는 별장에 갈 때는 열차시간이 맞지 않을 경우 특별열차를 세냈다.[4] 루셀의 아버지가 파리 근교 뇌이에 구입했던 저택과 비아리츠의 별장은 가문이 소유한 재력을 현시적으로 나타낼 정도로 으리으리했으며, 그런 저택과 별장을 장식하는 그림과 가구는 루브르박물관에 어울릴 정도의 엄청난 걸작들이었다.

루셀의 엄청난 부, 그리고 그 지출과 관련하여 두 가지를 지적하도록 하자. 먼저 그의 부가 문학에 대한 무한한 열정으로 직접 연결된 상징적인 사례가 하나 있으니, 그것은 『로쿠스 솔루스』 제3장에 나오는 샴고양이 콩덱렌의 이름이다. 고양이의 이름은 로마자로 'Khóng-dĕk-lèn'이라 쓴다. 하지만 이것도 완전한 표기가 아니다. 두번째 음절의 모음은 'ĕ' 위에 '-'가 얹혀 있는, 그 어떤 언어에서도 발견할 수 없는 독특한 모양이기 때문이다. 소설에 모두 열일곱 차례 나오는 이 이름을 인쇄하기 위해 루셀은 특별히 활자를 제작했고, 이는 그로 하여금 엄청난 비용을 지출하게 했다. 이 이름은 현실세계를 참조하지 않는 전대미문의 것이라는 점에서, 그리고 무엇인가를 재현하거나 의미하는 대신에 그것 자체로 머무르며 무상적無償的 폐쇄회로로 닫히는 경우를 보여준다는 점에서 루셀 문학의 근본

4. François Caradec, *Raymond Roussel*, Paris: Fayard, 1997, pp. 107, 129.

적 성격을—프랑스 현대작가 쥘리앙 그라크의 표현을 빌려서 말하자면—일종의 문장紋章처럼 표상한다. 다른 하나는 루셀의 유명한 자동차와 관련된다. 루셀은 실제로 이 자동차를 타고 세상 곳곳을 여행했다. 그런데 이 여행에는 우리가 선뜻 이해하기 힘든 점이 있다.

> 꽤나 기묘한 한 가지 사실에 대해서도 여기에서 말해야겠다. 나는 많은 여행을 했다. 예컨대 1920년에서 1921년 사이에 인도, 오스트레일리아, 뉴질랜드, 태평양의 군도들, 중국, 일본 그리고 미국 등으로 세계일주를 했다. (이 여행중 나는 타히티에 꽤 오래 머물렀고, 피에르 로티의 찬탄할 만한 책에 나오는 몇몇 인물을 만날 수 있었다.) 이때 나는 벌써 유럽의 주요 나라들 외에 이집트와 북아프리카를 여행한 경험이 있었고, 나중에 콘스탄티노플, 소아시아, 페르시아를 방문했다. 그런데 이 모든 여행에서 내가 내 책을 위해 끌어낸 것은 아무것도 없다. 내가 보기에 이 사실은 말해둘 필요가 있는 것이다. 내게는 상상력이 전부라는 사실을 그것이 명료하게 보여주기 때문이다.[5]

이 고백은 매우 놀라운 것이 아닐 수 없다. 루셀의 작품은 무엇보다도 자유분방하고 무진장한 상상력이 특징인바, 쉼없이 움직이고 이동하며 세상이 제공하는 다양한 풍경과 사건을 탐욕스럽게 섭취하는 작가를 독자는 생각하게 되기 때문이다. 하지만 루셀은 의외로 "이 모든 여행에서 내가 내 책을 위해 끌어낸 것은 아무것도 없다"고 말하고 있다. 실제로 루셀은 여행중 기항할 때면 배에서 내려 일대를 구경하는 일행과 달리, 배에 머

5. 레몽 루셀, 같은 글, 376쪽.

무르며 사람들이 일정을 마치고 돌아오길 기다렸다. 결과적으로 그의 책을 가득 메우고 있는 다양한 사건과 기계 및 장치는 우리가 움직이며 관찰하는 세상이 아니라 그의 머릿속에서 온 것인 셈이다. "내게는 상상력이 전부"라는 말은[6] 루셀의 독특한 창작현실을 조감한다.

루셀과 초현실주의의 "행복한 오해"

루셀은 보기 드문 열정으로 문학에 임했다. 그는 일반 사람의 기준으로는 그야말로 어안이 벙벙할 정도의 시간과 부를 쏟아부으며 작품을 썼고, 엄청난 치열함으로 완성도를 추구했다. 하지만 그는 살아생전에 성공과는 거리가 멀었다. 작품이 발표될 때면 혹평이 아니라 사실상 대체로 무반응이었다. 그는 모든 작품을 자비로 출판해야만 했다. 게다가 그렇게 출판된 책마저도 독자들의 관심을 얻지 못해 예컨대 "『아프리카의 인상』 초판이 소진되기까지는 이십이 년이 넘는 시간을 기다려야만 했다".[7] 오십 년이 지나야 사람들이 자기 작품을 이해할 수 있을 것이라는 스탕달의 말은 이제 유명한 예언이 되었다. 『나는 내 책 몇 권을 어떻게 썼는가』를 끝맺는 루셀의 말 "나는 내 책들 덕분에 어쩌면 사후에라도 약간의 영광을 맛볼 수 있으리라는 희망 속으로, 부득이 도망치고자 한다" 역시 이제는 넉넉히 이루어진 바람이 되었다. 그의 주요 작품은 현재 세계 도처에서 번역되어 많은 독자가 읽고 있기 때문이다.

당대에 문학적으로 인정받지 못했던 루셀은 철저히 주변인일 수밖에 없었다. 그는 어떤 유파에도 속한 적이 없이 문단 바깥에 머무르며 글을 썼다. 작가란 모름지기 시대를 살며 세상에 문제를 제기하고 새로운 돌파구를 모색하는 사람이라고

6. 루셀과 개인적 인연이 있었고(그의 아버지는 루셀 가문을 위해 일했던 전문 경영인이었다), 영향을 받았으며, 루셀에 대해 중요한 고찰을 했던 미셸 레리스는 그가 쓴 책(Michel Leiris, *Roussel & Co*, Paris: Fata Morgana/Fayard, 1998)에서 한 장의 제목으로 이 표현을 사용했다.

7. 레몽 루셀, 같은 글, 383쪽.

할 텐데, 루셀은 아예 시대의 바깥에서 자기만의 세계를 구축하고 글을 쓴 경우에 속한다. 그에게는 그야말로 "상상력이 전부"였던 것이다.

이런 루셀을 초현실주의에 접근시키려는 시도가 있었다. 여기에는 운동을 이끈 앙드레 브르통이 『초현실주의 선언문』(1924)에서도 "루셀은 일화에서 초현실주의자이다"라고[8] 말한 것이 결정적으로 작용했다. 브르통은 다른 곳에서도, 예컨대 『블랙 유머 선집』(1940)에서 루셀을 다루었다. 초현실주의자들은 루셀의 희곡이 스캔들을 일으키면서 관객의 야유와 공격에 직면할 때면 집단적으로 그에 맞서며 루셀을 지지하곤 했다. 이런 와중에 루셀이 『아프리카의 인상』을 각색하여 무대에 올린 연극을 기욤 아폴리네르, 프랑시스 피카비아 등과 함께 본 마르셀 뒤샹이 그로부터 영감을 받아 유명한 작품 〈그녀의 독신자들에 의해 발가벗겨진 신부〉(1915~1923)를 제작했다는 이야기는 익히 알려져 있다. 한 대담에서 뒤샹은 이렇게 말했다. "내 〈유리〉, 곧 〈그녀의 독신자들에 의해 발가벗겨진 신부〉의 근본적인 연원은 루셀입니다. 그의 『아프리카의 인상』이 내게 채택해야 할 방법의 개요를 일러주었지요. 아폴리네르와 함께 본 그 연극은 내 표현의 양상 하나에 엄청나게 도움을 주었습니다. 루셀로부터 영향을 받을 수 있으리라는 것을 즉각 알았지요. 화가인 나는 다른 화가보다는 작가에게 영향을 받는 편이 더 낫다고 생각했어요. 루셀은 내게 길을 보여주었습니다."[9]

초현실주의는 20세기 초에 서양근대의 이성주의와 실증주의에 반항하며 새로운 정신과 감수성의 세계를 이룩하려고 했던 문학예술운동이다. 초현실은 현실과 꿈, 이성과 비이성, 의식과 무의식이 종합되는 상위의 현실을 가리키는 말이거니와, 초현실주의는 이전의 서양문명이 인간의 필수적인 두 부분,

8. André Breton, *Manifeste du surréalisme*, in *Oeuvres complètes*, Tome 1, Paris: Gallimard, coll. "La Bibliothèque de la Pléiade", 1988, p. 329.

9. Marcel Duchamp, "Entretien avec James Johnson Sweeney", (Janis Mink, *Duchamp*, Köln: Taschen, 2000, p. 29)

곧 현실과 꿈, 이성과 비이성, 의식과 무의식을 함께 고려하며 조화시키는 대신에 현실, 이성, 의식만을 생각하고 꿈, 비이성, 무의식은 배제하거나 억압함으로써 인간의 현실을 반쪽으로 축소했다는 문제의식에서 출발했다. 모든 아방가르드 운동이 그렇듯이 전투적, 혁신적, 집단적 양태를 지녔던 초현실주의는 기존의 언어, 예술, 문화, 사고방식에 대해 차별화를 시도했고, 특히 낯섦과 놀람의 방식을 적극적으로 활용했다. 기존의 합리주의적이고 실용주의적인 사고와 행위로부터 벗어나기 위해서는 어떤 의도된 충격을 통해 이미 자리를 차지하고 있는 시스템을 뒤흔들 필요가 있었던 것이다. 앙드레 브르통과 초현실주의자들이 루셀에게 다가갔던 것은 바로 이런 미학에 연유한다고 볼 수 있다.

루셀의 작품에서 가장 먼저 눈에 들어오는 특징은 그것이 낯설다는 것이다. 20세기에는 장편소설 분량의 운문작품을 찾아보기가 힘들지만, 그의 여러 작품은 길이와 이야기의 성격이 소설과 유사함에도 운문의 형식을 취한다는 게 일단 표면적인 차원에서 포착되는 독특한 특징이다. 그보다 더 중요한 다른 특징은 그의 작품에 기계와 장치, 그리고 스펙터클이 많이 등장하는데, 이것들은 루셀의 머릿속에서 순수하게 만들어진 것일 뿐 현실세상에 참조대상이 없다는 사실이다. 초현실주의자들의 관심을 끌었던 부분은 아마도 이 측면일 텐데, 루셀의 작품은 그 언어와 그것이 재현하는 대상에서 대단히 낯설고 놀라운 면모를 보여주고, 이는 언뜻 초현실주의자들의 기획에 부합하는 듯 여겨질 수 있다.

하지만 루셀과 초현실주의의 만남은 일찌감치 끝나버렸다. 초현실주의자들은 루셀이 자기들과 뜻을 같이할 수 있는 작가라고 생각하고 루셀을 직접 찾아가기도 했다. 하지만 젊고 패기만만하며 공격적인 태도마저 지녔던 이 아방가르드 예술가들과, 극도로 정중하고 예의바르며 심지어 소심하기까지 한 아웃사이더의 관계는 오래가지 못하고 거의 시작과 동시에 끝나버리고 말았다. 사실 루셀과 초현실주의 사이에는 커다란 차이, 루셀의 입장에서는 결코 넘어설 수 없는 차이가 있었다. 초현실주의는 프로이트의 정신분석에서 결정적인 영향을 받았고, 이성과 관습의 통제에서 벗어난 상태에서 욕망의 요청에 따라 의식에 떠오르는 바를 빠르게 기록하는 자동기술을 핵심요소로 채택했으며 꿈과 무의식에 커다란 중요성을 부여했다.

루셀의 작품은 명백한 낯섦을 보여주며 초현실주의자들이 배척하는 합리주의와 실증주의의 틀을 벗어나는 양상을 드러냈지만, 그럼에도 불구하고 철저히 이성적이며, 초현실주의자들과 달리 꿈에 중요성을 부여하지 않았다. 한마디로 꿈과 현실, 이성과 비이성, 의식과 무의식을 결합하는 문제는 루셀의 관심사가 아니었으며, 자동기술을 하나의 글쓰기 방식으로 채택할 가능성은 전무했다. 따라서 루셀과 초현실주의의 관계는 애초에 지속될 수 없는 것이었다. 그렇지만 초현실주의는 분명 루셀에게 행복한 것이었다. 외톨이인 그에게 호의적인 시선을 갖고, 심지어는 야유와 공격으로부터 지켜주기까지 한 까닭이다. 이런 관계에서 초현실주의 연구자인 앙리 베아르는 "행복한 오해"를 본다.[10] 이는 정확한 관찰이 아닐 수 없다. 오해로 맺어진 잠깐 동안의 관계였지만, 루셀에게는 행복한 동행의 관계였기 때문이다.

10. Henri Béhar, "Heureuse méprise: Raymond Roussel et les surréalistes", *Mélusine*, no. 6, L'Âge d'homme, 1984.

『로쿠스 솔루스』: 전대미문의 스펙터클로 가득한 경이의 정원

『로쿠스 솔루스』는 1913년 10월에 간행되었고, 11월에 『골루아 뒤 디망슈』[11]에 연재되었다. 연재 당시에는 『부지발에서의 몇 시간』이라는 다른 제목을 달았고, 단행본으로 나온 작품과 내용에서 상당한 차이를 보인다. 1988년 프랑스 국립도서관에 기증된 루셀의 자료 가운데 『로쿠스 솔루스』의 원고는 모두 열두 권으로 묶여 있는데, 그중 사백 페이지 이상이 발표된 두 텍스트 어디에도 포함되지 않은 것이다. 결과적으로 『로쿠스 솔루스』의 완결판은 없다고 할 수 있거니와,[12] 특히 생각하게 되는 것은 아직 세상에 공개되지 않은 그 사백 페이지는 또 얼마나 기이하고 흥미로운 이야기들을 담고 있을까 하는 것이다.

익명의 화자에 의해 서술되는 『로쿠스 솔루스』는 파리 북쪽 근교의 몽모랑시에 위치한 한 아름다운 빌라의 거대한 정원을 배경으로 한다. '외딴곳'을 뜻하는 라틴어 'Locus solus'를 이름으로 갖고 있는 이 빌라의 주인은 화자의 박식한 벗 마르시알 캉트렐인데, 그는 "거의 일 년 내내" 이 조용한 은거지에서 "광신에 가까운 태도로 그의 연구수행을 돕는" 제자들에게 둘러싸여 "평온한 마음으로 다양하고 풍요로운 작업에 전념한다." 캉트렐은 그의 가까운 친구 몇 명과 함께 화자를 초대했고, 일행이 빌라에 도착한 4월 첫번째 목요일 오후 세시부터 해질녘까지 정원을 돌아보는 것으로 소설의 이야기는 구성된다. 정원 곳곳은 대단히 다채로운 볼거리를 제공한다. 그리고 이 볼거리에 대한 묘사와 설명은 하나 혹은 여러 개의 이야기로 이어진다. 독특하고 다채롭고 낯선 이야기, 대단히 새롭고 자유로운 만큼이나 깜짝 놀랄 정도로 정교한 이야기로 가득차 있는

11. 1897년 6월에 창간된 주간지로, '일요일의 골(갈리아) 사람'이란 뜻이다.
12. Tiphaine Samoyault, 같은 글, pp. 326~327.

이 작품은 브르통이 왜 "루셀은 일화에서 초현실주의자이다"라고 말했는지 절감하게 한다.

소설은 모두 일곱 개의 장으로 이루어져 있다. 장이 바뀔 때면 장소 또한 바뀐다. 정원의 일곱 군데에서 산출되는 이야기들이 작품을 구성하고 있는 셈이다. 곳곳에서 차례차례 발견되는 것은 벽감 안에 세운, 흙으로 빚은 어린아이의 조상(제1장), 작은 비행선에 매달린 채 사람의 이로 모자이크를 제작하는 달구(제2장), 인간을 비롯한 육지의 생물까지 숨을 쉴 수 있는 용액 아쿠아미칸스가 가득차 있는 다이아몬드 모양의 유리수조(제3장), 캉트렐이 발명한 물질 덕분에 죽은 사람들이 자기 삶의 가장 극적인 순간을 하염없이 되풀이하는 거대한 유리집(제4장), 비참하게 죽은 어린 딸의 목소리를 재생해내는 광인 루시우스 에그루아자르(제5장), 물덩어리를 달고 다니는 무지개새, 그리고 에메랄드색의 빛나는 작은 원들이 떠오르는 가운데 아름다운 음악이 흘러나오는 타로카드(제6장), 기침으로 피를 뿌려 글씨를 쓰는 수탉 몹쉬스(제7장) 등이다.

이들은 모두 상당한 규모의 이야기로 확장되지만 그렇다고 해서 하나의 장이 하나의 단일한 이야기를 담는 방식과는 거리가 멀다. 우리가 발견하는 것은 그와는 정반대의 양상이다. 주된 대상이 생성하는 이야기 외에 그에 관련되거나 인접한 다른 요소를 통해 연결되는 또다른 이야기가 분기해나가기도 하고, 이미 진행되고 있던 이야기 안에 또다른 이야기가 파고 들어앉으면서 이야기가 여러 갈래로, 조금 과장하면 우후죽순으로 발전하기도 한다. 예컨대 흙으로 된 어린아이의 조상을 보호하고 있는 벽감 아랫부분은 세 개의 장방형 양각으로 구성되어 있는데, 이 양각들이 어린아이 조상에 관련된 이야기 못지않은 규모의 또다른 이야기를 독립적으로 발전시킨다거나, 아니면 아쿠아미칸스 다이아몬드를 채우고 있는 다양한 대상이 제각각 독특한 이야기로 이어지는 식이다. 다이아몬드 안에는 우선 샴고양이 콩덱렌 외에 뇌와 신경만 남은 채 콩덱렌이 수행하는 전기자극에 따라 입을 움직여 소리를 내는 당통의 머리, 그리고 태양을 상징하는, 보르도 지방의 황금빛 소테른을 응고시켜 빚은 노란색 덩어리를 끌고 앞을 향해 헤엄치는 일곱 마리의 해마가 있다. 아폴론의 전차를 암시하는 이 해마들은 서로 다른 일곱 색깔의 띠를 두르고 캉트렐의 신호에 따라 흥미진진한 경주를 벌이기도 한다. 수조 안에는 또한 일곱 무리의 잠수인형이 위아래로 떠오르고 잠기는 상하왕복운동을 계속하고 있다. 그것들은 알렉산더대왕을 교살하려는 초록색 깃털의 새와 이를 제지하는 뷔를라스, 이마에 끔찍한 화염 낙인이 찍힌 채 끝없는 빛의 고통에 시달리는 빌라도, 폐허가 된 도시에서 시스트럼을 흔들며 기뻐하는 시인 질베르, 혈한증을 앓는 롬바르디아 지방의 난쟁이, 천구를 향해 세찬 발길질을 날리는 아틀라스, 기도하고 있는 소녀를 보고 잠시잠깐 자기의 무신론을 회의하는 볼테르, 어린 바그너를 안고 시장의 약장수에게 점을 보는 젊은 여인을 보여준다.

정교한 방정식과도 같은 루셀의 소설 제작법

루셀은 『나는 내 책 몇 권을 어떻게 썼는가』에서 그의 특별한 소설 제작법을 설명했다. 그가 “기법”이라고 부르는 것의 내용은 이렇다. 먼저 아무런 특별한 동기나 이유 없이 임의적, 자의적, 우연적으로 단어를 선택하고 연관된 단어를 그것에 추가한다. 아니면 그보다 발전된 형태로서, 아무 시나 샹송, 문구 등을 취하여 그것을 부수고 재조립하여 단어 또는 음절 덩어리들을 얻는다. 이어 그렇게 확보된 단어 또는 음절 덩어리들과 비교하여 철자나 발음은 같거나 비슷하되 의미는 다른 단어들을 찾아낸다. 이렇듯 새로운 단어들을 확보하고 나면, 이야기의 잠재적 골격은 마련된 셈이다. 그것들이 이야기의 축이나 극점이 될 수 있는 까닭이다. 이제 소설가의 책무는 그 단어들 사이의 간극을 메우거나, 그 사이의 짧고 긴, 아니면 단순하고 복잡한 공간에 길을 열어 하나의 허구세계를 구축하는 것이다(물론 도중에 또다른 길이 갈라져나갈 수 있고, 이 갈라짐은 얼마든지 중복될 수 있다). 루셀의 소설을 가득 채운 그 기상천외한 이야기들은 모두 이런 방식으로 산출된 것이다. 『로쿠스 솔루스』의 경우는 제2장에 나오는, 사람의 이로 모자이크를 제작하는 달구가 그렇다.

> 『로쿠스 솔루스』는 그렇게 쓰였다. 하지만 나는 거기서 발전된 기법만을 사용했다. 다시 말해, 마지막에 인용한 『아프리카의 인상』의 예에서처럼, 나는 텍스트를 해체함으로써 일련의 이미지들을 얻어냈다. 딱 한 번 서로 다른 두 가지 의미를 가리키는 단어 'demoiselle'과 함께 처음의 기법이 다시 나타났다. 그러나 두번째 단어의 경우 발전된 기법의 분해를 겪는다.
>
> ① Demoiselle à prétendant구혼자가 있는 아가씨.
>
> ② Demoiselle à reître en dents이齒로 제작된 기병의 달구.
>
> 따라서 나는 달구에 의한 모자이크 제작 문제와 대면하게 되었다. 여기서 오는 것이 바로 35쪽[13] 이후에 묘사된 그 복잡한 기구다. 사실 내 기법의 특징은 일종

13. 1913년 알퐁스르메르출판사에서 간행된 『로쿠스 솔루스』의 쪽수를 가리킨다.

> 의 "사실 방정식들équations de faits"(이는 로베르 드 몽테스키우가 내 책들에 대한 연구에서 사용한 표현이다)이 솟아오르게 하는 것이고, 관건은 그것을 논리적으로 푸는 것이었다…
> 'prétendant'에 단어들을 덧붙이고 그로부터 기병에 관련된 모든 것을 끌어냈음을 나는 안다. 지금도 기억나는 것은 첫번째 것뿐인데, 'prétendant refusé거절당한 구혼자'로 나는 'rêve usé희미한 꿈'을 만들었고, 거기서 오는 것이 바로 기병의 꿈이다.[14]

도로에 포석을 박거나 땅을 다지는 달구 모양의 기계가 작은 비행선에 매달려 이동하며 다양한 사람의 이로 모자이크를 제작한다는 기상천외한 이야기가 "구혼자가 있는 아가씨"라는 표현에서, 그리고 그것과 일부는 동음이의의 관계를 맺고 일부는 해체와 재구성을 거친 "이로 제작된 기병의 달구"라는 표현에서 비롯된다는 것은 대단히 놀랍다. 제2장의 집필은 "이로 제작된 기병의 달구", 그리고 "구혼자"에 덧붙인 단어 "거절당한refusé"을 해체하고 재구성하여 얻어낸 "희미한 꿈"이 제시한 방정식을 푸는 일이었던 셈이다.

루셀의 기법을 미셸 푸코는 "언어기계",[15] 안마리 아미오는 "공백을 만드는 기계"라고[16] 부른다. 여기서 관건은 기법이 제공한 단어-표지들을 서로 연결하고 연관지어 이야기를 만드는 것이다. 한데 아미오가 말하는 '공백'을 채우는 일은 결코 쉽지 않을 것이다. 거기서는 무엇보다 작가의 재능이 결정적인 역할을 수행할 터이다. 달리 말해 기법이 제공한 지표들을 가지고 아무나 『로쿠스 솔루스』나 『아프리카의 인상』에 나오는 이야기들을 만들어낼 수는 없을 것이다. 따라서 루셀의 소설에

14. 레몽 루셀, 같은 글, 372~373쪽.
15. Michel Foucault, *Raymond Roussel*, Paris: Gallimard, 1963, p. 71.
16. Anne-Marie Amiot, *Un mythe moderne: Impressions d'Afrique de Raymond Roussel*, Paris: Lettres Modernes Minard, coll. "Archives des Lettres Modernes", no. 176, 1977, p. 32.

서 작가의 몫이 차지하는 부분에 관해서는 다양한 의견이 있을 수 있다. 하지만 시작이 반이라는 우리 속담도 있는 것처럼, 소설의 시작과 개요를 제공하는 기법의 몫은 절대 가벼이 볼 수 없다.

그 자체로 머무는 이야기들:
자유로운 모험으로서의 글쓰기

보통 소설가는 무엇인가를 말하고자 소설을 쓴다. 이때 그 무엇은 소설의 주제이고, 사회적 맥락과 합류할 때 하나의 의미가 된다. 소설은 의당 주제를 형상화하고 의미를 전달하는 데 가장 적합한 형태로, 마르셀 프루스트의 표현을 빌리자면 하나의 "건축적" 체계로 구축된다. 소설을 구성하는 단어, 문장, 문단, 그리고 시간, 공간, 인물, 줄거리는, 설사 소설이 다소 탈중심적, 다원적, 파편적이라고 하더라도, 그 건축이 표상하는 의미가 가장 효과적으로 표현될 수 있도록 하나의 조화로운 전체를 이루기 마련이다.

루셀 소설의 가장 중요한 특이함은 앞서 말한 그만의 "기법"에 있다. 주목할 것은 소설이 그렇듯 임의적, 자의적, 우연적으로 선택한 단어로부터 비롯된다는 사실이다. 작가의 창조적인 머리나 벼락같은 영감, 깊은 생각이 아니라 모두가 일상적으로 사용하는 단어가, 곧 그 안에 잠재된 가능성의 펼침과 폭발이 소설의 기원이 되고 있는 것이다. 이는 대단히 새롭고 놀라운 일이니, 언어가 그렇게 발화의 맥락으로부터 해방되는 것과 함께, 창조하는 주체가 자율적이고 독립적인 언어에 자리를 내주기 때문이다. 루셀의 작품은 발화주체가 없는 주관성의 바깥에 구축되고, 거기서 언어는 "유일한 실제적 배우"로[17] 드러나기에 이른다.

17. Françoise Atlani-Voisin, "Impressions d'Afrique ou la chance d'un énoncé", in *Raymond Roussel 1. Nouvelles impressions critiques*, Paris-Caen: Lettres Modernes Minard, 2001, pp. 151~152.

푸코에 의하면, 이렇듯 발화주체를 떠난 루셀의 언어는 주어진 기능에 한정되는 종속적인 언어가 아니라 "가장 모호하고 가장 실질적인 힘"을 지닌 언어로[18] 나타난다. 하나의 "강렬한 존재"로서의 언어가 르네상스 이후 서양에서 다시 출현하는 것은 18세기 말에서 19세기 초 문학을 통해서인데, 루셀이 그것을 보여주는 작가 가운데 한 사람이라는 것이다(푸코가 거명하는 다른 작가들로는 말라르메, 레리스, 퐁주, 횔덜린, 아르토 등이 있다).[19]

루셀의 언어에 대한 푸코의 관찰과 관련하여 우리는 두 가지를 주목할 수 있다. 하나는 푸코가 문학에 대해서 쓴 유일한 단행본인 『레몽 루셀』(1963)은 『광기의 역사』(1961)와 『말과 사물』(1966) 사이에 위치하는바, 언어에 대한 문제의식이 서양 인식론의 역사에서 중요한 기준으로 작용하는 『말과 사물』의 집필에 『레몽 루셀』이 영향을 끼쳤을 수 있다는 점이다. 실제로 푸코는 『말과 사물』에서 루셀을 수차례 언급하고 있고, 심지어 서문에서는 자신이 그에게 빚진 것이 많다면서 유명한 "기법"의 핵심이라고 할 동음이의에 근거한 단어의 발견을 직접 흉내내기도 한다.[20] 다른 하나는 『말과 사물』 『바깥의 사유』 등을 통해 드러나는 푸코의 언어에 대한 거의 편향된 관심과 입장을 감안할 때, 그리고 『레몽 루셀』을 통해 여실히 감지되는 치밀하고 정교하고 열정적인, 그러면서도 깊은 공감이 바탕에 깔린 독서를 고려할 때, 루셀의 작품에 대한 푸코의 애착은 대단히 컸으리라는 점이다.

『로쿠스 솔루스』를 가득 채우고 있는 대상들은 제각각 하나 또는 복수의 이야기로 이어진다. 한데 이 이야기들은 책 전체를 감당하는 하나의 주제를 향해 수렴되며 체계로 구성되어 어떤 의미를 생산하는 대신에 그것들 자체로 머무르면서 그저

18. Michel Foucault, *Les Mots et les choses*, Paris: Gallimard, 1966, p. 119.
19. 같은 책, pp. 57~59.
20. 같은 책, p. 10. 푸코는 'table'을 '수술대'와 '도표'의 두 가지 의미로 사용한다.

병존하고 있을 따름이다. 그것들은 전대미문의 기상천외한 이야기이되, 실용주의적 맥락, 나아가 사회적 틀 자체를 벗어나 유희 그 자체로서 스스로에 갇히는 경향이 있다. 『로쿠스 솔루스』에서 전통소설이 제공하는 종류의 긴장과 흥미를 발견하기가 어렵다면, 그것은 무엇보다도 작품 전체를 관통하는 극적 구조가, 그리고 그 구조를 통해 구체화하는 의미가 부재하기 때문이다. 하지만 여기서 강조해야 할 명백한 것은, 루셀의 소설에는 소설적 재미, 이야기의 재미가 넘쳐난다는 사실이다. 치밀한 위계를 구축하며 하나의 드라마로 구조화되고 주제화되는 대신에 오로지 수평적으로 나란히 존재하며 "스스로 하나의 목적"으로 구성되는 대상과 스펙터클을[21] 방문객들이 다 둘러보았을 때, 그들을 기다리는 것이 어떤 대단원의 결말이 아니라 빌라에서의 "즐거운 저녁식사"라는 사실은 매우 의미심장하다.

제시된 텍스트 너머로 해독해야 할 중요한 의미를 상정하는 일이 부질없어 보이는, 아니 어떤 의미 혹은 주제와의 연관도 신경쓰지 않는 듯 보이는 『로쿠스 솔루스』는 그러므로 글쓰기 자체가 하나의 자유로운 모험으로 펼쳐지는 현대문학의 중요한 경향과 합류한다. 『로쿠스 솔루스』의 다채로운 대상과 사건은 우리가 사는 세상에서 질료를 취했음이 분명하다. 하지만 루셀 자신의 말대로 상상력에 절대적인 부분을 의지하며 실용주의적 현실의 맥락을 벗어나는 까닭에 낯설고 기이하게 느껴지는 그것들은 본질적으로 현대적인 양상 아래 전혀 새로운 모습으로 우리를 매혹한다. 그 희한하고 기상천외한 이야기들, 그 정교하고 현란한 이야기들, 그 사랑, 용서, 연민, 집념, 극복을 말하는 이야기들에서 미셸 푸코처럼 지적 자극을 받거나 마르셀 뒤샹처럼 예술적 영감을 얻거나 한 사람의 진지한 독자

21. Tiphaine Samoyault, "Les sept merveilles du monde", 같은 책, p. 14.

로서 고도의 정신적 즐거움을 누리는 일은 레몽 루셀이 조성한 경이의 정원 『로쿠스 솔루스』를 여는 이의 기꺼운 몫일 것이다.

『아프리카의 인상』에 이어 『로쿠스 솔루스』 번역을 세상에 내놓게 되어 몹시 기쁘다. 번역을 검토하고 문장을 다듬어 좋은 책을 만들어준 문학동네의 송지선, 박아름, 홍상희 씨께 고마운 마음을 전한다.

2020년 10월
송진석

레몽 루셀 연보

1877년 1월 20일, 파리에서 레몽 루셀 태어남. 그의 아버지는 증권중개인으로 매우 부유하고, 어머니 또한 부호 집안 출신임. 형 조르주와 누이 제르멘은 각각 여덟 살, 네 살 위임.

1886년 장송드사이 학교에 들어감.

1890년 학교를 나와 파리국립음악원 피아노반 청강생이 됨.

1891년 파리국립음악원 예비반에 들어가지만 강의를 듣지는 않음.

1893년 파리국립음악원에 입학함.

1894년 아버지가 사망함. 연주에는 취미가 있으나 작곡에 재능이 없음을 발견하고 음악을 포기할 생각을 함. 시를 쓰는 것이 더 수월함을 느낌. 나중에 『빅토르 위고의 영혼*L'Âme de Victor Hugo*』이란 제목으로 간행될 시를 씀.

1896년 파리국립음악원에서 피아노 부문 2등 차점의 성적을 거둠. 운문소설 『대역*La Doublure*』 집필을 시작하고, 문학을 자신의 예정된 운명으로 받아들이게 되는 "보편적 영광의 감각"을 느낌.

1897년 저자가 출판 비용을 부담하는 조건으로 『대역』이 간행됨. 작품은 이해 불가능한 것으로 간주되며 혹독한 비판을 받음. “1897년 6월 10일 『대역』이 나왔을 때, 그 실패는 내게 끔찍하도록 격렬한 충격을 야기했다. 나는 영광의 경이로운 꼭대기에서 바닥으로 떨어진 것 같은 느낌이 들었다”라고 루셀은 말함.

1898년 파리국립음악원에서 피아노 부문 1등 차점의 성적을 거둠. 11월에 군에 입대함. 2년 동안의 군복무가 끝났으나, 이후에 음악원으로 돌아가지는 않음. 하지만 그의 작품 전체에 걸쳐 음악은 중요한 역할을 수행하게 됨.

1899년 군복무중이던 아미앵에서 쥘 베른을 만남.

1900년 『아프리카의 인상*Impressions d'Afrique*』의 기원이 된 「흑인들 사이에서Parmi les Noirs」를 씀. 『시크노드 *Chiquenaude*』 간행됨.

1901년 형 조르주가 결핵으로 사망함.

1903년 시작품 「전망La Vue」과 「연주회Le Concert」를 『골루아 뒤 디망슈』에 발표함.

1904년 「니스 카니발의 마분지가면들Têtes de carton du Carnaval de Nice」을 『골루아 뒤 디망슈』에 발표함.

1906년 스페인과 이집트를 여행함.

1907년 「나농Nanon」을 『골루아 뒤 디망슈』에 발표함.

1909년 7월부터 『아프리카의 인상』을 『골루아 뒤 디망슈』에 연재함. 같은 작품이 이해에 단행본으로도 간행됨.

1910년 『아프리카의 인상』을 언론에 선보이지만 먼저 나온 작품들과 마찬가지로 좋은 반응을 얻어내지 못함. 샤를로트 뒤프렌이 함께 기거하며 극장에 동행하기 시작함. 동성애자 루셀의 바람막이 역할을 한 그녀는 루셀이 죽을 때까지 그의 곁을 떠나지 않음.

1911년 1월부터 3월까지 어머니와 함께 인도를 여행함. 이어 『아프리카의 인상』을 희곡으로 각색하여 무대에 올리지만 성공을 거두지 못함. 10월에 어머니가 사망함. 루셀은 죽은 어머니를 방부처리한 뒤 마지막 순간까지 얼굴을 볼 수 있도록 관뚜껑에 작은 유리창을 내게 함.

1912년 5월부터 〈아프리카의 인상〉이 앙투안극장에서 다시 상연됨. 마르셀 뒤샹, 기욤 아폴리네르, 프랑시스 피카비아, 미셸 레리스 등이 초연을 관람함. 뒤샹은 여기서 그의 작품 〈그녀의 독신자들에 의해 발가벗겨진 신부〉의 영감을 얻었다고 말함. 공연은 스캔들을 일으킴.

1913년 『로쿠스 솔루스*Locus Solus*』 간행됨. 같은 작품을 『부지발에서의 몇 시간*Quelques heures à Bougival*』이란 제목으로 『골루아 뒤 디망슈』에 연재함. 두 판본 사이에는 커다란 차이가 있음. 시인이자 비평가 로베르 드 몽테스키우에게 보낸 편지에서 신문연재가 작품을 읽히게 하는 유일한 방도임을 안타까워함.

1914년 8월에 동원되어 1차세계대전에 참전함. 전쟁 내내 이등병에 머묾.

1915년 겨울에 장시 『새로운 아프리카의 인상*Nouvelles impressions d'Afrique*』을 쓰기 시작함. 1928년에야 완성될 이 작품은 「전망」의 다시 쓰기임.

1918년 9월에 전역함. 『「아프리카의 인상」과 「로쿠스 솔루스」 발췌』 간행됨. 이 책 덕분에 장 콕토와 앙드레 지드에게 루셀의 존재가 알려짐.

1920년 세계일주를 시도함. 인도, 오스트레일리아, 타히티에 이어 중국, 일본, 미국을 여행함.

1922년 12월에 앙투안극장에서 연극 〈로쿠스 솔루스〉가 공연되며 커다란 스캔들을 일으킴. 초연에서 거의 모든 관객이 야유를 보냈지만 앙드레 브르통, 루이 아라공, 필립 수포, 로제 비트락, 미셸 레리스 등이 자리를 지키며 루셀을 지지함. 이로써 루셀의 이름이 알려지게 되지만 주변적 작가의 위상에서 벗어나지는 못함.

1923년 희곡 『이마의 별*L'Étoile au front*』을 쓰기 시작함.

1924년 5월에 〈이마의 별〉을 보드빌극장 무대에 올려 또다시 스캔들을 일으킴. 이 작품을 『코메디아』에 연재함.

1925년 『이마의 별』이 단행본으로 출간됨.

1926년 희곡 『무수히 많은 태양*La Poussière de Soleils*』을 포르트생마르탱극장에서 공연함. 이 작품 역시 『코메디아』에 연재된 뒤 단행본으로 간행됨. 로마를 여행함.

1927년 중동을 여행하며 바그다드, 테헤란, 이스파한, 이스탄불 등을 둘러봄.

1929년 세계경제대공황과 함께 파산하여 집에 고용한 사람들을 모두 내보내고 누이의 집으로 옮겨감.

1930년 누이 제르멘이 뇌종양으로 사망함.

1931년 『나는 내 책 몇 권을 어떻게 썼는가*Comment j'ai écrit certains de mes livres*』를 쓴 뒤 사후 출판을 요청하며 인쇄업자에게 원고를 넘김.

1932년 6월에 『새로운 아프리카의 인상』이 인쇄됨. 체스에 열중함. 난제를 해결하는 데 성공한 그에 대해 체스의 대가 사무엘 타르타코버가 글 몇 편을 발표함.

1933년 유언을 작성하고 샤를로트 뒤프렌과 함께 팔레르모의 '그랜드호텔과 종려나무'라는 이름의 호텔로 가서 7월

14일에서 15일로 넘어가는 밤 바르비투르산제 과다복용으로 사망함. 파리의 페르라셰즈묘지에 묻힘.

1935년 『나는 내 책 몇 권을 어떻게 썼는가』가 『누벨 르뷔 프랑세즈』에 실린 뒤 단행본으로 간행됨.

1988년 아홉 상자 분량의 자료가 프랑스국립도서관에 기증됨. 여기에는 3,000쪽이 넘는 미간행 시작품, 『아프리카의 인상』을 각색한 희곡, 그리고 『로쿠스 솔루스』의 육필 원고 전부가 포함되어 있음.

로쿠스 솔루스

초판 인쇄 2020년 9월 25일
초판 발행 2020년 10월 20일

지은이 레몽 루셀
옮긴이 송진석
펴낸이 염현숙

책임편집 박아름
편집 송지선 홍상희
디자인 슬기와 민 인진성
마케팅 정민호 이숙재 양서연 박지영
홍보 김희숙 김상만 지문희 김현지
제작 강신은 김동욱 임현식
제작처 한영문화사(인쇄) 경일제책사(제본)

펴낸곳 (주)문학동네
출판등록 1993년 10월 22일 제406-2003-000045호
주소 10881 경기도 파주시 회동길 210
전자우편 editor@munhak.com
대표전화 031-955-8888
팩스 031-955-8855
문의전화 031-955-3578(마케팅) 031-955-2646(편집)
문학동네카페 http://cafe.naver.com/mhdn
트위터 @munhakdongne
북클럽문학동네 http://bookclubmunhak.com

ISBN 978-89-546-7511-6 03860
잘못된 책은 구입하신 서점에서 교환해드립니다.
기타 교환 문의 031) 955-2661, 3580
www.munhak.com

이 도서의 국립중앙도서관 출판예정도서목록(CIP)은
서지정보유통지원시스템 홈페이지(http://seoji.nl.go.kr)와
국가자료종합목록 구축시스템(http://kolis-net.nl.go.kr)에서
이용하실 수 있습니다.(CIP제어번호 : CIP2020039956)